B. TRAVEN

LA ROSA BLANCA

SELECTOR
actualidad editorial

2012227741
ABX-3308

12·95

SELECTOR
actualidad editorial

Doctor Erazo 120   Tels.   588 72 72
Colonia Doctores   Fax: 761 57 16
México 06720,.D. F.

LA ROSA BLANCA
Die Weisse Rose

ISBN: 968-403-965-4

Décimo sexta reimpresión.   Marzo de 1997.

I

En la República operaban veinte compañías petroleras, entre las cuales la Condor Oil Company Inc. Ltd., S. A. no era la más poderosa ni la más rica, pero sí la más ambiciosa.

No solamente para el desarrollo del individuo, sino para el de una empresa capitalista, la posesión de un apetito excelente es de consecuencias vitales, porque es determinante fundamental del tiempo que se emplea y de la velocidad que se desarrolla para el acaparamiento de dinero, que se traduce en poder. De ahí que sea el apetito lo que finalmente decida los medios que deben ser empleados por determinada empresa, para que ésta llegue a ser un factor de control en los asuntos nacionales e internacionales.

La Condor Oil era la empresa más joven de la República y, tal vez atendiendo a esa razón, no sólo tenía el apetito más voraz, sino una digestión formidable y un estómago que, sin revolverse jamás, era capaz de aceptar cualquier cosa ingerida intencionalmente, por equivocación, por la fuerza o accidentalmente.

La lucha impía de todas las compañías petroleras en la República, tenía una meta principal y ésta era apropiarse de todas aquellas tierras que presentaran aún la más leve posibilidad de producir petróleo algún día, en un futuro próximo o en cincuenta o cien años. La cuestión era controlar todas las fuentes petrolíferas en el presente o en el futuro. La mayoría de las compañías ponían en juego más poder, dinero y astucia en la adquisición de tierras, que en la aplicación de recursos científicos para la explotación hasta el límite de la capacidad de producción de las que ya poseían. Solamente obteniendo tanto territorio o más que el poseído y controlado por las compañías realmente grandes, podía la Condor esperar que algún día aquellos que controlaban el negocio la consideraran real y seriamente como un poder en el mercado.

El cuartel general de la Condor estaba en San Francisco, California, con varias sucursales en Oklahoma, Tulsa, Pánuco, Tuxpan, Tampico, Ebano, Alamo, Las Choapas y Minatitlán, y se encontraba lista para establecer algunas nuevas en el Istmo, Campeche, Venezuela y en la región del Chaco.

II

Una gran sección de los estados costeros del Noroeste, bien conocidos como ricos en petróleo, eran poseídos, alquilados o controlados casi totalmente por la Condor Oil. Ese vasto territorio era el mayor y más jugoso que la Condor había podido tragarse desde que operaba en la República, y con la posesión de esa gran faja de tierra, la compañía había dado un considerable paso hacia la meta que perseguía, y que era ser considerada uno de los factores dominantes en el mercado.

Colindando y cortando en parte esa nueva posesión de la Condor, se hallaban las tierras de una vieja hacienda llamada Rosa Blanca.

Rosa Blanca ocupaba más o menos mil hectáreas de tierra que producían maíz, frijol, ajonjolí, chile, caña de azúcar, naranjas, limones, papayas, plátanos, piñas, jitomates, y una especie de fibra con la cual se fabricaban reatas y hamacas. Además, en ella se criaban caballos, mulas, burros, cabras, puercos y algo más preciado, buenos muchachos y muchachas indígenas.

A pesar de su extensión y riqueza, la hacienda no enriquecía a su propietario, ni siquiera le producía lo bastante para vivir confortablemente. En cierto grado, ello se debía a determinadas condiciones inherentes al trópico. Sin embargo, la relativamente escasa productividad del rancho resultaba de que todo se planeaba y se hacía en la misma forma, o casi en la misma forma, en que se había hecho cuando los antepasados de don Jacinto eran aún soberanos de la Huasteca. La organización social y económica era patriarcal, basada en la tradición y en las características especiales de la raza indígena.

La vida en Rosa Blanca era fácil. El elemento humano era tomado en cuenta antes y sobre todas las cosas que se hicieran o tuvieran que hacerse. Nadie se ponía nervioso, irritado o enojado jamás. Nadie guiaba y nadie era guiado. Ninguna prisa turbaba aquella paz angélica que hacía pensar en la rosa blanca de un rosal jamás tocado por el hombre.

Cuando en rarísimas ocasiones se cambiaba alguna palabra acre, ello se debía únicamente a que el hombre, de vez en cuando, necesita de un cambio para apreciar mejor su tranquilidad.

Todos los peones del rancho eran indígenas y de la misma tribu que el propietario. Nadie ganaba salario elevado. De hecho, muy poco dinero pasaba por las manos, pero todas las familias que trabajaban en el lugar vivían en él, por él y para él. Cada familia tenía su hogar propio. Las casas eran de adobe o petate forrado de lodo y techos de palma, como son todas las de los campesinos en la República. Ahora que, como el clima tropical permite a la gente pasar todo el día a la intemperie durante todo el año, la casa solamente se usa para protegerse de la lluvia o de algún viento frío. Además, de haber construído mejores casas, éstas habrían constituído más bien un estorbo que una comodidad para ellos.

Cada familia cultivaba una parcela cuyas dimensiones iban de acuerdo con el número de bocas que tenía que alimentar.

Los productos de esa tierra eran propiedad indiscutible de la familia a la que el propietario la había asignado.

Nadie pagaba a don Jacinto, propietario de Rosa Blanca, alquiler alguno por las casas ocupadas y las tierras explotadas por aquellas familias. Y más aún, a cada familia se le permitía criar determinado número de animales que pastaban en las praderas de la hacienda. Don Jacinto, indio de pura raza como todos los que allí habitaban, proporcionaba medicamentos a los que enfermaban. La patrona, su esposa, india también, que había adquirido alguna habilidad para atender enfermos en un hospital, actuaba como médico en algunos casos y en otros, especialmente los muy precisos, como partera.

Todas las familias que habitaban Rosa Blanca descendían de incontables generaciones que habían vivido en la misma forma y lugar. Raramente se aceptaba una nueva familia, y si ocurría, ello se debía únicamente a matrimonios efectuados con extraños. La mayoría de las familias eran de uno u otro modo parientes de Jacinto. Muchos de ellos tenían que agradecer su presencia en el mundo no sólo al señor, sino a un buen número de antepasados de don Jacinto. Este era padrino y doña Conchita, su esposa, madrina de más de la mitad de los chicos nacidos en la hacienda.

Convirtiéndose en compadre y comadre de los padres de los niños, lo que establecía relaciones que se tenían por más íntimas que las que existen entre cuñados, se consideraban muy honrados, ya que la elección se basa en la confianza que se profesa al padrino.

Tomando en consideración que don Jacinto y doña Conchita eran compadres de la mayoría de los peones de la hacienda, y que hasta el más humilde tenía derecho a llamarlos de ese modo, se verá que las relaciones entre el propietario y los peones de Rosa Blanca eran más íntimas que las que existen entre compañeros y socios y mucho más que las que existen entre empleados y patrones. En realidad no había diferencias sociales en la hacienda. Sin embargo, aun cuando esas extrañas relaciones abolían cualquier diferencia social en grado máximo, no abolían las diferencias económicas entre las dos partes. Y naturalmente, de esa clase de relaciones, similares a las que habían mantenido los indios mucho antes del descubrimiento de América, surgían condiciones no comprendidas fácilmente por gentes extrañas a la raza indígena.

El patrón se encuentra en posesión legal de la hacienda, que ha pertenecido a su familia durante siglos, probablemente desde muchos años antes del descubrimiento de Colón. Atendiendo a buenas razones, los conquistadores españoles reconocieron derechos a los indios en ese caso particular, así como en cientos de casos más, ya que en muchos lugares era más conveniente tener a los jefes nativos como amigos que como enemigos. Siendo indígena no solamente por su color, sino, sobre todo, por su corazón, alma y concepción de la justicia, don Jacinto no se consideraba propietario de Rosa Blanca en la misma forma que Mr. Crookbeak se considera propietario de la destartalada casa de apartamientos de Lleigh Avenue en St. Louis, Mo. Don Jacinto se consideraba solamente un individuo a quien por casualidad la providencia le había confiado Rosa Blanca por toda la vida.

Nunca poseyó realmente la hacienda, solamente tenía derecho para explotarla y no sólo en interés propio, sino también, y quizá más aún en favor de quienes formaban parte de la comunidad de Rosa Blanca. Rosa Blanca no era solamente el suelo, los edificios, los árboles, sino todas las familias que vivían en ella y de ella, y quienes, debido al hecho de haber nacido en el lugar, gozaban del derecho inalienable de vivir en la hacienda, como un hombre nacido en los Estados Unidos tiene, por virtud de la Constitución y su aceptación general, el derecho legal de vivir en ese país.

El mismo golpe que el destino dió para convertir a don Jacinto en propietario de Rosa Blanca, sirvió para hacerle responsable de todos los habitantes de la hacienda.

Don Jacinto vestía apenas perceptiblemente mejor que todos los demás, y la pequeña diferencia solamente podía ser
notada por los indios de la región. Calzaba huaraches como
todos, su alimentación como la de los otros, consistía especialmente en tortillas, frijoles, arroz, chile verde y té de hojas
de naranjo o del llamado té limón. De vez en cuando bebía
café del que crecía en el lugar, hecho a la manera indígena,
con piloncillo, también elaborado en la hacienda.

Sin embargo, por extraño que pueda parecer, él no habría
sentado a su mesa a ninguno de sus peones, ni siquiera a su
mayordomo. El honor de compartir su frugal comida estaba
reservado a sus parientes y huéspedes.

Ninguno de los vecinos habría ocurrido bajo circunstancia
alguna a un juez. Don Jacinto era la única autoridad de su
mundo. Todas las diferencias que surgían entre las familias que
habitaban Rosa Blanca, respecto a la propiedad de un bece-
rrito, o bien cuando se trataba del deseo de dos jóvenes de
unirse indebidamente, o cuando se disputaba alguna herencia,
o tratándose de cualquier dificultad que se presentara en su
vida social y económica, eran sometidas al juicio de don
Jacinto, y aquél era inapelable. Ninguno de los vecinos sabía
leer ni escribir, y si era necesario escribir una carta o leer
alguna que se recibía, doña Conchita se encargaba de ello.

Cuando las cosechas eran malas o un huracán de los muy
frecuentes por aquella región arrasaba los campos y las casas,
don Jacinto se veía obligado a albergar y alimentar a los
infortunados. Si morían, cuidaba de que fueran decentemente
enterrados en el cementerio de Rosa Blanca, y de que doña
Conchita dijera las oraciones durante el funeral. Don Jacinto
se hacía cargo de las viudas, huérfanos y ancianos del lugar.
Atendía a que las viudas hallaran una segunda oportunidad
y de que los huérfanos tuvieran un buen hogar, que no solamente los albergara, sino en el que encontraran amor.

En la casa grande, en la que habitaba junto con su familia,
había una veintena de niños y jóvenes a quienes se empleaba

en trabajos domésticos. Muchos de ellos eran huérfanos; algunos, como todo el mundo sabía, inclusive doña Conchita, tenían perfecto derecho para llamar padre a don Jacinto. Sin embargo, habría sido una falta de respeto imperdonable que le hubieran llamado así, olvidando que eran retoños de alguna viuda o de alguna madre que encontrara marido cuando ya era demaisado tarde para salvar su reputación. Pero en cualquier forma don Jacinto era el que decidía de qué dependía el buen nombre de alguien. Si él declaraba que una mujer era honesta, y que un hombre de quien se sospechaba como ladrón de gallinas, no era ladrón, todo el mundo aceptaba su juicio.

Cada año, los muchachos en buena edad debían casarse y formar nuevas familias. Don Jacinto los proveía de hogar y tierra, porque muy pocos abandonaban Rosa Blanca después de su matrimonio. Y no importaba la cantidad de hijos que una familia pudiera producir, porque don Jacinto siempre encontraba un sitio para ellos.

Bajo esas condiciones ni una sola persona en Rosa Blanca criticaba a don Jacinto por vivir en una casa más grande que la de los demás, por comer carne con más frecuencia que los otros y por tomar unos cuantos tragos de mezcal cuando lo deseaba. Pero sea cual fuere la cosa que hiciera o cualquiera la forma en que actuare, nunca actuaba como gran jefe, como ogro que emplea y despide a su antojo. De hecho no podía hacerlo, era la providencia la que empleaba y despedía a sus hombres, y él aceptaba el hecho como una ley natural.

Condiciones semejantes, por supuesto, existen, o pueden existir solamente en ranchos cuyo propietario es indígena, al igual que sus ayudantes. Porque si ocurre que el propietario es un gachupín o, lo que es cien veces peor, un alemán, las condiciones son exactamente las mismas que prevalecían en Rusia o en Prusia en el siglo XVIII.

Las condiciones de Rosa Blanca eran inmejorables, y cualquier asunto, cualquier contacto entre don Jacinto y una compañía americana de petróleo, tenía forzosamente que conducir a una tragedia inevitable, una vez que el contacto estuviera hecho. Vano intento de mezclarse dos mundo extraños entre sí, dos mundos que no tenían absolutamente nada en común. Las armas de que disponía don Jacinto y las que sabía manejar en las ocasiones que juzgaba convenientes para determinadas finalidades, no podían en caso alguno enfrentarse a las esgrimidas por una gran empresa capitalista explotadora de petróleo, que pretendía hacer varios millones de dólares anuales para no morir miserablemente.

Los accionistas de la compañía no podían vivir sin mansiones, mayordomos, yates. Ni podían pasar sin comprar sus ropas en Londres y París, y todavía les sobraba lo suficiente para jugar a la bolsa.

III

La tierra que rodeaba Rosa Blanca, había estado cubierta en parte por la selva y en parte ocupada por ranchos, pueblecitos y colonias. La Condor Oil había adquirido aquel vasto territorio cuando nadie sospechaba que contuviera petróleo. Había sido comprado o más bien había cambiado de dueño, no sólo mediante pequeñas cantidades de dinero, sino poniendo en juego toda clase de combinaciones, corrompiendo a las autoridades, cohechando políticos y acosando a otras compañías como tábanos a un rebaño en marcha.

Los propietarios auténticos, indios indefensos o campesinos mestizos en su mayoría, vieron muy poco del dinero pagado por las compañías a cambio de sus tierras. Lo que la compañía había gastado no era mucho, por término medio puede calcularse en menos de medio dólar por acre, del cual los propietarios habían recibido diez centavos o un poquito más. Si los propietarios no podían ser localizados, como ocurría o como proponían que ocurriera en más de la mitad de los casos, el dinero de los agentes de la compañía llenaba las bolsas de toda clase de funcionarios corrompidos por la dictadura. El más pequeño acto criminal cometido por la Condor era la falsificación de certificados de nacimiento para acreditar a supuestos herederos como propietarios.

En una de las reuniones de directores de la Condor Oil se dijo que la compañía tenía toda razón para considerar ese territorio, adquirido tan inesperadamente, como su mayor tesoro, en realidad como su tesoro más preciado, como su corona de perlas.

Entre esas perlas, sin embargo, faltaba la más codiciada, faltaba Rosa Blanca.

Como el suelo próximo a Rosa Blanca había resultado inmensamente rico en petróleo, no podía dudarse de que el terreno en el cual florecía la rosa blanca era igualmente rico, tal vez más rico.

Dos cosas había a las que la Condor Oil debía atender antes que nada. Una era comprar Rosa Blanca o conseguirla por cualesquiera medios, aun cuando ellos condujeran a una guerra entre los Estados Unidos y la República. Otro asunto que embargaba la mente de los directores era la posibilidad de que otra compañía más fuerte y en mejores relaciones con el gobierno de la República pudiera echar mano de Rosa Blanca, sobre la que la Condor se sentía poseedora de una opción ilimitada y hasta de una escritura no signada.

Si las manipulaciones de los directores de la Condor originaban una guerra o cualquiera clase de dificultades internacionales, ninguno de ellos resultaría perjudicado. Todos habían traspasado la edad señalada para combatir por su país. Dos, que posiblemente habrían tenido que alistarse si la guerra se prolongaba, contaban con la buena excusa de un padecimiento cardíaco que los imposibilitaba para servir ni aun en la cocina de un campo de entrenamiento en California.

Cuando los agentes de la Condor habían adquirido el nuevo territorio no habían olvidado Rosa Blanca, pero de momento no les había parecido preciso obtenerla. Además, como estaba bien cultivado su suelo, cosa que no ocurría con los ranchos vecinos y las colonias, habían considerado que el precio sería demasiado alto, tomando en cuenta sobre todo que nadie estaba seguro de que hubiera petróleo en el lugar. Y siempre que el asunto salía a colación, los agentes estaban de acuerdo en que, una vez probado el valor de los terrenos circunvecinos, podría obtenerse Rosa Blanca por un precio conveniente.

El propietario, ese indio idiota, se sentiría enormemente feliz cuando le pusieran enfrente de los ojos dos mil dólares, todos en moneda acuñada, sin un billete entre ellos.

Los cinco primeros pozos habían empezado a producir, y se solicitó de don Jacinto el arrendamiento de todas sus tierras, pagándole en cambio dos dólares anuales por acre. El no dijo ni sí ni no, y una hora después había olvidado el asunto.

Algunas semanas más tarde se le ofrecieron dos dólares por acre a cambio del arrendamiento ilimitado o garantizado durante veinte años. Nuevamente olvidó la proposición, y tres meses más tarde se le hizo una nueva, consistente en pagarle dos dólares por acre anualmente durante veinte años y el uno por ciento sobre las utilidades resultantes de la explotación de los pozos que se encontraran en el lugar. Dos meses más tarde se aumentó la proposición al ocho por ciento en lugar del uno, y sobre cualquier producto que se obtuviera de Rosa Blanca.

Había sido el señor Pallares, agente comprador de la Condor, quien personalmente había hecho a don Jacinto aquella última oferta.

—Su proposición es magni. ' —contestó don Jacinto—, pero siento no poder aceptarla. No me es posible alquilar la hacienda, no tengo derecho para hacerlo. Mi padre no pensó jamás en vender o alquilar el lugar, ni lo pensaron tampoco mi abuelo o mi bisabuelo. Yo estoy obligado a cuidar de Rosa Blanca y a conservarla para aquellos que vivan después de mí, quienes a su vez la guardarán para los que les sucedan. Así ha venido ocurriendo desde el principio del mundo. ¿No recibí yo todos los naranjos, tamarindos y mangos de mi padre? Ahora nada tendríamos de ello si mi padre y mi abuelo no hubieran sembrado pensando en las generaciones venideras. Atendiendo a esa misma razón he plantado algunos cientos de árboles este año, entre ellos algunos que no habíamos tenido, tales como toronjas. Las matitas nos llegaron a Tuxpan desde California, y ya las tenemos listas para plantarlas tan pronto como vengan las lluvias. Es así como marchan aquí las cosas. Los muertos piensan en los vivos y los vivos piensan en los que vendrán. ¿Comprende usted, señor?

—Desde luego —dijo el señor Pallares con aburrimiento. De hecho no comprendía ni una sola palabra de lo que don Jacinto decía. El era un hombre de negocios, para quien la tierra representaba mercancía y nada más. El, personalmente, nunca había poseído tierra, ni tampoco su padre. Aparte del tráfico de tierras, se dedicaba a la política y esperaba llegar a ser diputado algún día, siempre que pudiera obtener el dinero suficiente para pagar los gastos de su propaganda.

Informó a la oficina que don Jacinto estaba loco.

—¡Es maravilloso! —exclamó el vicepresidente de la Condor cuando leyó el informe—. Si ese piojoso está loco, debemos enviarle al manicomio y dejarlo allí olvidado para beneficio de la sociedad humana.

Don Jacinto no sería el primero que desaparecería encerrado en un manicomio para morir olvidado y miserablemente por no haber facilitado a alguna compañía petrolera la adquisición de su propiedad.

IV

Otro agente, esta vez el señor licenciado Pérez, se presentó a don Jacinto para tratar el asunto de la Condor. Consigo llevaba una bolsa de lona llena de dinero. No era toda la cantidad que la Condor había prometido pagar a don Jacinto; sin embargo, era bastante para hacer casi a todos los hombres cambiar de opinión en cualquier asunto, aun tratándose de sus creencias religiosas.

El licenciado Pérez ya no pretendía alquilar. Los directores sustentaban la idea de comprar la hacienda definitivamente. En tal caso la compañía ofrecía más dinero, bastante más en verdad; a ello Jacinto no podría rehusarse.

—Pero vea usted, señor licenciado, ¿cómo podría yo vender la hacienda? —dijo don Jacinto expresándose como lo hacía usualmente. El tiempo era algo indefinido para él, lo empleaba para hablar con su esposa, con sus niños, con su mayordomo, con su compadre, con los traficantes de ganado, con los comerciantes y nunca había aprendido a darse prisa—. No; realmente, licenciado, como dije antes, siento mucho disgustarlo, pero ya ve usted que me es imposible vender Rosa Blanca, porque en realidad no me pertenece.

El señor Pérez se enderezó en su silla, se introdujo un dedo en la oreja, lo agitó en forma cómica y miró a Jacinto estúpidamente.

Después dijo:

—¿Oí bien? ¿Puedo dar crédito a mis oídos? ¿Ha dicho usted, realmente, que no es el propietario? ¿Es verdad eso, don Jacinto?

El señor Pérez era el principal abogado de la Condor en la República, y recibía fuertes sumas por representar a la compañía ante la ley y las autoridades de la República. ¿Sería posible que él, abogado astuto y hábil hubiera descuidado un factor de primordial importancia tal como ignorar que aquel indio no era el propietario legal de Rosa Blanca? Imposible. Eso cambiaría totalmente la situación en un lapso de veinticuatro horas. Prácticamente, la mitad de las propiedades adquiridas por compañías petroleras y mineras extranjeras, habían sido compradas a precios ridículamente bajos y ello se debía, precisamente, a que en muchos casos los propietarios no podían probar por medio de documentos legales sus derechos de propiedad. Muchos cientos, si no miles de propiedades de la República, a menudo en posesión de la misma familia durante muchas generaciones, no habían sido registradas en parte alguna, a excepción de la oficina de contribuciones que nunca se preocupaba por dilucidar quién era el verdadero dueño de una finca, en tanto que las contribuciones impuestas a la misma fueran cubiertas puntualmente. Rosa Blanca podía denunciarse como realmente abandonada, reclamarse como propiedad de la nación y el gobernador del estado o cualquier político podían rematarla como representantes de la nación, en una falsa subasta, por diez mil dólares, ganando por ello una comisión de cien mil.

El sudor bañó el gozoso rostro del señor Pérez, quien se lo secó, primero abanicándose y después con el pañuelo, en medio de gran excitación.

Tragando saliva con dificultad, dijo tartamudeando:

—Lo que no... es decir yo he... Si yo mismo he revisado todos los registros, todos los documentos referentes a la propiedad. Y sólo puedo decir que no hallé ni el más leve error en la documentación. La documentación se remonta a épocas tan remotas que hubo necesidad de consultar con expertos traductores del castellano antiguo, para hacerlos legibles en el moderno. Y no se descubrió ninguna falta, ningún error en parte alguna. Usted es el propietario legal, don Jacinto, si el más remoto lugar a duda. Para hablar francamente, le diré que bien me gustaría que no fuera así.

El licenciado hizo una mueca semejante a una sonrisa.

—Claro está que soy el propietario legal. ¿Quién dice lo contrario?

—¿Pero no acaba usted de decir, sólo hace un momento, que Rosa Blanca no es suya?

—Sí, eso dije, pero tratando de significar algo distinto. El lugar es mío. Pero no me pertenece al grado de que me sea posible hacer con él lo que me plazca.

—¡Pero en el nombre de Dios, don Jacinto! ¿Por qué no ha de poder usted hacerlo?

—Trataré de explicarlo con claridad, señor licenciado. Naturalmente que yo puedo cultivar la tierra, plantar en ella todo lo que me parezca conveniente para todos nosotros. Y lo que quiero que comprenda es que yo no soy el único propietario. Mi padre poseía la tierra como yo la poseo ahora y como mi hijo mayor la poseerá algún día, cuando yo haya desaparecido. Así, pues, ella no pertenecía realmente a mi padre, ya que él tenía que pasármela como habré yo de pasarla a mi hijo cuando sea requerido fuera de este mundo.

—Don Jacinto, déjese ya de tonterías.

—No veo por qué ha de ser una tontería que yo diga que Rosa Blanca no es de mi propiedad en grado ilimitado, y que carezco del derecho de hacer con ella lo mismo que usted puede hacer con su reloj de oro. Porque aquellos que vengan cuando yo me haya ido también habrán de vivir. Y exactamente como mi abuelo y mi padre supieron que yo seguiría viviendo cuando ellos se marcharan, y que por tanto debían seguir guardando Rosa Blanca, sin que jamás cruzara su mente la idea de venderla o de alquilarla, precisamente en la misma forma, debo obrar yo. Comprenda usted, licenciado, es mi sangre la que me hace sentir, pensar y obrar en la forma en que lo hago. Yo soy responsable de la suerte de todos los que habitan Rosa Blanca. Yo no puedo abandonarla. No soy el propietario, soy únicamente una especie de administrador de la propiedad. Esa es la verdad. Así se han llevado las cosas desde que se fundó Rosa Blanca, sólo Dios Santo sabe quien lo haría, pero debe haber sido hace muchos, muchos cientos de años, de acuerdo con nuestras viejas sepulturas, las que tienen mayor significado para mí que cualquier documento.

—Pero hombre, esas son palabras solamente, sentimentalismos anticuados, mi querido señor Yáñez. En este mundo cruel que habitamos, cada quien ha de mirar por sus propios intereses. Deje que los otros cuiden de sí mismos. Y en lo que se refiere a sus propios hijos, podrá usted darles todo el dinero que necesiten para ser felices o, si lo prefiere, podrá heredarlos para que lo gocen después. ¿Cómo es posible que desee usted que sus hijos vivan aquí en las condiciones de todos esos indios? Ellos son jóvenes y desean gozar de la vida. ¿Por qué han de ser pastores y campesinos si pueden ser mujeress y hombres cultos? Doctores, abogados como yo o ingenieros, capaces de vivir decentemente en una ciudad civilizada? Pero si no desean estudiar, pueden comprar todas esas cosas excelentes que el dinero paga, todas esas cosas hechas únicamente para la gente que tiene dinero.

—Tal vez —dijo don Jacinto lacónicamente—. Tal vez, señor licenciado, bien dicho, nada más que así carecerían de tierra. Son humanos y necesitan comer, y ¿cómo podrían hacerlo si no sembraran maíz y frijol?

—No diga boberías, don Jacinto. Sus hijos podrán comprar todo el maíz y el frijol que necesiten. ¿Qué no podrán con todos los miles de pesos que vamas a darle por su tierra?

Don Jacinto no contestó. No le era dado pensar con la rapidez con que suelen pensar los abogados. Su pensamiento marchaba con minutos de retraso en relación a la rapidez con que el señor Pérez deseaba encaminar las cosas. Percatándose de ello, el señor Pérez decidió atacar al indio testarudo empleando una estrategia diferente. Tenía experiencia en el manejo de campesinos y propietarios de tierras.

—Algún día será usted viejo, tal vez se vea inválido y entonces preferiría vivir fácil y confortablemente. ¿Verdad don Jacinto?

—¿Yo viejo e inválido? ¿Yo? Nunca. No nunca. Yo nunca envejezco; el día que ello ocurra moriré silenciosamente. A mí me bastará sentarme en una silla, llamar a mi señora y a los niños, si es posible a toda la gente de aquí, para darles las gracias por todo lo que han hecho por mí y para pedirles perdón por los errores que haya cometido y los que no me fué posible evitar como humano. Después les diré adiós y les pediré que me dejen solo y, una vez solo, moriré pacíficamente diciendo: "Dios mío y Creador, voy hacia ti nuevamente, ni malo ni bueno, solamente como tú deseaste que fuera. Gracias por haberme permitido ver el mundo y vivir en Rosa Blanca." Después de ello mis gentes me enterrarán en el sitio en que mis antepasados descansan. Ya verá usted, licenciado Pérez, que en esta forma yo no puedo envejecer y arruinarme. Eso nunca nos ocurre a ninguno de nosotros. Mi padre jamás envejeció. Murió precisamente el día en que al levantarse, salir al pórtico y mirar al sol, regresó adonde mi madre se encontraba y dijo: "Dios mío, buen Dios, ¡qué fatigado me siento ahora, querida Catalina!" Después trabajó como siempre durante todo el día, cenó como acostumbraba y murió. Sí, señor licenciado, así ocurren las cosas entre nosotros. Y en cuanto a la tierra, bien, señor, no puedo venderla porque aquellos que queden en el mundo cuando yo parta, necesitarán de ella para vivir.

Se encontraba listo para exponer al licenciado sus ideas acerca de los árboles que debían plantarse en beneficio de futuras generaciones, pero recordó que ya lo había hecho cuando conversara con aquel otro caballero, con el señor Pallares, que le había visitado algunas semanas antes. El solamente recordaba la ligera impresión que sus palabras, que él consideraba expresión de pensamientos lógicos, le habían causado. Y se percató de que el licenciado Pérez se mostraba tan aburrido con su charla, como se había mostrado el señor Pallares cuando le hablara de árboles y frutos para futuras generaciones.

Al darse cuenta de que hablaba en vano, pensó en otra forma de atraer la atención de su visitante.

—Hay algo más, señor licenciado, que debemos tomar en consideración.

—Bien, don Jacinto, hable usted, que para escucharlo he venido.

—¿Qué harán todos mis compadres y mis comadres si yo abandono Rosa Blanca? Piense usted en todas estas familias;

yo soy responsable de ellas y de su bienestar. El lugar les corresponde por razón natural. Son como árboles con profundas raíces en el suelo. Si se les arranca de aquí se marchitarán y sus corazones y sus almas quedarán destrozados. No, señor, lo siento mucho, pero me es imposible vender, porque todos los que aquí habitan tienen los mismos derechos que yo. ¿Qué harían? ¿A dónde irían? Todas estas gentes son parte de la tierra que habitan. ¿Qué harían el día que perdieran el suelo en que se apoyan? Contésteme, señor.

El señor Pérez encendió un cigarrillo, apagó el cerillo y empezó a jugar con la mecha emparafinada hasta que la deshizo entre sus dedos. Después, repentinamente, hizo un gesto como significando que había llegado a la solución de un complicado problema matemático, y dijo con acento sorprendido:

—¿Me pregunta usted qué va a hacer toda esta gente, don Jacinto? Pues la respuesta es muy sencilla. Todos ellos encontrarán buen empleo en los campos petroleros. Ganarán muchísimo más de lo que usted les paga aquí, don Jacinto. ¿Cuánto les paga usted? Bien, bien, no es necesario que me conteste. Cuando mucho serán cincuenta centavos diarios. Tal vez setenta y cinco si es usted generoso. Eso es una pequeñez comparándolo con el salario que pueden ganar en los campos. Cinco pesos será lo que ganen por día durante toda la semana, y cobrarán doble el tiempo extra. Además, trabajarán estrictamente ocho horas y se les pagará doble todo el tiempo extra que trabajen. Yo sé que hay una gran diferencia, porque conozco la vida de nuestras haciendas. Se trabaja de sol a sol, y se reciben en pago unos cuantos centavos cuando el hacendado le da la gana. Hablo en general, don Jacinto, no me refiero exclusivamente a su hacienda.

Dos Jacinto movió la cabeza varias veces, sin pronunciar palabra.

El señor Pérez lo miró pensando en su estupidez y dijo para sí: "Sólo el diablo sabe por qué todos estos malditos indios no fueron ahogados o colgados por los españoles. La

República sería un lugar excelente para hacer dinero, si no fuera por esos malditos indios con su miserable maíz y frijol. Bueno, creo que es tiempo de dar el golpe final y de terminar el asunto de una vez por todas.

V

Arrimando la mecedora en que estaba sentado se aproximó más a don Jacinto y haciendo un gesto con el que pensaba impresionar al indio, le habló en tono confidencial:

—Mire, don Jacinto, sea razonable por lo menos una vez en su vida. Yo no tengo ni la menor intención de estafarlo, de robarle lo que le pertenece, nunca haría semejante cosa a un compatriota, para que esos malditos gringos pudieran beneficiarse. Trato con usted honestamente, don Jacinto.

—Creo en lo que me dice, señor licenciado, no tengo razón alguna para dudar de su honestidad. Lo considero un caballero respetable, y siempre lo tendré en alta estima. Créame, señor.

—Gracias por su confianza, don Jacinto. Le compraré su tierra obrando con la mayor honestidad. Trataré con usted como amigo y no como agente de una compañía extranjera. Para mostrarle que comprendo su situación y que deseo obrar honestamente con usted, le ofreceré un precio que nadie le ofrecería jamás. Todavía iré más lejos, cualquiera que sea la oferta de otra compañía, yo la mejoraré en un diez por ciento, palabra, don Jacinto.

—Pero, por favor, señor licenciado, yo... yo no puedo vender la tierra porque... verá usted...

—Nada, don Jacinto, nada, no se precipite —interrumpió el licenciado con voz suave, como si se dirigiera a un enfermo a quien no deseara irritar—. Usted puede vender el rancho, yo sé que usted puede.

—No puedo, señor, no es mío, no puedo porque...

—Por favor, déjese de tonterías; eso ya me lo dijo antes cien veces, si no más. Ya me sé de memoria todo eso. Diré a sus hombres, quiénes sin duda trabajan duramente aquí, que en los campos su trabajo será mucho más fácil e infinitamente mejor pagado. Podrán comprarse zapatos como los que usa la gente civilizada y dejarán de usar los huaraches que están bien para los salvajes. Sí, sí, don Jacinto, ya sé que usted también usa huaraches, don Jacinto. Pero si lo hace es solamente porque le acomodan y no porque sea tan pobre como estos indios miserables que jamás se han probado un zapato. Cuando trabajen en los campos podrán comprar a sus mujeres vestidos de seda, zapatos de tacón alto, jabón perfumado y todas esas cosas que a ellas les gustan sobre todo en el mundo. Y si los hombres no desperdician su dinero y se alejan del mezcal, en poco tiempo podrán dedicarse al comercio y vivir libres y felices.

Jacinto volvió a callar. No contestó porque no comprendió de qué hablaba el licenciado. En su mente había sólo una idea inmutable, una idea que jamás estaría en contacto con las ideas expresadas por el licenciado. Aquel pensamiento, el único que tenía en aquel momento era, sin embargo, tan poderoso, que abarcaba el mundo entero y solucionaba todos los problemas. Todas las preguntas que se le hicieran habrían podido ser definitivamente contestadas con aquel pensamiento único. No podría expresarlo con las bellas palabras empleadas por los poetas, ni con la brevedad de un científico capaz de usar símbolos comprendidos sólo por otro científico. Tampoco podría ilustrar su pensamiento con estadísticas semejantes a las hechas por un estudiante de economía nacional. Sólo pudo expresarlo diciendo:

—Pero si ellos carecen de tierra no podrán cultivar maíz.

Maíz, esta palabra significaba para él, para el indio, tanto como para nosotros expresa la oración que elevemos al Señor: "¡El pan nuestro de cada día dadnos, Señor!" No el que necesitaremos mañana, no, el que necesitamos ahora, el pan nuestro de cada día, porque mañana podremos morir si ahora carecemos de él.

El señor Pérez sabía que había hablado en vano, que el indio no había seguido sus pensamientos. Jacinto, aun cuando su vida hubiera dependido de ello, no habría encontrado otra respuesta en su mente. Para él toda la sabiduría del mundo descansaba en su único pensamiento, al igual que toda la sabiduría de la raza humana desde su origen en la tierra, tiene sus raíces en la primera y última verdad del hombre: la tierra produce pan, y el pan vida. ¿Qué otra sabiduría habría hecho a Jacinto más feliz, más rico o le habría satisfecho más?

Ningún abogado habría comprendido jamás la simpleza de esa sabiduría. El licenciado Pérez sabía que en cualquier tienda podía comprarse maíz y que lo único necesario es el dinero. La Condor tenía dinero y estaba dispuesta a pagar el terreno. Jacinto podría comprarse cien barcos cargados de maíz y durante su vida podría llenarse seis veces diarias de más maíz del que le fuera posible digerir. Maíz, maíz y sólo maíz, de nada más sabía hablar aquel testarudo, en nada más podía pensar. ¡Al diablo con el maíz!

En cualquier forma, con toda su habilidad, con su gran conocimiento de las leyes nacionales e internacionales, el licenciado no pensaba en el hecho de que antes de ser vendido el maíz tenía que ser cultivado, comprado y convertido en alimento. En algún sitio debía cultivarse el maíz o dejaría de haberlo no obstante los muchos cientos de dólares que el que necesitara el grano tuviera depositados en el banco.

El licenciado Pérez vivía en un mundo diferente. En el suyo el maíz y la tierra podían separarse sin que surgieran problemas serios. En su mundo todas las relaciones entre tierra y maíz, hombre y tierra habían sido separadas. En su mundo los hombres conocían solamente una cosa: el producto. Cuando nosotros hayamos partido bien puede diluviar, bien puede verse el mundo envuelto en llamas o sacudido por terremotos y todo ello contemplado a través de un aparato de televisión. Tierra, tierra y más tierra. ¿Qué significado tiene la tierra en cualquier forma? Nosotros necesitamos extraer el petróleo de la tierra para alimentar el motor de nuestros carros. Al diablo con ese indio idiota. Si realmente siempre necesitáramos maíz y no pudiéramos conseguirlo directamente, debido a que hubiésemos cambiado toda la tierra por petróleo, podríamos hacer maíz sintético en una prensa rotativa y comprarlo en latas empacadas en Chicago y vendidas en cadena. Nosotros necesitamos la tierra para hacerla producir petróleo, y eso basta. Necesitamos petróleo para poder conducir nuestros carros a ciento veinte millas por hora, aun cuando no tengamos precisión de llegar a sitio alguno. ¿Por qué, por qué no ahogaron a todos esos malditos indios cuando tuvieron oportunidad de hacerlo? Así se habría acabado de una vez para todas con su maíz.

VI

Jacinto, como siempre, atrasado en sus pensamientos, llegaba en aquel momento a la proposición del señor Pérez relativa a conceder a sus hombres trabajo en los campos petroleros.

—Es verdad, licenciado; lo que usted dice es verdad. Sé que los hombres pueden ganar mucho dinero en los campos petroleros. El muchacho de José, quien también nació aquí, trabaja en un campo. Dice que quiere ganar dinero pronto porque quiere casarse, y el suegro no dará su consentimiento si no le entrega una buena vaca como garantía de que el muchacho es merecedor. Pero ahí está Marcos que también ha trabajado en los campos. Ahora se encuentra nuevamente entre nosotros. Dice que jamás volverá a trabajar en un campo petrolero y que prefiere permanecer aquí. Dice que en el campo siempre estuvo triste y se sintió desgraciado, en tanto que aquí siempre es feliz.

—Pues debe ser un tonto ese tipo, ya que no sabe aprovechar las buenas oportunidades. Es necesario conocer las condiciones y el medio cuando se quiere hacer dinero. Esto es una regla bien sencilla. Nadie regala el dinero. Es necesario trabajar para ganarlo o conseguirlo en alguna otra forma.

—Creo que tampoco a mí me gustaría trabajar en un campo.

—Pero usted nunca tendrá necesidad de hacerlo, don Jacinto. Usted podrá comprarse un automóvil, uno de esos vehículos que no necesitan caballos ni mulas y que corren diez veces más rápidamente que ellos.

—No necesito automóvil, porque no tengo para qué usarlo —dijo Jacinto sin interés.

—Es que si tuviera uno podría llegar a Tuxpan en una hora.

—No deseo llegar a Tuxpan en una hora. ¿Para qué? Prefiero ir deteniéndome en el camino para preguntar a las gentes cómo van el frijol y el maíz, qué tal están de gordos sus marranos y cómo están sus niños. Deseo además mirar de cerca los ramos de flores azules, y la floración de las rosas. También sabrá usted que estoy muy interesado en el gran tronco de caoba derribado por el huracán en mitad del camino y que parece no querer pudrirse, y que no hay quien se ocupe de retirarlo del camino o de convertirlo en leña. Varias veces he prendido fuego debajo de él, pero no arde. Es demasiado duro para ello. Yo creo que todavía durante muchos años tendremos que rodearlo para pasar.

El señor Pérez bostezó: "Santo Dios, ¡qué hombre más estúpido! Y pensar que yo tengo que perder mi precioso tiempo aquí sentado, escuchando su charla infantil, a fin de sacarle algo", pensó para sí. Luego dijo en voz alta:

—Pero mire, don Jacinto, si usted tuviera un automóvil podría...

—Cuando preciso ir a Tuxpan para vender puercos o comprar un nuevo sombrero para Nazario, o para conseguir semilla nueva, ensillo el macho amarillo y salgo a las tres de la mañana. Nada hay más hermoso en la tierra que la mañanita del trópico. La desaparición de la oscuridad y los veinte minutos que preceden al amanecer y después el sol lanzando sus rayos como en una tormenta surgida de la nada. Llego a Tuxpan a las nueve o las diez. La hora importa poco, porque tiempo me sobra en este mundo. Y así puedo gozar de todo lo que vale la pena de ver en el camino. Puedo hablar con Rafael, que ahora techa su jacal con palapa, material que considera mejor que la teja. Siempre llego a Tuxpan a hora conveniente para arreglar mis asuntos, por ello no tengo necesidad de un automóvil. No, en realidad no lo necesito, y si tuviera uno, nunca lo usaría; nunca, señor licenciado.

Pérez, casi desesperado, sentía como si le hubieran dado una patada sin tener oportunidad de devolverla. Trabajó duramente para encontrar un nuevo y mejor argumento contra don Jacinto, quien carecía totalmente de sentido financiero. Antes de que encontrara la idea necesaria para infundir en aquel indio testarudo la misma admiración que él rendía al dinero, don Jacinto había encontrado una respuesta adecuada al ofrecimiento del licenciado de hallar trabajos bien remunerados para todos los hombres que había en la hacienda. Y vaya que fué efectiva y mucho mejor de lo que el señor Pérez habría podido esperar de aquel hombre sencillo.

Don Jacinto dijo:

—Sería muy bueno, magnífico, que todos nuestros hombres encontraran trabajo en los campos petroleros. Estoy seguro de que todos ellos pueden trabajar allí y ganar mucho dinero. Sólo hay un pequeño inconveniente en ello. Supongamos que se termina la perforación de todos los pozos, ¿qué ocurrirá entonces con el trabajo? Si el trabajo en los campos termina, ya no habrá salario para ellos, y entonces ¿qué pasará, señor Pérez?

La respuesta de Pérez fué rápida y él la consideró excelente:

—La compañía no perfora pozos aquí únicamente. Es propietaria de muchos terrenos en la República. Si el trabajo se termina aquí, los hombres serán enviados a los nuevos campos.

Don Jacinto, percatándose de que al fin llegaba el punto importante, dijo lentamente:

—En aquellos campos lejanos de los que usted habla, y a los que nuestros hombres serán enviados para trabajar, en esos sitios, ya hay trabajadores y deben ser hombres que pertenecieron a otros ranchos y haciendas vendidos a la compañía. Entonces, si nuestros hombres son enviados para allá ¿a dónde irán ellos?

Pérez se sintió acorralado. Buscando una forma para salir del atolladero en que aquel indio astuto lo había metido, explotó con esta respuesta:

—Sencillísimo, don Jacinto, nada más sencillo que eso. Aquellos hombres tendrán que ir en busca de otro sitio cuando nuestros hombres de acá lleguen.

—Toda vez que la tierra que trabajaban y de la que vivían les ha sido comprada y se encuentran sin hogar, ¿cómo podrán vivir si nuestros hombres llegan a quitarles el trabajo? Sin tierra y sin trabajo morirán de hambre. Además, hay otra cosa en la que aun no hemos pensado y es que los pozos no podrán perforarse eternamente, algún día dejarán de producir y entonces todos los hombres habrán olvidado la forma de cultivar el maíz.

Todos los problemas se simplifican, cuando hay bastante tierra disponible y hombres que sepan cultivar el suelo que aman, pero todos se complican a la vez, en el momento en que los hombres son arrojados del suelo al que pertenecen. Hasta el señor Pérez empezaba a comprender esto al enfrentarse con el problema de los desocupados. El indio lo sacaba de la aparentemente invulnerable posición que acupaba en su propio mundo. Lo sacaba aún de las fronteras de todo aquello que había estudiado en la escuela y aprendido de la vida. Si se encontrara sentado ante otra persona culta como él, un comerciante, un hombre de negocios, un arquitecto o un banquero en lugar de aquel indio, habría podido resolver fácilmente el problema, en presencia de un hombre que como él viviera en una gran ciudad, para una gran ciudad y de una gran ciudad. Los problemas podrían ser discutidos y resueltos entre hombres de la misma posición, hablando el mismo lenguaje entre sí, con las mismas perspectivas e incontables oportunidades en la vida. Esos caballeros habrían hablado respecto a la necesidad de hacer nuevas leyes referentes a los desocupados. Habrían mencionado decisiones del Congreso y decretos presidenciales, adiciones a la constitución, mejoras a los medios de transporte, elevación de tarifas, restricciones a la inmigración, disminución de importación, inflación, subsidios del gobierno a la gran producción de artículos indispensables, ayuda a la agricultura, altas contribuciones de tránsito de caminos; habrían hablado de la tolerancia con los mendigos jóvenes, fuertes y saludables que prefieren pedir limosna antes que trabajar y, sobre todo, considerar que el deseo de solucionar el problema de los desocupados era tanto como querer que el estado cuidara de todos aquellos lo bastante indolentes o tontos para cuidar de sí mismos. Sin embargo, a pesar de todo lo que se dijera, de cuantos remedios fueran propuestos, la única cosa sin respuesta era: ¿dónde encontraremos tierras qué cultivar? Porque hasta el licenciado admitía la imposibilidad de esperar que algún día se hiciera maíz con escorias de carbón y frijoles con residuos de petróleo.

VII

Los razonamientos de don Jacinto sobre los problemas más difíciles de la raza humana eran tan simples y tan hábiles que el señor Pérez se sintió casi perdido, sin esperanzas. No podía llegar al indio dándole lecciones de alta y baja economía. Debía tener presente que don Jacinto y él vivían en planetas diferentes.

Don Jacinto no sabía que había derrotado sin piedad al licenciado, porque no imaginaba que otros seres humanos pudieran pensar en forma distinta a la suya. El vivía no sólo de la tierra, sino con la tierra. Era un genuino producto del suelo, semejante a un árbol que muere si se le arranca de él. Así, pues, siendo como era, no podía ser conquistado por el recurso de mayor peso que el licenciado había reservado durante su conversación.

El señor Pérez tomó el saco de lona blanca que había llevado consigo y que al sentarse había colocado sobre el piso, cerca de su mecedora.

Levantándolo y sopesándolo con ambas manos para hacerlo aparecer aún más pesado de lo que en realidad era, sonrió ampliamente como para decir: "Ahora, buen hombre, ahora va usted a ver todas las maravillas del mundo y algo más, esas que se ven solamente una vez en la vida."

Lentamente, como si le fuera difícil ponerse de pie debido al peso de la bolsa de lona, se levantó de la silla, y dijo:

—¿Quiere usted entrar conmigo, don Jacinto? Le enseñaré algo que vale la pena de ser visto.

Don Jacinto ya se había levantado. Ambos atravesaron las puertas abiertas de la sala, un cuarto grande, especie de patio techado y con piso de ladrillo.

En medio del cuarto había una mesa pesada de caoba, construída tal vez hace quinientos años o más. Algunas sillas del mismo material de la mesa se hallaban colocadas en forma irregular alrededor de ella. No menos de una veintena más de sillas se encontraban colocadas a lo largo de las paredes, poniendo de manifiesto que los huéspedes numerosos no eran poco comunes en Rosa Blanca.

La mesa estaba desocupada.

—Sentémonos ahí, don Jacinto, y conversemos otro rato.

El señor Pérez, sonriendo ampliamente, hacía sonar el saco con su mano derecha como si fuera una campana.

No acababa de sentarse don Jacinto junto a la mesa, cuando el licenciado, repentinamente, como si fuera a ejecutar un acto de magia, levantó el saco bien alto por encima del centro de la mesa, lo tomó por la parte del fondo, lo volvió y dejó derramar su contenido sobre la mesa... Era una gran cantidad de monedas de oro de las llamadas aztecas, con valor de veinte pesos cada una. Tan hábilmente había sido puesta en juego la triquiñuela, que la mesa quedó literalmente cubierta de monedas de oro, sin que una sola hubiera rebasado los bordes y caído al suelo. Cualquiera podría suponer que el licenciado había hecho el juego cien veces antes de llegar a adquirir semejante perfección.

Al mirar el montón de oro con ojos acariciadores, tal vez veía la imagen del busto de cierta mujer. Sus ojos brillaron y se fijaron en aquel busto. Evidentemente, una especie de poder magnético encantó su vista al grado de que le era imposible separar los ojos de allí. Era fácil descubrir que por su mente pasaban veintenas de pensamientos, docenas de imágenes de objetos que podrían adquirirse con aquel montón de oro, así como todos los placeres exquisitos que podría proporcionarse, de pertenecerle.

Con un movimiento brusco salió del estado de trance en que se hallaba, y produciendo un sonido audible, vació sus pulmones del aire que había retenido por mayor tiempo que el normal. Apartando sus ojos del busto de oro, los volvió hacia don Jacinto, que había permanecido inmóvil en s sin inmutarse en lo mínimo a la vista de lo que se hallaba sobre la mesa ante él. Mirando fijamente a don Jacinto y tratando de penetrar los pensamientos del indio, el señor Pérez enrojeció.

"Gran Dios", pensó para sí. "Ojalá que este hombre no haya leído mis pensamientos mientras me encontraba en ese largo viaje alrededor del mundo y en grata compañía, además." Sacudió la cabeza para que su cerebro volviera a ocupar el lugar que normalmente le correspondía y sonrió.

Con la amplia sonrisa dibujada en el rostro, recordó en aquel preciso momento que en una ocasión, años atrás, había sonreído en la misma forma, cuando durante la celebración de la llegada del año nuevo mirara el rostro de su novia, mientras le mostraba un brazalete de diamantes que tenía cubierto con una servilleta, primer regalo de valor real que podía ofrecerle.

Mantuvo la sonrisa durante el tiempo que contaba las monedas, cosa que hacía como celebrando un rito. Obraba así, en parte para causar una profunda impresión en don Jacinto, pero en parte porque consideraba aquello como el trabajo más noble que un ser humano puede hacer.

Tuvo que emplear mucho tiempo para contar el dinero. Mientras contaba, lo hacía como si la venta se hubiera efectuado y el recuento del dinero fuera acto necesario para cerrar el trato.

Por muchas causas sentía que aquella noble tarea llegara tan pronto a su fin. El podría haberla desempeñado sin fatigarse jamás. De vez en cuando pensaba en la estupidez de los empresario de espectáculos, a quienes no se les había ocurrido jamás promover un marathón de contadores de monedas de oro a la vista del público, con todas las puertas guardadas por policías con ametralladoras.

Colocaba las monedas en columnitas de cincuenta aztecas, poniendo cuidado en que cada una de esas columnas quedara tan recta como si hubiera sido levantada a plomo. Cada vez que paraba una, la acariciaba con voluptuosidad, con ambas manos, por todos lados, para que quedara aún mejor colocada. Sin duda no habría acariciado el cuerpo de una mujer desnuda con mayor ternura y delicadeza que una de esas columnas.

Por fin, el recuento terminó y cuatrocientas columnas quedaron alineadas en la mesa, como soldaditos de oro, listos para ser revistados por un secretario de Guerra.

Reverentemente y con una marcada expresión de pesar miró a los soldaditos de oro, y sin apartar la vista de ellos, dijo:

—He ahí, don Jacinto; ahora es usted un hombre rico; todo ese montón de oro se lo da la compañía a cambio de Rosa Blanca. Cuatrocientos mil pesos oro, eso es lo que la compañía le paga. Aquí los tiene usted ante los ojos, y repare en que no está soñando. Como he dicho, lo que aquí ve son solamente doscientos mil pesos oro, sólo la mitad de lo que recibirá usted cuando el contrato esté firmado, sellado y aprobado por las autoridades. Es decir, que recibirá usted otro montón de oro exactamente igual a éste, mañana mismo si usted quiere. El dinero está a su disposición.

La impresión que el señor Pérez esperaba causar a don Jacinto falló absolutamente en todos sus detalles. Don Jacinto tomó una moneda, la sopesó en la palma de su mano, le examinó el borde, la mordió con sus dientes aguzados y dijo:

—Hermosa moneda. El hombre que las hace debe ser un artista para darles esa apariencia de lindas medallitas —después de decir lo cual volvió a colocar la moneda en la columna de donde la había tomado.

Aquel montón de monedas brillantes carecía de significado para él, pues habría apreciado mejor el valor de una pila de maíz o de quinientos cerdos. Desde luego que no hubiera vendido Rosa Blanca ni por una montaña de maíz o por un tren cargado de mulas. El valor de Rosa Blanca no podía expresarse en dinero, maíz, cerdos, caballos u otra cosa.

El maíz, por elevada que fuera la montaña formada por él, sería consumido algún día, y cuando un día tiene que llegar, llega tarde o temprano, pero llega y nadie puede evitarlo. ¿Qué ocurriría entonces, cuando todo el maíz y los puercos se terminaran? Los hombres que vinieran cuando ese día llegara empezarían a morir de hambre. Sólo en la tierra puede confiar el hombre. La tierra da, da con generosidad inagotable. El suelo se rehace y vuelve a rehacerse incansablemente. El suelo se rehace una y otra vez, eternamente. Ahora es puro, virginal, después se estremece de amor, después ostenta su gran preñez para dar a luz, finalmente, en un acto triunfal. Después volverá la faz agradecida al sol, para marchitarse lentamente, satisfecha y con sonrisa un poco fatigada. Luego dormirá y volverá a empezar, a la mañana siguiente, a vivir, a amar, a concebir y a dormir, y así eternamente, con la salida y puesta del sol, con el crecer y menguar de la luna, con el brillar de los luceros en el cielo. No importa que los hombres vivan o perezcan, el suelo producirá en tanto brille el sol en el firmamento.

Así, pues, el dinero, el maíz, la carne, aun en gran cantidad, es sólo una vez y no vuelve a ser. Cosas son éstas que no se reproducen voluntariamente, y que cuando se les fuerza para ello, sólo podrán hacerlo con ayuda de la tierra, nunca sin ella.

Don Jacinto conocía perfectamente el valor de los "aztecas". Un "azteca" representaba el valor de cien o ciento cincuenta kilos de maíz; o determinados kilos, arrobas, litros o quintales de frijol, de acuerdo con los precios del mercado. Un "hidalgo" representaba el valor de un cerdo grande, no de la mejor calidad ni muy pesado. Un "hidalgo" eran diez pesos oro, era mucho y buen dinero. Sin embargo, aquel regimiento de columnas de oro acomodadas en forma ordenada sobre su mesa, para jugar su papel en aquella representación, no causaron impresión alguna en su mente. No le era posible medir el valor de tanto dinero. Difícilmente existían valores semejantes en el mundo. Para él, aquello era magia negra.

—El espectáculo es muy agradable —dijo apreciando el trabajo que el señor Pérez se había tomado para recrear la vista de don Jacinto.

—Todo es suyo, Jacinto —dijo Pérez empleando una forma más íntima para dirigirse a él—. Todas esas hermosas monedas son suyas y le entregaremos otra cantidad igual, como antes dije, porque, repito, ésta es solamente la mitad de lo que recibirá usted por Rosa Blanca. Tómela, Jacinto. Guárdela en sitio seguro.

La proposición de Pérez causó en don Jacinto la misma impresión que le habría causado el mismo ofrecimiento a cambio de sacarle el corazón de su pecho viviente.

El regimiento de soldaditos dorados se negó a vivir para don Jacinto, permaneció inanimado, sin despertar en él ninguna esperanza, sin inducirlo a soñar mirándolo, sin despertar ningún deseo que lo obligara a decir: "Sí, aceptado, señor licenciado Pérez". Y toda vez que el oro no tenía poder alguno sobre su mente, no podía ganarlo.

Nunca lo ganaría, porque lo que tenía ante sí no era dinero. Ante sus ojos había algo mayor que cualquier cantidad de dinero. Había algo elevado y sacro. Lo que él recibiera de sus ancestros nunca lo consideró como propiedad suya. Lo había aceptado como depósito para conservarlo y mejorarlo tanto como le fuera posible, para entregarlo algún día a aquellos que tuvieran sobre él el mismo derecho que a él lo asistiera al recibirlo. Supóngase que algún día encontrara él a sus mayores en los campos de caza de la eternidad y que le preguntaran: "Jacinto, ¿qué hiciste con nuestra Rosa Blanca?", ¿qué hiciste de la herencia de tus hijos, de tus nietos, de todos tus descendientes? Contesta, Jacinto." Entonces no habría tenido qué contestar, habría tenido que huir para esconderse avergonzado en algún rincón sombrío y apartado. Y la cosa sería peor aun si ante él aparecieran los ancestros de todos sus compadres y sus comadres para preguntarle: "¿Compadre, qué ha hecho usted a nuestros hijos, a nuestras hijas?

Mire lo que ha ocurrido con ellos, algunos son criminales, otros almas perdidas, y usted es el único culpable de que sean lo que ahora son."

Y cada treinta o cuarenta años llegarían nuevos hombres y mujeres a las moradas eternas y le repetirían las preguntas y lo condenarían y él no tendría manera de huir de ellos. Llegarían a sacarlo de su sombrío escondrijo para obligarlo a escuchar sus preguntas durante el día y la noche. Luego lo arrojarían nuevamente a su rincón para que treinta o cuarenta años después lo hicieran salir de él otros que llegaran, y ello se repetiría por incontables millones y millones de años.

Sin poder descansar, sin poder reposar jamás. Y en la misma forma en que el regimiento de soldados de oro aparecía inanimado ante sus ojos, Rosa Blanca se presentaba viva y hermosa en aquel momento en que la lucha por ella culminaba. Rosa Blanca era toda vida, adquiría forma y se revestía de la personalidad de una diosa. No solamente surgía a la vida y se movía, también le sonreía y le hablaba, humanizándose.

Y don Jacinto escuchó su canto.

No pudo soportarlo por mucho tiempo. Se le humedecía el corazón, le sangraba el alma. La habitación desapareció a su vista como si hubiera sido tragada por la niebla.

Se levantó y salió al pórtico.

VIII

Allí se detuvo con la vista fija en el amplio patio. Aquél no estaba muy ordenado. Nunca lo estaba a pesar de las muchas recomendaciones de don Jacinto para que lo tuvieran siempre limpio.

Cien veces había ordenado que cambiaran esto y quitaran aquello y siempre que miraba hacia el patio deseaba que esos cambios se hicieran al momento, pero generalmente no había nadie disponible que lo hiciera en aquel momento. Así, pues, se olvidaba de ello tan pronto como volvía la espalda, o alguien distraía su atención, hablándole. Y la cosa se aplazaba hasta que nuevamente volvía a mirar hacia el patio y encontraba las cosas como habían estado siempre y como seguirían estando durante siglos tal vez.

En el rincón más apartado, próxima al bajo muro de adobe que cercaba el patio, se encontraba tirada la rueda rota de una carreta, y ninguno de los habitantes del lugar recordaba cuándo había existido la carreta.

La rueda se hallaba totalmente podrida; pero estaba hecha de hierro y de dura madera proveniente de árboles de la comarca, materiales cuya resistencia necesitaba cinco siglos para ser destruída por la naturaleza. Todos los sábados alguien recibía la orden de quitar de allí los restos de la rueda. Pero cada domingo, cuando él salía al pórtico bostezando, estirándose y balanceando sus piernas para enterarse de si todavía las tenía en buenas condiciones, lo primero que descubría era la rueda de la carreta y siempre tuvo la curiosa idea de que le sonreía vencedora una vez más. Vencedora por permanecer aún en aquel rincón del que formaba parte. El rincón se habría visto vacío, triste tal vez sin la vieja rueda en él. Don Jacinto pensaba, moviendo la cabeza, que pronto llegaría la tarde del sábado y que al mirar hacia el patio ordenaría al primero que por allí acertara a pasar que quitara la rueda de una vez, y en caso de desobediencia ya sabría él castigar al negligente.

Algunas semanas más tarde la orden fué repetida. Entonces don Jacinto recordó a su padre diciendo: "Tal vez la rueda pueda servir todavía para algo, todavía está en regulares condiciones y es muy fuerte. Quizá sea posible adaptarla a otra carreta, y si no, para algo servirá. Ya hablaré de ello con Manuel tan pronto regrese de Tuxpan para que me dé su opinión."

Cuando Jacinto tenía nueve años, jugaba con ella en compañía de otros muchachos, convirtiéndola en un gimnasio completo, en el que podían ejercitar sus cuerpos para hacerlos ágiles y rápidos como los de una serpiente, y capaces de resistir aventuras como aquellas que leía en los cuentos de Salgari.

Algunos años después, ya perdido el interés por llegar a ser bravos corsarios, los muchachos se sentaban sobre la rueda hasta muy tarde, por la noche, para contarse toda clase de historias horripilantes acerca de las aventuras en que aquella rueda debió haber participado, como parte de una carreta destinada a cargar unas veces mercancías y otras el producto de minas de plata, cuyo cargamento debía ser defendido por los arrieros librando feroces batallas con indios salvajes, bandidos y salteadores de caminos.

Jacinto recordaba el día en que aquella rueda había servido para atar a ella un coyote, que él con la ayuda de otros chicos había cogido en la selva cercana. Suya había sido la idea de domesticar al coyote y usarlo como a salvaje perro vigilante, capaz de aterrorizar a cualquiera que por allí se acercara. La única dificultad había estribado en que antes de lograr domesticar al coyote, aquél había roto a mordiscos la cuerda que lo ataba y había escapado, prefiriendo la vida insegura de la selva a la segura existencia de un perro de hacienda.

Después se había ordenado que se hiciera leña de la rueda para que la utilizaran las mujeres de la cocina; pero nuevamente el padre de Jacinto había esperado a que Manuel llegara a la hacienda para consultarle lo que podría hacerse con ella, ya que era más fuerte y mejor que cualquiera de las ruedas de las nuevas carretas que andan por ahí ahora en día, y en las que nadie puede confiar como se podía confiar para el acarreo de buenas cargas como las que solían transportar las antiguas. Podría ser de gran utilidad en el trapiche, dijo para sí.

Jacinto había llegado a las veinte primaveras cuando las discusiones acerca de la rueda no terminaban aún. Era entonces cuando a él le encantaba sentarse solo sobre la rueda hasta bien entrada la noche. Allí podía suspirar, murmurar y soñar con su muchacha, la que ahora fuera su compañera fiel desde hacía muchos años. Se sentaba allí en las noches de luna, musitando palabras, cantando, silbando viejas y sentimentales canciones rancheras, cargadas de amor eterno, de compromisos rotos y de corazones destrozados. Y más de una noche, con luna o sin ella, se había sentado allí para llorar como un niño su orgullo humillado por Conchita, la mujer cuyo único objeto en la vida era amarlo y casarse con él para bien o para mal. Pero si ella no se casaba con él permanecería soltero a pesar de cuanto la gente pudiera pensar de él, emperador del pequeño imperio de Rosa Blanca, al ver que su nombre se extinguía por falta de una esposa.

Después vino la época de los dulces recuerdos. Cuando, recién casados, se sentaban juntos en la rueda a contemplar la luna, y él hacía marcas en la madera con uno u otro objeto. Recordaba perfectamente por qué había hecho cada una de las marcas. Desde el sitio en que se encontraba en aquel momento, imaginaba verlas y podía contarlas.

Ahora, su padre había muerto y él, Jacinto, era absolutamente responsable de Rosa Blanca. Pero la vieja rueda de carreta quedaría allí, sin que nadie la moviera siquiera fuera una pulgada, del sitio en donde había estado desde el momento en que él la tomara como parte de un juego de caballitos de feria.

Y Manuel, el mayordomo que a la sazón tenía setenta y cinco años, había muerto también siguiendo a su amado amo y compadre a la eternidad. El había sido aquel Manuel que en la época de su padre y aun en la época de su abuelo, había dado repetidas veces la orden de que retiraran la rueda, amenazando con terribles castigos al que se atreviera a desobedecer. Y había sido también aquel Manuel a quien tan a menudo se consultara lo que mejor convendría hacer con la rueda y que no fuera convertirla en leña para las mujeres de la cocina.

La vieja rueda, sin embargo, no había sido afectada profundamente por la muerte de esos dos hombres que tanto habían discutido su destino y su existencia con tan pequeños resultados, más bien parecía que ambos hombres, huéspedes ahora de la eternidad, podrían destinar parte de su tiempo a discutir lo que deberían haber hecho con ella mientras se encontraron en la tierra.

Y así, durante años y años, todos los sábados, Jacinto, cuando el patio tenía que ser aseado, daba órdenes estrictas para que arrojaran la rueda fuera del patio; aun cuando el domingo por la mañana al salir al pórtico, bostezando y estirando los miembros, lo primero con que su vista se tropezara fuera con la maldita rueda de carreta, exactamente en el mismo sitio en el que permanecería hasta que el sábado venidero diera órdenes de que la retiraran cuando se hiciera el aseo del patio. Y bien sabía que si alguna vez llegaban a quitar la rueda de allí y en la hermosa asoleada mañana de algún domingo se asomaba al pórtico y no la encontraba, sentiría como si hubiera perdido lo mejor de su vida.

Allí descansaba la vieja rueda, pacíficamente, tenaz, sabedora de su gran valor, soñando con su larga historia, consciente del excelente material de que estaba construída, esperando calmada y filosóficamente el día en que la naturaleza terminara con ella.

Don Jacinto veía de vez en cuando a su hijo sentarse en la rueda. Algunas veces soñaba con los ojos abiertos, olvidando cuanto le rodeaba. Otras canturreaba y silbaba. Noches hubo en que después de permanecer largo rato sentado sobre ella, regresaba con los ojos rojos diciendo que había comido demasiado chile y que por ello los tenía húmedos. También le había visto Jacinto hacer marcas en la madera de la rueda. Don Jacinto creía saber quién era la muchacha, la aprobaba y pensaba que su hijo había hecho una buena elección.

Pero cualquier cosa que Domingo hiciera, y quienquiera que la muchacha fuera, don Jacinto podría estar seguro de que la vieja rueda estaría en su rincón, sin que la hubieran movido ni una pulgada de su sitio, el día en que él fuera llamado por el Creador, para encontrarse con su padre y con Manuel en la eternidad. Porque aquella rueda no era un objeto inanimado, no era un trozo de madera podrida, era mucho más que eso. Era un símbolo de la raza que poblaba la República. De una raza que fué, es y será siempre igual. No podrá ser movida. La rueda de la carreta se había evadido al tiempo.

IX

Don Jacinto, apartando la vista de la rueda, descubrió a Emilio sentado en cuclillas en el suelo, cerca del pasadizo que conducía a la cocina. Emilio era el hijo de la cocinera. Tenía ante sí una canasta y desgranaba en ella mazorcas. En lugar de emplear sus dedos en aquella tarea, empleaba otra mazorca ya desgranada. Exactamente en aquella forma se habían desgranado las mazorcas quinientos años atrás, y quizá en aquel mismo sitio. Una máquina habría hecho en cinco minutos la tarea en la cual se empleaba una hora. La máquina costaría sesenta o setenta pesos. ¿Qué importa? Habría podido ser comprada desde que el padre de don Jacinto viviera. Por lo menos esa había sido su intención.

También don Jacinto había tenido a menudo la idea de que una máquina desgranadora prestaría muy buenos servicios, pero las cosas podían continuar perfectamente en el estado en que se hallaban. En los últimos quinientos años no se había necesitado una máquina como esa, ¿por qué entonces habría de comprarse en esa semana? ¿Qué prisa había? La máquina podía esperar. Aquel muchacho Emilio, no tenía qué hacer sino trabajos tan insignificantes como aquél de vez en cuando, y de no habérsele tenido ocupado en ello habría corrido a cazar conejos o a hacer travesuras que no podían reportarle nada bueno. Para cazar conejos le sobraba tiempo. Además, la tarea de desgranar mazorcas le fortalecería las manos y los dedos y Dios bien sabía lo útiles que unos dedos y unas manos fuertes podrían serle al muchacho en la vida. Emilio, ese chico perezoso, debía agradecer que se le dedicara a aquella tarea.

En el segundo patio, separado del principal por una pequeña tapia de adobe, Margarito, el mayordomo de Rosa Blanca se encuentra ocupado curando a media docena de mulas, que padecen de mataduras en el lomo debido a las pesadas cargas que se ven obligadas a llevar sobre él a través de accidentados atajos en las montañas. Primero les asea las mataduras con jabón negro y agua caliente, y después les echa creolina en los agujeros de las llagas, para obligar así a que salgan de ellas los gusanos, con lo que bastará para que las heridas sanen. Algunas otras heridas las rellenan con cenizas de cuero quemado con el objeto de lograr que la piel se renueve en ellas. Margarito canta, mientras hace las curaciones ayudado por un muchacho.

Canta un corrido, una balada que habla de una hermosa doncella india, que estaba enamorada, muy enamorada, profundamente enamorada de un joven indio. Pero un día, un rico y orgulloso caballero vestido de charro, llegó al rancho. Llegó como venido de otro mundo, caballero en un magnífico potro blanco que arrojaba vapor por las dilatadas ventanas de su nariz. El caballero aquel llegó como invitado del ranchero, cabalgando orgullosamente el hermoso potro blanco. El noble caballero llevaba espuelas pesadas de pura plata adornada con oro. Todas eran de oro y plata, sí, de plata y oro. Llevaba un sombrero bordado y adornado con cordones de oro. Aquel noble y orgulloso caballero parecía un príncipe, cabalgando el piafante potro blanco.

Y el noble caballero sabía hablar con dulces palabras jamás escuchadas antes por la doncella india, a quien le parecían gotas de miel derramándose de los labios. De los labios del noble y orgulloso caballero mexicano, el de las espuelas de plata y el sombrero bordado de oro, de aquel sombrero que el viento no podía arrancar porque lo llevaba sujeto con pesadas cintas de oro también. Y sus dulces, sus dulcísimas palabras hicieron perder la cabeza a la doncella, que asustada ante la majestad del caballero, hizo cuanto aquél le ordenó que hiciera. Pero ni la majestad ni la dulzura cambian a la naturaleza, y ocurrió lo que debía ocurrir. Un día la doncella se encontró con un delicado niñito entre los brazos, con un niñito suave y delicado que no supo cómo ni de dónde llegó a sus brazos. Y su bien amado novio se fué para no volverla a ver, se fué muy lejos, a la tierra de los gringos, mientras que en el rancho toda la gente, toda esa gente desagradable y piadosa, señalaba con sus feos dedos a la joven y a su delicado y dulce nene.

¿Qué podía hacer? Preguntad al mundo, ¿qué podía hacer la pobre muchacha? La joven y morena mamacita linda se fué internando cada vez más en la selva, en las oscuras profundidades de la selva, y allí, silenciosamente, en el rincón más apartado, sombrío y profundo de la selva, murió con su dulce y delicado niñito entre los brazos. Y llegó la gran reina de las hormigas y ordenó que hicieran una tumba para la hermosa muchacha india y su delicado y dulce niño. Y las hormigas trabajaron y trabajaron en las oscuras profundidades de la selva; trabajaron día y noche para hacer una tumba regia a la hermosa muchacha india, amedrentada por el orgulloso caballero galante que cabalgaba un hermoso potro blanco y usaba espuelas de plata y oro y daba órdenes a todos los que lo rodeaban, quienes debían obedecer bajo amenaza de muerte, de muerte cruel. La tumba que hicieron las hormigas era más hermosa que la de cualquier reina de la tierra. Sobre la tumba real de la bella muchacha cayó una flor azul, una hermosa flor azul de la selva, para cubrir el cuerpo de la joven a quien la muerte sorprendiera tan temprano, de la muchacha que habría sido tan feliz al lado del apuesto novio que se fuera a la tierra de los gringos para no volver más.

Y así se acaba el corrido de aquella linda joven, del caballero gallardo del blanco caballo hermoso, de las espuelas de plata y el gran sombrero bordado; y del muchacho que partió para no regresar jamás.

Y aquí termina este corrido de la muchachita india y de su nene chiquito, y del caballero orgulloso que cabalgaba en blanco corcel y del muchacho indio que se fué para no volver.

Margarito canta los ciento veinte versos del corrido con voz cascada y mucho sentimiento, humedeciéndosele de vez en cuando los ojos al recordar los muchos sufrimientos de la muchachita india, no importándole interrumpirse en el preciso momento de cantar la estrofa más sentimental para gritar: "¡Mal rayo!, mula de todititos los diablos; te voy a cortar el pescuezote de un machetazo. ¡Por la Santísima Virgen!"

Porque aunque la pobre mula sea estoica y dura, patea y se estremece cuando Margarito le introduce en la herida abierta, hasta tocar el fondo con el objeto de exterminar los parásitos, un palo con un trapo atado en la punta, impregnado de creolina. Entonces Margarito pierde el hilo del corrido. Pero a pesar de sus juramentos bestiales y de la crueldad de los castigos que promete a la sufrida mula para intimidarla, jamás golpea al animal con dureza. Se concreta a darle unos cuantos manazos en las costillas para recordarle que debe estarse quieta cuando la cura. Después, con su acostumbrado buen humor, le da palmaditas en el lomo y la empuja para que cambie de postura a fin de curarle alguna otra herida. El animal se inquieta y vuelve a escuchar los peores juramentos que un arriero latinoamericano puede lanzar. En cuanto el animal se tranquiliza, Margarito vuelve a cantar su corrido tomando desde la estrofa anterior a aquella en que se detuviera, a fin de tener la seguridad de no haber omitido ni una palabra del corrido. Repetía cada refrán varias veces, no había una sola estrofa que no tuviera dos o tres y el último lo cantaba en falsete.

Don Jacinto, parado en el pórtico y mirando a través de la tapia de adobe hacia donde Margarito trabaja curando a los animales, escuchaba su cantar. Aquel corrido ranchero le impresiona enormemente. Lo conoce tan bien como Margarito y por algunos momentos repite mentalmente la estrofa que aquél canta. La balada llega a su alma, le va penetrando el son cantado por Margarito. Recuerda que cuando cortejaba a Conchita no pasaba día sin que él cantara el corrido completo, con el mismo cuidado y devoción con que hubiera cantado un himno religioso del que no había que omitir ni una palabra.

Aunque Margarito ocasionalmente interrumpía su canto para dirigir la palabra a la mula que cuidaba, no se notaba discordancia alguna cuando volvía a coger el hilo de la canción. Parecía que ésta, las interrupciones, los gritos y juramentos estaban en completa armonía, tanto que el corrido habría parecido falso sin aquellas adiciones. Margarito carece de sentido para distinguir las disonancias. Todo en Rosa Blanca es exactamente como debe ser. Todo se encuentra en perfecta armonía. Las disonancias no tienen cabida. El sol sale y se pone simplemente. Nadie se ocupa de contar el tiempo.

Don Jacinto es compadre de Margarito. Aquél y su esposa son padrinos de casi todos los niños de éste y a su vez Margarito es padrino de los dos hijos mayores de don Jacinto. Aquella era toda la relación que tenían, por lo menos, eso pretendían creer todos en Rosa Blanca. Sin embargo, todos sabían, y el que hubiera querido lo habría podido averiguar fácilmente, que don Jacinto era también padre de Margarito. Margarito nunca discutía el punto pero tampoco negaba su posibilidad, y se concretaba a no mencionarlo. La madre, que vivía aún y se ocupaba del gallinero y del manejo de la casa en general, nunca decía ni sí ni no. Tampoco se avergonzaba o enorgullecía del rumor. En realidad, era cosa que a nadie importaba. Si el Señor había derramado su gracia sobre ella concediéndole el placer de tener un nene, la procedencia de éste carecía de importancia. El Señor, con su gran sabiduría, envía a una mujer un hombre no para su placer, sino con un propósito perfectamente definido. Problemas semejantes a los de las pensiones alimenticias en los divorcios y cosas semejantes, no se presentaban en Rosa Blanca. El maíz y el frijol se producían con abundancia. Las gallinas, puercos y cabras crecían, engordaban y cumplían su cometido. A nadie le importa que los chicos de las familias que habitaban Rosa Blanca sean cincuenta o cien. Gozan de vida y salud. Comen, pues que coman todo lo que quieran. El padre se considera altamente honrado por el Señor al concederle semejantes paternidades, aun cuando no le sea dado hacer ostentación de ellas.

El amo de Rosa Blanca jamás cuenta a los niños que se sientan a su mesa. ¿Por qué habría de hacerlo? A los niños los envía el cielo, de otro modo no se encontrarían aquí. Por tanto, tienen todo el derecho a permanecer. Si hay algún hombre no dispuesto a aceptar la paternidad de algunos de los chiquillos, no es necesario preocuparse, puesto que allí está el patrón de Rosa Blanca, es decir, don Jacinto. El es responsable de todas las criaturas, debe alimentarlas con apego a leyes indígenas, jamás escritas pero vivas en los corazones y en las almas de los indios, cuya concepción de la vida tiene sus raíces en otra historia, en otra tradición distinta a la de los demás pueblos. Los problemas sociales que perturban al mundo en el que el automóvil y la radio son factores de importancia, no existen para el indio que habita lejos de las carreteras. Don Jacinto no necesita ser requerido por la Corte para obligarlo a alimentar a los huérfanos de los trabajadores. El lleva las leyes en la sangre. Las leyes que no se encuentran en la sangre de los hombres, son letra muerta.

X

Su mirada vaga en dirección opuesta al sitio en que se encuentra el pueblo en el que habitan todas las familias que pertenecen a Rosa Blanca, y a las que él considera un pueblo verdadero encabezado por un rey y una reina. Pero no por un rey déspota, no por un dictador. El rey de aquella nacioncita no vivía en el lujo ni en la crápula explotando y esclavizando a sus súbditos. Don Jacinto era un verdadero rey. Era consejero, padre y hermano de su pueblo. Sus derechos consistían únicamente en ser responsable del bienestar de aquel pueblo que le había sido confiado por sus mayores. Los habitantes no eran súbditos, vivían en igualdad de circunstancias. Este pueblo y su rey habían aprendido en cientos, tal vez en miles de años de vida, que las disputas y las luchas por las supremacías no conducían a nada. El ambiente que los rodeaba, la selva, los bosques, les enseñaron a vivir como lo hacían y a regirse de aquel modo. Bien pueden los bueyes pelear por un reinado, pero los indios de Rosa Blanca eran humanos y no deseaban ser tomados por bueyes.

Los pueblos como el de Rosa Blanca pueden caer fácilmente en confusiones acerca de su concepción de la vida y de la sencilla organización económica, así como del orden y adhesión a sus tradiciones, si grupos pertenecientes a pueblos urbanos, gentes constructoras de ciudades, aparecen pretendiendo inculcar sus ideas por medio de propaganda o de la fuerza, a esos pueblos que son la verdadera infancia de la humanidad. Las ciudades necesitan absorber masas humanas, pues de otro modo no logran su desarrollo y perecen. Como las masas urbanas habitan en terrenos más pequeños de los que les son necesarios para la producción de sus alimentos, no les queda más alternativa que la de cambiar la estructura económica de los agricultores con el objeto de convertirse en amos esclavizando a los campesinos.

Rosa Blanca desconocía toda influencia humana. Las cosas marchaban como si todas las órdenes que ejecutaban y bajo la que vivían y trabajaban les llegaran directamente de la naturaleza, sin intermediarios de ninguna especie.

A aquella hora salía humo de todos los jacales a través de las puertas siempre abiertas, de los techos de palma, entre los otates que formaban algunas paredes. Afuera, cubiertas por el techo colgante del pórtico, las mujeres molían el nixtamal. Guajolotes, gallinas, puercos y pájaros domesticados; burros, perros, gatos y de vez en cuando un mapache o un chango rondaban por el patio, frente a los jacales, y se aproximaban en cuanto las mujeres comenzaban a moler el nixtamal y a hacer las tortillas, porque cuando una de ellas se enderezaba para descansar un poco la espalda o para enjugarse el sudor, tiraba algunos maíces a los animales, siempre hambrientos, que emprendían un verdadero combate para ganar los granos. Era sólo por el placer de presenciar aquellos combates por lo que las mujeres tiraban algunos trocitos de masa y de tortillas. Entonces reían, en ocasiones hasta llorar, si se presentaba algún episodio cómico en ese escenario en el que la mujer y su pequeño mundo eran los actores. Aquellos pasatiempos las ayudaban a hacer su duro trabajo con energías renovadas y con gusto. La molienda del nixtamal habría podido hacerse sin gran esfuerzo, con la ayuda de un molino de mano adquirido por quince pesos o menos. Nada más que entonces la mujer no habría sabido qué hacer con el tiempo que el molino le ahorraba al moler en cinco minutos lo que ella molía en hora y media. Aparte de esto, quizá su marido, los niños y hasta ella, no habrían gustado mucho de las tortillas hechas con la masa salida de un molino, en vez de la molida en metate.

Para aquellos que saben apreciar el sabor delicado de una tortilla, resulta bien diferentes el gusto entre las hechas a mano y las hechas en máquina.

La mujer se arrodilla en el suelo al que pertenece, y muele el grano en posición semejante a la que se adopta para adorar al Señor creador del maíz. Un molino de mano carece de vida, no produce sonrisas. Es un objeto seco e inanimado. Es simplemente una máquina. Carece de alma y de corazón. Con el uso de un molino de mano le habría sido imposible a la mujer contar a su marido cuando regresara del trabajo, todos los incidentes cómicos ocurridos mientras ella molía el nixtamal.

En el pórtico de uno de los jacales se hallaba suspendido de un mecate un aro de barril oxidado en el que se columpiaba libremente un perico. Sin embargo, él no usaba de su libertad y prefería permanecer en el aro desde el que se dedicaba a molestar por igual a burros, gatos y perros. Sujeto al aro había un palo y sobre éste una lata con agua. Cuando le daban de comer al perico dos tortillas calientes especialmente hechas para él, comía solamente parte de éstas, despedazando el resto y ofreciéndolo a los animales con quienes deseaba trabar amistad, o a quienes deseaba ver pelear tratando de arrebatarse las migas que les tiraba. Parecía que un puerco semisalvaje era su amigo predilecto. A menudo el loro dejaba caer los trocitos de tortilla sólo cuando aquel puerco se encontraba cerca. El puerco volvía los ojos hacia el perico como si éste fuera su único dios, capaz de darle un mundo.

Todos los días había que agregar un nuevo detalle a las variadas jugarretas del loro. Si ocurría que algún otro puerco cogía el pedazo de tortilla tirado a su amigo predilecto, él gritaba: "Cochino, cochinísimo, tal por cual." Y seguía jurando con la misma fuerza de la que es capaz un indio cuando se encuentra enojado.

Don Jacinto, parado en el pórtico y mirando hacia el hogar de sus compadres, escuchó los horribles juramentos del loro proferidos en voz lo suficientemente alta para ser oídos a una milla a la redonda. Cuando el viento cambiaba y llevaba los juramentos del loro hasta la cocina, Conchita y las otras mu-

jeres que trabajaban a su lado, tenían que cubrirse las orejas
con las manos, cuando las tenían libres, para no escuchar las
blasfemias del pájaro.

Don Jacinto escuchaba la voz gangosa del animal y sonreía con profunda felicidad. Aquel perico le simpatizaba mucho. Don Jacinto conocía todo cuanto le rodeaba. Podía distinguir instantáneamente la procedencia y el significado de
cualquier sonido que llegara a sus aguzados oídos. La voz del
perico lo alcanzaba no como una nota aislada y especial, sino
como tono abandonado en medio de los cientos de miles de
notas de aquel eterno, bien conocido y nunca cambiante cantar
de Rosa Blanca. Todos los sonidos y los ruidos: el mugido
aburrido del ganado, que a esas horas del día descansaba sobre
la pradera a la sombra de los árboles; el gruñir de los puercos;
el ruido producido por los guajolotes, el cacarear de las gallinas, el cantar de los gallos, el rebuznar de los burros, los gritos jubilosos de los niños, el ladrido ocasional de un perro
al que respondían otros muchos; el llanto de algún chiquillo; el
sonido de las manos al hacer las tortillas; la charla de las mujeres en la cocina; los juramentos y amenazas que Margarito profería mientras curaba a las mulas de carga, mezclados con el corrido de la *Linda Muchachita India*; el chirriar de la puerta posterior del patio, que al ser abierta por
alguien pedía una gota de aceite; los gritos de algún niño
a quien su dulce madre golpeaba por haber roto algún trasto;
el zumbar de las moscas a su alrededor; los gritos de un hombre pidiendo ayuda a otro en el campo; el zumbar, canturrear,
y chirriar de los bosques; el suave y dulce cantar del viento,
semejante al rumor que producirían las hadas agitando miles de invisibles campanitas de plata. Todos aquellos sonidos
se mezclaban para formar una canción, la canción eterna de
las haciendas del trópico, canción inconfundible en el mundo.
Esa era la canción de Rosa Blanca, su única e inimitable
canción.

Atrás de los jacales, don Jacinto vió venir del río a las mujeres que habían ido por agua. Caminaban con las pesadas ollas de barro sobre la cabeza, sujetándolas ligeramente con una mano. Caminaban gentilmente, con el cuerpo erguido, tan erguido, que era imposible imaginarlas inclinándolo. Tal vez si lo hacían sería únicamente ante la Santísima. Caminaban descalzas, con los largos y espesos cabellos negros húmedos aun por el baño en el río, sueltos sobre la espalda y siguiendo el balanceo de sus cuerpos al deslizarse por el camino.

El lavado del cabello, sumergidas profundamente en las aguas del río, para lo que se desembarazaban únicamente de la camisa bordada, era una especie de ceremonia cuando la realizaban en compañía de otras mujeres. Llevaban vestidos largos, verdes y rojos con listas horizontales. No eran altas pero debido a algo inexplicable lo parecían; tal vez ello se debía a que todas eran esbeltas como muchachitas, aun las madres de siete criaturas. Usaban camisas profusamente bordadas en colores vivos.

"Así", pensaba don Jacinto viéndolas venir del río, "viste también Conchita."

Y era cierto, la indumentaria de su esposa no difería de la de aquellas mujeres. Solamente cuando iban a Tuxpan, el pueblo de importancia más cercano, a fin de realizar la venta de sus productos, vestía ella un traje de percal y se calzaba, pero nunca usaba sombrero. Jamás había tenido uno. Acostumbraba llevar el rebozo con que se envolvía en casa. Además, habría resultado cómica la apariencia de una mujer cabalgando en mula o caballo y tocada con un sombrero como los que usan las mujeres de las ciudades.

Sin prisa alguna, los hombres regresaban del campo para comer o descansar. Unos llevaban machetes, otros azadones. Algunos fumaban. Otros silbaban o canturreaban. Los chicos que habían estado en el campo con sus padres se perseguían riendo, peleaban, gritaban y se hacían jugarretas.

La puerta de la capillita cercana al patio estaba adornada
con flores frescas de la milpa, el bosque y la selva. Sobre el
piso de tierra se habían esparcido, a manera de alfombra
suave y espesa, ramas de ocote.

XI

Don Jacinto se percataba de cuanto ocurría a su alrededor,
mientras meditaba parado en el pórtico.

En cierta forma lo veía como por primera•vez en la vida.
Nunca antes había sentido tan honda satisfacción de ser no el
amo, no el rey, sino algo más. Era el centro, el eje de todo
aquello. Era el corazón de Rosa Blanca.

En ese instante se percató claramente de que, de haber
abandonado su responsabilidad hacia Rosa Blanca, todo habría
fracasado. Las familias se habrían separado. Los lazos más
antiguos se habrían roto. Los hijos desconocerían a sus padres, los sobrinos a sus tíos. Rosa Blanca dejaría de ser el
hogar de su pueblo. En la memoria de sus hijos, Rosa Blanca
sería sólo un rancho, un rancho como los cientos de ellos
que había en la República. Un rancho en el que los peones
tenían que trabajar duramente, explotados por el ranchero,
sin ver jamás un centavo, sin poseer nunca algo, ni siquiera
los harapos con que cubrían su cuerpo, ya que les eran fiados
en la tienda de raya. Rosa Blanca sería recordada por los
niños como la hacienda solitaria en la que sus padres trabajaran hasta abandonarla un día para marchar a un campo
petrolero o a una mina. Nada uniría su alma con la de Rosa
Blanca, la hacienda abandonada.

Se pensaría en Rosa Blanca como se pensaba en la planta
en la que el padre trabajaba para ganarse la vida, y a la que
no se dedicaba ningún sentimiento personal. Las familias irían

de sitio en sitio hasta que el padre encontrara trabajo que asegurara a su familia el pan de cada día.

Ya nada sería seguro. Ahora buen salario, mañana malo, pasado mañana ninguno.

Rosa Blanca no sabía de salarios bajos, de seguros sociales para los enfermos, los impedidos, los viejos. Ignoraba el temor constante a perder el empleo y a vivir de la caridad pública obligado a pararse horas y horas en largas filas para conseguir una taza de sopa aguada.

Rosa Blanca no conocía el problema de los desocupados. Siempre había trabajo, alimentos abundantes, techo y abrigo para todos. Mientras el sol saliera y se pusiera, Rosa Blanca tendría trabajo y sustento para sus hombres.

Que haya algo, que pueda haber algo que garantice al hombre el pan de cada día, sería un hecho que olvidarían los jóvenes, y cuando alguien se los asegurara lo tomarían por un cuento de hadas. En la opinión de ellos, opinión formada a base de su experiencia y aceptada como inevitable, sólo las plantas, fábricas, campos petroleros, minas de cobre, lugares en que los humanos se convierten en máquinas que checan la hora de entrada y de salida, proveen de trabajo y por tanto de alimento.

Don Jacinto sabía poco de todas esas cosas. Poco conocía él del mundo que se agitaba fuera de Rosa Blanca, del camino de Tuxpan y del pueblo. Sólo una cosa sabía con certeza, y ella era que si sus compadres y todos los que lo rodeaban se vieran privados de Rosa Blanca, algo horrible había de ocurrirles. No sabía si podía imaginar el horror de ello, pero instintivamente sabía que les ocurriría algo semejante a lo que sucede a los peces sacados del agua y tirados en la arena, y a los árboles arrancados y abandonados con las raíces al sol.

XII

Alrededor de diez minutos permaneció don Jacinto contemplando su reinecito desde el pórtico pensando, reflexionando sobre la solución que podía dar al problema que se le presentaba gracias a un cambio en las condiciones del mundo exterior, con el que tan poca relación tenía y al que difícilmente comprendía.

En aquellos diez minutos había vivido no sólo el presente, sino el pasado y el porvenir. Había conversado con antepasados a quienes nunca había visto, a quienes no conocía, pero a quienes intuía. También había hablado a sus descendientes, a quienes sabía de su sangre y de su tribu, aun cuando no los hubiera visto, ya que aun no nacían. Durante estas conversaciones, le había sido más difícil dirigirse a sus descendientes que a sus antepasados, porque localizar a aquéllos había sido más duro. Había tenido que recorrer todos los ámbitos de la República y aun rebasar las fronteras adentrándose en los Estados Unidos, pues muchos de ellos no se encontraban ni en Rosa Blanca ni en el estado del que eran nativos.

Rosa Blanca se había convertido en una serie de lotes, del número noventa al número ciento sesenta, de la Condor Oil Co. Inc. Ltd., S. A. Rosa Blanca no era ya más que un terreno. Un terreno totalmente cubierto de torres. Sólo unos cuantos indios, trabajadores diurnos, recordaban que aquellos terrenos habíanse llamado en un tiempo Rosa Blanca. Y se habría considerado absurdo que un terreno con aquella apariencia ostentara semejante nombre. Y aquel nombre habría parecido una cosa tonta e irónica.

En el sitio donde tiempo atrás florecieran los naranjos y los limoneros, lucieran sus dorados frutos los papayos, y el verde océano de los maizales fuera dulcemente agitado por el viento, haciendo que las cañas se inclinaran unas sobre otras como para contarse secretos y hacerse relatos de bodas y de fiestas encantadas celebradas entre los ratones que se albergaban a sus plantas, ahora se arrastraban camiones pesados, y los *caterpillars* cavaban con sus inclementes garras, torturando el suelo que sollozaba dolorido.

Un laberinto de tubos de acero cubría la tierra. Y sobre ellos se veía un intrincado tejido de cables y alambres que habían ahuyentado a los millares de pájaros que solían despertar con sus gorjeos a los habitantes de Rosa Blanca. A cualquier sitio al que se dirigiera la vista se encontraba con columnas de vapor que salían silbando, y con pesadas nubes oscuras.

El suelo se hallaba en partes cubierto por una capa pegajosa de aceite, que daba al suelo un aspecto pantanoso y que despedía gases dañosos a los pulmones.

Por todo aquel sitio en el que tiempo atrás había reinado una quietud celestial, se escuchaban ahora gritos, órdenes de mando, chocar de metales y silbidos de vapor.

Largas filas de indios sudorosos, transportando sobre los hombros tubos de metal, eran espoleados por capataces, y parecían esclavos sujetos unos a otros por aquellos tubos.

El ambiente soleado antaño, preñado de canciones, de risas gozosas, era invadido ahora por gruñidos, crujidos, estampidos y rechinar de las pesadas máquinas, de las bombas, de los martillos.

Sólo quedaba uno de los descendientes de don Jacinto, y aquél marchaba entre la fila de esclavos que recibían dos pesos cincuenta centavos diarios considerados ya como un salario excepcionalmente elevado; y si no trabajaban a medida de los deseos del capataz, si éste consideraba que eran perezosos o si un tubo caía aplastándoles un pie, eran despedidos sin piedad.

Don Jacinto reconocía a su descendiente. Lo detenía y le hablaba. "¿Qué te parece esto, mi hijito?" Y el descendiente contestaba: "Muy bien, padre. Gracias. Me pagan dos cincuenta, en las minas de plata sólo me daban uno setenta y cinco. Pero verá usted, padre; tengo ocho hijos, y me resulta muy difícil sostenerlos. El maíz está a veintidós centavos kilo, y hay que tirar más de la mitad porque el grano está agorgojado. Ahora, padrecito, perdóneme, no puedo detenerme a hablar con usted; el capataz me está mirando y si pierdo cinco segundos más me despedirá, y no debo olvidar a mis ocho hijos. Ahora es difícil encontrar trabajo. Adiós, padrecito mío, adiós." Y se inclinaba a besar la mano de don Jacinto expresándole así su respeto.

En seguida daba un salto para colocarse en la fila de esclavos encadenados.

XIII

Mientras don Jacinto fuera propietario de Rosa Blanca no le era necesario pensar en la solución de aquel problema que se le presentaba en forma tan repentina. El, siendo el poseedor legal del lugar, podía hacer lo que gustara, olvidándose de toda pena. Sin embargo, creyó conveniente pensar cuidadosamente antes de tomar una decisión de la que podía arrepentirse más tarde. No tenía obligaciones legales, ni legítimas respecto a las gentes que vivían en Rosa Blanca. Ninguno de los que consideraban aquel sitio como su hogar, habría culpado a don Jacinto o le habría hecho reproches, si hubiera vendido Rosa Blanca. Estaba absoluta e incuestionablemente en su derecho de hacerlo.

Estudiando mentalmente todos los aspectos del problema, mirando las probabilidades de venta desde todos los ángulos, recordó a otros rancheros que se habían visto en casos semejantes. Y sabía, a través de la experiencia de los otros, que si alguna poderosa compañía inglesa o americana se decidía a adquirir un terreno, resultaba difícil, casi imposible defenderlo. Ningún ranchero podía hacer frente a instituciones tan poderosas como aquéllas. Nadie puede pagar ni a los abogados ni a los expertos siquiera una fracción de lo que las compañía pueden darles. Ningún ranchero, no importa lo buen ciudadano que sea, podrá litigar con éxito en contra del gobierno, aunque sea el de su país, si éste declara que para beneficio de la nación es necesario que una compañía petrolera tome posesión de la propiedad de un ciudadano a cambio de determinado pago considerado como justo. Los gobiernos reciben buenas contribuciones de las compañías petroleras que operan. Mientras más petróleo extraigan las compañías extranjeras, mientras mayores cantidades sean exportadas, mayores serán las entradas del gobierno. Y ahí están los gobernadores de los estados, los generales, los senadores, los diputados que también tienen su parte en ese asunto, ya que las compañías extranjeras necesitan siempre de intermediarios, y pagan bien a quienes actúan como tales.

Ciertamente no era muy fácil para don Jacinto resolver aquel problema en forma satisfactoria para todos.

XIV

Don Jacinto dejó de soñar despierto. Llamó a Margarito, que seguía curando a las mulas y cantando el gran corrido del que llevaba apenas cantadas sesenta estrofas, quedándole otras sesenta por cantar.

—Oye, compadre —gritó don Jacinto—, ven acá un momentito.

—Sí, compadre, ¿qué quieres?, ¿pasa algo malo? —contestó Margarito, encaminándose hacia el pórtico sin dejar de canturrear el corrido.

Se quedó parado en el campo, enfrente del pórtico, descansando perezosamente los brazos sobre la baranda.

Don Jacinto hizo un movimiento de cabeza para indicar la presencia del licenciado en el interior de la pieza, que vigilaba los soldaditos de oro, no fuera a ser que se marcharan y no volvieran más.

—Allí en la sala hay un caballero que anda en busca de trabajadores, compadre. De trabajadores para los campos petroleros. ¿Qué te parece compadre?, ¿no quieres trabajo tú?

—¿Yo?, ¿qué quieres decir, compadre?, ¿quieres que me vaya de aquí? ¿Quién será tu mayordomo si yo me voy? Antes que nada quiero que me contestes eso.

—No te preocupes. Si es necesario podremos hacerlo regular nosotros solos.

Margarito vaciló un rato, inclinó la cabeza sobre su hombro derecho y miró de reojo a su patrón. Algo extraño encontró en aquel asunto.

—¿Cuánto paga ese caballero, quiero decir, el señor que está en la sala?

—Cuatro pesos diarios.

—¿Diarios? —preguntó Margarito con la duda retratada en el rostro—. ¿Cuatro pesos diarios? Imposible, nunca supe de nadie que pagara cuatro pesos diarios por un día de trabajo común y corriente.

—No, en este caso es absolutamente cierto. Cuatro pesos diarios.

—Dios mío, ¡pero si ese es un montón de dinero! Porque ¡caramba! ¡imagínate, cuatro pesos por un día de trabajo! ¿Cuántos días durará el trabajo por el que pagan cuatro pesos diarios?

—Tanto tiempo como tú quieras. Tres meses, seis meses, un año o más, tal vez largos años. Eso me figuro por lo que dice.

—Es demasiado tiempo. Bien, pero si a ti te parece absolutamente necesario que yo acepte el trabajo, lo haré porque tú así lo quieres; por mi parte, como antes te dije, no hay inconveniente. Nada más que dile, compadre, que no puedo aceptar el trabajo por más de tres meses. Sólo en esas condiciones aceptaré, y dentro de tres meses estaré de regreso.

—Eso no es posible, compadre. Si te vas no podrás volver. Si te vas, sales para siempre. —Al decir esto don Jacinto le miró escrutadoramente.

—¿Qué dices, compadre? Repítelo, por favor. ¿Que no he de volver más a Rosa Blanca? ¿Que no he de regresar a mi hogar? ¿Por qué? —Margarito no concebía la idea de que al dejar Rosa Blanca se cerraran tras él sus puertas para no abrirse jamás. Aquel era su hogar. ¿Por qué había de negársele la entrada?

—La cosa es bien sencilla, compadre —dijo don Jacinto tratando de explicar la situación—. Es sencillísimo. Verás, aquel caballero no tomará a ningún hombre que no desee trabajo permanente. Aquel que acepte, deberá hacerlo entendido de que acepta por largo tiempo. La compañía desea trabajadores experimentados y no quiere hacer cambios de personal cada semana. Cuando el trabajo en un campo se termina, los hombres son enviados a otra región, pero siempre pagados por la misma compañía.

Eso no era exectamente lo que el señor Pérez había dicho, pero don Jacinto pensaba que era así como obraban las grandes compañías.

—¿No podré volver a Rosa Blanca? ¿No regresaré jamás? —dijo Margarito hablando para sí más bien que dirigiéndose a su compadre. Y siguió murmurando porque le era difícil resolver los problemas difíciles en silencio. Necesitaba hablar para sí y con otro, si quería llegar al fondo de sus ideas—. ¿Nunca he de volver? ¿Jamás he de poner los pies en Rosa Blanca? ¿A quién se le ha ocurrido semejante idea?

Apretó los dientes, movió las mandíbulas como si estuviera triturando algún objeto duro y dijo en voz alta:

—No, compadre; prefiero no ir y olvidar los cuatro pesos. Después de pensarlo bien, cuatro pesos no son mucho dinero, considerando lo que hay que gastar para sostenerse en los

campos, en donde los precios andan por los cielos. Dile al
caballero que está en la sala, que ninguno de los hombres de
aquí lo seguirán si saben que no podrán volver. ¿Por qué no
va él a conseguir sus hombres en los pueblos grandes en donde
hay tantos sin trabajo? Eso es lo que yo no entiendo. ¿Cómo
es posible que venga acá? Y oye bien lo que voy a decirle,
compadre: él no sacará de aquí ni a uno solo de nuestros muchachos.

—Pero Margarito, ¿no te acuerdas que tres de aquí se
fueron ya a trabajar a los campos?

—Claro que me acuerdo. Todos nos acordamos. Pero
Marcos ya regresó. Dice que no volverá jamás a un campo, ni
aunque le paguen seis pesos diarios. Dice que nada tiene de
agradable, que el trabajo es muy duro y siempre igual, tanto
que acaba uno por volverse loco. Dice que los capataces andan
tras los hombres todo el día gritando, dando órdenes, vigilando, y que si alguien se atreve a decir una palabra le rompen
el hocico alegando que se atrevió a insultarlos, aun cuando
no sea cierto. Si el hijo de Pedro se ha quedado allá, ello se
debe únicamente a su deseo de juntar dinero para poder ca-
carse con Anselma, lo que no podrá hacer hasta entregar al
padre de la muchacha lo acostumbrado. José le prohibió a su
muchacho regresar, de otro modo ya estaría aquí de nuevo.

—¿Por qué detesta José a su hijo de esa manera? Eso es
algo que ignoro.

—Desde luego que lo ignoras, compadre; ellos nada dicen
porque se avergüenzan. El muchacho anda con una cabaretera
y el muy idiota quiere casarse con ella. Además usa unas expresiones, que aprendió en el campo, que hicieron sonrojar
a su madre. El padre tuvo que darle dos buenas cachetadas
por hablar en su casa en esos términos y en Semana Santa.
Bueno, en cualquier forma cuatro pesos son algo, pero es mejor que yo no vaya. Aquello apesta mucho, hay demasiado ruido y muchos gritos. Ni siquiera de noche puede dormirse a
causa del ruido que hacen los camiones y las máquinas.

—Ya te acostumbrarás.

—Puede ser. No sé, exactamente. Pero si quieres mi opinión, te diré que no lo creo, compadre. Además, hay algo que debe discutirse ante todo. ¿Quién cuidará de los caballos y de las mulas si yo me voy? Tal vez me dirás que Serapión. Pero no debes precipitarte. Serapión es un muchacho bueno y honesto, pero ¿quién sabe lo que podría ocurrir si se encargara de los caballos y las mulas de Rosa Blanca? El nada sabe de caballos y menos aun de mulas, y hay algo más, compadre, nuestros caballos, mulas y becerros, sólo a mí me escuchan, solamente conocen mi voz y ni siquiera de la tuya hacen caso. Si no, haz la prueba y verás. Yo sé que tengo razón y por eso no puedo dejar a los pobres animales en manos de Serapión o de cualquier otro hombre. Y supongamos que me voy, ¿qué ocurrirá con mi mujer y con los niños? ¿Habías pensado en ellos, compadre?

—A todos podrás llevarlos al campo.

—¿Yo? ¿Llevarme yo a toda la familia al campo? No hagas que me ría y te pierda el respeto, compadre. Allá no sabrían qué hacer y empezarían a tener malos pensamientos. Además, compadre, ¿para qué seguir hablando si no he de ir? Nadie irá en esas condiciones. Hazlo saber así al caballero. Pertenecemos a esta tierra y todos deseamos volver a ella, aunque sólo sea para morir. Es necesario que comprendas esto, compadre.

Margarito respiró profundamente, gruñó algo para sí y agregó:

—Bueno, ahora que conoces mi opinión, compadre, más vale que regrese al lado de las mulas, porque andan muy mal, Javier debía cuidarlas mejor. Ya se lo dije; pero me contestó que no había podido hacerlo porque el camino está malísimo, y las aguas lo han empantanado en muchos tramos. Yo sé que tiene razón; pero me pareció conveniente darle una buena regañada para que tenga presente su obligación respecto a las mulas. Creo que, en final de cuentas, tendré que enseñarle cómo

ha de cargarlas para evitar que se les hagan mataduras con
tanta frecuencia.

Margarito atravesó el patio para regresar al sitio en que
curaba a las mulas. En cuanto echó a andar volvió a cantar
el corrido, del que todavía faltaban por cantar muchos versos
para llegar al punto en que se canta el nacimiento del dulce
niñito de la muchachita india.

Cuando se aproximó a los animales se percató de que una
de las mulas, inquieta, trataba de morder a otra que se encontraba atada a un poste. Al ver aquello Margarito interrumpió su canción en el preciso momento en que estaba por
alcanzar el pasaje más sentido y gritó: "¡Eh, macho tal por
cual, espera tantito, ya verás las patadotas que te doy en las
nalgas para que aprendas!"

Sin embargo, cuando se aproximó olvidó las patadas y se
concretó a apartar a la mula provocativa de la otra, haciendo
que la paz volviera a reinar en el corral.

Después de discutir con Margarito, don Jacinto se convenció aún más de que lo que pensaba era lo mejor que podía
hacer. De antemano sabía cómo tomarían las gentes del lugar
la venta de Rosa Blanca. Margarito no hablaba por los demás,
sin embargo, la forma en que él pensaba, era la misma en que
pensaban todos los demás. Y todos repetirían lo que él había
dicho minutos antes. Ni siquiera habrían usado otras palabras
para expresar su opinión.

Margarito había ratificado lo que don Jacinto, al igual que
todos sus antepasados, aseguraran siempre, esto es, que Rosa
Blanca no pertenecía a un solo hombre. El verdadero propietario de Rosa Blanca no era don Jacinto. Era poseída por toda
la comunidad que vivía en ella y de ella. Ninguno de los hombres la habría abandonado a menos que tuviera la seguridad
de poder volver cuando quisiera. Si don Jacinto hubiera reunido a todos los hombres, como venía haciéndolo cada mes
para discutir sus problemas, y les hubiera planteado el de la
venta de Rosa Blanca, diciéndoles: "¿Creen ustedes que debe-

mos vender Rosa Blanca a cambio de una gran cantidad de dinero?", todos habrían contestado a la vez: "No podemos vender Rosa Blanca, tenemos que pensar en los niños, ya que nosotros no hemos de vivir siempre."

XV

Cuando regresó a la sala, don Jacinto encontró al licenciado sentado aún frente a la mesa, mirando las columnas doradas como si le hubieran encantado los ojos. De ningún modo habría abandonado aquella fortuna para reunirse con don Jacinto en el pórtico. De haberse arriesgado a abandonar la pieza por algunos minutos, parte de la fortuna, si no toda, habría desaparecido. No conociendo el lugar ni a las gentes que lo habitaban, cualquiera habría pensado que aquella suma de dinero corría peligro si se le abandonaba.

El señor Pérez habría podido dejar el lugar por un día o por una semana sin llevarse a sus soldaditos de oro, y al regresar no habría tenido necesidad de contarlos o de examinar las columnas para ver si las habían movido en su ausencia. Ni una sola moneda faltaría. Pero como él era abogado, no confiaba en nadie. Tal vez ni a su propia madre le habría confiado una cuarta parte del dinero amontonado en la mesa.

—Bien, bien, don Jacinto —dijo el señor Pérez cuando vió entrar al indio—, parece que ya echó usted un largo y último vistazo al lugar. Todo se ha arreglado y ahora podemos estar contentos con la venta de Rosa Blanca. Cierto que me ha costado un gran trabajo convencer a usted. Apuesto que ha salido a despedirse del viejo hogar. ¿Verdad? Ahora, ¿quiere usted ser tan amable, don Jacinto, de contar el dinero y firmar el recibo? Pues, a decir verdad, estoy ansiando que me releven de la responsabilidad de cargar con semejante carretada de oro. ¡Por Cristo, si algunos bandidos se hubieran enterado, tal vez no habría llegado vivo aquí! —Y rió de su propia gracia—. Mire usted, don Jacinto, cada columna es de quinientos pesos. Basta con que cuente usted una y vea que todas las demás tengan la misma altura. Así resulta fácil contar una cantidad tan grande como ésta.

Don Jacinto se detuvo. Su semblante se tornó severo y dijo con toda calma:

—Rosa Blanca no se ha vendido, señor licenciado. Rosa Blanca no se venderá nunca. Rosa Blanca no será vendida ni por una cantidad diez veces mayor a la que ha puesto usted en esa mesa. Esa cantidad nada significa para mí. Para mí carece de valor. Además, en mi opinión, ninguna tierra puede cambiarse por dinero. El suelo es suelo y el dinero, es dinero. Son dos cosas diferentes, tanto como un árbol y una piedra.

El señor Pérez se levantó aterrorizado y dijo tartamudeando:

—¿Que no está vendida? ¿No vende usted Rosa Blanca a cambio de esa inmensa cantidad de oro?

—No, no está vendida, señor licenciado.

—No entiendo. Usted debe estar loco para hablar en esa forma del suelo y del oro. El suelo, cada pulgada de tierra es, ha sido y será cambiada por dinero algún día. —El señor Pérez dijo aquello sólo por decir algo. Pero una vez que hubo hablado le pareció que su expresión resultaba tonta e inadecuada para un abogado.

Don Jacinto, aun de pie y conservando aquella expresión que hacía aparecer su cara como de hierro, repitió:

—No, señor licenciado, la tierra no puede cambiarse por oro.

—Muy bien —dijo el señor Pérez con voz cansada—. Perfectamente, entonces no está vendida.

Y al tiempo que volvía a poner las monedas en la bolsa de lona, dejándolas resbalar como si fueran puñados de arena, dijo con disgusto:

—Don Jacinto, ¿quiere saber lo que pienso de usted? Es usted un viejo estúpido, idiota, medio loco, es usted un desgraciado monstruo imbécil. No debiera permitirse la existencia de individuos como usted, porque constituyen un peligro constante para la sociedad humana. Debieran encerrarlo en un manicomio en donde deben guardarlo por su propio bien, porque no cabe duda de que está usted completamente loco. El manicomio es el único sitio apropiado para tipos como usted. Y déjeme agregar algo más, nosotros hemos de obtener Rosa Blanca. Por eso no se preocupe, la conseguiremos en cualquier forma, créamelo. Es más, la conseguiremos barata, mucho más barata de lo que hemos estado deseando pagarle por ella, créame. No dude de lo que le dice un experimentado hombre de leyes. Más, mucho más barata hemos de obtenerla, como hemos de conseguirlo a usted vivo o muerto. No olvide que lo prevengo.

—No me asusta usted, señor Pérez. Ni usted ni su desgraciada compañía podrán conseguirme a mí. —Don Jacinto había perdido ligeramente la actitud estoica que le era dado mantener en situaciones críticas, y habló con una dureza que jamás había empleado—. Todos, incluyéndolo a usted, señor licenciado, podrán besarme las nalgas, pero ni usted ni la cáfila de bandidos de su compañía lograrán nada. Y déjeme decirle algo más, no conseguirán tampoco ni a uno solo de mis hombres ni aunque les paguen veinte pesos diarios.

En seguida, cambiando de tono, dijo:

—Bueno, ¿qué tal si echamos otro buen trago de mezcal antes de que usted regrese? Ahí tiene, señor licenciado.

Llenó dos vasos de regular tamaño, tendió uno al señor Pérez, tomó el otro y levantándolo a la altura de la cara de su visitante dijo:

—¡Salud!

El licenciado le contestó en la misma forma y ambos bebieron el mezcal de un solo trago. En seguida se echaron a la boca un puño de gusanos de maguey salados.

—¿Qué le parece si lo repetimos, señor licenciado? —dijo don Jacinto riendo de buen humor.

—Bueno, venga otra —contestó el licenciado riendo también.

Repitieron la ceremonia.

El licenciado, atando su bolsa de lona, se detuvo un momento para decir:

—¿Está usted seguro, absoluta y positivamente seguro, don Jacinto, de que no cambiará de idea acerca de la venta del lugar?

—Absolutamente seguro —contestó don Jacinto de prisa, indicando con el tono de su voz que era aquella la última palabra que diría sobre el particular.

El licenciado ató la bolsa con firmeza, llamó a su mozo para que trajera los caballos, y se despidió con todas las formalidades y cortesías nunca olvidadas por un latinoamericano, ni siquiera cuando se despiden de una persona seriamente disgustada. Montó, se volvió a mirar a don Jacinto que había salido hasta la puerta del patio y sonriendo dijo una vez más:

—Adiós, don Jacinto; gracias por su hospitalidad, ¡hasta la vista!

Se acomodó la pistola llevándola de las caderas hasta la parte casi delantera de su cinturón, espoleó al caballo y salió seguido por su mozo.

Don Jacinto, caminando lentamente hacia el pórtico, murmuró para sí: "¿Por qué había de mandarme él a un manicomio? Sólo a los locos se les envía allí y yo no estoy loco, ni tantito loco, siento la cabeza perfectamente. Es curiosa la forma en que algunas gentes hablan."

Parado nuevamente en el pórtico, miró las nubes de polvo levantadas por los jinetes y se rascó el cuello y los cabellos. Después dió la vuelta y atravesó las piezas hasta llegar al patio posterior, desde donde dirigió la voz a la cocina diciendo:

—Conchita, ven un momentito por favor.

—Voy volando —contestó su mujer en voz alta.

Se paró delante de él secándose las manos en una toalla y diciendo:

—¿Qué pasa, Chinto? ¿Se ha ido? Creí que se quedaría a cenar o que pasaría aquí la noche.

—Tenía prisa por regresar a la ciudad, yo creo que se quedará a pasar la noche en alguno de los pueblos. —Después mirando fijamente a los ojos de su mujer le preguntó: —Con chita, ¿qué piensas de mí?

¿Qué quieres decir, Chinto? No te entiendo.

—Mírame, mírame bien de cerca.

Mirándole a la cara, inclinando la cabeza de derecha a izquierda y de arriba a abajo en forma cómica dijo:

—No encuentro nada de particular en ti. Tienes la misma apariencia de siempre. Tal vez un poquito turbado, eso es todo.

—Tú no me crees loco, ¿verdad, Conchita?

Ella se echó a reír diciendo:

—¿Entonces es eso lo que te preocupa? Loco, Santo Dios, ¡qué tontería! Si tú estás loco todos lo estamos, y yo especial mente. Loco tú. ¿Quién te ha hecho creer semejante tontería? Debería juzgarte loco por el hecho de que crees que lo estás. Nunca he visto a un hombre más sano de cuerpo y de mente que tú. Vaya una simpleza. ¿Y para eso me has llamado, ahora que estoy tan ocupada? Debes estar loco para hacerme esa pregunta. ¿Loco, loco? ¡Habráse visto tontería igual! —dijo regresando a la cocina.

—Ella debe saber —murmuró cuando se encontró de nue vo en el pórtico mirando con ojos vacíos en dirección al ca mino que había tomado el licenciado unos minutos antes—. Ella debe saber porque me conoce bien desde hace mucho tiempo. ¡Al diablo! Yo no estoy loco y no iré a parar al manicomio ocurra lo que ocurra. Pelearé con la compañía, con el gobierno y hasta con el mismo diablo si trata de me terse en mis asuntos. ¿Loco yo? Ya les enseñaré su lección. Que se atrevan a venir.

XVI

El presidente de la Condor Oil, Mr. C. C. Collins, se arruinaba la vista leyendo las cuartillas, limpiamente escritas a máquina, que formaban el informe que enviara por correo el licenciado Pérez a la matriz de la compañía en San Francisco.

Mr. Collins no había llegado al final del informe que acababa de recibir, cuando golpeando fuertemente el escritorio con el puño, exclamó:

—¡Habráse visto indio más asqueroso! Qué supondrá semejante gusano, semejante pigmeo infeliz? Atreverse a esto ese cuadrúpedo nieto de chimpancé, montón de carne oscura. Atreverse semejante comadreja a ponerme trabas. Ya le echaré yo mano a esa basura. ¡Por todos los diablos que lo haré! No hay todavía en el universo entero un trozo de tierra del que no pueda disponer si me es necesario. Si necesito un terreno lo tomaré aunque tenga que arrebatárselo al mismísimo Júpiter.

Interrumpió aquel discurso a gritos para decir en voz más baja:

—Ida, mire adonde está el Júpiter. —Y listo para continuar su interrumpido discurso, volvió a cambiar de idea para decir:

—No se preocupe Ida, no tiene importancia.

Ida, que había saltado junto a la repisa en la que los libros se amontonaban, regresó a su escritorio en donde esperaba el dictado que habría de tomar como consecuencia de aquel informe, que había hecho perder los estribos a Mr. Collins una vez más.

Ida era una competentísima secretaria particular. El hecho de ser una excelente secretaria se debía sin duda a que su personalidad valía cero. A lo menos en la oficina, jamás se había visto un destello de su individualidad, a excepción del hecho de que nunca tratara de caminar como un ser humano ni en la oficina, ni cuando entraba o salía de ella. Se arrastraba, y cuando caminando como gusano se apartaba de su escritorio, hacía grandes aun cuando invisibles esfuerzos por que nadie la viera. De hecho ni Mr. Collins ni sus visitantes notaban el ir y venir de Ida por la oficina. Lo único que podía verse es que estaba tras de su escritorio o que el escritorio estaba vacío. Su escritorio poseía toda la personalidad que a ella le faltaba. Y en vez de decir "que se arrastraba" habría sido más correcto expresar la forma en que se movía diciendo que lo hacía como si fuera un suspiro sobre dos piernas.

Mr. Collins poseía alguna cultura, aun cuando no tanta como para derrocharla. Consciente de ese hecho, pero sin admitirlo jamás ni para sí, trataba de cubrir la falla pronunciando las palabras en forma afectada y usando todos los términos poco comunes que podía recordar, aun cuando no supiera a ciencia cierta su verdadero significado. Poseía sólo una vaga idea de lo que era una "comadreja". Si Ida le hubiera dicho que se trataba de un insecto o de un morador de los desiertos australianos, no habría discutido con ella. Ida era su enciclopedia, porque varios diplomas certificaban su cultura. En otra forma él no la habría reconocido. También era muy vaga su idea de lo que era un pigmeo, la palabra se le había grabado cuando oyera a uno de los miembros de su club decir: "Ese maldito mozo pigmeo me ha traído la bebida helada y no la quería ni siquiera fría." Cualquier palabra extraña que para Mr. Collins significaba algo así como insecto, basura o piltrafa, la aplicaba cuando estaba enojado, la aplicaba a sus empleados o a cualquier persona que lo disgustara. Entonces empleaba todas las palabras desagradables que le venían al pensamiento y las que juzgaba más humillantes para su víctima.

Los defectos que hemos mencionado, eran los únicos que Mr. Collins tenía en su calidad de presidente de una importante compañía petrolera. Si tenía otros defectos, éstos pasaban desapercibidos porque en su oficina y en las juntas de directores había pocas oportunidades de apreciarlo. Solamente los moralistas a quienes se paga por serlo, habrían determinado que Basileen constituía uno de los mayores defectos de Mr. Collins. Toda persona cuerda y normal, sin embargo, consideraba a Basileen como el caudal más preciado de Mr. Collins, desde todo punto de vista.

El punto principal, y el único que realmente importaba en relación con su puesto de presidente de aquella poderosa empresa, era que Mr. Collins era un excelente caza-ocasiones de esos que no admiten competencia, y en su caso, "excelente" debe leerse "duro", carente de todo sentimentalismo, pero con una individualidad empedernida de las que parecen significar con todos sus actos: "Si tú no me muerdes, yo no te morderé y así ambos estaremos lo suficientemente aptos y saludables para robarnos mutuamente."

Mr. Collins pertenecía a la clase de hombres que saben hacer negocios cuando se lo proponen y quienes, cuando pretenden jugar, bromear o divertirse lo hacen tan cordialmente como si se tratara de un negocio.

Nadie sabía a punto fijo donde había nacido, quienes habían sido sus padres, ni si había tenido una educación superior o había estudiado únicamente la secundaria, o bien había vivido por su cuenta desde los catorce años. Algunos aseguraban que era originario de Harrisburg, Pa., y que su padre tenía una tienda de abarrotes que le producía menos de dos mil dólares anuales, y que Mr. Collins había dejado la secundaria a los quince años porque su padre no había podido sostener sus estudios por más tiempo.

Otros decían que aquello era falso y que Mr. Collins había nacido en St. Paul Minneapolis, lo que hubiera sido exactamente lo mismo, y que su padre era policía que nunca pudo ascender y que terminó siendo guarda de una cantina. Que Mr. Collins había dejado la escuela a los veinte años y había huído y más tarde se le había encontrado con un equipo de pescador en la bahía de Frisco. Los periodistas nunca habían podido localizar a ninguno de aquellos parientes a quienes él mencionaba de vez en cuando.

El hecho de que fueran varias las versiones que referentes a su origen y educación circularan, llevaba a la conclusión de que ninguna de las historias que los cronistas y otras gentes decían eran ciertas.

El día en que su historia comenzó exactamente, y para poder hacer un claro relato de su vida sin incurrir en error y sin que ningún episodio vital se pierda, fué cierto quince de octubre, cuando obtuvo un empleo sin importancia en un banco en el que le pagaban dieciséis dólares semanarios. La forma en que consiguiera aquel empleo y gracias a la recomendación de quién, eran hechos desconocidos. Quienes lo entrevistaron para escribir sobre su vida, recibieron varias explicaciones sobre el punto, y éstas siempre diferían entre sí.

Los métodos inmisericordes empleados por él para hacer negocios encubiertos por su apariencia de cura honesto y estúpido, combinada con la de un político mañoso de esos a quienes es posible ganar sólo cuando su adversario resulta ser un positivo caballero, habían sido las virtudes que le ganaron los importantes puestos que ocupara, incluído el de presidente de la Condor Oil.

Nunca jugaba limpio. No podía hacerlo por la sencilla razón de que le faltaba la profunda y radical inteligencia esencial para comprender que la honestidad en los negocios conduce a mejores resultados y proporciona mejores oportunidades que las que se presentan en el curso de malos manejos. Además, desconocía la paciencia. Y lo que es más, era incapaz de estudiar con éxito el poder o la debilidad del hombre o del negocio que pretendía conquistar.

Cuando estaba en sus quince, fué conquistado por un pulpo que vendía cursos por correspondencia sobre el gran arte de influir a los hombres por medio del poder magnético. El curso completo costaba treinta dólares, lo que estaba fueran de su alcance. Al fin logró que el publicista le vendiera un ejemplar, de segunda mano, en doce. Claro que el ejemplar no era de segunda mano, sino nuevo; pero aun así el anunciante ganaba diez dólares y medio. Mr. Collins recibió una gran desilusión y se dió cuenta de que lo habían timado. Aquel timo por parte de un hombre a quien él creyera entregado al honesto propósito de ayudar a los demás, envenenó su carácter y le hizo concebir la idea de tomar la revancha haciendo a otros lo que le hicieron a él, porque entonces consideraba doce dólares como una fortuna. Estudiando el curso nunca llegó más allá de la décimosexta lección, tan aburrido le parecía el asunto. Sólo una frase se le grabó en la mente y desde entonces la mantuvo viva en su pensamiento y solía decirla para sí o cuando hacía algún negocio. "Cuando desees algo en la vida, dinero, poder, amor, influencia política, elevada posición social, todo lo que tienes que hacer es desearlo tan profunda y tenazmente como si tu vida entera dependiera de ello. Así tendrás la seguridad de conseguirlo. Desea y todo llegará a tus manos sin esfuerzo y como por obra de magia."

Esas palabras no le decían nada nuevo, pues hasta donde alcanzaba su memoria siempre había obrado de acuerdo con ellas, y le exasperaba haber pagado doce pesos por palabras que traducían un pensamiento que juzgaba suyo.

En su oficina, tan grande que ocupaba casi la cuarta parte de un piso del edificio, y que más tarde fuera imitada por los dictadores europeos, se hallaba rodeada de varios lemas impresos y en marcos. Algunos eran tontos, la mayoría de de ellos, lugares comunes, y todos de mal gusto. Uno, en letras góticas impresas sobre papel de seda, rezaba: "Sonríe siempre, trabaja duro y da una oportunidad a los postergados." Otro: "La honestidad es la mejor política, porque lo que hagas a otros te harán a ti." "Tu tiempo perdido no será recobrado, ni el mío, así, pues, amigo, sé breve y claro, y los dos quedaremos satisfechos de nuestra entrevista." "Su tiempo carece de valor si me hace perder el mío, así ambos saldremos perdiendo." Este último aparecía impreso en grandes letras para ser leído aún por los más miopes y se hallaba colocado exactamente en el sitio en que sus visitantes podían verlo. Solamente en un caso habría sido capaz de darle un golpe para que cayera con la parte anterior sobre el escritorio, este caso se llamaba Basileen.

Consideraba la vieja frase "Tiempo es dinero" demasiado vulgar para figurar entre las divisas de una importante compañía petrolera. Había pensado y discutido con Ida muy a menudo sobre lo mucho que le gustaría que lo consideraran inventor de una nueva divisa que rezaría: "Petróleo es dinero". Sólo que temía que los directores y otros ciudadanos prominentes creyeran que se dedicaba a escribir en sus ratos de ocio y lo consideraran ridículo. Nada le intimidaba tanto como la posibilidad de aparecer chistoso o ridículo. Sólo de una persona aceptaba sin protestar que lo convirtiera en blanco de sus bromas. Esa persona se llamaba Basileen.

En su escritorio había una docena de costosos tinteros cada uno de los cuales tenía tinta y pluma diferente. Dos de aquellas tintas eran usadas para firmar exclusivamente los documentos destinados a existir no menos de doscientos años. El fabricante de aquella tinta garantizaba su legibilidad por veinte mil y prometía la devolución del dinero en caso de que el resultado no fuera el que aseguraba.

Mr. Collins usaba diferentes plumas en diferentes casos. Solamente cartas muy importantes o dirigidas a personas muy importantes eran firmadas con una pluma que producía rasgos semejantes a los de Napoleón I. Cierta tinta que usaba frecuentemente, tenía la gran virtud de borrarse progresivamente y desaparecer por completo en determinado tiempo.

Además de todos aquellos tinteros y de media docena de teléfonos, se veía sobre su escritorio una carpeta de apariencia costosa en la que guardaba documentos y cartas a los que prestaba atención personal a determinada hora. Sobre su escritorio no permitía libros, ni hojas sueltas, ni periódicos. Ida debía vigilar para evitarlo.

La única cosa de las que había sobre su escritorio que en manera alguna tenía que ver con su puesto de presidente, era un pesado marco de oro con el retrato de la señora Collins, mujer en la edad crítica y que empezaba a tomar la apariencia de un canónigo. Procurando hacer alusión a ella con el mayor respeto, diremos que la dama se redondeaba en todas sus partes. Ahora que era esa la única apariencia que podía tener en su calidad de esposa del presidente de una compañía petrolera.

Por instinto Mr. Collins sabía que aquel retrato sobre su escritorio ayudaba mucho a causar una buena impresión en ciertos individuos, especialmente entre las viejas, bueno, entre las mujeres de mediana edad poseedoras de respetables cuentas en los bancos y quienes lloraban continuamente por hacerlas aún más respetables... Y eran estas viejas, bueno, estas mujeres de mediana edad, las que antes de invertir cien mil dólares deseaban tratar las condiciones personalmente con el presidente, como único representante de la compañía en cuyo escritorio empezaban y terminaban todos los resortes que la movían. A él le encantaba que los visitantes le preguntaran quién era la dama cuyo retrato se hallaba en el marco de oro, y le satisfacía inmensamente que alguno de ellos sugiriera la posibilidad de que fuera la señora Collins y que él debía amarla tiernamente, pues de otro modo no tendría su retrato constantemente ante él, hombre tan ocupado y que debía cargar sobre sus hombros grandes responsabilidades.

"Es raro encontrar en nuestro tiempo semejante amor entre marido y mujer, casados hace más de veinte años." Esa era generalmente la frase final relativa al retrato, después de lo cual podía considerar cerrado algún trato conveniente. Cerca del gran retrato había otro más pequeño y cuyo marco era sólo de plata. Representaba a la señorita Collins, su prometedora hija de diecisiete años. Su retrato afectaba a menudo más profundamente que el otro a ciertos visitantes adinerados —los que no lo eran, tenían que contentarse con las hijas de vicepresidentes o empleados de tercera o cuarta—. Un presidente casado es una persona en que se puede confiar mucho más que tratándose de un soltero. Un presidente que es padre además, debe ser un hombre de hogar, y los padres y las madres pueden abrigar respecto a él un sentimiento fraternal, un sentimiento gracias al cual no podrán surgir desacuerdos en los negocios.

El fotógrafo que había retratado a la señorita Collins no había sido lo suficientemente artista para no hacer patente en la fotografía algo que ni el policía más hábil, después de aplicar sus métodos más eficaces, habría logrado hacer confesar a la muchacha. Claramente se veía en ella que la señorita Collins había resuelto con éxito todos y cada uno de los problemas de la vida humana: sociales, financieros, biológicos y todos sus aliados. Para ella no existían secretos. Desde otro punto de vista aparecía en la fotografía como una artista de cine bien retratada.

Nada más podía verse o encontrarse en el escritorio de Mr. Collins, ni siquiera un lápiz nuevo, roto o mordido.

Pero el escritorio tenía cajones, bastantes cajones. Entre aquellos cajones había dos que se hallaban tan maravillosamente escondidos entre la masa de caoba que, aparte del propietario, sólo el constructor del escritorio sabía en dónde estaban y cómo podía abrírseles. No estaban cerrados con llave porque una cerradura habría indicado su existencia. Sólo por medio de una serie de combinaciones podían abrirse.

Sin embargo, Mr. Collins nunca había usado ninguno de ellos y todavía no tenía en qué emplearlos. Los cajones comunes y corrientes podían cerrarse tan bien que resultaban lo bastante seguros para guardar documentos, libretas de cheques, y algunas otras cosillas.

Entre esas cosillas, en el cajón superior de la derecha, y disimuladas entre toda clase de papeles y cartas, había varias fotografías de coristas, es decir, de damas del coro. Damas, sí, damas suena mejor y no tiene ningún sabor amar-

go. De vez en cuando comentan entre sí: "Miren al caballero
francés, él conoce la vida, él sabe cómo tratar a las damas
cuando las ve, él nunca dice mademoiselle, que en cristiano
quiere decir señorita, siempre dice madame, aunque sepa perfectamente que madame vive de recorrer las calles. Yo he
estado en París y conozco la vida íntima de los franceses,
créeme Greasey."

Greasey era el nombre de combate de Mr. Collins.

Las damas del coro aparecían frescas, duras, hábiles y
caras, por lo menos en los retratos que de ellas tenía Mr.
Collins. El fotógrafo en aquel caso había sido un gran artista.
Atendiendo a las órdenes que recibiera, había retratado los
rasgos característicos de las muchachas. Cualquiera que tuviera en su poder aquellas fotografías, bien accidental o intencionalmente, si tenía alguna experiencia respecto de las
damas, no podía formular un juicio equivocado al pensar que
era tan fácil tener el retrato como el objeto real. Dos de aquellos retratos mostraban a damas del coro saliendo del Pacífico
en el preciso momento en que los tiburones les habían arrancado el traje de baño, y antes de que pudieran cubrirse con
sus batas. Por la fotografía era fácil ver que estaban muy bien
hechas ambas, la fotografía y la figura, ambas de cuerpo
entero.

En el mismo cajón, aun cuando no escondido entre papeles,
sino dentro de una carpeta que contenía talones de cheques y
facturas pagadas, había otra fotografía dedicada, sin duda escrita por alguien que no había practicado mucho la caligra-
fía, y que decía: "Para mi adorado y dulce papacito, de
Flossy."

Ella costaba a Mr. Collins un cheque de cinco mil dólares
mensuales, y nunca gruñía él por aquel gasto, porque Flossy
era su cielo en los días tormentosos. Dulce, tranquila, medio
tonta, fácil de contentar, hacía cuanto Mr. Collins deseaba.
Nunca le negaba nada ni pretendía ser exigente. Teniendo
una profunda comprensión de las dificultades y necesidades

de los hombres, se adelantaba siempre a sus deseos, aun cuando éstos no fueran exactamente apegados a los comúnmente aceptados como buenos por un campesino de Nebraska. Cuando se hallaba con Flossy en su cómodo departamento, no se veía obligado a guardar la pose de un magnate, algo en lo que su esposa insistía aun cuando se encontraran solos por la noche. A Flossy podía hablarle de tonterías, de las mayores tonterías usando determinada jerga y hasta solía hacerlo empleando los términos más vulgares que se le ocurrían. A ella casi le agradaba aquello. En su apartamento podía vagar en mangas de camisa, con el cuello abierto, calzando unas pantuflas viejas, con toda la comodidad deseada por un hombre de negocios cansado. Todos sus secretos, todos sus malos gustos en cuestión de paladar, podia calmarlos sin avergonzarse y sin presenciar el gesto agrio de alguna cara. Solían ir a sitios baratos, en parte por la gracia que les hacían y en parte por gustar de la col y de la carne de buey, del estofado irlandés, de las olorosas hamburguesas, de las salchichas danesas fritas que allí servían. A menudo tenían deseos de saborear algún platillo y si por una u otra circunstancias no deseaban salir, ella lo cocinaba. Mientras más aburrido o agitado estaba, más le agradaba la compañía de Flossy. Ella no le molestaba cuando no quería decir ni una sola palabra en toda la velada y se concretaba a sentarse con toda quietud cerca de él. En su hogar nunca habría encontrado verdadera tranquilidad. Allí tenía que contestar a preguntas tontas la mayoría de las veces y era eso, justamente, lo que lo ponía de más mal humor que antes de entrar en su casa. Su mujer nunca le permitía ser él mismo ni estar solo. Tenía que vestirse para la cena y sentarse vestido toda la noche, porque alguien podía llegar de improviso y la señora Collins aseguraba que moriría de vergüenza si alguna visita encontraba a su esposo con la facha de un bombero en día de descanso.

Cuando tenía que resolver algún problema difícil, no intentaba hacerlo ni en su casa ni en la oficina, el único sitio

en el que podía hacerlo era en casa de Flossy. En apariencia
ella nada quería de él. Era aquella actitud suya la que lo
ataba a ella más que a la señora Collins, sí, y más aún que a
Basileen, su reina. Tal vez no sólo en apariencia, sino en
realidad, Flossy nada quería. Era feliz derramando sobre él
su afecto maternal y sabiéndose su amante. Realmente feliz,
feliz en toda la acepción de la palabra, sólo podía sentirse
en presencia de ella. Sin embargo, él nunca se habría casado
con Flossy ni aun cuando su negativa le pusiera en peligro
de perderla. Ellos nunca hacían referencia a ello, ni habían
discutido jamás sobre semejante posibilidad. A él mismo se
le había ocurrido preguntarle si ella lo haría en caso de que él
estuviera libre. Por instinto sabía que ella no se habría casado
con él, porque le agradaba más la forma de vida que llevaban.
El nunca le había hecho preguntas sobre su pasado, ni sobre
cualquier aventura que pudiera tener simultáneamente con
otro. De una sola cosa podía estar seguro y era de que, no
obstante las locuras, físicamente hablando, que ella pudiera
cometer de vez en cuando, le era leal como verdadera buena
amiga en quien podía confiarse infinitamente en asuntos de
verdadera importancia. Sabía bien que ella no vendía su
lealtad por los cinco mil dólares que le daba cada mes, sin
contar regalos extras y pago de facturas.

Muchas veces, desde que se conocían, ella había podido
tener el mismo dinero o más, como se enterara más tarde,
pero no se había interesado por la nueva perspectiva. Aun
cuando ella nunca lo decía, él sabía que lo amaba y que permanecería a su lado aun cuando perdiera su dinero o su posición. De semejante lealtad no estaba seguro respecto a Basileen. Flossy sabía que él tenía otras amigas además de ella.
No ignoraba la existencia de Basileen y de su influencia do-
minadora sobre él. Mr. Collins estaba perfectamente enterado
de que ella sabía de todas sus actividades. Sin embargo, nunca
hablaba sobre eso, lo que le hacía dudar algunas veces de que
estuviera enamorada de él.

Pocos de sus amigos, sólo los más íntimos, sabían de sus relaciones con Flossy. Cuando deseaban divertirse realmente invitaban a las amigas que pertenecían más o menos a la misma clase de Flossy y se dirigían en sus coches a algún pueblo distante en donde, haciéndose aparecer como empleados bien pagados, frecuentaban cafés baratos, salones de baile, carpas y cines pobres, sitios en los que trataban de divertirse en la misma forma intentada por la mayoría de los trabajadores americanos.

Si su esposa o sus amigos le hubieran encontrado durante una de aquellas escapatorias, difícilmente le habrían reconocido. Era durante esas excursiones, marcadas en el calendario de su oficina como "inspección de campos", cuando paseaba a Flossy y cuando ella se sentía más feliz a su lado. Y fue en ocasión de una convención de Legiones, como él y sus amigos llamaban a esa clase de escapatorias, cuando Flossy fué presentada a sus camaradas más íntimos. Desde entonces ellos la conocían como Mrs. C. Third, nombre con que él la había presentado y la llamaban Miss Clird. Basileen era Mrs. Second. Pero Mr. Collins nunca, ni aun borracho, se había atrevido a presentarla a alguien con aquel nombre.

XVII

En el cajón superior de la izquierda del escritorio de Mr. Collins, y también escondida entre cartas y documentos importantes, había una cajita de cedro con adornos, llave y cerradura de oro. Mr. Collins nunca olvidaba llevar consigo aquella llavecita de oro.

Dentro de la cajita había una miniatura hecha por un gran artista. De no haber sido por el traje moderno, del que se veía una pequeña parte, y por el peinado a la última moda, habría podido tomarse aquel retrato por uno del siglo XVIII,

en el que las miniaturas estuvieron en boga. Cualquiera que
hubiera conocido personalmente al sujeto, no lo habría reconocido fácilmente en el retrato y habría supuesto que aquella
hermosa y majestuosa mujer había muerto ciento cincuenta
años atrás.

Bien habría podido Mr. Collins llevar la miniatura en
una de las bolsitas de su traje, pues si alguien la hubiera
hallado no habría abrigado la menor sospecha, ni siquiera la
señora Collins, a quien solamente habría parecido raro, sabedora de que su marido no tenía manías, por lo menos no la de
coleccionar miniaturas. En tal caso se habría entregado a
grandes maquinaciones para descubrir por qué llevaba consigo aquella miniatura. De cualquier modo, la señora Collins no
lo habría atribuído a una manía, ni habría tomado la miniatura por una antigüedad, porque conocía al sujeto perfectamente, aun cuando nunca admitía su existencia.

La miniatura estaba colocada en un costosos marco de
oro artísticamente trabajado. Frecuentemente, con especialidad
cuando Mr. Collins había dado órdenes estrictas de que no le
molestaran, porque tenía que concentrarse, se dedicaba a una
especie de rito. Sacaba la cajita del cajón, la abría, sacaba
la miniatura y la colocaba sobre el escritorio ante él, en forma tal que si leía algunos papeles o escribía podía verla.
Tenía la idea de que un poder mágico emanaba del retrato,
dándole una buena suerte extraordinaria en el negocio que
pensaba o realizaba cuando tenía el retrato enfrente, cosa
que ocurría en forma relevante cuando la dama en persona
estaba a su lado o próxima a él. El retrato había sido pintado
en forma tal, que los ojos de la dama descansaban sobre el
rostro del que lo miraba desde cualquier ángulo en que éste
se colocara.

Ida era la única persona que había visto el retrato. Por
lo tanto, él no lo sacaba cuando se encontraba solo con ella
en su oficina. Ida tenía una inocente manera de ver que le impedía adivinar si había visto el retrato cierta vez en que lo

tuviera sobre el escritorio, ante él, y ella entrara como un suspiro sin que él se diera cuenta de su presencia. Ella se había acostumbrado a aquel detalle porque había llegado a ser una especie de apéndice del escritorio que ya no le llamaba la atención. Si alguien hubiera entrado inesperadamente, como solían hacerlo la señora y la señorita Collins o algún miembro del consejo de los que se consideraban lo suficientemente importantes para no ser anunciados, Mr. Collins habría hecho desaparecer la miniatura en la palma de su mano, haciéndola invisible para el visitante. Esa era una de las razones por las que el retrato había sido hecho tan pequeño.

El sujeto reproducido en aquella miniatura era Basileen, y nunca había recibido de parte de Mr. Collins el ofrecimiento de un cheque mensual o semanal como el que recibía Flossy. Semejante ofrecimiento habría costado una fortuna a Mr. Collins, pues le habría resultado demasiado caro conseguir que la dama olvidara eso que ella habría llamado un insulto. La primera regla que normaba sus relaciones, era la de que él debía tener siempre bien presente que ni era su esposo ni la tenía a salario. Dependía de su diplomacia la forma de cubrir todos sus gastos y de permitirle vivir como una duquesa, sin preocuparse jamás por las facturas ni por la procedencia del dinero que gastaba, siempre que llegara hasta ella en la forma más decente que es posible tratándose de dinero.

Solamente hacía una semana que Mr. Collins le había comprado un automóvil de la mejor marca, y por tanto del más elevado precio en el mercado del oeste de las Rockies. El auto, de cuyo modelo solamente se habían construído seis especialmente, parecía en su interior más un tocador que un vehículo. Realmente daba la impresión de ser un tocador con motor. Ninguna gallina de la pantalla podría vanagloriarse de semejante lujo.

Una vez que ella estuvo en posesión del carro, Mr. Collins tuvo la seguridad de que la había satisfecho en lo que a carros se refiere. Debía haberla conocido mejor. La culpa era suya, no de ella, si había cometido una falta. En cualquier forma fué una falta que valía el dinero que costó, pues la experiencia le hizo un hombre sabio, un gran diplomático, un experto conocedor de mujeres y un verdadero gigante en el mercado internacional del petróleo.

Cuando ella se vió en posesión del elegante carro, se negó a continuar viviendo en su destartalado departamento, en aquel departamento que, visto por cualquiera, habría sido considerado como el más elegante que una mujer soltera de Frisco podía tener. Sin embargo, un departamento, por elegante que fuera, no podía estar al nivel de aquel tocador con motor y ruedas. Necesitaba un garage de acuerdo con el carro. Y el garage que tuviera el honor de albergar aquel real automóvil, no podía existir sino en una mansión en la que fuera sólo una especie de humilde techado. No menos de dos chóferes de primera serían necesarios. Uno para el día y otro para la noche, a fin de que el hombre que tuviera el privilegio de guiar el carro se encontrara siempre en las mejores condiciones. La mansión no podía ser atendida en la misma forma que el departamento en el que, como frecuentemente le decía a Mr. Collins, ella no vivía sino habitaba para tener un techo que la defendiera de la lluvia.

Dos veces por semana, Mr. Collins pasaba en su departamento parte de la tarde, las noches y frecuentemente la hora del desayuno. A la mañana siguiente decía a la señora Collins por teléfono que había dormido en el club, pues tenía que estar temprano en la oficina y no había deseado levantarse a la madrugada.

En aquellas noches placenteras, Basileen era todo amor y entusiasmo, y se mostraba de excelente humor. Por ningún motivo hablaba entonces acerca del garage, la mansión y los seis criados sin los cuales no podía vivir. Pero al día siguiente le llamaba por teléfono seis o siete veces. Bastaba con que dijera a la operadora cierta palabrita mágica para que la pusieran en contacto inmediato con la oficina privada del presidente, sin tomar en cuenta que la línea estuviera ocupada por algún personaje. Aquel privilegio no era concedido ni siquiera a la esposa, la que, cuando se comunicaba con él, tenía que esperar su turno.

Y fué por teléfono como Basileen dijo a Mr. Collins que era un viejo tacaño y miserable que la privaba del garage y de la mansión de la que aquél formaba parte. El contestó que no había encontrado ninguna propiedad en venta que llenara las condiciones deseadas, y que si la residencia debía construirse de acuerdo con sus gustos, no estaría lista en menos de doce meses. Ella agregó que no estaba dispuesta a esperar un año, ni siquiera seis meses, porque necesitaba pronto el garage con todos los aditamentos que tan elocuente y frecuentemente había expresado. Lo más que estaba dispuesta a esperar eran cuatro semanas, al cabo de las cuales ocurriría algo grave si ella se veía obligada a vivir bajo un techo que goteaba.

"Algo tremendo ocurrirá", murmuró él cuando ella colgó el audífono rápidamente. Dos minutos después volvió a llamar para decir. "Me olvidé de decirte adiós. Dispénsame querido. Hasta mañana a las seis. By, by, kiss, kiss."

No tuvo tiempo de contestar porque ella no le dió oportunidad. Volvió a murmurar: "Algo ocurrirá. ¿Qué habrá querido decir con eso?" Y era ese "eso" lo que le preocupaba siempre cuando ella hablaba en aquella forma. Temía seriamente que si se negaba a complacerla, ella encontrara alguien más generoso en lo que se refiere al garage y sus aditamentos. No debía haber temido tal rompimiento. Semejantes cosas no estaban de acuerdo con el carácter de ella. Sin embargo, él ignoraba de lo que sería capaz en un momento desesperado. Así, pues, creía en la posibilidad de que hiciera cualquier cosa, incluso ponerlo de patitas en la calle. Que él no la conociera mejor en aquel aspecto resultaba una ventaja para ambos. Ella representaba su papel maravillosamente.

El temor constante de perder el afecto de la otra parte en un asunto serio de amor, constituye para la mayoría de los humanos una poderosa liga capaz de mantener unidos a los amantes, a quienes no ata el matrimonio. Cada uno de ellos tiene que luchar diariamente por no perder lo conquistado. La única conquista segura es aquella por la que se pelea de continuo. El preciso día en que los amantes se dan cuenta de que están absoluta e incuestionablemente seguros uno del otro, su amor empieza a debilitarse.

XVIII

Las dos damas del coro, cuyas fotografías guardaba Mr. Collins en el cajón superior de mano derecha, separados de las fotografías de otras damas, constituían un problema también. Los retratos no estaban dedicados por las damas, pues sabían por experiencia que los caballeros no gustaban de intimidades gráficas, porque éstas suelen traer complicaciones y un verdadero caballero nada teme tanto como a las complicaciones con una dama del coro o alguna similar.

Por mucho que Mr. Collins había tratado de evitar esas dificultades, no habían dejado de surgir algunas que empañaban su horizonte. Y parecían destinadas a transformarse en asuntos ligeramente complicados.

"Al diablo con eso", decía Mr. Collins con frecuencia a sus compañeros del Club, "Sí, repito que al diablo con eso. Es fácil conseguir a una de esas damas sin gran esfuerzo, cuando se le desea seriamente. Lo difícil no es meterlas en nuestra vida y en nuestra cama, sino sacarlas de ellas."

Aquellas damas habíanse convertido en problemas no sólo monetarios, sino de otra índole bien distinta. Cada una tenía sus gustos y deseos especiales. Sin excepción, todos esos gustos y deseos se traducían en una dolorosa sangría a la cuenta corriente, sin importar que aquellos deseos tuvieran conexión directa con dinero efectivo o no. Los caprichos habían aumentado considerablemente a últimas fechas, porque cuando trataba de ponerles un dique, escuchaba ciertas palabras pronunciadas por cualquiera de las damas en cuestión y que no estaban muy lejos de asemejarse a una amenaza.

A pesar de lo precavido que había sido toda su vida, aquellas damas tenían algunos plieguecitos de papel en los que él había escrito breves notas de su puño y letra. Las notas habían sido escritas al iniciarse sus relaciones y cuando éstas aun no eran íntimas. Nunca pensó que aquellas notas, que en conjunto contenían cincuenta palabras, serían conservadas por mayor tiempo que el necesario para leerlas. También existían algunas fotografías tomadas en momentos de buen humor y otras hechas por algún pobre diablo a quien se quería ayudar con una peseta, permitiéndole sacar una fotografía de la dama y el caballero sentados a la mesa de algún café. "No duran", decía el fotógrafo para calmar a Mr. Collins al verlo vacilar. Porque él, el fotógrafo, comprendía la situación en semejantes casos. De hecho aquellas fotografías no duraban más de treinta horas cuando no se las fijaba. Pero las muchachas listas no solían dejarlas sin fijar, y al día siguiente acudían a un buen fotógrafo para que las arreglara dándole un baño fuerte, de modo que duraran hasta el día del Juicio.

Las dos damas del coro, tenían bien poco, casi ningún elemento que ante un tribunal decente pudiera constituirse en prueba acusatoria si intentaban hacer cargos a Mr. Collins. Cualquier juez que al mismo tiempo fuera hombre de bien, habría hecho caso omiso de la historia de la pobre muchacha trabajadora y habría echado a las damas a la calle. Las damas sabían aquello, pero sabían también cuánto valía Mr. Collins y lo que sería capaz de hacer para evitar que alguien acudiera al editor de un diario. Y aun cuando Mr. Collins estuviera seguro de que el editor de ningún tabloide daría importancia a historia de tan poco relieve en aquellos momentos, bien

podría dársela un año más tarde bajo otras circunstancias.
Así pues, resultaba prudente evitar que sus retratos y sus
cartas anduvieran por el escritorio de algún periodista.

XIX

Todas aquellas relaciones diferentes entre sí, pero en
conexión con una necesidad muy humana, de naturaleza puramente física, habrían podido ser reducidas, desde luego, a una
sola. Muchos hombres pueden hacerlo, aunque a la mayoría les
es imposible, y el menos capacitado para ello resulta el presidente de una gran empresa capitalista. El presidente de una
empresa importante tiene que ser dinámico y enérgico. Su
vitalidad debe estar siempre a punto de hacerle estallar y
debe, además, derramar iniciativa. Se le paga un elevadísimo
salario y se le entregan buenos dividendos porque sea dinámico, agresivo, aplastante, amenazador. El pequeño, decente y
honesto tenedor de libros, que se apena cuando el mesero de
un restaurán le sugiere algo más de lo que desea para postre,
es un tenedor de libros, y lo será hasta que se muera, porque
pertenece a la clase de los que tiemblan cuando su mujer abre
la boca. Bien sabe que ella la tendrá abierta siempre, aun
durante la noche, así, pues, no le queda otro camino que el de
la sumisión. Como carece de virilidad suficiente para derra-
marla generosamente y a toda hora, carece del incentivo dra-
mático y del dinamismo capaces de lanzarlo fuera de su asiento
de tenedor de libros. El éxito no se basa sólo en la inteligencia y en la habilidad ni es resultado de cierto talento como
el que se supone a un gran amante, pues de ser así muchos
alcahuetes habrían llegado a reyes del acero.

No debe dejarse de tomar en consideración que Mr. Collins
tenía que ser lo que era en atención a las leyes de la naturaleza. El hecho, sin embargo, era desconocido por él y además

ignoraba la forma de controlar las leyes que se veía obligado a seguir involuntariamente. Tal vez la psicología y la fisiología podrían analizar y explicar satisfactoriamente, los factores que constituían su carácter, explicando asimismo el fenómenos que le impedía escapar a las dificultades que, de acuerdo con las leyes morales deben ser evitadas por un marido modelo. Sin embargo, parece que la naturaleza no concede todos sus bienes al mismo tiempo a un individuo.

Aquellas relaciones que lo mantenían en constantes dificultades, que muchas veces se veía obligado a atender con mayor urgencia que si se tratara de negocios de monta, ponen de manifiesto el hecho de que el presidente de una importante compañía no puede llevar la vida fácil que la mayoría de los hombres le atribuyen. Sus asuntos personales, íntimos, se llevaban tanto de sus buenos años y de su tiempo como la lucha constante por alcanzar la cumbre y mantenerse en ella. El dinero con que contaba habría sido suficiente para sostener a cien familias de clase media. Sin embargo, tenía una constante necesidad de tener más dinero. Para resolver sus dos problemas satisfactoriamente, necesitaba vencer tantas dificultades como un obrero textil con mujer y cinco hijos a quienes alimentar. El balance de los presupuestos de estos dos hombres no difería mucho. Lo único que variaba era el monto de las sumas.

Toda la habilidad y talento de un individuo altamente dotado, era necesario para enfrentarse a los muchos y complicados problemas que Mr. Collins tenía que resolver en este mundo. El, el presidente, a quien todos los directores de la empresa miraban no como a un semidiós, sino como a un dios, se veía obligado a resolver, no sólo sus problemas, sino los de la compañía, los de los directores y los de los más importantes accionistas. Aquellos hombres no se contentaban con que él resolviera las dificultades en una forma justa y simple. Tenía que hacer algo más y mejor. Cualquier cosa que hiciera debía hacerla en forma tal, que no olvidara un solo detalle que pudiera acarrear una reacción contraria a su buena reputación, o a la de la compañía y el consejo de directores. La reputación de una empresa es tan delicada como la de una matrona de sociedad. En ambos casos es difícil perder la buena reputación si las bases son convenientes. Pero una vez perdida ésta, difícilmente se recobra, lo mismo tratándose de una dama que de una empresa. Las simples hablillas pueden menoscabarla. En el caso de una empresa, si las hablillas no cesan pronto, sus acciones empezarán a moverse, y una vez que han comenzado nadie sabe cuando volverán a estabilizarse.

Los asuntos privados de Mr. Collins tenían que ser manejados tan cuidadosamente como los de la empresa. El estaba constantemente ocupado, ocupado trabajando, gozando, gastando dinero, planeando nuevos negocios y solucionando incidentes personales que amenazaban sacarlo de quicio.

No gustaba de trabajar intensamente ni de estar ocupado todo el día. Pero se habría sentido vacío, tal vez hasta enfermo, si hubiera dispuesto durante el día o la noche de una hora sin saber qué hacer con ella. Ocurría que cuando no tenía algo de que ocuparse, lo acometía un temor semejante al que sentiría si se viera perseguido por fantasmas. No practicaba ningún deporte, pues le desagradaba aún conducir su propio carro, cosa que hacía sólo en pos de aventuras con una dama. Siendo miembro de uno de los más elegantes y privados clubes, consideraba el juego de golf como la forma más tonta e inútil de perder su precioso tiempo y como el juego más tonto y en el que solamente las gentes de inteligencia rudimentaria podían fingir estar interesadas. Para él, el poker no era un juego. Era en parte una diversión y en parte una forma de ejercitar el autocontrol. El bridge lo jugaba únicamente forzado por la señora Collins y con disgusto manifiesto.

"Qué salario tan miserable recibo por todo mi trabajo y preocupaciones. Apenas basta para pagar la sal de Epson y la aspirina que consumo", solía murmurar cuando se encontraba en una situación difícil.

Mr. Collins tenía razón en considerar su salario miserable. Recibía trescientos mil dólares anuales. Ahora que sus bonificaciones, pagadas en efectivo y en acciones preferentes, representaban una suma considerablemente mayor. A todo esto podían agregarse los dividendos que le resultaban. Además de ello tenía las manos puestas en media docena de ricas empresas. Mientras mayores entradas se tienen, mayores son las obligaciones. Sus entradas estaban tan hábilmente disimuladas que paga impuesto sólo por setenta y cinco mil. Habría sido muy difícil, casi imposible en el caso de una investigación federal, fijar el monto de sus entradas. La señora Collins no habría mentido al jurar en la corte que no pasaban de setenta y cinco mil; pues de otro modo ella lo sabría.

El presidente de una compañía petrolera realmente importante tiene muchas obligaciones. ¡Y tántas! La vida no es tan sencilla como un indio idiota, como un salvaje poseedor de un rancho por algún sitio cercano a Panamá, puede suponer. La vida es un asunto muy complicado, pues de lo contrario no harían falta la filosofía, la economía política y las leyes internacionales. De hecho, la vida es algo por lo que hay que estar en constante combate, sin que haya ni siquiera una hora de tregua.

¿A qué debemos atender? ¿Quiénes dependen de nosotros y de nuestras entradas? Ningún demonio es capaz de salir de semejante atolladero. Pero él, el pobre Mr. Collins, tenía que afrontarlo.

Veamos. Allí está la mansión situada en uno de los barrios más aristocráticos de la ciudad, en la Colina. Tiene cuatro salas y veintiocho cuartos. A menudo la señora Collins dice: "Si tuviera siquiera seis cuartos más, sería más cómoda. ¿No podríamos tener una casa más grande, Chaney? ¿Qué dices?

La señora Collins tiene mucha razón. El presidente de la Condor Oil no puede vivir en una casucha. ¿Qué dirían los directores, los accionistas y especialmente los nuevos inversionistas acerca de la solvencia de la compañía, si supieran que el presidente vive en un cuchitril? Ello estaría permitido aun al presidente de los Estados Unidos, pero al presidente de una rica compañía petrolera, nunca, eso acabaría con la empresa.

El no podía esperar que la señora y la señorita Collins hicieran los quehaceres de la casa y lavaran la ropa. ¿Qué ocurriría con las partidas de bridge de la señora Collins, si tuviera que dedicarse a remendar los calcetines de su esposo?

Dos o tres veces al mes le pedía después de la cena un cheque por dos mil cuatrocientos o tres mil dólares, porque debido a su horrible mala suerte durante la tarde, había tenido que firmar un pagaré a Lady Chippleburns. Y para evitar que se irritara por su "es la última vez, querido", le contaba algún chiste acerca de Lady Chippleburns, quien parecía padecer de algún mal de la garganta, pues no le era dado pronunciar correctamente un término tan sencillo como I. O. U. y tenía que sacar a colación todo el estado de Ohio y mitad del de Utah, diciendo "Ohioyou" en el momento de cobrar.

La señora Collins recibía un cheque mensual de mil dólares para sus gastos personales, pero todas sus facturas eran pagadas en la oficina. También se consideraban como extras todos los gastos de la casa. Eso desde luego. La señora Collins graciosamente podía perder tres mil dólares en una partida de bridge entre amigas íntimas, nada más, naturalmente. Aunque rara vez, ganaba sumas iguales, pues de otro modo sus amigas íntimas, aquellas matronas de sociedad, habrían resultado ligeramente sospechosas. De sus ganancias nunca hablaba a Mr. Collins, a menos que ellas no pasaran de cien pesos.

Mr. Collins tenía dos carros para su uso exclusivo. Uno para asuntos de negocios, cuya marca y placas eran conocidas por la señora Collins. El otro, que jamás había sido llevado a la casa, estaba registrado bajo un nombre supuesto. Nadie más que un agente de tránsito o un juez de turno en la noche, habrían podido encontrar alguna irregularidad en la licencia de Mr. Collins, el enterarse de la ligera falta consistente en el cambio de nombre.

También la señora Collins poseía su carro particular. Era uno solamente, pero éste se contaba entre los más elegantes de la ciudad. A ella le gustaba conducir, aun cuando tenía un chófer a su servicio para que lo guiara cuando ella no tenía ganas de hacerlo.

Naturalmente, también la señorita Collins tenía su propio carro. Era tipo sport y de los más costosos de la marca. Habrían sido un gran inconveniente para ella los servicios de un chófer, aun cuando éste fuera sordomudo. La muchacha estudiaba secundaria y recibía un cheque de setenta y cinco dólares mensuales, más el pago de todas sus facturas. También se contaba como extra el pago de infracciones por exceso de velocidad, que muchas veces llegaban a doscientos dólares por mes. De vez en cuando tenía que pagar daños y perjuicios no cubiertos por su seguro, los que llegaban hasta ciento cincuenta dólares. Muchas veces le era recogida la licencia y Mr. Collins tenía que recurrir al expediente de las elevadas contribuciones que se veía obligado a pagar cada año y de los muchos donativos hechos al partido que estaba en el poder, para conseguir que se la devolvieran, porque si no lo lograba no volvería a tener ni una hora de paz en su hogar durante el desayuno, la comida y menos aun la cena, si la muchacha asistía, pues generalmente estaba ausente, y cuando regresaba a casa, bastante tarde para sus diecisiete años, jamás daba una explicación clara respecto a lo que había hecho ni a las gentes que la habían acompañado. Y eran aquellas inexplicables y muy frecuentes salidas las que la forzaban a ocurrir de vez en cuando a la oficina privada de su padre, llevando un rayo de sol a aquella caverna y privando pocos momentos después a su padre de él y de un cheque de cuarenta, cincuenta o setenta dólares. Tampoco entonces explicaba claramente la forma en que emplearía aquella cantidad; en lugar de ello se sentaría en sus piernas, le besaría la barba, las mejillas, le alborataría el cabello y le diría: "papacito lindo, papacito precioso, ya sabía que lo harías por tu pajarito; verás papacito, estamos preparando algo muy especial en la escuela, ¿sabes?; algo en relación con una comedia, ¿sabes? Pero no podemos revelar el secreto porque será una sorpresa, una gran sorpresa."

En otra ocasión no sería una comedia sino la contribución especial para alguna justa deportiva, o la colecta para una compañera de escuela cuya madre muriera repentinamente y a quien tenía que enterrar y no contaba con medios para hacerlo. Pero cualquiera que fuera su historia sabía de antemano que ganaría y que obtendría el cheque.

Si ocurría, cosa rara, que Mr. Collins recordara alguna de las historias y preguntara cuándo sería representada la comedia, ella, dando a su semblante expresión de gran inocencia, decía que había tenido que suspenderse, porque dos de sus compañeras, sin cuyo concurso no había éxito posible, habían salido de la escuela por razones que sólo el director sabía.

Si aquél hubiera sido el único aspecto de su vida, Mr. Collins se habría considerado un esposo liberal y el común padre de familia que adora a su hija única. Pero el presidente de una importante compañía petrolera necesita una casa de campo para agasajar a una multitud de invitados los fines de semana. Sin invitaciones de fin de semana no es posible establecer los nuevos contactos tan especiales en materia de negocios. Aquel nidito en el campo no era precisamente una cabaña, aun cuando así se le llamaba. De hecho ningún acomodado noble inglés se avergonzaría de poseer aquella cabaña y de llamarla Adrington Hall o algo semejante. El sostenimiento de aquella cabaña y los agasajos a los invitados costaban a Mr. Collins casi tanto como su residencia en la ciudad.

El nunca se tomaba unas vacaciones, porque jamás disponía de tiempo para ello. Pero la señora Collins necesitaba
disfrutar de las suyas y nunca lo hacía modestamente. No
siempre eran Francia, Inglaterra o Egipto. Sin embargo, adonde quiera que fuera para disfrutar de un descanso que le era
preciso, aun cuando no fuera más allá de las Bermudas, Nassau,
Cuba o Florida, era necesario que Mr. Collins le entregara un
cheque por la misma cantidad. Ahora que si se le ocurría
comprar algo, pedía que se le enviaran a su casa por cobrar.

La señorita Collins pasaba sus vacaciones generalmente
en compañía de una de sus condiscípulas y casi siempre en
la casa de ésta, por lo menos eso era lo que decía. Aquellas
vacaciones costaban a Mr. Collins tanto como si hubiera hecho
un viaje por tres meses con todos los gastos pagados, de los
organizados por Cook, y en lo que los extras son extra naturalmente.

Así, pues, Mr. Collins cumplía con su divisa predilecta:
Sonríe, trabaja y da a los pobres. El sonreía, trabajaba y daba
a los que lo necesitaban. Los necesitados son pobres, pues si
no lo fueran no le pedirían dinero.

Sin embargo, actualmente su mayor problema lo constituyen las dos damas del coro. Ninguna de ellas sabe de la
existencia de la otra, por supuesto que no, pues de ese modo
sus gastos ascenderían a lo increíble. Las damas pertenecen
también a los necesitados, y lo que necesitan lo necesitan
inmediatamente y no aceptan un tal vez o un mañana.

Siempre que pensaba en este asunto recordaba a Mr. Ayres,
presidente también de una corporación que explotaba refinerías. También Mm. Ayres tenía una dama del coro, y también
había sido el más feliz de los mortales el día en que con-
quistara a aquella dama, porque sabía que ya había pasado
de la edad en que un hombre puede conquistar a una corista
joven y guapa sin ofrecerle mayor recompensa que la de hacerla sonrojarse cuando se hallaban solos en su alcoba. Indudablemente había pasado ratos agradables con ella y se había

sentido joven una vez más. Su única falta consistió en creer
que era el amor lo que la había arrojado en sus brazos con
un suspiro, en cierta ocasión en que se hallaban sentados en un
canapé de su cuarto.

A pesar de todas las píldoras tonificantes y de todas las
secretas tinturas que usaba, no podía luchar por más tiempo
contra sus años. Así, pues, no pasó mucho sin que dejara de
considerar a aquella dama de mucha importancia para su bienestar y dinamismo. Desde el principio de sus relaciones se
había percatado de que ella era un aditamento demasiado costoso, de hecho una verdadera carga de la que se habría librado
con gusto.

La sola insinuación bastó para que recibiera una carta de
los señores Simmons & Simmons, abogados, en la que le in-
formaban que la señorita Minnie White, a quien sin duda
conocía personalmente, se encontraba en posición lamentable
y se veía obligada a pedir que lo enjuiciaran por ruptura
de compromiso matrimonial, ya que sólo un día antes y debido
a una mera casualidad se había enterado de que era casado y
de que no tenía la menor intención de obtener el divorcio en
un plazo razonable. La señorita White consideraba que los
gastos que había hecho debido a su compromiso, incluído el
valor de las oportunidades perdidas y otros detalles más, al-
cazaban la suma de cien mil dólares, la que, tomando en consideración la posición social y financiera de Mr. Ayres, lejos
de ser exagerada debía considerarse como una compensación
justa y razonable.

Los señores Simmons & Simmons habían usado muchas
palabras, haciendo con ellas una mezcla casi incomprensible.
Por teléfono fué avisado Mr. Ayres de que el editor de *La
Trompeta* había pedido una entrevista a Miss White y lamen-
taban manifestarle que el columnista de aquel periódico, tan
ampliamente leído, publicaría algunas líneas sobre el caso en
la edición dominical. Bien sabía Mr. Ayres lo que significaría

para él y para su familia que aquel periódico mencionase su nombre.

Mr. Ayres tuvo que pagar diez mil dólares a los señores Simmons & Simmons, y que regalar un cadillac a Miss White para lograr una reconciliación. Todos los actores de aquella intriga sabían que Miss White nunca habría ganado el caso, esto lo reconocían hasta sus mismos abogados. Sin embargo, Mr. Ayres no podía dejar de confesar honradamente que la forma en que había solucionado el conflicto, le había resultado mucho más económico de lo que imaginaba en un principio.

Mr. Collins no había podido desechar de su mente el recuerdo de la aventura de Mr. Ayres, desde que encontrara irritadas a sus damas del coro. Cómo, cuándo y en dónde terminaría su caso, era una interrogación en cuya respuesta se negaba a pensar. Sin embargo, en cierta ocasión había concebido la idea de quitar a ambas de su camino, relatando sus dificultades a cierto tipo que él conocía. Pero después de pensarlo bien, había terminado por reírse de sí mismo y por almacenar la idea.

Tenía otra sobre el particular que solía considerar con mayor atención. Esta era la de presentarlas perfectamente envueltas. Primero a una y poco tiempo después a la otra. Vestida como una dama de verdad, la mostraría a alguno de sus conocidos adinerados, a los que sabía con una gran inclinación por las amigas bien vestidas. Así la pondría al alcance de alguien que lo librara de ella, pues contaba con su infidelidad. "Tipo cochino", se llamaba a sí mismo, "sin embargo, ¿qué otra cosa puedo hacer? Ahora ando muy apretado de dinero, además, tal vez encuentre otro medio. Por lo pronto dejemos el asunto pendiente. Tal vez el Señor comprenda y me las quite de encima, por lo menos a una si no pueden ser las dos al mismo tiempo y en el mismo accidente en la carretera."

XX

El poderoso presidente de una importante compañía petrolera, no obstante toda su capacidad, carece de poder para controlar ciertas cosas de las cuales la naturaleza y su constitución de macho son las únicas responsables.

No obstante su poder y capacidad para manipular en Wall Street, lanzando en ocasiones al suicidio a media docena de hombres honestos, tratándose de mujeres era solamente un macho común y corriente que se diferenciaba de los otros por el hecho de poder pagar más sin recibir en cambio más de lo que un hombre puede obtener de una mujer sin importar su elegancia y hermosura. Siempre es lo mismo y nunca nada más considerablemente vital, lo que un macho puede conseguir de una hembra, pues ninguna puede dar más de lo que posee. Una vez que ella ha dado cuanto posee, el macho llega a la sabia conclusión de que todas las mujeres son iguales por lo menos en lo que a la naturaleza toca. Ningún humano ha conquistado aún a la naturaleza, en el preciso momento en que el hombre crea haberla derrotado dejará de existir, en tanto que ella continuará poderosa e invencible.

No cabe duda de que lo mismo que el hombre piensa de la mujer, piensa la mujer del hombre. Los donativos del hombre también tienen su límite estricto, a pesar de la forma y moneda en que sean hechos.

Así, pues, resulta perfectamente lógico que después de muchas y ricas experiencias, el hombre llegue a la conclusión de que las diferencias que encuentra en las mujeres, si es que las encuentra, son solamente un reflejo de su imaginación y de que la mejor mujer que un hombre tiene, es siempre la primera. La memoria del primer amor está bien lejana del estado actual de su mente y siempre unida a su propia juventud, a sus años románticos. Desde luego rehusa admitir el hecho de que su juventud le parece romántica por haber pasado para no volver jamás. La mejor cocinera que recuerda es siempre su querida madre. Sus guisos no le habrían parecido tan buenos si entonces hubiera podido juzgar; pero tenía el apetito feroz de los chicos en la edad del crecimiento, y habría sido capaz de comer papas crudas si su madre se las hubiera dado diciéndole que debía comerlas para estar fuerte. Lo mismo ocurría en el tiempo en que las manzanas verdes, especialmente las robadas, tenían para él un valor mayor del que en la actualidad pueden tener el caviar y el champaña.

A las mujeres les ocurre algo semejante, y el hombre a quien amaron primero les parece el mejor de cuantos conocieran, a tal grado que jamás cesan de amarlo, por lo menos en su imaginación.

Nada se aprecia tanto como lo costoso. Es por eso que no apreciamos altamente el aire que respiramos y el agua que bebemos. Las muchachas de la calle aman solamente al hombre para el que deben ganar dinero y quien las golpea de vez en cuando para que no olviden lo que el amor significa y quién es el dios ante el que ellas tienen que arrodillarse.

Así, pues, cualquier persona cuerda y normal sospecharía con justicia de un hombre a quien se supone muy activo, dinámico y enérgico, si ese hombre rehuye probar su poder de hombre en asuntos que no pueden llevarse a cabo sin la ayuda de una mujer. Mr. Collins habría podido jactarse de aquellas cuatro pruebas de su virilidad, de su hombría, de su audacia. De aquellas cuatro pruebas, Basileen era en realidad la más apreciada, porque era la más costosa, pues le costaba cinco veces más que todas las otras juntas.

Flossy recibía su cheque mensual con la misma puntualidad con que recibe el dinero para el gasto un ama de casa. Tal vez por eso algunas veces tenía hacia ella ciertos sentimientos semejantes a los que le inspiraba su esposa. Y la consideraba en el mismo rango que a Mrs. Alice Davis Collins.

Sentía la misma compasión por estas dos mujeres cuando se sentían mal o tenían alguna pena.

De vez en cuando criticaba a Flossy como lo hacía con Mrs. Collins. Nada más que Flossy aceptaba aquellas críticas sin perder su buen humor, en tanto que Mrs. Collins protestaba vehementemente, no contra lo que él decía y en lo que casi siempre tenía razón, sino por el hecho de atreverse a ser lo suficientemente brusco para censurarla a ella, cuyo brillante abolengo no podía compararse con el oscuro pasado de él.

Mr. Collins no tenía solamente que costear dos períodos anuales de vacaciones a la señora Collins, sino también a Flossy, aun cuando los gastos de ésta eran cinco veces más reducidos que los de aquélla. Pues Flossy se sentía enteramente satisfecha si podía ir a British Columbia, a algunas montañas o a los lagos californianos.

De vez en cuando Mr. Collins combinaba las vacaciones de Flossy con alguno de sus viajes de inspección. La mandaba a Florida con una o dos semanas de anticipación y de allí partían juntos para la Habana, en donde permanecían unos diez días, de allí la mandaba de vuelta a casa y él partía a Tampico, en donde no gustaba de tenerla a su lado, porque prefería cambiar un poco de perspectiva, y muy variadas eran las que en Tampico podía encontrar fácilmente. Aquellas perspectivas no hablaban inglés, y él no hablaba español, sin embargo se entendían siempre perfectamente, ya que las perspectivas sabían expresar claramente la cantidad de dólares que deseaban. Mr. Collins, sabía expresar perfectamente su deseo por medio de señas y como esa forma de expresión es universal, nunca hay dificultad para llegar a una perfecta comprensión. Solía sentirse seriamente aliviado cuando se encontraba solo después de pasar con Flossy dos semanas viéndose todo el día, desde por la mañana hasta por la noche. Para su sorpresa, se daba cuenta de que Flossy empezaba a parecerse mucho a la señora Collins, a excepción de que conservaba esa dulce y suave actitud maternal que era su mayor atractivo y gracias a la cual estaba él tan ligado a ella. Pero en otros aspectos cada vez se parecía más a la señora Collins, hasta parecido físico llegaba a encontrarle. Ambas tenían gestos semejantes, un poquito amanerados. Sus movimientos eran iguales cuando se ajustaban un cinturón, se abotanaban una blusa, se estiraban para tomar un tenedor o pedían un salero. Aun en la cama, cuando apagaban la luz, varias veces había tenido la extraña sensación de no poder distinguir en determinados momentos cuál de las dos estaba con él. El era simplemente el presidente de una compañía petrolera, pero si hubiera sido un psicólogo que no sufriera de ingestión o arterioesclerosis, habría comprendido que cuando dos mujeres se encuentran por determinado tiempo bajo la influencia de un mismo hombre, del que dependen económicamente, llegan a ser tan semejantes que podría tomárseles por gemelas.

Si hubiera hecho un balance, Mr. Collins habría hallado que Flossy era el menos costoso de sus asuntos, de ahí que era la más fiel y en la que podía tener más confianza. Era ésta otra de las razones por las que, en ocasiones, se sentía tan horriblemente fastidiado en su compañía como se sintiera siempre en compañía de Mrs. Collins.

Cualquiera de las dos damas del coro le costaba bastante más que Flossy. Confrontando sus talonarios y viendo cuanto más que ella le costaban aquellos dos chapulines del tablado, sentía gran simpatía por la buena y vieja Flossy y la llamaba por teléfono para decirle que la vería esa noche y le llevaría un regalito a su dulce mama-nana. El regalito le costaría doscientos o trescientos dólares y a la mañana siguiente, a la hora del desayuno, se percataría de que había recibido más de lo que había dado. Después la dejaría con una dulce impresión y ella cantaría para sí todo el día.

XXI

Casi todos los días Mr. Collins se veía atacado por crisis de temor respecto a las dos damas del coro. Si le hubiera sido dable venderlas, o deshacerse por lo menos de una de ellas facilitándola a alguno de sus amigos con dinero suficiente para pagarse semejante satisfacción, hubiera sido capaz hasta de entregarle una dote para que durante las dos primeras semanas no hubiera tenido que atacar la cuenta corriente de su nuevo dueño, tomándose el tiempo necesario para engancharlo lo suficientemente bien a fin de estar a disposición de sus asuntos financieros.

"¡Por Dios y el diablo! Necesito ir con mucho cuidado, hay que ser prudente", solía decir Collins aconsejándose a sí mismo cuando alguna de las zapateadoras del coro perturbaba su ocupada mente.

En el mismo instante, sin embargo, se daba cuenta de que era extremadamente difícil para él obrar con prudencia. ¿Cómo puede uno ser prudente cuando las órdenes dadas por el centro geográfico del cuerpo son más enérgicas y poderosas en el hombre maduro que en el joven de veinte años? A los veinte años se tienen ideas románticas, y existe la creencia de que ciertas funciones del cuerpo son impuras. A esa edad el hombre suele creer seriamente que la castidad no solamente es posible sino que bien vale la pena de luchar por defenderla hasta morir por ella si no cabe otro remedio. A los veinte años, el hombre confunde las necesidades urgentes de su organismo con el verdadero amor y si descubre la verdadera índole de sus sentimientos, si llega a darse cuenta de que son originados por una mera necesidad física, es capaz de llegar al suicidio. A los veinte años se cree en la pureza, no porque a esa edad los pensamientos scan más nobles, simplemente porque se teme a la mujer, a la realidad de la mujer en la que se intuyen misterios imposibles de resolver sin enfrentarse instantáneamente a grandes peligros morales, físicos y financieros combinados.

A los cincuenta años, después de vivir casado el veinticinco por ciento y después de ensayar cincuenta, ochenta o cien oportunidades de bigamia; al cabo de una vida tormentosa, se adquiere cierta sabiduría y se llega a comprender que los hábitos son más fuertes y durables que las ideas románticas acerca de la vida y del amor. Todo se ve desapasionadamente, casi desde un punto de vista comercial. Desaparece para siempre la, en cierta época, irritante creencia de que el amor y la mujer encierran un misterio. Es posible aun que la mujer, de vez en cuando, nos impresione como un ser misterioso, ya que a pesar de la edad y la sabiduría que un hombre pueda tener, jamás llega a conocer a la mujer. La mujer, cualquier mujer está siempre dispuesta a hacer alguna cosa, a obrar en forma tal que uno nunca habría sospechado, que jamás habría imaginado posible en ella.

Cualquier cosa que ocurra en la vida de un hombre de cincuenta años es resultado de un hábito que la mayoría de las veces se traduce en un desembolso monetario.

A los veinte años el hombre cree en la castidad y en el idilio; a los veinticinco en la frecuencia; a los treinta en la cantidad y en la consistencia; a los cincuenta en la calidad y variedad de cuerpos, motivos y escenarios. A los cincuenta la frecuencia ya no es posible y ni siquiera deseable; sólo se pide calidad, calidad y perfección en el cuerpo y en las maneras.

De ahí que, a la edad alcanzada por Mr. Collins, éste no esperara ser amado por ninguna nueva mujer atraída por su gallardía y por su ardor físico. Si alguna mujer le hubiera dicho que le amaba por él mismo, habría sonreído afablemente y se habría sentido halagado, pero inmediatamente habría hecho cálculos mentales para determinar lo que aquella confesión le costaría.

Se había vuelto más exigente. Si entonces hubiera decidido casarse habría puesto un gran cuidado en la elección que hiciera de su mujer legal, pero después de pensarlo bien no se habría casado. El nivel social de la mujer no le habría importado mucho, porque la posición que él ocupaba le era suficiente y bastante aburrido estaba con ella. Su origen habría podido ser cualquiera siempre que llenara uno de los requisitos esenciales que exigía de la mujer en la actual etapa de su vida.

La verdad es que Mr. Collins no tiene pensamientos ni más ni menos limpios que cualquiera otra persona. Es honesto para consigo mismo en tanto que otros son hipócritas. Es un producto de su época. Es solamente una partícula de polvo en la tempestad que azota la tierra, haciendo susurrar al viento: "Si no te das prisa, te lleva el diablo. Come de prisa antes de que seas comido. No hay que tener compasión a los lentos, ¡al diablo los fallidos!"

Si hubiera vivido en otras condiciones, en una época en la que el petróleo no fuera considerado como mercancía sino como una bendición de Dios para la raza humana, Mr. Collins habría sido juzgado como el prototipo de lo que la naturaleza deseaba que el hombre fuera. A pesar de su irrefrenado deseo de aventuras, él poseía algo que a la mayoría de los hombres que lo juzgaban y censuraban despiadadamente les faltaba en absoluto. Poseía una verdadera grandeza, una buena dosis de genio, una constante afluencia de intuición, una increíble cantidad de buenas y brillantes ideas entre las que seleccionaba al azar, sin esforzarse demasiado. Si las características económicas de la sociedad hubieran sido otras, él sin duda habría sido una de las figuras más destacadas. Pertenece a la categoría de los hombres que después de una catástrofe pueden salvar todo lo que puede ser salvado y construir un nuevo mundo sin necesidad de planos y hacer de él un sitio en el que es posible vivir más feliz, con mayor riqueza y regidos con más sentido común que en el que actualmente se ve forzado a vivir. El no tenía la culpa de no poder vivir sin las mujeres y no podía culpársele de ser un canalla y de obrar como tal.

Basileen había llamado a Mr. Collins para decirle que necesitaba hablarle sobre asuntos urgentes e "inmediatamente, al instante, pues de lo contrario..." El ignoraba lo que ocurriría si hiciera "lo contrario", diciéndole que no podía atenderla en ese momento porque se encontraba celebrando una importante junta de directores en la que tenían que resolverse asuntos inaplazables y de positiva trascendencia.

El hecho de "estar en conferencia" nada significaba para Basileen, y era esa una de las ciento cincuenta razones por las que era considerada como la única y legítima Basileen.

En aquellos momentos estaba desatada, menos que nunca dispuesta a aceptar la excusa de la conferencia.

"¿En conferencia? ¡Vaya con la conferencia! A mí no me la pegas, hombre", dijo ella para sí con voz incendiaria. La piel suave y aterciopelada de su rostro ardía.

Nadie puede jugar esa carta con Basileen. No con ella. Conferencia o no conferencia, si ella tenía que ver a Mr. Collins, lo vería, aun cuando lo hubieran enterrado dos meses antes.

Si la señora Collins se hubiera atrevido siquiera a hacer lo que Basileen se disponía a hacer en aquellos momentos, Mr. Collins la habría estrangulado. Y si hubiera sido procesado por cometer un asesinato con dos agravantes, no se habría encontrado en todos los Estados Unidos un jurado, compuesto de hombres de negocios en servicio activo, que hubiera sentenciado a Mr. Collins. Una junta de directores es sagrada, y el que penetre al santuario para interrumpirla, merece ser muerto. Esa es la ley desde que los humanos pueblan la tierra. ¿Qué puede ser más sagrado, más santo que la junta de directores de una empresa petrolera, explotadora de acero o constructora de maquinaria, dejando a un lado a los ferrocarriles cuyo funcionamiento va dejando de ser de vital importancia?

Resulta realmente difícil de comprender para cualquiera
no iniciado, para cualquier profano, la sagrada importancia
que reviste la junta de directores de una empresa americana.
Las proposiciones hechas y las resoluciones tomadas en esas
juntas pueden traducirse en la construcción de un canal trans-
continental para el tránsito de cruceros de ochenta y cinco mil
toneladas, directamente de Atlantic City a San Diego, California; el nombramiento del futuro candidato a la presidencia
del G. O. P.; la ruptura de relaciones diplomáticas entre este
país y el Uruguay; una recomendación para hacer a un lado
al general Sánchez, patriota venezolano; una sugestión al gobierno norteamericano para que haga una severa advertencia a
Perú relativa a su intento de elevar los impuestos sobre la
exportación de metales; la proposición para lograr que eleven
al doble las tarifas sobre mercancías extranjeras; la renuncia
del secretario de Marina en atención a su mala salud; serias
instrucciones a la policía de California para que obren con
mayor energía en contra de los comunistas arrestados en mitines callejeros; la misteriosa desaparición del juez Belferwell,
ampliamente conocido como padre y amigo de los trabajadores
desocupados, acusados de delitos menores; la ayuda a los
huérfanos víctimas de un terremoto en Afganistán; el envío de
dos barcos de guerra a un pequeño puerto de El Salvador,
donde tres judíos, todos ciudadanos americanos, se encuentran
en peligro de ser deportados sin juicio legal, acusados de
quiebra fraudulenta; el silencio del presidente de los Estados
Unidos respecto al asunto del transporte clandestino de armas
en barcos turcos por los Dardanelos; la venta del *Nevada
Morning Times*; la renuncia voluntaria de los editores del
Sacramento Daily Post; una sugestión al congreso para la
construcción de seis nuevas penitenciarías federales semejantes
a Alcatraz en el Oeste y en Pensilvania; crédito gubernamental
excesivamente garantizado al Paraguay; negativa de crédito
de toda especie a Bolivia; una recomendación para obrar inmediatamente contra el gobernador Flush, de California, en

atención a sus malos manejos respecto al fondo de leche para favorecer a los estibadores huelguistas de San Francisco; otra acción en contra del mismo por conceder créditos sobre los fondos del estado para construir casas baratas para los trabajadores que perciben una entrada anual menor de mil quinientos dólares.

Basta pensar un poco sobre una sola de las resoluciones tomadas en una junta de directores de una compañía petrolera para comprender fácilmente la sagrada importancia que ellas revisten. No hay dios capaz de hacer combinaciones más complicadas que las que se hacen en una junta de directores. En ellas los hombres y las naciones son movidos como piezas en un tablero de ajedrez. Allí se resuelven asuntos relacionados con las religiones cristiana, mahometana y budista. Se hacen y deshacen demonios. Se derrumban montañas en el Este para levantarlas en el Norte; los continentes se dividen en dos como pasteles; los océanos que existieron siempre separados son forzados a mezclar sus aguas que jamás estuvieron al mismo nivel; grandes masas de gentes son desarraigadas de su tierra natal y enviadas a países hostiles; se crean nuevos países carentes de tradiciones y de lengua propia y se les suministra un ejército para defender una independencia falta de razón. Lo que Dios puede hacer sólo en millones de años, puede ser improvisado en una conferencia de directores de una compañía petrolera americana en quince minutos, después de lo cual los asistentes se levantan sonrientes y salen a comer. Y el verdadero santuario del hombre es, en realidad, el sitio donde semejantes creaciones y cambios pueden llevarse a cabo con éxito.

XXII

Sobre la puerta principal que conducía de la sala general de espera al salón de conferencias, se leía el anuncio obligado: "Conferencia importante, prohibida la entrada."

No habría sido necesario colgar semejante nota, ya que la entrada estaba custodiada con mayor cuidado que la puerta del cielo. Aquel "Prohibida la entrada" incluía a todos los individuos no invitados a la importante conferencia, y se incluía también al presidente norteamericano, al rey de Inglaterra, Guillermina de Holanda, los dos reyes americanos del petróleo, conorel Augustos, Miss Perkins y doña Eleanor, el presidente del Chase National y los señores Morgan & Ochs. Hasta el bueno y viejo Yahweh, en vuelo desde la cámara alemana de los horrores, debía respetar aquel letrero, porque también a él, como al resto del mundo, abarcaba la prohibición.

Sólo un individuo en el universo entero era lo suficientemente poderoso para perforar aquella aterradora muralla. Y aquel individuo solía transponerla en forma muy especial, empujando la puerta con el mango de plata de su sombrilla, en forma tan enérgica que los caballeros que se hallaban en el santuario tenían la impresión de que alguien había disparado sobre la puerta de caoba maciza.

Las palabras, prontas a brotar de los labios secos, se congelaban y eran sustituídas por un gesto de sorpresa. La puerta no tenía picaporte común y corriente y bastaba un empujón ligero, pero firme, para que se abriera. El mecanismo evitaba todo ruido y daba la impresión de ser muy costoso y extraordinariamente exclusivo.

Sin dar importancia a aquel picaporte, que en final de cuentas carecía de todo valor práctico, Basileen, produciendo un gran ruido, empujaba la parte inferior de la puerta con la punta de su zapato. La puerta se abría ampliamente y ella se quedaba allí, de pie, pero dentro de la santa morada de los directores.

Cuando el golpe sobre la puerta había sonado, los directores no le daban demasiada importancia, aun cuando era un extraño incidente. Algunos de los caballeros que daban la espalda a la puerta habían vuelto ligeramente la cabeza, otros habían levantado la vista, dos o tres habían fruncido el ceño ante semejante interrupción y otros habían soltado una exclamación entre dientes. Cualquier cosa que hubiera producido aquel ruido no era suficiente para distraer seriamente su atención. Uno había mirado a Mr. Collins como si él hubiera sido la causa del ruido. Bien, y ¿por qué no? Ruidos semejantes pueden escucharse aun en las cámaras privadas de los reyes.

Cuando los caballeros estaban a punto de olvidar el incidente, la interrupción de Basileen hizo creer a los que se hallaban en el santuario que lo que se había escuchado era un trueno, seguido de una luz brillante; la luz estaba en la aparición de Basileen en la puerta, la que se había cerrado inmediatamente detrás de ella, y vuelto a abrir a medias sólo para permitir que Miss Dalley se escurriera entre Basileen y el marco de la puerta y se dirigiera de puntillas hacia donde Mr. Collins estaba. Con la faz mortalmente pálida, temblando de pies a cabeza, se deslizó hasta donde el presidente se hallaba y con voz temblorosa, casi sollozante, dijo: —Oh, por favor, Mr. Collins; por favor, perdóneme, ¿me perdonará usted alguna vez? No pude evitarlo. La señora me empujó y no pude detenerla. ¿Debo renunciar inmediatamente? Oh, gracias, gracias, señor presidente.

Mr. Collins no contestó. El la miró distraído y notó que uno de sus ojos aparecía enrojecido con una mancha que indudablemente se convertiría al día siguiente en azul y negra, amarilla y verde. Antes de que tuviera tiempo de imaginar lo que había ocurrido a su segunda secretaria en la puerta de recepción, Miss Dalley desapareció como un duende en busca de sitio seguro.

No sólo Mr. Collins sino ninguno de los presentes se había dado cuenta completa de la presencia de Miss Dalley, de lo que había dicho y de cómo había salido y nadie se habría ocupado de ello, porque una sensación más vigorosa los conmovió.

Aquella sensación no afectó su cerebro, fué absolutamente medular y cualquiera que hubiera sido la importancia del gran plan elaborado por Mr. Collins para aplastar a la Clinton Oil Company, plan que había originado la junta, perdía todo su interés en aquel preciso momento. Porque en la puerta había algo que, al menos por un instante, impresionó a todos los presentes más profundamente que lo que todos los presidentes de las más importantes compañías petroleras hubieran logrado, de presentarse en el santuario en forma igualmente inesperada. Pues aquello que se hallaba en la puerta era algo más atractivo y excitante a los ojos de los directores que la larga y tediosa mesa cubierta de papeles, hojas, lápices, tinteros, libretas, en fin, cosas que veían siempre durante las horas de trabajo. Lo que no veían todos los días, o no habían visto jamás, por lo menos en forma tan perfecta y tan distante del mundo de los negocios como se encontraba el Polo Norte de la pequeña América, era lo que veían en aquellos momentos. Y miraban aquello con los ojos asombrados de un niño que viera la realización de un cuento de hadas.

—Buenos días, señores; excusen la intromisión.

La mayoría de los caballeros se había puesto de pie y sólo aquellos que estaban sentados de espalda a la puerta no lo habían hecho, pero en cuanto vieron levantarse a los otros, los imitaron y al unísono murmuraron con sorpresa:

—¡Buenos días, señora; tome usted asiento!

Basileen les dirigió una sonrisa, ¡y qué sonrisa! ¡Caramba! Era toda miel mezclada con sensualidad, y en ella se adivinaba la invitación muda: "Bueno, amigo, ¿qué hay de nosotros dos?"

Los directores contestaron con una sonrisa especial cada uno, en la que el buen observador habría encontrado notables revelaciones sobre su carácter, detalles que resultan embarazosos en la vida ordinaria y que se ocultan tras la máscara que, todo hombre de negocios con éxito, se cree obligado a llevar si quiere ser tomado en serio.

Basileen se quedó de pie y se volvió a Mr. Collins con movimiento rápido, haciendo desaparecer instantáneamente su sonrisa, como si al correrse una cortina hubiera descubierto al arcángel que prevenía a Adán por última vez, anunciándole que si se traspasaba los límites, usaría una espada de fuego para recordarle su deber.

Mr. Collins quedó aterrado ante aquella mirada fiera. Nerviosamente, cogió un puñado de papeles de la mesa y empezó a revolverlos, sin darse cuenta exacta de lo que hacía.

—Conque me colgó usted la bocina ¿verdad, señor presidente? Bien, pues quiero que me conteste usted una cosa inmediatamente. ¿Cuándo tendré el garage y todo lo que con él necesito? La cuestión no es decir qué y cómo, la única respuesta que espero es cuándo. Y cuándo significa un plazo no mayor de cuatro semanas. ¿He hablado claramente o necesito acudir a la suprema corte?

Mr. Collins volvió de su asombro, levantó la vista, la miró a la cara y por primera vez en su vida se sintió como un dios, o como él creía que los dioses debían sentirse cuando fueran topoderosos y tuvieran conciencia del orgullo de ser dioses y no miserables humanos.

Si el presidente de los Estados Unidos se hubiera encontrado con su gabinete reunido y su señora, mejor conocida por la primera dama de la nación, se hubiera presentado en la forma brusca en que lo había hecho Basileen, tanto él como los miembros del gabinete se habrían sentido muy embarazados.

Y aun cuando la situación en la que Mr. Collins se hallaba en aquel momento difería mucho en esencia de aquélla, una vez pasada la sorpresa no se sintió en absoluto embarazado. Si alguno de los directores hubiera criticado, en aquel momento o después aquella situación sorprendente y embarazosa, como inadecuada para un presidente de la Condor Oil, Mr. Collins le hubiera gritado: "Al demonio con su maldita compañía petrolera y al diablo con todos sus directores! Hemos terminado: ¿entienden, gusanos asquerosos? ¡Renuncio!

Adiós." Habría dicho eso y habría renunciado con la decisión de un hombre que no duda de que al día siguiente se encontrará en situación mejor y más elevada. Y todo eso por Basileen.

Poco se había sentido perturbado él por la aparición con trueno y relámpago de Basileen, y poco, igualmente, se habían sentido perturbados los otros miembros de la reunión.

No era exactamente un rayo de sol el que había penetrado en el templo de las finanzas. Para aquellos seres terrestres era más que un rayo de sol, del que en cualquier forma puede gozarse en un buen día. Lo que tenían ante sí en aquellos momentos era una reina que había descendido de su pedestal para derramar gracia sobre sus devotos súbditos.

Basileen no era una reina como éstas suelen serlo en la realidad, esto es, común y corriente, pesada, anticuada, doméstica, con una eterna sonrisa cansada en sus labios semejantes a trozos de hielo. No, ciertamente Basileen no tenía aquella apariencia. Era como las reinas de las películas o como las que los saturados de romanticismo se imaginan cuando leen un folletín en el que buscan saciar su sed de belleza y de aventura. Elegancia, garbo, refinamiento, belleza, pose, son cualidades que todos desean para la reina de sus sueños. Con una rápida mirada de sus radiantes ojos, debe ser capaz de dominar a todas las cosas y a todas las gentes que la rodeen. Debe tener el poder de infundir un orgullo extraordinario. Debe saber despertar en uno el propio deseo de elevación, infundiendo el orgullo de pertenecer a su misma raza: el amor al Dios que tuvo la gracia suficiente de hacerla a ella del mismo barro que a uno. Ella se comportará cual una reina sólo cuando uno esté dispuesto a servirla y no juzgar jamás nada de lo que pueda hacer, en ningún caso, como acción indigna de una reina, y en caso de que obrara en determinada forma, ello serviría sólo como prueba más de su real origen.

Fué aquella, exactamente, la impresión que Basileen produjo sobre los directores y, debido a ello, Mr. Collins no solamente conservó el prestigio que tuviera diez minutos antes, sino que ascendió a los ojos de los directores a una altura que le hizo aparecer temible cuando Basileen, abandonando la estancia, les permitió regresar a la tierra y caminar nuevamente por el árido sendero de las finanzas. Un hombre capaz de tener por favorita a una reina, y especialmente a una gran reina, y de todas las grandes reinas de la tierra a aquélla, Basileen, debía ser necesariamente un demonio, e a la única explicación aceptable.

No se expresaría uno con precisión si dijera que Basileen tenía buen gusto. Ella tenía sencillamente gusto, y esto es muchos grados superior al buen gusto. Porque el buen gusto puede adquirirse por educación o imitación; pero el gusto simple y sencillo es algo innato y nada puede cambiarlo. Así, pues, Basileen tenía gusto.

Además de gusto tenía imaginación. Una riquísima, inagotable imaginación. El gusto, la imaginación y la diligencia, cuando se mezclan debidamente, hacen un gran artista, si no es que un verdadero genio.

Raramente compraba modelos de trajes, y si por acaso adquiría alguno, lo usaba solamente una vez y lo dejaba. Mantenía la opinión de que el hecho de usar modelos no era un signo de distinción, sino de falta de gusto e imaginación, ya que las mujeres que los usan tienen que acogerse al gusto y a la fantasía de ciertos individuos que han dado un mal paso en el mundo, naciendo machos en vez de nacer hembras. Las mujeres carentes de personalidad necesitan usar modelos para revestirse de algo que no poseen. A las mujeres les gusta presumir, de ahí que prefieran vestir modelos, insistiendo por ese hecho en que se las tome por damas muy distinguidas. En realidad son impostoras, y si no tuvieran dinero que gastar en sí mismas, nadie repararía en ellas.

Era fácil para Basileen despreciar los modelos y apegarse a su opinión, pues bien podía ponerse un vestido de ocho dólares y parecer una duquesa residente en Londres y en viaje de compras a través del Canal, y atraería en las calles y en los restaurantes hasta las miradas de las mujeres, quienes le envidiarían el vestido creyéndolo el último grito de Market Street o de la Quinta. No había vestido que hiciera a Basileen, ella hacía a los vestidos, que eran siempre sus esclavos.

Vestida con un modelo o con un traje de quince dólares, reina o no, con gusto o sin él, Basileen cuando estaba de buen humor y verdaderamente alegre, gustaba de emborracharse de vez en cuando.

Frecuentemente bebía cantidades increíbles y era entonces cuando ponía de manifiesto que su gusto, garbo y real apostura no eran artificiales, pues aun cuando no le fuera posible siquiera levantarse de su asiento, jamás ni por un momento perdía la conciencia de sí misma, por lo menos en público y acompañada, ni siquiera acompañada de Mr. Collins. Ahora que la forma de conducirse en su departamento a nadie le importaba y, además, nadie se enteraba de ello.

Cuando estaba ebria, hablaba de cosas asombrosas, era capaz de contar los cuentos más colorados en forma tan dulce e inocente como si sus palabras fuera pronunciadas por una muchacha ignorante del significado de lo que decía. El verdadero sabor en el relato de sus cuentos se hallaba en un imperceptible movimiento de sus labios, que mantenía a su interlocutor intrigado por saber si ella entendía realmente el sentido de sus cuentos y de aquellas bromas tan bien sazonadas. Y cuando había caballeros en la reunión, si eran verdaderos caballeros, se quedaban perplejos y no sabían si reír o no.

También, cuando estaba borracha, solía canturrear cancioncillas explosivas, de esas que dejan a la imaginación de los oyentes la última palabra consonante, y que de ser pronunciada haría estallar el cristal delicado de los vasos. Desde luego, la trampa consiste en que la palabra que al final se dice no es la esperada, pero en su caso la novedad consistía en que ella no usaba de esa trampa tan empleada en las funciones que después de la media noche se dan sólo para caballeros en algunos teatros, sino que terminaba siempre rimando con la palabra adecuada, y su único truco consistía en hacer una pequeña pausa antes de pronunciarla. Como todos los comensales, damas y caballeros habían esperado la palabra que intencionalmente no rimaba, cada una de sus exhibiciones resultaba un acontecimiento, ya que se resolvía en forma enteramente diferente a la esperada por las gentes.

Siempre que se presentaba con Mr. Collins en el salón de un hotel, en algún restaurante elegante o en un cabaret costoso, todas las miradas, como por obra de magia, tanto de hombres como de mujeres, se volvían hacia ella. Era una duquesa como todo buen americano desea que sean sus duquesas de elevada estirpe. Si la música tocaba, aun los mejores bailarines perdían el ritmo y hasta había ocurrido que los músicos dejaran de tocar confundidos, mirando a la duquesa y esperando la orden del maestro de ceremonias para tocar el trozo que dejaban oír en semejantes ocasiones. El director de orquesta, al percatarse de la confusión de sus hombres, volvía la cara y al ver la causa de la interrupción se inclinaba varias veces hacia la pareja. El gerente, sin importarle lo que estuviera haciendo en aquel momento, volaba hacia los recién llegados, haciéndoles caravanas y mostrando sus bien implantados dientes.

Aquella exquisita grandeza suya era, naturalmente, transmitida a Mr. Collins cuando iba a su lado.

Mr. Collins carecía de todo aquello que ella poseía en abundancia, esto es, esplendor, distinción física y social, garbo, gusto, maneras refinadas, gracia, romanticismo, una voz que encantaba a hombres y mujeres, una risa capaz de calentar el alma, una sonrisa que, si los ojos de uno la sorprendían, alegraba el corazón por una semana. ¿Qué era él, presidente de una compañía importante y poseedor de varios millones, si se le comparaba con esa gran mujer? El era más bien bajo que alto, fuerte, bien proporcionado y sin vientre abultado, erguido, de sólido esqueleto, pelo ralo sedoso y un poquito esponjado, nariz y barba salientes, ojos de color indefinible, mirada atrevida, cara cuadrada, labios gruesos, orejas pequeñas de lóbulo carnoso, cejas ralas, pecho musculoso más estrecho que las caderas, piernas rectas y recias con las rodillas un poco curvadas hacia la parte posterior, pies de buen tamaño con el arco elevado, brazos del largo natural; tenía el aspecto de la generalidad de los financieros americanos, ni mejor ni más elegante, aun cuando vestido con mayor cuidado que la generalidad. Habría podido tomársele por un suizo, holandés, francés del Norte, escocés, irlandés, finés, danés, o por una combinación de todos ellos y media docena más de nacionalidades. No había nada excepcional en él. Parecía como si él hiciera todo lo posible para no señalarse entre una multitud congregada en domingo en Coney Island. Al conocerlo se le podía suponer constructor de puentes o carreteras, en tanto que por sus ropas se le habría juzgado banquero, accionista o gerente de algún gran diario de Chicago, o importador de café. Nadie lo habría tomado por empleado de la federación, diplomático, doctor, profesor, agente secreto o coronel retirado. Y a pesar de que nunca usaba anillos de diamantes ni fistol de perlas, cualquiera que se encontrara con él le habría considerado poseedor de no menos de cinco millones, y a los tres minutos de conversación con él cualquiera habría sospechado que era un negociante afortunado, promotor de la próxima feria mundial en Kansas City, o hacendado.

En ambientes desconocidos para él, se sentía inseguro y hasta totalmente perdido. Aquel sentimiento, muy próximo al complejo de inferioridad, era la causa de que tuviera el hábito de hablar en voz alta y enfática, semejante a la de los políticos de postín y a la de los lanzafuegos del infierno que se dedican a salvar almas. A eso agregaba una forma ostentosa de moverse y de estallar con una risa marcadamente jovial, que, en muchas ocasiones, resultaba fuera de lugar. Sólo en virtud de esos hábitos, que había adquirido lenta pero firmemente, le era dado sentirse seguro en determinadas circunstancias nuevas para él o en ocasiones en las que le parecía como si el suelo resbalara bajo sus pies. Necesitó mucho tiempo para sentirse seguro en las reuniones sociales, o en los clubes nocturnos distinguidos, a aquella hora en que los clientes no se han emborrachado lo suficiente para hacer descender al club hasta el nivel de aquellos en que puede pedirse una botella de cerveza sin que la cara del mozo se congele.

Con Basileen a su lado, Mr. Collins podía ir a donde tuviera que ir y quisiera ir. El se sentía a salvo a su lado, porque sabía que entonces nadie se fijaría en sus manos ni en sus intentos de esconderlas. Cuando Basileen estaba con él, aquellos que se consideraban lo suficientemente importantes para justificar su pretensión trataban, por todos los medios, de trabar amistad con Mr. Collins. Entre las amistades así adquiridas se hallaban reyes del ferrocarril, magnates de la conserva, caballeros de las finanzas, gigantes del acero. No pocas conexiones de importancia en el mundo de los negocios habían sido hechas en aquellas ocasiones.

La conclusión generalmente aceptada era que una persona que puede darse el lujo de tener una Basileen, sostenerla, y mostrarla públicamente a su lado, aun cuando ese público sea en cierto modo limitado, es persona de la que emana poder y el hecho de ser su amigo y por ningún motivo su enemigo, puede resultar de consecuencias vitales en los negocios, en la vida social y aun en la política. Pues hay que pensar en la cantidad de dinero que ese hombre es capaz de hacer, para tener a una duquesa. Hay que tratarlo con cuidado porque debe ser peligroso. El tiene a aquella dama porque la necesita. Para tenerla contenta, satisfecha y sin desear un cambio, ese hombre es capaz de llegar hasta el límite en todas sus empresas. Será capaz de asesinar si no le es posible conseguir en otra forma lo que necesita para ella. Ella, la duquesa, puede conseguir al que quiera, puede elegir. Y si ella lo ha elegido a él y permanece a su lado, la palabra de Mr. Collins en los negocios es tan buena como los bonos del gobierno y menos expuesta a la inflación. El hecho de que aun viviera con su esposa y no intentara separarse de ella, lo hacía aparecer en el mundo de los negocios más poderoso aun. Sólo algún jovencillo inexperto, que además no se habría atrevido a aproximarse a Basileen, la habría llamado Mrs. Collins. Porque la forma soberbia en que Basileen miraba en rededor al penetrar en algún sitio o al atravesar algún salón al lado de él, no hay esposa que la haya conseguido. No fué la reina de Francia, sino más bien madame Pompadour y madame Dubarry las que pudieron causar, al presentarse en alguna ceremonia de la corte, una impresión semejante a la causada por Basileen en algún sitio elegante.

"Ella debe conocer el verdadero valor de Mr. Collins, pues de otro modo no estaría con él ni le sería tan fiel como le es en realidad. El mundo entero se abre ante este hombre. El tiene un gran futuro. Más vale que lo tomemos tan en serio como él desea que se le tome." Era esta la última frase pronunciada por importantes hombres de negocios al discutir la personalidad de Mr. Collins cuando le veían con Basileen.

Tres de los directores y algunos de los más ricos accionistas de la Condor conocían a Basileen y la consideraban una especie de socio de la empresa; constituía una excelente propaganda y no costaba un centavo a la compañía. Exaltando la personalidad de Mr. Collins como hábil presidente y hombre de negocios experimentado, ella, consecuentemente, engrandecía también la reputación y la importancia de la Condor Oil. Mr. Collins que no sólo tenía a Basileen, sino también una familia que vivía lujosamente y para la que mantenía costosas mansiones; debía ser, forzosamente, un gigante de las finanzas. Para él, sin duda, no era suficiente un millón, cualquiera podía juzgar fácilmente que debía hacer un millón cada año, pues en otra forma no habría podido sostener aquel tren de vida. Y una compañía que permitía a su presidente hacer un millón cada año debía ser muy poderosa, y el invertir en ella cien mil dólares o un cuarto de millón rendiría sin duda magníficos dividendos.

Naturalmente que la Condor Oil podía haber tenido por presidente a algún famoso científico, o a algún financiero conocido, o a un gran ingeniero. Hombres semejantes podían ser buenos ciudadanos, excelentes maridos y devotos padres, hombres para los que un cabaret representa la antecámara del infierno y que, de ser sorprendidos en circunstancias ligeramente sospechosas con alguna dama que no es su esposa, presentarían su renuncia inmediatamente, considerando eso como la única actitud decente para recobrar el aprecio de las personas honorables. Un presidente de esa especie, no raro en este país, habría sido sumamente cauto, un grande e incansable trabajador capaz de llevar a su propia casa carretadas de correspondencia para contestarla por las noches. Los empleados le habrían temido y no se habrían atrevido a retrasarse ni dos minutos, y habría sido admirado por los muchachitos cuya ilusión es llegar, de hombres, a la presidencia de los Estados Unidos. Si un hombre de esa especie fuera presidente de la Condor, cien tímidos oficinistas habrían invertido sus centavos ahorrados en los negocios de la compañía, para resistir malos tiempos, con la seguridad de que veinte años más tarde su inversión estaría tan segura como en el momento de hacerla y habría aumentado un veinte por ciento en volumen y un cinco por ciento en importancia. Pero la Condor Oil estaba planeada para ser lo que en realidad era, una empresa en la que invertirían sólo gentes de dinero, quienes lo harían no con menos de cincuenta mil dólares y con la mira de hacer, al lado de Mr. Collins, una fortuna en dos años o, si las circunstancias lo exigían, terminar con él en el cuarto de un hotel con la puerta atrancada por dentro y algunas cartas encerradas en sus sobres sobre una mesa.

La Condor Oil no podría vivir sin un presidente como Mr. Collins, dotado de insaciable virilidad, capaz de conquistar y retener a una Basileen. Y si algún día Mr. Collins tenía la mala suerte de perder a Basileen, los directores tal vez se habrían sentido obligados a sugerir que Mr. Collins emprendiera sus actividades con alguna otra empresa ajena a la Condor.

Mr. Collins tenía que ganar en todo aquello que hiciera, en todo lo que emprendiera y no podía soportar ninguna pérdida, ya que sólo una bastaría para acabar con él, total, definitivamente, arrastrando todo cuanto le rodeaba.

Como su posición social estaba enteramente basada en su inmensa capacidad de hacer millones con la facilidad con que otros hacen cientos, no podía ni siquiera permitirse una tregua. Era aquella la razón por la cual tenía que aceptar riesgos que la mayoría de los buenos y trabajadores presidentes de una empresa rechazarían con horror hasta en sueños. El presidente de la Condor debía ser de mente robusta, carente de escrúpulos y de sentimentalismo cuando los intereses de la compañía se hallaran en juego. Sin embargo, debía de evitar todo escándalo que fuera más allá de lo que puede considerarse publicidad. Basileen es una mujer que, debido a su refinamiento, sería incapaz de envolverlo en un escándalo que causara mala impresión en la opinión pública, pues entonces ella dejaría de ser la dama de calidad que es. Menos aun podía esperarse que Mrs. Collins fuera objeto de escándalo. Incontables veces Mrs. Collins había oído murmuraciones acerca de las relaciones que mantenía Mr. Collins con Basileen. Cuando ella llegaba a escuchar algo al respecto dicho por las mujeres de su círculo, solía sonreír amplia y tranquilamente diciendo: "Tonterías, querida, tonterías. ¿No crees, querida, que si se tratara de algo serio yo sería la primera en saberlo? Sí, claro, desde luego que yo conozco a la señora de quien hablas. Ella es, bueno, se bien como las llaman los hombres de negocios y los banqueros, pero entiendo que es una especie de contacto femenino. Tú sabes, querida, una de esas damas como hay también caballeros, que tienen ligas sociales y que procuran nuevos clientes en los círculos que frecuentan. Bien sabes, querida, que no pocas damas de sociedad venden sus caras, los decorados interiores de sus casas, sus camas y sus firmas a empresas fabri-

cantes de tabaco y de polvos para la cara. Así, pues, la gran
compañía de la cual mi esposo tiene el honor y el gran privilegio de ser presidente, necesita de esos contactos femeninos y
también masculinos. Yo creo que nada malo hay en ello, ¿qué
piensas tú, querida?"

Mrs. Collins nunca haría algo que pudiera lesionar el buen
nombre de su marido en el mundo de los negocios. No por
cariño, naturalmente que no, ya que ni siquiera sabía si lo
había querido alguna vez. Le había gustado y aun le gustaba
mucho. Además, y este era el punto vital de su razonamiento,
nada habría ganado con un divorcio y mucho menos con un escándalo. Habría podido pedir y obtener una pensión jugosa,
pero en el caso de que él quebrara nada podría ella obtener.
Estaba satisfecha con su vida como era y como había sido en
los últimos años. Se enorgullecía de haber sido aceptada y
admitida en los más elevados círculos sociales, y sabía que
sólo la situación que ocupaba su marido podía mantenerla en la
posición que ella ocupaba. La vida le había enseñado lo suficiente para saber que cualesquiera que sean las causas del divorcio, que cualquiera que sea la parte declarada culpable, una
mujer pierde con él muchos puntos en su posición. Muchas
gentes le contarían un sin fin de historias diferentes, pero le bastaba preguntar a alguna amiga divorciada lo suficientemente
honesta para decir la verdad, para darse cuenta de que era
cien veces preferible estar casada aunque tuviera que enfrentarse con un asunto más serio de los que en realidad distraían
a su dinámico marido. Una vez divorciada dejaría de seguir
teniendo al poderoso Mr. Collins por esposo. A su edad no le
sería fácil conseguir un segundo marido, y en caso de lograrlo
no valdría ni la mitad de lo que valía Mr. Collins.

Además, había otro ángulo de la situación que considerar.
Suponiendo que se divorciara de Mr. Collins ¿qué ocurriría?
Se casaría con Basileen o con alguna otra de sus amigas. Bien
sabía ella que no era sólo Basileen. En cierto modo resultaba
bien que él tuviera otras mujeres, pensaba ella. Si sólo la hu-

biera tenido a ella, la habría aburrido mortalmente, habría intervenido en sus actividades sociales más de lo que ella podía soportar, y en tal caso ella habría llegado al punto de no encontrar otra salida que el divorcio, porque ella no podía soportar a un hombre de los llamados caseros.

Evitaba encontrarse con Basileen, a quien conocía muy bien, pues buenas amigas suyas se la habían mostrado varias veces, una en un restaurante a la hora del lunch, otra en un concierto sinfónico y una más en un partido de futbol entre Stanford y Southern California. De haberse encontrado por sorpresa y en circunstancias en las que a ninguna de las dos fuera posible escapar discretamente sin empeorar la situación, Mrs. Collins, especialmente si iba acompañada de algunas amigas suyas, habría mostrado su sonrisa más dulce y sus modales más refinados invitando a Basileen a pasar a su lado el fin de semana. Muchas veces había pensado que si Mr. Collins invitaba a Basileen a permanecer entre ellos en su gran residencia de la ciudad, tan espaciosa que es posible, si se desea, ignorar la existencia de los demás habitantes, habría experimentado una satisfacción semejante a la que experimentaría si pudiera golpear en ambas mejillas a las más bulliciosas y murmuradoras de sus amigas. ¡Qué satisfacción, qué emoción le proporcionaría aquello!

XXIII

Basileen hablaba en forma muy distinguida. Mrs. Collins trataba frecuentemente de averiguar cómo lo había logrado. Aquello no podía ser estudiado ni postizo, resultaba demasiado natural para serlo. Hablaba lentamente y seleccionando con cuidado las palabras que empleaba, como si fuera acuñando cada una antes de pronunciarla para darle su significado más correcto. Sus expresiones eran inteligentes y nunca precipitadas. Aun cuando hablara de cosas comunes y corrientes parecía hablar de cosas importantes, enriquecidas por un toque de ingenio sin que éste apareciera intencional. Su voz era llena y sonora como la de las grandes actrices, famosas por su interpretación de los clásicos griegos. Cuando hablaba íntimamente daba a su voz una entonación suave, ligeramente arrulladora, aun cuando parecía no darse cuenta de ello. Aparte de su garbo y atractivo físico, su voz verdaderamente encantadora y la forma en que la usaba podía considerarse como una de las principales causas del dominio que ejercía, tanto sobre los hombres como sobre las mujeres.

Si estaba enojada, irritada, excitada y tenía que hablar a gentes de mediana condición, lo hacía usando cierta jerga que daba mayor relieve a sus expresiones. No usaba aquella jerga por descuido o con el propósito de mostrar que ella también estaba profundamente arraigada al suelo americano, la usaba intencionalmente para llegar con mayor rapidez al punto que le interesaba. El efecto que causaba era grande y el resultado sorprendente, por el hecho de que aquella jerga intencionada partía de los labios de una dama a que ninguna dependienta de cajón o mecánico hubieran creído capaz de poder escuchar siquiera, sin asustarse, semejantes expresiones. Cuando se disgustaba con alguna mesera o con algún despachador de gasolina, se desahogaba perfectamente expresándose a la Bronx.

Había nacido en Seatle, lugar en el que habitaban aún sus padres. Su papá ocupaba un puesto de responsabilidad en un banco nacional. Ella había heredado algún dinero de su bisabuela, una de las pioneras de Northern California y de quien había sido la nietecita preferida. Al cabo de una brillante adolescencia se graduó en literatura e historia. Hablaba bien francés, algo de español, y tenía un mediano conocimiento del italiano. No era una perfección en niguna ciencia, arte, rama comercial o en cualquier cosa útil para seguir una carrera y obtener una posición bien pagada. Era perfecta en salud, cuerpo y mente. Al correr de los años llegó a adquirir una perfección extraordinaria en sus maneras, en sus poses, en seguridad personal, conversación y don de gentes. De habérsele requerido para ello, habría sido un anfitrión oficial para atender a reyes y reinas y a presidentes franceses en representación del gobierno norteamericano o de la primera dama, en caso de que Jack Dempsey o algún negro comunista hubiese sido electo presidente. Bailaba sorprendentemente bien, aun cuando nunca hubiera logrado hacer dinero como bailarina profesional, ni siquiera como la tercera a la izquierda de la tercera fila de los Zee Follies. Sin embargo, bailando con algún caballero, en algún sitio público de alta calidad, su gracia era incomparable.

El dinero que heredara de su bisabuela, aun sin ser mucho la había salvado de trabajar después de graduarse. Por una recomendación pudo obtener una plaza de maestra en un pueblecito. En una ocasión, cuando sus alumnos leían un ensayo de Voltaire y se vió obligada a explicar algunas expresiones difíciles, hizo notar que la historia de la creación del hombre, de acuerdo con lo dicho por la Biblia, no debía tomarse literalmente, ya que sobre ella existen otras versiones también plausibles. Aquello había sido dicho al margen de la explicación y sin la menor intención de ahondar en el tema. Sin embargo, algunos de sus alumnos dijeron en sus casas que la maestra les había dicho que lo que la Biblia decía era una gran mentira y que nada exacto había en ello.

Esa misma tarde la despidieron. Como causa principal se adujo que hacía dudar a los niños de las palabras del Señor, y después, que había hecho leer a sus alumnos las obras de Voltaire. Le dieron dos meses de sueldo y un boleto de ferrocarril para que se dirigiera a cualquier pueblo del Estado, con la obligación de partir en un plazo de doce horas sin hablar ni ver a nadie, excepción hecha de los tenderos y comerciantes de quienes necesitara algo antes de partir.

Tomó un boleto que la condujera al extremo este del Estado y de allí partió directamente para New York.

Iba a New York sin la intención de permanecer allí ni buscar trabajo o un puesto en algún escenario. Su deseo era el de la mayoría de los costeños del Oeste: conocer la gran ciudad, saber como es y enterarse de si realmente es tan maravillosa como la pintan aquellos que de ella regresan a Northern California.

Es una gran ciudad realmente, pensó, pero no la maravilla que decían. Tuvo la impresión de que Seattle o Sacramento eran más típicamente norteamericanas que New York.

El dinero de su bisabuela le fué muy útil en el estudio de New York. Vió muchas cosas nuevas, examinó nuevas oportunidades que podían serle de gran utilidad cuando regresara a California. No intentaba permanecer allí, pero a medida que transcurría el tiempo sentía mayores deseos de quedarse para siempre.

La ciudad parecía existir con el único objeto de ser barata, y de haber sido hecha con la mira de abaratarla más cada vez. También las gentes, aun cuando anduvieran medianamente vestidas, parecían baratas. Todo era en todas partes de mínima categoría. Pensó que aquella pronunciada baratura era causada, evidentemente, por esa prisa terrible de la que nadie parecía poder escapar. Aun los desocupados, sin esperanza de conseguir empleo y que sabían nada tenían que hacer, se daban prisa.

Aquella prisa ininterrumpida que inducía a las gentes a comprar asientos para el teatro, los conciertos y aun para ver una película, con muchos meses de anticipación, por temor a no conseguirlos en su oportunidad, era causa de que las gentes tuvieran una apariencia vulgar, que se vieran como neveros de barrio mal pagados.

"Sólo hay un Frisco en todo el mundo", decía colgándose de la manga de un hombre para tenerse en pie en medio de la multitud mal oliente que llenaba el sub. "Tal vez, pero cuando llegue usted a ser un pequeño engranaje en la gran máquina llamada New York, quizás se sienta diferente", decía algunas veces como tratando de explicarse ciertas impresiones dándose conferencias a sí misma.

Durante algunas semanas se mezcló con las gentes de Greenwich Village, con la esperanza de encontrar valores genuinos, pero encontró gnomos solamente. Hombrecitos y mujercitas que se creen muy importantes y en extremo interesantes, que parecen vivir en constante exhibición en un circo y que hablan todo el día y toda la noche, sintiéndose fenómenos de la época. Nunca trabajan, nunca hacen esfuerzo alguno y viven de las migas que les tiran sus parientes; muchos se sostienen ejerciendo tercerías o exprimiendo a pobres viejas a quienes fingen cariño. Tratan con todas sus fuerzas de quitarle a Norteamérica lo que tiene de norteamericana, en la misma forma en que trataron de convertir a Bucarest en otro París, y con la idea de hacer de New York un suburbio del este de Moscú, llamando al Hudson el pequeño Volga, obligando a algún pobre dentista americano cansado a creer que no hay cultura más elevada que la del centro y sur de Asia. Se califican a sí mismos como la sal y pimienta de Norteamérica, en tanto que nada hacen porque Norteamérica alcance su propia cultura en arte, música, literatura y en todas las manifestaciones de su cultura en general. Ellos viven en Norteamérica de la generosidad de hombres de negocios americanos, de quienes aceptan dinero en tanto que los ridiculizan llamándolos "Super-Babbits", aun cuando vivan de la hospitalidad de esos Babbits y pasen sus horas elogiando la grandeza de Budapest y Bucarest, de París, Londres, Roma y Viena, diciendo hasta el cansancio que son las únicas ciudades en las que hombres y mujeres civilizados pueden vivir sin tener que mezclarse demasiado con el vulgar mundo laborante.

Basileen se cansó rápidamente de esos superhombres y de esas supermujeres. Acabó por abandonarlos con náuseas al cabo de dos semanas de escuchar sus interminables charlas, con las que pretendían demostrar que eran el centro de la cultura y los supremos destructores y constructores de la civilización, y una noche, después de estar en compañía de un grupo que había hablado durante horas de la sutileza de un pintor, en realidad incapaz de pintar y que en lugar de hacerlo había dado tres brochazos sobre un lienzo llamando a aquello "Sol de medianoche en el Potomac", se sintió tan irritada que al salir corriendo gritó: "El mío es Babbit de Zenith, hablando en un lunch de los rotarios sobre el paraíso de los pescadores en Green Lake, Wisconsin".

Pudo encontrar nuevamente a Norteamérica en New York, en dos sitios a los que fué. Primero un juego de beisbol de los buenos, adornado con todas las payasadas que se acostumbran, y después en Coney Island, en sábado. Siempre que más tarde recordaba a New York, pensaba sólo en aquello y decía: "Después de todo, creo que en New York viven aún algunos norteamericanos y que la ciudad forma parte todavía de los Estados Unidos."

XXIV

De vuelta en San Francisco, obtuvo un empleo en un periódico como reportera de sociedad, especializada en entrevistar prominentes mujeres visitantes.

El gerente de la empresa quiso tenerla por secretaria particular y ella aceptó. Lo que no aceptó fueron sus frecuentes invitaciones a comer y a cenar, hasta que él perdió la paciencia y le dijo abiertamente que su trabajo no era satisfactorio y que buscase otro empleo, porque debía dejar el que ocupaba en el término de una semana.

Mr. Onsling, encargado de la sección financiera del periódico, la encontró algunas semanas más tarde en la calle, cuando se dirigía a comer. La invitó y cuando tomaban sus asientos en el restaurante, apareció Mr. Collins. Al verlo, Mr. Onsling se levantó, lo saludó y le preguntó si no tenía inconveniente en sentarse a su mesa, pues deseaba que le diera ciertos informes sobre los asuntos petroleros en Venezuela, los que le eran muy necesarios para afianzar ciertas relaciones con la América Latina.

Mr. Collins después de buscar inútilmente una mesa desocupada, aceptó.

Basileen fué presentada como redactora del periódico, y le explicó que acababa de renunciar. Mr. Collins se encantó con ella inmediatamente y prolongó el lunch tanto como la decencia lo permitía.

Con el conocimiento que tenía de las mujeres, comprendió que no podría aproximarse a ella en la misma forma en que lo había hecho con otras mujeres. En primer lugar, no necesitaba ayuda de ninguna especie, por lo menos aquella que pudiera crearle obligaciones hacia alguien.

Basileen había tenido una rápida experiencia íntima con un hombre, que había llegado a ser notable por sus grandes cualidades. Esa pequeña excursión amorosa, sin embargo, no había sido de serias consecuencias ni había dejado rastro alguno en su alma, en su mente, en su cuerpo. No obstante, al perder en aquel hombre un amante ocasional, había ganado un grande y buen amigo.

Mr. Collins no sabía la dirección de ella, y haciendo uso de un tacto raro en él, no la preguntó a Mr. Onsling, quien además no habría podido servirle, porque la ignoraba también y no sabía en donde trabajaba entonces. Mr. Collins ni siquiera comprendió bien su nombre y, por tanto, le era imposible localizarla por el directorio telefónico.

Pasaron algunas semanas. Mr. Collins había encontrado una cara que le atrajo y a la que se dedicó con todo interés. Fué esa aventura la que le hizo olvidar enteramente a Basileen. No le había dedicado un solo pensamiento en las últimas dos semanas y había llegado a creer que algún hombre se cuidaba bien de ella, que tal vez era casada, y que aun encontrándola nuevamente no le sería posible conseguirla. Con anterioridad había encontrado a muchas damas encantadoras y las había olvidado fácilmente, a pesar de que al encontrarlas había pensado siempre que correspondían al tipo de mujer que deseaba desde hacía muchos años, y que de haber tenido la suerte de conquistarlas y conservarlas, se habría sentido satisfecho y retirado finalmente de la circulación.

Casualmente entró un día en un restaurante sin recordar siquiera que en él había sido presentado a Basileen. Buscó una mesa vacía y, al no hallarla, se disponía a salir cuando de pronto descubrió una mesa próxima en la que se encontraba una dama sentada sola, en espera sin duda de que la sirvieran. Le pareció que el peinado de ella le era familiar. Inclinando la cabeza para poder verle la cara, se percató de que era Basileen.

—¿Cómo está usted miss... miss...?

—Ah, ¿es usted, Mr. Collins? Mi nombre es Longsvill, Basileen Longsvill. ¿Se va usted ya?

—No, ahora entro para comer y no encuentro mesa desocupada.

—¿Por qué no se sienta aquí conmigo? ¿Teme usted que le muerda?

—No estoy muy seguro de que no lo haga, ya que debe usted tener un buen apetito y ni siquiera una rebanada de pan enfrente. Me parece que el servicio aquí es lento. Bien, acepto la invitación; muchas gracias.

El se sentó, ella dobló el periódico que leía y se lo puso sobre las piernas.

—Creo que este es su sitio preferido para almorzar, Miss Longsvill.

—No señor, vengo raras veces porque el sitio está lejos de mi rumbo; pero ahora tengo una cita cerca de aquí y al pasar me di cuenta que era hora de almorzar. Por eso entré. Pero no he estado aquí ni seis veces.

—Hay a veces extrañas coincidencias —dijo él moviendo la cabeza y sonriendo ampliamente—. Cosas realmente extrañas suelen ocurrir, verdaderamente extrañas, diría casi milagrosas. Cuando vine a comer aquí la primera vez no encontré mesa y tuve que aceptar la invitación que usted y su amigo, aquel editor, Mr. Osling, me hicieron. Ahora que vengo aquí por segunda vez desde que abrieron este restaurante, y creo que de eso hace muchos años, tampoco encuentro mesa desocupada y tengo que aceptar su invitación. ¿No es esto realmente extraño?

—No veo nada extraño ni milagroso en el asunto, Mr. Collins. ¿Por qué había de ser extraño?

—Porque... —vaciló intencionalmente—. Porque, verá usted, Miss Longsvill, no he podido apartarle de mi pensamiento en todas estas semanas.

Ella rió.

—¿Es posible, Mr. Collins. Yo, a decir verdad, también he pensado en usted. No podría decir que he pensado mucho en usted, sólo de vez en cuando. Varias veces, al pasar por el edificio en el que están sus oficinas, miro al elevado muro y me digo: "Ahí es donde él está trabajando, ¿en qué piso estará su despacho? ¿En dónde estará sentado, pensando cómo gastar su dinero y cómo ganar más?

—Por qué no pasó usted y echó un vistazo al sitio en el que están las oficinas de la compañía y la mía?

Ella se rió de buena gana.

—No era tanto mi interés por usted, Mr. Collins. Además, eso habría puesto fin al vuelo de mi imaginación.

—¿No tenía curiosidad siquiera por conocer la sala de espera? —preguntó en tono burlón, pretendiendo sentir mucho la falta, su falta de curiosidad respecto a él.

—No, Mr. Collins; le repito que mi curiosidad no era tanta. —Volvió a reír con mayor regocijo que antes.

Se sintió conquistado por aquella risa y se dijo para sí que nunca, en su vida, había escuchado a nadie, ni hombre ni mujer, reír con el tono prodigioso de aquella risa suya.

—No lo bastante interesada —repitió Mr. Collins—. ¡Qué lástima! ¿Es su marido la causa de ese desinterés?

Ella contestó sonriendo:

—No soy casada.

—En ese caso, será su novio.

—¿Por qué ha de ser siempre un hombre el que ocasione que una mujer deje de interesarse en otro? No, tampoco tengo novio. Soy absolutamente libre en ese sentido.

—¿Y le gusta?

—Mucho. Se evita una dolores de cabeza, ¿sabe usted, Mr. Collins?

—Menos dolores de cabeza, es verdad —él dijo aquello suspirando levemente y pensando durante dos segundos en sus coristas—. Menos dolores de cabeza, sí. Pero también menos placer, menos alegría, menos satisfacción de vivir.

—Eso depende, Mr. Collins. Hay muchos placeres y alegrías que se compran a precios demasiado elevados. En cuanto a la satisfacción de vivir, yo tengo mi propia opinión a este respecto. Mientras un ser humano no llega a un perfecto entendimiento de lo que para él significa la satisfacción de vivir, poco puede hacer para que su vida sea rica y llena.

—En cualquier forma, creo que la vida puede facilitarse si dos se reúnen para sacar de ella lo más posible. En la mayoría de los casos, el combatiente que lucha solo está siempre a la defensiva.

—Concedido. Pero eso no quiere decir que si una mujer vive sola, sin compartir su vida con un hombre, tenga la mente ocupada con la única idea de encontrar uno. Ambos, hombre y mujer, pueden, sin perder mucho, vivir perfectamente solos si es necesario. Nada más si es necesario. Pero en cualquier forma es preferible estar solo y no emprender algo que puede convertirse en un fastidio.

Mr. Collins no podía dedicar mucho tiempo a meras discusiones filosóficas. Su cerebro no estaba adiestrado para aquel duro ejercicio. Para conquistar a una mujer necesitaba ir tan rápida y directamente como la dama lo permitiera. No contaba entre sus virtudes el refinamiento para la preparación de sus conquistas. Había alcanzado su límite cortejando a una dama culta y siguiendo las especulaciones de Basileen. Pero comprendió que de seguir por ese camino pronto tropezaría y caería en forma estruendosa. Sus deseos se habrían visto colmados si hubieran intimidado con esa mujer joven, encantadora y no maltratada por la vida, perteneciente a una clase que le era desconocida.

Necesitaba poner fin a aquella discusión peligrosa y caminar sobre terreno seguro.

Tomó la carta y la recorrió.

—¿Cocktail? —preguntó aliviado.

—Para mí no. Pero no le importe mi deseo, si usted quiere tomar uno y bien cargado.

—Así lo haré y gracias por la idea.

La comida no permitiría que tomaran nuevamente la conversación en el punto en que la habían dejado. Gracias a su diplomacia había ganado. Ahora podía hablar, y así lo hizo, de comida, cafés, restaurantes y platillos especiales de la Habana y Tampico. Ahora caminaba sobre seguro y su conversación resultó verdaderamente interesante. Ahora, conversando con aquella gran dama se conducía en la misma forma en que solía hacerlo cuando conversaba con hombres refinados. Sabía ocultar su limitación encaminando rápidamente las conversaciones hacia tópicos que le eran familiares. Cuando Basileen se despidiera de él, en aquella ocasión, quedaría con la impresión de que era un hombre sutil, es más, de que poseía nivel intelectual semejante al suyo. Eso creía él, pero Basileen había notado la acrobacia de que se había valido para evadir el tema. Basileen siguió el curso que daba a la conversación, con tanta facilidad que él creyó que también a ella le agradaba el cambio.

Sin embargo, Basileen, no obstante haberse dado cuenta de su inepcia para aquellos ejercicios mentales, miró más lejos y descubrió en él algo que ninguna otra mujer, y la suya me-

nos que cualquiera otra, habría logrado descubrir, gracias a
haberse tomado el trabajo de analizarlo para servirse de ello
en beneficio propio.

En aquella comida se había entusiasmado profundamente
con la idea de hacer obrar a aquel hombre a su antojo, de
forzarlo hasta el límite, aun en contra de su propia voluntad.
Se percató de haber encontrado una tarea a la que dedicar
todas sus facultades, su talento, virtudes y energías. Si realizaba su propósito se sentiría satisfecha de haber venido a
este mundo, aun cuando fuera con ese solo objeto. Lo que no
sabía era si él merecía todo aquel esfuerzo. Eso se aplicaría
a averiguarlo en algunos meses. Esos meses podrían muy bien,
algún día, constituir un borrón en la contabilidad de su vida
y ella los deploraría como una gran falta, hasta como un
desastre y una pérdida total. Podría acabar avergonzándose
y despreciándose a sí misma por haberlo hecho, y pensaría
que la única forma de reivindicarse sería matándolo. Sin embargo, era aquel el punto que la intrigaba más, induciéndola
a jugar el albur con todos sus riesgos.

Cuando terminó la comida él se apresuró a tomar la cuenta de ella preguntando:

—¿Puedo?

—Si quiere, hágalo —contestó ella con franqueza—. Pero
no se imagine que estoy para pedir. Tengo dinero suficiente;
pero cuando un caballero quiere pagar por mí, y es lo suficientemente tonto para hacerlo pensando que con ello me complace, la cosa no me importa y lo dejo hacer si ello le proporciona un placer. Resulta más agradable para ambos no discutir y hacer una escena pública peleando por la cuenta. Pague
cuanto quiera por mí, en tanto esto lo haga feliz. Ahora que
si ello le disgusta, a mí me resulta igual.

Así comenzaron sus relaciones.

Algo más de seis meses transcurrieron antes de que Mr.
Collins pudiera declarar satisfechos sus más íntimos deseos.
Pensó que una vez tomada la fortaleza podía considerarse el

amo de ella. En eso estaba totalmente equivocado. Había obtenido la victoria que consideraba mayor sobre las mujeres.
Sin embargo, examinando su situación más de cerca, cuando
habían transcurrido algunas semanas, se encontró poseedor de
la llave de la fortaleza, pero no de la fortaleza, no siéndole
dado hacer uso de la llave a su antojo. Gozaba de privilegios,
de muchos privilegios, pero carecía en absoluto de derechos.
En cierto modo, se sentía tan alejado de Basileen como lo había
estado el primer día en que se iniciaran sus relaciones.

Y pasaba el día y la noche deseándola tanto como un infeliz hambriento desea una comida.

XXV

Mr. Collins había desempeñado su primer trabajo importante, en un banco, ganando dieciséis dólares a la semana,
buen salario para un principiante. Un año después le aumentaron dos dólares. Cuando consideró el aumento se sintió mal.
"A este paso llegaré a ganar setenta y cinco dólares cuando
tenga cincuenta años, con la amenaza de que me despidan para
dar el puesto a un hombre más joven. No señor, esa lentitud
no va conmigo. Más vale que renuncie y emprenda algo más
productivo."

El joven Collins aceptó un puesto en una compañía de seguros, empezando con veintidós pesos a la semana. Tres años
más tarde ganaba cuarenta semanarios y obtenía casi cincuenta mensuales de comisión.

"Todavía es demasiado lento para mí", y se apresuró a
cambiarse a una agencia de publicidad, en donde le pagaron
cincuenta semanarios. Después de un año de trabajo activo logró que le aumentaran a cien dólares semanarios. Aquel era un
salario extraordinario para hombre tan joven. Sin embargo, se
lo ganaba bien, pues sugería veintenas de ideas nuevas, atracti-

vas y muy útiles a la agencia que en esa forma estaba en posibilidad de aumentar su clientela.

Sus ideas abarcaban un campo vastísimo de productos, entre los que se contaban pasta para dientes, cepillos, crema para la cara, cigarrillos Kentucky, whisky, un tostador automático, pasta pulidora de metales, un aparato que doblado podía llevarse en el bolsillo del pantalón y extendido servía de vehículo para transportar a un bebé. Después apareció un nuevo material para techos hecho de una mezcla de concreto, carbón, serrín y media docena más de ingredientes. Fué él el encargado de la campaña de publicidad nacional de aquel producto y ésta constituyó un gran éxito.

A la agencia llegaban muestras de los productos para que éstos fueran estudiados y se hallara la forma más conveniente de anunciarlos. Cuando los veía, no sólo hacía sugestiones respecto a la manera de anunciarlos, sino que también aconsejaba la forma, empaque y botella en que debían ofrecerse al público, y exponía sus ideas respecto al modo de mejorarlos en parte o en general. Llegó en un caso a aconsejar que se redujera el precio de fábrica y, en otro, que se elevara el de menudeo; en uno sugería la venta en grandes cantidades y en otro la venta en pequeños paquetes.

Una vez que casualmente vió los libros, se enteró de que la empresa había obtenido con sus ideas una utilidad neta de cuarenta mil dólares.

La mayor bonificación que él había recibido era de doscientos cincuenta dólares. Entonces se percató nuevamente de que si no emprendía un cambio radical en sus relaciones comerciales acabaría muriendo, como un burro bípedo, en una institución benéfica.

Sus jefes le habían enseñado por lo menos algo de valor, esto es, que nadie llega a rico mientras trabaje en beneficio ajeno. Pronto se dió cuenta de que aquella adquisición bien valía el tiempo que había empleado para adquirirla. Cuando dijo a los empresarios de la agencia que iba a renunciar, le ofrecieron ciento cincuenta dólares a la semana, después ciento ochenta y, finalmente, doscientos cincuenta y un cinco por ciento sobre las ganancias obtenidas con sus planes, ideas y sugestiones.

Tres años atrás habría dado diez años de vida y habría considerado la cúspide de sus ambiciones aquel ofrecimiento de aumento. Pero ahora, poseedor de una sabiduría pagada con cientos de disgustos y cientos de tardes y noches libres sacrificadas mientras otros jóvenes paseaban con sus muchachas, deseaba resarcirse justamente. Había acabado con los salarios de gotero, como él los llamaba. No serviría más de recadero por sueldos de hambre. Claro que lo que ahora le ofrecían era considerable, pero esperaba más aún, y se dispuso a obtenerlo.

Fué así como inició su gran golpe.

XXVI

Durante su trabajo en la campaña de publicidad que hiciera al nuevo material para techos, se había puesto en contacto con aquellos que se dedicaban a construir y a la venta de inmuebles, y con quienes especulaban con los materiales de construcción.

Su primera idea al renunciar a su último empleo fué establecer un negocio de compraventa de inmuebles. Antes de que encontrara un local adecuado para su oficina, se presentó la gran huelga de los trabajadores de la construcción en Chicago.

Mr. Collins conoció accidentalmente a un individuo en los momentos en que éste se hallaba ebrio, y aquel incidente constituyó la oportunidad más brillante de su vida. Encontró a aquel hombre en la trastienda de una droguería, en la que se servían bebidas alcohólicas a clientes de confianza, exclusivamente, mientras que en el mostrador sólo se expendían bebidas suaves.

Mr. Collins era uno de aquellos clientes de confianza. El ebrio dejó escapar algunas palabras sobre su gran importancia en los asuntos de la ciudad. Mr. Collins, siempre a caza de oportunidades, captó el significado de lo que aquél balbucía y lo llamó cabeza hueca, charlatán y falto de valor hasta para enfrentarse con una cucaracha. El hombre cayó pronto en la celada, Mr. Collins lo había juzgado bien y aquél le susurró al oído:

—Oiga, amigo, más vale que mida sus palabras y no me diga lo que soy, ¿entiende? Si yo le contara cierta anécdota, usted me admiraría al enterarse de la altura desde la cual contemplo el mundo que se encierra en esta maravillosa ciudad. Y nunca este mezquino mundo caduco se enterará de como ha sido manejada esta brillante huelga y de los pequeños detalles que se han puesto en juego para lograrla. Ahora, míreme bien, amigo, para que se entere del gran tipo que soy y para que sepa que apariencia tenemos los que sabemos jugar por todo lo alto.

Al llegar a aquel punto, el hombre, que resultó lugarteniente del amo de la ciudad, se detuvo repentinamente como percatándose de que ya había hablado demasiado.

Mr. Collins, cuando quería, podía mostrar el mismo espíritu de camaradería que el diablo sería capaz de poner en juego si tratara de hacer caer en una trampa a un obispo. Ofreció y aceptó copas. Pronto el lugarteniente aseguraba no haber conocido nunca en su maldita vida a un camarada tan grande y sincero, a un amigo tan bueno como su nuevo conocido.

—¿A qué te dedicas, Chane? No te ocupes de contestarme, no me interesa, no me interesa ni tantito. Cada uno de nosotros tiene sus mañas y sabe lo que debe hacer para que se le llenen las manos cuando lo necesita.

—Mi maña está en las máquinas traganíqueles —dijo Mr. Collins, mintiendo.

—Máquinas traganíqueles ¿eh? Buena maña también. Pero no puede compararse con la mía. Bueno, podría contarte una gran anécdota, viejo, y por Dios que te sorprendería.

—¿Sorprenderme yo? No me hagas reír, amigo. Sé de cosas que pueden ser cien veces más interesantes que lo tuyo. Tú no tienes historia, sólo te gusta habla, presumir y darte aires de importancia. Yo te contaré una gran historia en la que yo juego un papel importante, tanto que tú no te atreverías a imaginar siquiera, porque hasta para eso te falta valor.

—¿Y me aseguras tu amistad mientras me llamas charlatán?

—¿Qué otra cosa puedo hacer de acuerdo con las circunstancias? Algunos tipos corren el riesgo y lo corren con toda entereza, otros palidecen y desaparecen del escenario. Ahora oye, amigo: cuando a mí se me presentó la oportunidad, es decir... cuando... cuando...

—Espera, espera un momento, amigo —interrumpió el lugarteniente a Mr. Collins—. No te precipites, amigo, no te precipites. ¿Quién es el que está contando la historia, tú o yo? Tú sólo debes escuchar como un buen chico lo que este lobo viejo sabe sobre el interior del paisaje exterior. Verás, ocurrió así y comenzó cuando el viejo me dijo que echara un buen vistazo a...

Así fué como Mr. Collins se enteró de la verdad sobre los movidos acontecimientos acerca de los cuales los periódicos habían dado versiones incorrectas o veladas, en parte, porque el amo había dado órdenes estrictas sobre lo que los periódicos habían de publicar y lo que debían callar para siempre.

Parecía que dos hombres, ambos interesados en la compraventa de inmuebles y en el negocio de construcciones, decidieron el mismo día que Chicago había dejado de ser lo suficientemente amplio para ambos y, por tanto, uno de ellos debía abandonarlo. Se habían negado a arreglar el asunto en la misma forma en que habían resuelto otros, esto es, con un juego de poker después del cual el vencedor convencía a los contribuyentes de que había necesidad urgente de construir seis nuevos rastros, o cuatro estaciones más de bomberos bien equipadas, o algunos cambios en el lago o ampliaciones en el departamento de Salubridad o el derrumbe de las barracas habitadas por los negros.

En aquella ocasión ningún juego de poker serviría, porque ambos deseaban lo mismo: poder ilimitado. Las condiciones generales los habían conducido a ese punto, que no resultaba extraño cuando el poder en los negocios de inmuebles y construcciones significa, al mismo tiempo, poder en política y en el manejo de la ciudad.

Era obvio que el que manejara la ciudad tendría el privilegio de decidir sobre las obras públicas y dictar órdenes para derribar, construir, convertir terrenos en parque o sitios para construir grandes fábicas y determinar los lugares en que podían levantarse nuevas estaciones del ferrocarril y cuáles quedaban vedados por razones de salubridad pública. Podría recomendar la construcción de nuevos hospitales, señalando los emplazamientos convenientes. Su recomendación significaría una orden definitiva. Debido a su poder y a sus conocimientos, él, el gran jefe, pondría los inmuebles que deseara a precios bajísimos, dando a entender simplemente a los vendedores que aquéllos perderían su valor real por las razones que el hombre en el poder, o los agentes pagados por él, les explicarían en detalle. Una vez adquirido en aquella forma el inmueble deseado, se las arreglaba para que todas las mejoras que se intentaran en la ciudad tuvieran que hacerse en lotes que él o sus agentes vendieran con una ganancia del quinientos al cinco mil por ciento. Cualquier cosa necesaria para el avance de la civilización, ya fueran plantas eléctricas, hospitales, asilos, escuelas, casas de departamentos, drenaje, abastecimientos de aguas, parques, campos deportivos, panteones, casas de maternidad, orfelinatos, cuarteles de policía, prisiones, contribuirían

en cualquier forma al enriquecimiento del amo. No había manera de evitarlo, porque él gobernaba y los ciudadanos obedecían.

Naturalmente, el amo trataba de estar siempre en buenos términos con la ley, excepción hecha de casos insignificantes, como aquellos en los que era necesario hacer comprender
a individuos obstinados que les resultaba más saludable acceder a las sugestiones que se les hacían y evitar algún accidente
inesperado con sólo obedecer estrictamente las órdenes que se
les daban. Los dictadores de los países democráticos, cuyos
actos están protegidos por leyes democráticas, son igualmente
brutales que los dictadores de los países totalitarios. Con la
diferencia de que a los últimos se les conoce como dictadores,
en tanto que a los amos políticos de las democracias se les
llama, generalmente, el gran benefactor de nuestra ciudad, o
el miembro más prominente del partido o el primer ciudadano
de nuestra metrópoli.

Y ocurrió que cuando aquellos dos hombres peleaban a
muerte por el codiciado poder, cada uno controlaba la construcción en varios sectores diferentes de la ciudad. El plan
para la construcción de casas de departamentos, hoteles, cinematógrafos, almacenes, edificios para oficinas, edificios muni-
cipales para escuelas, hospitales, cuarteles de policía y de bomberos, alcanzaba un total de veinticuatro millones de dólares.

La competencia había forzado a los constructores a firmar
contratos, en los que se estipulaban elevadas multas en caso de
que la construcción no fuera terminada y estuviera lista para
ser ocupada en la fecha exacta fijada para su terminación.

Era evidente que los constructores cuyas casas se terminaran primero conseguirían a todos los inquilinos que necesita-
ran habitaciones, estarían en situación de cumplir todos los
contratos, convenios y alquileres firmados de antemano para
asegurarse las mayores entradas posibles por concepto de ren-
tas, y quedarían, además, los contratantes obligados a pagar
multas a los inquilinos cuando el propietario hubiese firmado

contratos de arrendamiento, fundándose para entregar la construcción a los arrendatarios en determinada fecha, de acuerdo con la fijada para que la construcción se terminara. Todos, aun las autoridades federales y las de la ciudad, respaldaban sus contratos con cláusulas de esa especie. Así, pues, el constructor que terminaba a tiempo no tenía que pagar multas y obtenía utilidades desde el momento que había calculado empezaría a percibirlas. Pero el que se atrasaba tenía que pagar fuertes multas, y corría el riesgo además de que sus edificios permanecieran a medias o totalmente deshabitados durante semanas y aun meses. Semejantes pérdidas le harían quebrar y desaparecer de la arena del negocio.

Mr. Sheller, uno de aquellos dos contratistas, fué el primero en concebir la brillante idea y también el primero dispuesto a invertir grandes cantidades de dinero para poder realizarla.

Se entrevistó con el secretario de la unión y le habló de su excelente idea. El secretario lo escuchó con toda atención. Y mientras lo escuchaba recordó que se encontraba en un lío formidable del que saldría con un ojo morado si no se le presentaba la oportunidad, casi imposible, de reunir quince mil dólares en cuatro días. Sus dificultades obedecían en parte al poker, en parte a cierta cantidad de droga hallada en una bolsa extraviada y, en parte, a la promesa hecha por cierta mujer de que no guardaría silencio cualesquiera que fueran los resultados.

Quince mil dólares en cuatro días. Compromisos menores habían inducido a más de un hombre a cometer doble asesinato y a matar a un policía. Quince mil dólares en cuatro días. Aquel sí que era problema y de una naturaleza que jamás, cuando se echaba a cuestas la empresa de conseguir un aumento de cinco por ciento en los salarios de los miembros de su sindicato, se le había presentado.

Iniciado bajo la divisa de "honesto-para-con-Dios" y "Leal al-capital", Sam, constructor, emperador y al mismo tiempo dictador de la empresa totalitaria que vendía las mercancías adecuadas a los adecuados clientes, en una palabra, el secretario de la unión, había oído hablar del socialismo, del comunismo, del anarquismo y, por supuesto, del criminal sindicalismo y había llegado a la conclusión de que bajo ningún "ismo" la vida resulta tan fácil y regocijada como bajo el "ismo" que el capital reconoce como el más efectivo para traficar con la mayor desgracia del mundo y de la raza humana, esto es, la falta del pan nuestro de cada día en los lugares en que es más necesitado, y la abundancia del mismo pan de cada día en donde las gentes tiran carretadas de él a la basura o alimentan con él los hornos de sus casas.

No debe esperarse de ningún humano, ni siquiera del secretario de una unión, que se resigne a pasar penas si ellas pueden mitigarse o evitarse con el solo hecho de escuchar debidamente la proposición adecuada en el momento oportuno.

Lo que el lugarteniente que relataba esta sabrosa historia a Mr. Collins no podía decir, era si el secretario de la unión metido en aquel terrible lío había sido inducido por una hábil maniobra de Mr. Sheller a colocarse en aquella situación lamentable, o si habían hecho llegar a los oídos de Mr. Sheller la noticia del lío en que el secretario estaba metido, y si aquella noticia la habían hecho llegar a él aquellos más interesados en que el secretario reuniera los quince mil dólares en cuatro días. Creía el lugarteniente que había sido una mera casualidad que el secretario se encontrara en apuros, y precisamente el día en que Mr. Sheller concibiera la brillante idea de llegar a un pequeño entendimiento con él. El caso era que la situación del secretario era tal, que quedaba ante la alternativa de asumir una actitud abiertamente complaciente a la mayor brevedad o desaparecer de escena.

Cuando Mr. Sheller expuso su idea, el secretario dijo:

—Mr. Sheller, lo siento mucho, pero debo decirle que no lo puedo hacer. Lo siento, pero parece que usted olvida mi oficio, mis obligaciones y sobre todo mi conciencia.

—No, al contrario; esto prueba que pienso en todo eso, de otro modo no habría venido a verlo.

—Suponga usted que los miembros de la unión se enteran de nuestro trato; estarían dispuestos a descuartizarme, usted lo sabe bien, Mr. Sheller.

El secretario estaba perfectamente dispuesto, pero hablaba a fin de vender mejor el riesgo que corría. Todavía no se mencionaba precio alguno.

—No hay posibilidad de que nadie se entere; de ocurrir, yo me vería en una situación cien veces peor que la suya. ¿Se da usted cuenta?

—Tal vez me sea posible, tal vez no. Explique la proposición, que le escucho.

—Veinticinco mil.

—Si el asunto falla, necesito un buen respaldo financiero, como deberá comprender, Mr. Sheller. En caso de fracasar quedaré anulado en todo el país; así, pues, que sean cincuenta.

—Treinta.

—Cincuenta.

—Bueno, mi última palabra son cuarenta.

El secretario se excitaba como si estuviera jugando poker. Necesitaba quince para salvar el pellejo, en ello le iba tal vez hasta la vida. En aquella ocasión le era posible conseguir cuarenta. Mientras el otro no se enterara de lo mucho que necesitaba los quince mil, él podría defender su terreno hasta el límite. Pensaba, una vez que se decide uno a jugar no puede uno ir lejos sin aceptar grandes riesgos.

—Cierto, Mr. Sheller, estoy perfectamente enterado de las cartas con que juega. Serán cincuenta, porque no podré hacerlo por menos. Necesito de ese respaldo para el caso de que las sospechas me obliguen a renunciar.

—Trato hecho. Pero si le doy cincuenta debe entender que necesito que haga usted un trabajo que los valga, no lo olvide.

—Vengan.

—No —dijo Mr. Sheller riendo—, no me puedo confiar completamente. Veinticinco —y se dispuso a llenar un cheque.

—Los quiero en efectivo, por favor. Claro que su cheque es bueno, pero prefiero que me los dé mañana en su banco, a las once en punto y dentro de un sobre. ¿Cuándo me dará los otros veinticinco?

—El día en que termine la construcción de que le hablé.

—Debiera entregármelos antes; pero, en fin, acepto.

Durante un mitin que tuvo lugar algunos días después, el secretario descubrió que la jornada de nueve horas y media era demasiado larga y que el salario de siete dólares diarios era muy bajo para los trabajadores calificados que tenían necesidad de sostener una familia. Además, atendiendo al desarrollo que el negocio de construcción había adquirido, aquella oportunidad era única en toda la historia de la unión para ganar una huelga.

"Ahora, camaradas, ha llegado la oportunidad de poner coto a los monstruos del capitalismo, que acuñan sus riquezas con el sudor de los trabajadores de la construcción", gritaba el secretario ante la multitud.

"¿Por qué, pregunto a ustedes, trabajadores de esta gran ciudad, sí, de esta poderosa ciudad que ustedes han construído con sus propias manos, haciendo de ella lo que es ahora, por qué, vuelvo a preguntarles, fueron colgados aquellos honestos trabajadores de la generación pasada en esta misma gran ciudad? ¿Por qué cometieron aquel acto de crueldad no igualada las bestias feroces del capitalismo y sus banqueros, esos que, ustedes bien lo saben, rigen este país libre, que ofrece ilimitadas oportunidades? Pues bien, fueron colgados, déjenme recordárselo, camaradas, fueron colgados únicamente por recomendar la jornada de ocho horas para los trabajadores de todas las industrias. Esos valerosos héroes de la clase trabajadora no fueron ejecutados por robo o asesinato; no, amigos, ellos eran trabajadores tan honestos como ustedes, como yo, como todos nosotros. Fueron colgados porque los capitalistas no quieren hombres libres. El capitalismo quiere esclavos. Fueron colgados por decir a los trabajadores que la conquista por la que más debían luchar, era la jornada de ocho horas. Y eso ocurrió, amigos míos, a la generación anterior, no hay que olvidarlo. Y nosotros, ¿tengo que decírselo?, trabajamos aún nueve horas y media diarias, que en casi todos los casos son diez. Ustedes saben de qué hablo. Actuemos, camaradas; hagámoslo inmediatamente."

Algunos miembros propusieron una huelga general. El secretario explicó que una huelga general no sería conveniente, porque sería dar la oportunidad tan largo tiempo esperada por el gobernador, que representaba un eslabón más del capitalismo, de llamar a las milicias, a las tropas del Estado y a quien más pudiera, alegando que debía hacerlo para salvaguardar los intereses públicos. Y una vez las fuerzas aquí nadie sería capaz de predecir lo que ocurriría. Tal vez una matanza en la que perecerían cientos de trabajadores honestos y de inocentes mujeres y niños. Una matanza como el mundo no la ha presenciado durante los últimos cien años.

"¡No!", agregó el secretario elevando al máximo su voz, "no, digo que no, no y no, amigos; eso no es lo que nosotros queremos; no, cien veces no. No queremos ver asesinadas a nuestras madres, esposas y niños. Lo único que deseamos es una participación justa en la riqueza que producimos. Sólo queremos hacer uso de nuestros derechos constitucionales. Y uno de esos derechos nos concede la libertad de reunirnos pacíficamente con la finalidad de mejorar nuestra posición económica y de declararnos en huelga si es esa la única forma de alcanzar la recompensa justa de nuestro trabajo."

Fué aclamado por miles de personas que se hallaban en el mitin.

Se permitió a los miembros que hablaran cuanto quisieran. Permitió que hablaran aún aquellos que no intentaban esconder sus inclinaciones anarquistas.

Como su plan estaba listo, les dió gusto dejándolos hablar y hacer todas las proposiciones que quisieran. Algunos de ello proponían medidas tales como la abolición de la constitución norteamericana, el establecimiento de la dictadura del proletariado encabezada por un albañil de buenos puños, capaz de poner en su lugar a los capitalistas bebedores de sangre y chupadores de sudor. Mientras más hablaban y mientras mayor era el número de miembros que ocupaba la tribuna, más contentos se sentían todos de vivir en un país realmente democrático, en el que ningún secretario sindical, o autoridad cualquiera, mandaba sobre los honestos sindicalistas, sino que éstos precisamente, aun los más humildes de ellos, tenían derecho de expresar su opinión, y podían discutir y decidir, en la forma más democrática lo que debía hacerse y cómo debía hacerse.

La oportunidad del secretario llegó cuando ya no salían a relucir nuevas ideas y cuando el auditorio empezaba a mostrarse cansado. Todos tenían hambre y querían retirarse a casa o por lo menos beber un trago para refrescarse.

Haciendo un resumen, el secretario llegó a la conclusión de que la forma más segura y rápida de ganar era la de apoyar la proposición hecha en el mitin por varios de los miembros respecto a adoptar una táctica encaminada a vencer primero a uno de los amos, después a otro, y finalmente, a todo el resto con un golpe final y efectivo. Explicó que por razones de estrategia, era necesario declarar la huelga sólo en contra de uno de los grandes amos, así podían contribuir en forma suficiente para sostener a los huelguistas y a sus familias. "Supongamos que se declara una huelga general, entonces nuestros fondos se terminarán en unas cuantas semanas. Los patrones conocen tan bien como nosotros este punto débil y podrían predecir el día en que necesariamente nos declararíamos vencidos y en la necesidad de aceptar sus condiciones."

Aquello lo expresó tan bien, en forma tan hábil, tan lógicamente demostrado, que su discurso fué interrumpido por largos aplausos, casi después de terminada cada frase de las dirigidas a la asamblea. La suya, parecía, en verdad, la solución más razonable al delicado punto de obtener la victoria con el menor número de pérdidas. Descontando los pocos votos en favor de las proposiciones hechas por los anarquistas, los criminales sindicalistas y los que deseaban al albañil de buenos puños por presidente de los Estados Unidos, la mayoría votó por la declaración de la huelga.

El adversario financiero de Mr. Sheller, un tal Mr. Pyrols, fué el primer patrón cuyas construcciones fueron paradas. Una vez declarada, la huelga se llevó a cabo con toda la excitación y brutalidad acostumbrada en cuanto empiezan a aparecer los primeros esquiroles, y Pinkerton se hizo cargo del resto. Se registraron muchos encuentros con policías, huelguistas y especialmente con esquiroles. Media docena de hombres de cada uno de los bandos sucumbió en la lucha. La policía empleó no solamente palos y gases lacrimógenos, sino también fusiles ametralladoras.

En tanto, Mr. Sheller desarrollaba todo su programa de construcción, sufriendo sólo algunos contratiempos sin importancia y que bien hubiera podido evitar si no hubiera sido por su política encaminada a hacer aparecer que el asunto le afectaba a él también.

Mr. Pyrols había tratado de llenar a medias las demandas de la unión y había llegado más allá aun de lo que le permitía la estabilidad de su empresa.

Las ofertas del patrón eran recibidas en los mitines de la unión con terroríficas demostraciones de desagrado y el secretario declaró que de las mismas ofertas se desprendía que el patrón podría fácilmente acceder a las justas demandas de los trabajadores si no perteneciera a la clase de obstinados patrones que insisten siempre en ser el único amo de su casa, con derecho indiscutible para emplear y despedir a su antojo.

—"...pero los tiempos han cambiado, camaradas y amigos. Ya no vivimos bajo la esclavitud. Las uniones ocupan el lugar que merecen, han conquistado su poder y están listas para conquistar por lo menos la mitad del que los patrones se creen con derecho divino a conservar por entero entre sus manos", decía el secretario cuando algunos cientos de huelguistas empezaba a flaquear y sonstenían que el golpe había fallado.

Mr. Pyrols no pudo rebasar sus ofertas sin quebrar, y cuando llegó el límite para él y se dió cuenta de que era demasiado tarde para cumplir con sus contratos, se declaró en quiebra. Había perdido su dinero, su negocio y, consecuentemente, estaba fuera de combate.

Su falta había consistido en llegar al secretario cuando aquel gran líder acababa de pagar los quince mil dólares que debía a alguien que lo hubiera despedazado sin piedad.

Si Pyrols hubiera tenido la oportunidad de hacer lo que había pensado ya tarde, habría hecho exactamente lo que Sheller y en la misma forma exactamente o empleando métodos tal vez más brutales.

Los trabajadores de la construcción hablaban hasta extenuarse durante sus mitines, respecto a la invulnerabilidad de la clase capitalista. La huelga se perdió con muy pocas, si es que había algunas, esperanzas de recobrar parte de lo perdido, porque si no queda dinero en la bolsa del amo que habrá de pagar, no podrá obtenerse ni un centavo. Así, pues, los trabajadores decidieron una vez más lo que siempre decidían en sus asambleas, esto es, que los sindicatos deben convertirse en verdaderas fortalezas mecanizadas, en divisiones motorizadas. Y no deben descuidar ni al último de los desheredados, pues todos deben ser organizados y bien organizados, porque cuando todos los trabajadores se hayan organizado el capitalismo temblará, será aplastado como nadie ha sido aplastado jamás, y entonces será establecido un gobierno realmente socialista que asegure la justa supremacía a los trabajadores, ya que, como hasta en las especies inferiores queda demostrado, ni los colmenares subsistirían sin trabajadores que admitan una madre de la comunidad, no una reina.

Con la huelga perdida o no, con colmenar provisto de madre común o sin ella, el perfecto y detallado conocimiento de la verdad de los hechos de aquella huelga inolvidable constituyó la base desde la que Mr. Collins pudo escalar las nubes.

XXVII

Ocurrió en aquel período de la vida de Mr. Collins que cierto día, haciendo trabajar su mente en busca de nuevas oportunidades, recordó a un antiguo amigo suyo, quien inmediatamente después de dejar el colegio había obtenido un empleo en el mismo banco en que Mr. Collins trabajaba entonces, desempeñando desde luego un puesto de alguna importancia. El y aquel compañero, junto con quien trabajara día tras día, habían llegado a ser muy buenos compañeros. Ambos se habían separado del banco durante el mismo mes y habían tomado direcciones distintas. Por una casualidad Mr. Collins se había enterado del domicilio actual de su compañero, enterándose asimismo de que el padre de éste era tercer vicepresidente de la Emmerlin Anthracite Company.

Mr. Collins señaló como primer objetivo en su campaña correr hacia aquel amigo, arreglando las cosas inteligentemente de manera que su encuentro apareciera realmente accidental y extraño. Materialmente se abalanzó sobre él en el lobby de un hotel y ambos cayeron por tierra. Hallándose aún en la alfombra, Mr. Collins reconoció a Mr. Huffler y expresó un asombro semejante al que expresaría quien viera encarnar a un fantasma. El resultado de aquel encuentro casual fué que el vicepresidente Huffler manifestó deseos de conocer a la primera amistad que su hijo había tenido en el terreno de los

negocios, y Mr. Collins fué invitado a cenar a la residencia
de Mr. Huffler.

Instintivamente supo Mr. Collins que la gran oportunidad
llamaba a su puerta y que si no la abría dándole paso tendría
que esperar largo tiempo, tal vez años, a que llamara nuevamente.

No había olvidado aquella charla fortuita sostenida años
atrás con aquel truhán que le diera la clave, como él la llamaba, de la huelga de los trabajadores de la construcción, y
que ahora constituía un capítulo en la historia de los trabajadores. De aquella huelga hábilmente consumada con el único
propósito de hacer que un pícaro consolidara sus posiciones
y pudiera ser por largo tiempo amo de la gran ciudad.

Nunca hasta entonces Mr. Collins había dado vueltas en
su mente a aquella historia hasta encontrar en ella una táctica
que algún día resultaría muy útil en su beneficio. El meollo
de la idea era utilizar los sindicatos y las luchas obreras por
un mejoramiento económico, en la forma en que habían sido
aprovechados en aquella gran huelga ya casi olvidada. Mucho
esfuerzo mental le había costado elaborar un plan que propia
y hábilmente ejecutado resultaría no solamente efectivo, sino
también que pudiera ser inteligente y sencillamente explicado
para proponerlo con éxito a directores y presidentes que,
usualmente, tienen poca paciencia para escuchar la exposición
de nuevas ideas y planes demasiado alejados de lo común,
difíciles de captar antes de que el cerebro se canse y la atención se pierda.

Debido a la entusiasta recomendación de su hijo, Mr.
Huffler escuchó el plan de Mr. Collins con mayor atención
que la que había prestado a cualquier otro durante los últimos
diez años.

El plan le pareció tan brillante que encontró fácil la tarea
de influir en el consejo de directores para que invitara a Mr.
Collins a una conferencia especial en la que él, esto es,
Mr. Collins, expusiera sus ideas.

Mr. Collins había preparado tan bien su plan que con pocas alteraciones podría aplicarse prácticamente a cualquier gran maniobra que una u otra gran industria nacional decidieran emprender. Pero había algo más, su plan no era solamente hábil, sino también difícil de ser robado a su autor y usado sin permitirle dirigirlo, porque Mr. Collins había tenido la agudeza suficiente para exponer únicamente la estrategia general, guardando para sí la táctica, esto es, la forma de llevarlo a cabo en detalle. Hizo comprender a los directores que, en caso de que trataran de excluirlo, no le faltaría el desparpajo necesario para dirigirse a los periódicos y relatarles la historia completa, lo que significaría el final del presidente, del vicepresidente y todos los demás. Además, si no era tratado en la forma que esperaba, podía interrumpir la suave marcha de su plan en cualquiera de sus etapas, echándolo a perder todo.

Habiendo expuesto con toda claridad sus ideas al consejo de directores, y después de convencerlo de que debía aceptarlo sin reservas o rechazarlo, dichos señores estudiaron con interés la proposición y la aceptaron. Él tenía que garantizar que los detalles nunca trascenderían, a fin de evitar que la reputación de la compañía y de los directores fuera amenazada con un escándalo; era él quien debía aceptar todas las responsabilidades ante el mundo y, en caso de una investigación, debía declarar que ninguno de los directores había tenido conocimiento alguno de lo que él hacia, después de lo cual tendría que desterrarse voluntariamente para no reaparecer jamás.

Mr. Collins pidió un diez por ciento de las entradas brutas que se obtuvieran gracias a su plan. Se acordó finalmente que fuera un seis por ciento, del que dos quintas partes debían ser pagadas en efectivo y el resto en acciones preferentes y comunes. Además, Mr. Collins debía ser elegido miembro del consejo y nombrado primer secretario particular del presidente, con un sueldo mensual de tres mil dólares.

El trabajo que oficialmente desempeñaba era insignificante, pues las labores rutinarias eran desempeñadas por el
secretario particular del presidente, que siempre las había
cumplido con eficacia. La obligación más importante de Mr.
Collins era la de estar disponible a cualquier hora del día o
de la noche, a fin de vigir los movimientos de las tropas, y
resolver todos los problemas y dificultades que no podían ser
resueltos a la vista del público o cuya trama sólo de él era
conocida.

Maniobras similares se habrían realizado con todo éxito,
durante el último siglo, en este país, especialmente en los
asuntos relacionados con los ferrocarriles, el telégrafo, los
bienes raíces, la madera, el hierro, el petróleo, el carbón, el
algodón, el trigo y las industrias empacadoras. Las últimas
grandes cosechas de esa naturaleza se habían obtenido durante
la administración de Grant y los años siguientes y se habían
repetido en los novecientos.

En la actualidad resultaba difícil dar golpes de esa naturaleza, robando al pueblo americano al por mayor, sin un
ápice de misericordia. Un número limitado de periódicos había adquirido un mayor sentido de honestidad, eran menos
adictos a venderse al mejor postor y, sobre todo, ciertos editores habían llegado a la altura de pretender servir al público
ante todo, pensando en segundo término en las dificultades
del jefe de circulación. Además, las gentes habían llegado,
después de amargas experiencias, a conocer mejor el juego y
se dejaban sorprender con menor facilidad que cincuenta años
antes, cuando las cosas empezaban a fermentar. Por lo menos,
así parecía. Es, sin embargo, una equivocación común entre
la mayoría de los ciudadanos, la idea de que esos grandes
golpes no pueden repetirse en gran escala debido a las veintenas de restricciones, reglamentaciones, leyes, y amenazas
de investigaciones. Nunca, en ninguna parte, se ha hecho ley
alguna o expedido algún decreto ni se harán o expedirán, que
no pueden ser burlados por hábiles negociantes estrategas,

quienes suelen convertirlos contrariamente en aliados efectivos de las grandes maniobras de las que el público se libraría más fácilmente sin la existencia de esas leyes y decretos.

XXVIII

Se dió vuelta a la ruleta y jugaron. Al cabo de algunas tiradas fué evidente que el resultado del plan sería tal y como Mr. Collins lo había predicho.

Lo más importante del asunto era que ni una sola palabra había trascendido. La Anthracite obraba sin prisa. Su cambio de operaciones no dejaba transparentar su finalidad. Cualquier compañía, atendiendo a sus propios intereses, podía emplear algunos cientos de brazos; amontonar grandes reservas o vender todas sus existencias. Esto ocurre todos los días y mientras no afecta a alguna otra compañía o a los consumidores, nadie repara en ello.

La Anthracite, primero con lentitud y apresuradamente semanas después, dedicó a todos sus hombres a trabajar tiempo extra. Se pagaban altas bonificaciones a las cuadrillas que obtenían los records de trabajo semanal más elevados. Miles de nuevos mineros fueron empleados. Se enviaron agentes a México y a Cuba para que engancharan más trabajadores. Otros agentes fueron situados en los grandes puertos del Atlántico para que echaran mano de los inmigrantes más convenientes.

Se almacenó la antracita en cuanto almacén y bodega cerrada o abierta pudo encontrarse. Toda clase de locales fueron empleados para amontonar en ellos inmensas reservas de antracita. Las nuevas órdenes se descuidaban intencionalmente. Los contratos existentes con compañías navieras, ferrocarriles, plantas industriales y mayoristas fueron respetados íntegramente, en todos aquellos casos en los que se estipulaban multas si las entregas no eran oportunas y en la cantidad estipulada.

Aquella parte del juego fué ejecutada tan bien y desarrollada con tanta calma y silencio que ninguna otra empresa habría soñado siquiera que se preparaba el más formidable golpe financiero presenciado en el país, puesto que todos aquellos preparativos se hacían durante aquel período de saciedad económica y de hartura financiera que usualmente se convierte en depresión devastadora, pero que raras veces es intepretada en esa forma por la mayoría de los financieros, mientras que los que escriben sobre finanzas basándose en cálculos correctos, cuando predicen lo que ocurrirá, son rechazados de mala manera, calificados de derrotistas y se exponen a perder sus empleos o a dejar de vender sus artículos.

Y es durante esos períodos de satisfacción económica cuando todos consideran buenos los negocios y nadie se atreve a negar que tal o cual negocio se encuentra en su mejor período, porque todos hacen dinero. El número de desocupados resulta el más bajo en muchos años. Las especulaciones aflojan. Pocos juegan en el mercado de valores. Durante períodos semejantes de prosperidad no hay razón para precipitarse y arriesgarse. Como todos ganan satisfactoriamente, desean que el período se prolongue lo más posible, el riesgo de echar a perder tan próspera situación es demasiado grande comparado con lo que puede ganarse, si algo llega a obtenerse. Todos los comerciantes, manufactureros, productores, banqueros, se encuentran medianamente ocupados, cumpliendo con las órdenes que deben llenar y nadie se ocupa demasiado de lo que hacen los demás. Teniendo buenas órdenes, bien aseguradas, han llegado a presentarse ocasiones, pocas en largas etapas, en las que los atareados hombres de negocios entregados a luchas salvajes pueden descansar, olvidarse de la prisa y ocupar su mente con cosas mejores y más refinadas que la tarea de cazar clientes y hacer dinero.

Y así ocurrió que cierto día, cuando todo parecía tan pacífico y grato como una puesta de sol en otoño, y nadie esperaba ni el menor viento perturbador, el golpe se dejó sentir.

Fué asestado con la fuerza y en la forma prevista por Mr. Collins y preparado durante muchos meses de trabajo incesante.

Juzgado desde el exterior, el golpe sobre el mundo de los negocios no pareció demasiado fuerte. Se inició como un suave redoble.

Todos disponían aún de tiempo para evadirse si se hallaban atados de algún modo, todo lo que necesitaban era tener un olfato fino o la facultad de leer correctamente y con la mente despejada los editoriales inteligentemente escritos en las secciones financieras de cinco de los periódicos más finos del país. Nadie, por supuesto, los tomaba en serio y pocos sabían, más por instinto que por razonamiento, que una tempestad amenazaba desde algún sitio. Si se investigara, podría descubrirse el hecho de que en toda la nación no llegaban a doscientos los indivíduos que habían podido escapar oportunamente, obteniendo en dinero contante y sonante lo que hasta entonces habían sido números escritos y ganancias en papel.

El ligero tamborileo consistió en el aviso dado por la Emmerlin Anthracite a sus trabajadores y empleados de que, a partir del viernes siguiente al aviso, todas las bonificaciones y salarios sin excepción serían rebajados un veinticinco por ciento.

La maniobra de Mr. Collins fué superior a la llevada a cabo por aquel pícaro que se había elevado a gran patrón de la ciudad, promoviendo aquella importante huelga. Mr. Collins no entrevistó a ningún secretario sindical, no compró a ninguno, ni le hizo proposición de ninguna especie, no tuvo que hacerlo. Trabajó directamente, sin intermediarios. El suyo era un nuevo truco, de su exclusiva invención y hechura. Su éxito sería mayor, más efectivo, y con mucho mayor alcance sin la ayuda de los secretarios sindicales. Sobre todo era cien veces menos peligroso. Los líderes sindicales podían intervenir en forma inconveniente en el momento culminante. Podían hacerse conscientes declarando una huelga en cualquier momento. Podían hasta creer realmente en el socialismo y usar de un hábil truco, de la inteligente maniobra de una compañía para lanzar un rápido ataque contra el capitalismo en el momento en que la tempestad es más dura y la niebla más espesa, con la posibilidad de hacer naufragar todo el sistema. Mr. Collins no olvidaba ni un solo instante que los tiempos, las naciones, las ideas habían cambiado enormemente desde que los soldados que fueron enviados a la guerra para acabar para siempre con ella, al regresar a la patria habían encontrado sus sitios ocupados por pícaros y truhanes.

En su plan no entraba la compra de líderes sindicales; sin que ellos se enteraran, los empleaba como instrumento.

Poseedor de una desconfianza innata, desconfiaba en particular de los líderes de los sindicatos mineros. No habría tenido derecho para calificarse a sí mismo como un gran estratega de haber confiado en extraños susceptibles de fallar en el momento más necesario. Prefería confiar en tácticas completamente nuevas, en aquellas que nadie había usado con anterioridad.

Desde luego, nunca antes había el mundo presenciado la invasión de toda una clase social humana por ciertas ideas extrañas, en forma tan intensa como había ocurrido cuando uno de los mayores imperios fué arrebatado al capitalismo y convertido en campo de experimentación de una forma de gobierno, influída por una teoría medio sazonada, prácticamente vieja de un siglo, lógicamente incorrecta ya desde el día en que fuera concebida, basada en presunciones y conclusiones totalmente equivocadas, y cuyo éxito dependía de profecías y promesas de las cuales ninguna se había realizado.

Los muchos miles de mineros y trabajadores en general, afectados por el cambio de política de la Emmerlin Anthracite, celebraron asambleas y más asambleas sin resultado visible. Consideraban sus salarios suficientemente altos aun para declarar una huelga que podía resultar demasiado larga y empeorar la situación. Concluyeron que si trabajaban con más empeño y rendían más, podían todavía alcanzar la escala de salarios que percibieran con anterioridad. Cuando esa resolución llegó hasta el consejo de directores, algunos de los miembros parecieron inquietarse, pensando en que tal vez había algo que no marchaba bien y que Collins no era, después de todo, el hombre apropiado para conducir aquel gigantesco golpe con éxito, y que podría dejarlos sin esperanzas en el momento culminante. La creciente nerviosidad de los directores no le impresionó en absoluto. Permaneció tranquilo e imperturbable, como quien presencia una carrera con el único objeto de gozar del hermoso cuadro de los caballos luchando por la victoria.

—Pero caballeros —decía sonriendo—, si todavía no empezamos siquiera. Lo único que hemos hecho es dar los primeros signos de hallarnos totalmente despiertos y listos para colocarnos en el lugar que nos corresponde, al lado del sol. Les recomiendo que procuren por todos los medios evitar inquietudes, es más, no intenten ningún movimiento de retroceso por esperar los resultados antes de tiempo. Les ruego se percaten de lo seriamente que les hablo, caballeros. Bien, aquí está mi proposición. Podrán condenarme a muerte si fallo. Y una vez que su sentencia haya sido acordada yo la ejecutaré en la forma que ustedes ordenen, bien dándome un tiro, ahorcándome, ahogándome, saltando del edificio más alto, envenenándome o empleando el método que satisfaga su capricho. Pero quiero que entiendan claramente ahora, caballeros, que mientras la pelea dure, ustedes deben confiar en mí. Les recuerdo que en virtud de nuestro trato tengo poderes plenos e irrestringibles para hacerme cargo de todo. Buenos días, caballeros, me voy.

Por unanimidad de votos decidieron dejarlo en el sitio en que lo habían colocado, ya que cada uno de ellos estaba tan deseoso de echar mano a uno o dos millones de pesos como lo estaba Mr. Collins.

XXIX

Una semana más tarde se canceló el sistema de bonificaciones.

A la semana siguiente se suprimió todo pago de tiempo extra.

Todos los mineros y trabajadores en general habían vivido con la seguridad de que sus ingresos se estabilizarían por un tiempo definido, que calculaban en dos años más o menos, pues era el tiempo que se les había insinuado cuando comenzara la sobreactividad, y miles y más miles de brazos fueron empleados. Los sindicatos debían haber protestado por la ocupación de tantos trabajadores, temerosos de que sus miembros perdieran los empleos permanentes, si se seguía empleando mayor cantidad de hombres de la que la industria del carbón podía absorber sin lesionar intereses que ellos consideraban legítimos.

En la creencia de que gozarían de trabajo bien pagado por un tiempo indefinido, los trabajadores y empleados habían contraído muchos compromisos, con la seguridad de que podrían cumplirlos. Muchos habían enviado a sus hijos a las escuelas secundarias y a las universidades. Otros habían tomado seguros de vida o seguros mutualistas para contrarrestar los azares de la vida. Miles de notas, cheques y contratos habían sido firmados y se hallaban en poder de gentes que no se habían puesto a pensar en la posibilidad de cambios en las condiciones económicas de los mineros.

Aquel cambio tan rápido en las posibilidades financieras de diez mil trabajadores fué causa de un terrible descontento en varios miles de pequeños negocios en aquella región minera, incluídos tenderos, carniceros, panaderos, plomeros, mecánicos. En cierto grado, afectó hasta a grandes empresas tales como tiendas de ropa, almacenes de cinco y diez centavos, agencias de motores, constructores y alcanzó a los terratenientes.

Fué de aquella parte del país de donde llegó el primer golpe a los centros financieros de New York. El mundo del comercio tardó en percatarse de que la quietud y la seguridad habían alcanzado su límite en todos los rincones de la nación. De haber existido en aquel período una fuerte tendencia a descargar en la bolsa, Mr. Collins habría perdido su mejor bocado, porque la catástrofe económica que le era necesaria para obtener una victoria completa, habría sido prevista a tiempo y se lograría que causara daños en menor escala.

Semejante cosa había sido prevista también por Mr. Collins, aun cuando había costado a la Anthracite Company dos millones de pesos evitar que sus acciones cayeran. Se mantuvieron firmes, como acuñadas en concreto. Si fluctuaban era, cuando más, subiendo o bajando un punto. Generalmente la diferencia se mantenía entre un cuarto y siete octavos. Aquella firmeza de la Anthracite, cuyas acciones eran vigiladas con intensa ansiedad por todos los que poseían alguna, aseguraba a la nación contra las bancarrotas y al mismo tiempo permitía a los jugadores de bolsa respirar con facilidad.

"No hay por qué preocuparse", era la frase que en aquel episodio de la campaña se escuchaba con mayor frecuencia que el cordial "Buenos días, ¿cómo andan las cosas, viejo?"

La Anthracite introdujo nuevos reglamentos de trabajo para los mineros. Reglamentos duros, aplicados sin piedad. Un minuto de retardo equivalía a la pérdida del día, y el culpable tenía la obligación de permanecer en la mina, porque no era posible darle lugar en las plataformas que salían, por lo que tenía que esperar hasta que toda la cuadrilla terminara su jornada. Pero lo peor era que no sólo perdía el sueldo del día que no trabajaba, sino que, además, tenía que pagar medio salario del día siguiente en que volvía a trabajar; con el importe de estas multas se formaba un fondo de auxilios para las viudas y los huérfanos de los mineros.

El carbón entregado era revisado con minuciosidad nunca empleada antes. Si un vagón llevaba más de diez libras de roca, que por ser del mismo color del carbón no podía distinguirse a la mediana luz de la mina, el vagón entero era rechazado, lo que significaba que la cuadrilla que entregaba el vagón no recibiría pago alguno por él, no obstante que la compañía utilizaba la carga como cualquiera otra, mezclándola en el mismo carguero con otras y dándole entrada con el precio regular.

Los mineros, sosteniendo que no podían soportar por más tiempo semejantes injusticias, acudieron al sindicato para que pusiera remedio a la ultrajante explotación de que se les hacía víctimas.

Semanas antes, cuando ocurriera la reducción de salarios y bonificaciones, la comisión del sindicato destinada a investigar el caso había aconsejado a los mineros que dejaran pendiente el asunto por algún tiempo y esperaran a ver lo que ocurría más tarde, pues existían posibilidades de que la reducción fuera temporal como ya había ocurrido en ocasiones anteriores, sobre todo cuando la primavera se aproximaba. La comisión, en el informe que rindió a los miembros del sindicato, añadía que como la conducta de la compañía podía obedecer a una maniobra en contra de las compañías competidoras, resultaría poco razonable obrar precipitadamente, ya que de acuerdo con la información adquirida en buenas fuentes, el negocio del carbón nunca había sido mejor. Aquello había ocurrido semanas antes.

En la presente ocasión, las cosas tomaban un cariz más serio. Los representantes del sindicato pidieron una cita al presidente de la compañía para discutir el reglamento con él o con cualquier otro miembro responsable del consejo. La compañía, en carta certificada, repuso que no trataría con nadie que no trabajara en sus minas.

Tres días después, cuando los reglamentos empezaron a aplicarse con mayor rigor, los mineros eligieron a cinco de sus compañeros para que se entrevistaran con el presidente de la empresa.

La comisión fué recibida personalmente por el presidente.

Lo primero que se dijo a sus miembros, fué que se les pagaría su sueldo íntegro durante el tiempo que perdieran representando a sus compañeros, "porque", concluyó el presidente, "la compañía considera absolutamente natural y justo pagar a ustedes lo que pierdan durante el tiempo que empleen hablando con nosotros. Gracias por haber venido, caballeros, tomen siento."

Los hombres habían llegado muy excitados y con la mente llena de reproches. Pensaban estallar en la primer oportunidad que se les presentara. Pero aquella recepción serena, amistosa en la que casi se expresaba camaradería por parte del presidente, especie de semidiós para los mineros, apaciguó sus intenciones, y cualesquiera que fueran los malos instintos que los guiaran, se mostraron deseosos de escuchar sin interrumpir con gritos llamando al presidente y a todo el consejo vampiros, malditos capitalistas y algo más, como habían pensado hacerlo.

Fueron obsequiados con los mejores cigarros que había en la oficina, y al invitarles a tomar asiento en los suaves y profundos sillones, se les dijo con una sonrisa en los labios: "No se preocupen por sus ropas de trabajo, son el adorno más honroso que puede lucir un minero honesto."

En el curso de aquella entrevista se les dijo en lenguaje claro y sencillo que la compañía tenía almacenado un excedente increíble de antracita; como sería fácil comprender a los caballeros de la comisión, ese inmenso excedente era resultado lógico de la actividad excesiva de los últimos meses. La compañía había esperado encontrar un mercado generoso, había hasta tenido la seguridad de que estallaría una guerra en Europa para la que serían requeridas todas las existencias de carbón; pero todos aquellos cálculos habían fallado, con profundo disgusto de la compañía, que se enfrentaba a la lamentable decisión de cerrar varias de sus minas, tal vez hasta todas ellas, dejando en sus puestos solamente a los carpinteros, bomberos y algunas cuadrillas encargadas de conservarlas en buen estado.

El presidente ordenó que le trajeran los principales libros de contabilidad y que se mostraran a la comisión, para que aquellos caballeros pudieran cerciorarse por sí mismos de la situación real de la compañía, y para que por los reportes se percataran de las enormes cantidades de antracita que tenían almacenada con la imposibilidad de venderla.

Los miembros de la comisión, mejor adiestrados para sonreír leyendo las páginas cómicas de los periódicos que para reflexionar al leer los editoriales de los periódicos capitalistas, nada entendieron de lo que veían en los libros de contabilidad y en los reportes que les pusieron enfrente. Señalaron algunas de las cifras, se las mostraron entre sí, se hicieron señas con la cabeza y concluyeron que todo era exactamente como el presidente, los contadores y los tenedores de libros se lo habían explicado detalladamente y en lenguaje sencillo.

Durante toda la entrevista, el presidente y los miembros del consejo se dirigieron a los trabajadores llamándolos "hombres" o "amigos" o "mire usted, Smith". A todos incluso al presidente, les daban tratamiento de caballeros y cuando se dirigían especialmente a alguno de ellos le llamaban por su nombre, Mr. Gobblestone, o Mr. D. Jones, o Mr. Holderman. De habérseles preguntado a estos mineros respecto a la influencia que semejante política ejercía sobre ellos, habrían negado que afectaba su libertad de pensamiento y su independencia de juicio, pero el hecho era que aquel tratamiento, los sillones suaves, los buenos cigarros, las sonrisas y las bromas del presidente y de sus lugartenientes los habían intoxicado. Una niebla los envolvía y de vez en cuando tenían la sensación de ser ellos también miembros del consejo de directores, llamados a discutir con el presidente sobre asuntos de vital importancia para la compañía, como si fueran exactamente iguales a aquellos dignos caballeros a quienes se consideraba inalcanzables.

"Qué gran país es este de los Estados Unidos de Norteamérica", pensaban para sí al dejar la sala de conferencias. "Qué país este en el que mineros ordinarios, con sus trajes sucios de trabajo, cubiertos de carbón y de polvo, oliendo a sudor y a jabón barato, pueden sentarse en un profundo y cómodo sillón, tomar entre los dedos de sus manos nudosas cigarros importados de los más caros y hablar con lo mejor de lo mejor, con los tipos más ricos y encumbrados, exactamente en la misma forma en que hablan con Joe, el cantinero. Eso no puede ocurrir en ningún otro sitio de la tierra, eso jamás ocurrirá en países mezquinos, ello sólo puede suceder en la grande y maravillosa tierra de Dios."

Se sintieron orgullosos una vez más de hallarse en Norteamérica, más orgullosos aun de ser ciento por ciento americanos, listos para hacer cualquier cosa; sí, señor, cualquiera cosa para defender a aquel gran país de todo, hasta de una bancarrota en Wall Street.

Con toda cortesía fueron conducidos a la puerta por el presidente en persona.

Una vez afuera, al enfrentarse nuevamente a su propio mundo, al respirar otra vez el aire polvoriento que estaban acostumbrados a respirar y al sacudir de sus mentes nubladas las ideas que les eran extrañas, se miraron entre sí con asombro y se percataron de que estaban tan enterados de la situación, tal vez menos enterados que la noche anterior cuando los eligieran para formar la comisión.

Les fué extremadamente difícil informar a la asamblea claramente sobre lo que habían hecho en aquella conferencia, tan importante para los mineros.

Aquellos de la asamblea que, de haber sido elegidos habrían hecho exactamente lo mismo que los miembros de la comisión, esto es, nada, gritaron y elevaron los puños cerrados como amenazando con una paliza terrible al comité.

—Oigan, ratas asquerosas y cobardes, ¿cómo se dejaron engañar por los cabezones? De entre todos los imbéciles habíamos de escoger a los peores para que fueran a vendernos. Hipócritas, soplones, tales por cuales.

Uno gritó:

—¡Que los descuarticen, los salen y los tiren al río!

Otro más preguntó a gritos:

—¿Cuánto te pagaron, Bill? Ahora podrás comprar el coche que tu vieja quiere.

Un tercero dijo varias palabrotas y agregó:

—Ahora podrás pagar el radio Streaky, y ya no tendrás que preocuparte por la hipoteca de la casa. Dime, ¿tengo razón o no?

Los reunidos estallaron en carcajadas.

La asamblea no tardó en desintegrarse. Todos salieron sin esperar ninguna conclusión.

El miércoles de la semana siguiente, la compañía anunció que todos los mineros de la unión serían desocupados el sábado. Y que sólo permanecerían en sus puestos aquellos que, a más tardar el viernes en la tarde, entregaran en la oficina, especialmente designada al objeto en cada una de las minas controladas por la Emmerlin Co. sus tarjetas sindicales. Además, todos aquellos hombres que desearan conservar el empleo debían firmar un documento en el que declararan expresamente no pertenecer a ninguna organización, asociación, club, grupo o partido cuyo programa incluyera la lucha contra el capitalismo en el país. Si después de ello se encontraba que alguno pertenecía a cualesquiera de las agrupaciones mencionadas, se le despediría inmediatamente y se le ordenaría, además, que desocupara cualquier habitación que ocupara en terrenos propiedad de la compañía.

Pedir aquello a los mineros era pretender lesionar los derechos constitucionales de los norteamericanos. Pero como el asalto procedía de una importante empresa capitalista y no de la clase laborante o de algún grupo de la baja clase media, las autoridades se desentendieron de él. ¿Por qué habían de intervenir? Una institución tiene poder constitucional para proteger sus intereses y ante sus accionistas no sólo tiene el deber sino la obligación de salvaguardar sus inversiones. Nada puede hacerse en contra de ese derecho y menos en contra de esa obligación. Por supuesto, los mineros podían acogerse finalmente a la suprema corte. Tenían derecho a ello. Pero antes de que aquella suprema corte, con su suprema dignidad, admitiera haber sido enterada oficialmente de aquel ataque a la constitución americana, habría pasado tanto tiempo que ningún minero podría recordar cuál era el asunto de que la corte acababa de enterarse.

Los mineros, conocedores de su país y con un conocimiento más profundo aun de las empresas mineras, tomaron el camino más corto para obligar a la Emmerlin Anthracite a respetar la constitución americana. Consecuentemente, fué declarada la huelga, prácticamente por unanimidad de votos.

En sábado por la mañana todas las minas y los alrededores de la Emmerlin se hallaban custodiados.

Ni los mineros, ni sus hábiles y honestos líderes sindicales, ni los editores de los periódicos del trabajo sabían, ni podían imaginar siquiera, que Mr. Collins necesitaba de aquella huelga general, tánto como los sindicalistas de la solidaridad sindical. Sin aquella huelga general en las minas de la Anthracite, Mr. Collins no habría podido cobrar su parte. Peor aún, se habría encontrado muy cerca del momento en que tendría que ejecutarse, por propia mano, según lo había prometido a los directores, y desaparecer del globo.

Allí en aquella ocasión, como casi siempre y en todas partes, los trabajadores declararon la huelga en los momentos menos favorables para ellos, y cuando las condiciones eran extremadamente ventajosas para el capitalismo nacional e internacional. Los obreros no obran así por estupidez, como suelen creer y explicar los ignorantes, sino impelidos por las leyes de acero del sistema capitalista. Cuanto los trabajadores hagan y planeen dentro de este sistema social y económico al que pertenecen y del que forman parte, tendrá como único resultado un robustecimiento del capitalismo. Los sindicatos resultan de mayor valor para el capitalismo que para los trabajadores. Mientras el sistema perdure, el trabajo estará inevitablemente acoplado al capital, sin posibilidad de escape. Los trabajadores se hallan atados al monstruo del capitalismo, lo mismo si su final representa muerte y desastre que vida y culminación de nuestra cultura. Mientras rija este sistema, ningún trabajador podrá escapar de las encrucijadas de la guerra. Podrá escoger entre la prisión y la sentencia de muerte, pero no podrá escapar. Los activos producen, los inactivos sufren. Dentro de este sistema los capitalistas son los activos, los trabajadores son los inactivos porque tienen que recibir órdenes de los activos. El capitalista sabe lo que persigue. Dinero, y después del dinero, poder. Los trabajadores persiguen solamente su porción y si ésta resulta suficiente para mantenerlos medianamente y permitirles ciertas comodidades, se sienten satisfechos y aprecian el actual sistema.

Sin sindicatos altamente disciplinados con quienes tratar, el capitalismo pasaría grandes dificultades para mantener el trabajo en su lugar. Los trabajadores se afilian a los sindicatos con la única mira de sentirse respaldados en el momento de fijar el monto de la porción que les corresponde de la riqueza nacional, y para asegurar en lo posible cierta estabilidad en sus medios de subsistencia. El capitalismo puede lograr eso tan bien o mejor que los sindicatos. En cientos de casos las empresas capitalistas lo hacen tan bien, que sus trabajadores, sindicalizados o no, consideran al sindicato sólo como una reserva conveniente, para ser empleada como último recurso por los modernos y dóciles trabajadores. El trabajador, dentro del sistema actual, no tiene para sí mayor deseo que percibir una porción mayor que la alcanzada por sus compañeros proletarios, porque de corazón es tan capitalista como el propietario de un banco. De no ser por los sindicatos, la lucha entre el capital y el trabajo sería tan fiera que sacudiría al sistema desde sus cimientos y causaría su pronta caída. Los sindicatos son los reguladores de la porción que los trabajadores demandan del capital. Los intoxican con la esperanza de una mejoría para el año siguiente, arrancándoles así la valiosa esperanza de cambiar todo el sistema por otro en el que deje de existir la inseguridad para los humanos, a excepción de aquella que representan las catástrofes de la naturaleza. Dentro del sistema capitalista no hay forma de escapar al círculo vicioso en el que el triunfo de una huelga de tahoneros ocasiona la elevación del precio del pan; y la de los zapateros, implica que éstos obtengan para ellos y sus familias calzado más caro y de peor material cuando los patrones se han visto forzados a aumentar los salarios en un 20 por cien.

Y es por ésta y otras cien razones más por lo que cualquier cosa que ocurra, se haga, o se luche por conseguir, dentro del actual sistema económico, ayudará a robustecer ese sistema, a hacerlo invulnerable e invencible sin que los sindicatos puedan evitar su activa participación en ello.

Por extraño que parezca, Mr. Collins, aquella columna del capitalismo, hombre sin escrúpulos ni ética, que jamás había estudiado economía o materia alguna que le hiciera comprensibles las leyes que sostienen al actual sistema, que desconocía todo aquello que pudiera ayudarle a analizar las altas y las bajas del capitalismo, aquel gran hombre, llegó únicamente por instinto a comprender las leyes bajo las que este complicadísimo sistema marcha. Ese mismo instinto lo había guiado para descubrir el hecho de que en el presente ninguna rama del sistema capitalista tiene mayor influencia sobre la opinión pública que la lucha, o evento deportivo si se desea, comúnmente llamado capital contra trabajo o trabajo contra capital. El trabajo no se beneficia mucho materialmente con sus oportunidades positivas, sin embargo, algo logra impresionando la opinión y la conciencia del público.

Todo eso lo sabía Mr. Collins desde la famosa huelga de
los trabajadores de la construcción de Chicago. Y ahora Mr.
Collins empleaba en la forma más moderna al trabajo organizado y a la propaganda que los trabajadores hacían entre todos
los desheredados de la tierra, para lograr sus propósitos. Estaba
dispuesto a utilizar la profusamente anunciada lucha de clases
como el medio más efectivo para ganar la gran batalla que
había emprendido. Usaba a los trabajadores a manera de ba-
las, a los sindicatos como cañones, a la lucha obrera por la
solidaridad como dinamita. Personalmente nada le interesaban
los trabajadores y sus sindicatos y menos aun la amenaza de
la solidaridad obrera, que podía llegar a poner el gobierno de
América en manos del proletariado. El consideraba una tontería todo cuanto se decía sobre ello, lo juzgaba invenciones
de gente ociosa, que incapaz de tener éxito en los negocios o en
las profesiones se aprovechaba explotando la esperanza de los
trabajadores de alcanzar el paraíso terrenal.

XXX

La Anthracite había empezado a beneficiarse con el plan
de Mr. Collins. Fué la Anthracite la primer empresa americana que hizo fortunas con las modernas ideas de la llamada
lucha de clases y con el proletariado en general. Hizo millones
con la propaganda de los líderes obreros para luchar y ganar
una absoluta independencia económica y social, con miras a la
dictadura del proletariado y al establecimiento de una sociedad sin clases. Desde el día en que Mr. Collins se valiera para
llevar a cabo su gigantesca maniobra capitalista del proletariado y de sus ideas de libertad, derechos eternos e igualdad
incondicional, la táctica ha sido aplicada con tanta frecuencia
que se ha convertido en un negocio común y corriente cuando las condiciones ameritan un buen golpe. Los métodos se

han convertido en rutina en los últimos años y son estudiados, analizados y enseñados en las escuelas en que se educan los futuros ejecutivos.

Países, gobernantes y especialmente gangsters convertidos en grandes hombres de Estado no se han avergonzado de emplear el método de Mr. Collins para lograr importantes cambios nacionales e internacionales. Muchos cambios de gran importancia en los gobiernos de un buen número de países no se habrían efectuado de no haber existido un Mr. Collins que elaborara el juego.

No debe hacerse uso del hombre cuando puede utilizarse su fe y su credo. El hombre puede titubear o flaquear, pero su fe no cambiará. De ahí que su fé constituya el sitio más apropiado para cimentar cualquier cosa que se desee, sea un palacio, un campo de batalla, un asta de bandera, una nueva constitución, el bolchevismo, fascismo, semitismo, antisemitismo o un país sobre poblado con capital en el polo Sur.

Cuando Mr. Collins no tenía aún treinta años de edad, su sistema no sabía de competencia. Ostentaba una flamante marca de fábrica, porque estaba basado en los puntos más desarrollados de la fe y la esperanza de los trabajadores. Y como su plan era el más moderno y absolutamente desconocido, ninguna empresa capitalista había podido aprovecharse de él como lo hiciera la Anthracite en aquella ocasión.

La huelga de la Anthracite marchaba perfectamente. Abarcaba unos quince mil mineros.

Los periódicos más importantes enviaban reporteros especiales a la región de la huelga para obtener información exacta y escribir sobre aquellos puntos que a su juicio, o a juicio del editor, interesaran más a la opinión pública. Algunos de aquellos diarios se interesaban exclusivamente por las noticias sensacionales que les permitieran publicar encabezados llamativos que aumentaran la circulación. Nada habría gustado tanto a estos periódicos como las grandes peleas en la vía pública entre huelguistas, policías, esquiroles (pinkerton hienas), y, si era posible —¡gran Dios, que notición!— la intervención de la guardia nacional, policías disparando ametralladoras sobre la multitud de huelguistas, armas ligeras de las milicias atacando barricadas y trincheras. —¡Caracoles, qué encabezado, tiemblo sólo de pensar en semejante cañonazo!— ciento cincuenta mineros muertos y cuatrocientos setenta gravementee heridos y tendidos en plazas y calles. ¿Fotos?, ¡hombre, por Dios, mándenos montones! No se preocupe, arréglelas, pague mujeres y niños que se tiren en las calles imitando cadáveres. Policías golpeando cráneos, milicias surtiéndose de municiones. Todos los gastos pagados. Eso es todo. Ponga manos a la obra o considérese despedido, corrido, echado.

El consejo de directores comisionó a Mr. Chaney C. Collins, tercer presidente, para satisfacer el hambre de información de los reporteros. El tratar a los periódicos en forma adecuada y manejarlos hábilmente para que nunca sospecharan que eran instrumento en el plan de Mr. Collins, a fin de que los beneficios de la compañía aumentaran hora por hora, había sido una de las tácticas preparadas con mucha anticipación por el gran estratega.

Se dijo a los reporteros muy confidencialmente y con un "por favor, caballeros, no hagan pública esta información privada que les doy", que la compañía tenía grandes existencias que no sabía cómo salir de ellas en un tiempo razonable. Mr. Collins les mostró cientos de fotografías en las que se veían enormes cantidades de antracita para la que no había demanda.

—La venta de antracita ha aflojado en forma tan lamentable que no se encuentra otro caso semejante en la historia del carbón. Nuestra empresa no sabe qué hacer, sencillamente, con la exorbitante existencia de carbón, pues la demanda está muy lejos de alcanzar la cantidad que poseemos y más lejana aun de lo que podemos obtener por la explotación ordinaria de nuestras minas.

Todo cuando Mr. Collins decía, lo probaba con libros de contabilidad, hojas de balance, listas de almacén, órdenes, re-

portes de las distintas minas y agencias generales. Finalmente
agregó que, hasta donde le era posible juzgar, habría una inevitable baja en el precio del carbón mineral de todas especies.
No bien acababa de decir eso cuando la mayoría de los reporteros, corriendo, abandonaron la pieza como disparados por algún explosivo. El mejor de los teléfonos fué para ellos el más
próximo. Aquellos caballeros de la prensa, que representaban
a los periódicos más serios y que perseguían material para
editoriales serios y no únicamente noticias sensacionales permanecieron allí para escuchar las interesantes declaraciones
de Mr. Collins.

—Lo único que podemos hacer para remediar nuestra pre-
caria situación es dejar de pagar salarios elevados, que, debo
hacer notar a ustedes, caballeros, han sido los más altos que
se han pagado en la industria del carbón. Pues sólo cortando el
pago de esos salarios, hecho que nadie lamenta más que yo
(pueden publicar esta frase exactamente, caballeros; gracias)
ha sido posible evitar la castrófica depreciación que nos amenazaba hace unas semanas, de haber hecho pública la marcha
de los negocios. Sin embargo, caballeros, nuestros trabajadores
no ven el asunto desde el mismo punto de vista y yo personalmente no los critico por ello, pues les falta la debida educación
en economía nacional y respecto a las leyes que gobiernan la
producción y la demanda.

Los reporteros hacían anotaciones en sus cuadernos, como
si estuvieran aún en la escuela y escucharan atentamente al
maestro disertando sobre economía, materia que, de acuerdo
con sus experiencias personales, desconocían según la opinión
de sus esposas cuando éstas les pedían un aumento en el gasto de sus casas.

—No podemos, no podríamos continuar sin cortar los salarios. De no hacerlo, por atender a razones puramente humanas
y por consideración a nuestros trabajadores, la Anthracite que-
braría, y lo que es peor, conduciría a toda la industria americana del carbón a un fracaso. Pienso que no es necesario

decir a ustedes, señores de la prensa, lo que ello representaría para la vida financiera de Norteamérica, y hasta para el pueblo norteamericano.

Mr. Collins lanzó una mirada a una hoja que tenía ante sí.

—La compañía no podrá restablecer la antigua escala de salarios, ello sería un suicidio. Y ustedes no esperarán que nos suicidemos, ¿verdad?

—Desde luego que no —gruñeron los hombres de la prensa.

Todos sonrieron porque Mr. Collins había dicho su última frase como bromeando.

—Lo que yo quisiera saber, Mr. Collins —dijo uno de los hombres—, es por qué su compañía ha prohibido a sus hombres que se afilien a los sindicatos mineros o a cualquier otro sindicato.

—Ya esperaba que el público hiciera esa pregunta. Mi respuesta es muy sencilla. Nuestros trabajadores, me refiero a los empleados por nosotros, entienden medianamente la situación, porque la hemos expuesto detalladamente a la comisión que nombraron para discutir el problema con nosotros. Nuestros hombres se mostraron anuentes a aceptar el corte porque sabían que, en cuanto el negocio se enderece, recibirán un justo aumento que los nivelará tan pronto como los precios de la antracita vuelvan a subir, cosa que esperamos. Era el sindicato o mejor dicho, los líderes sindicales, para ser franco, los que nos ponían obstáculos, aconsejando a los mineros que protestaran por el corte de sus salarios, insistiendo en que mantuviéramos los salarios existentes. Nosotros no podemos, y creo que no es posible para ninguna empresa que aprecie su independencia, permitir intervenciones en la política relativa al negocio si esa intervención viene de fuentes extrañas. De permitir esa influencia extraña perderíamos toda libertad de acción a la que cualquier negocio grande o pequeño tiene derecho constitucionalmente. Lo que es peor, no nos sería posible controlar semejante intervención, y si aparentemente tiene por objeto favorecer a los trabajadores, hay muchas posibilidades de que sea una maniobra de nuestros competidores o que provenga de alguna fuente tenebrosa del mercado, posiblemente hasta del extranjero.

Uno de los reporteros, interrumpiendo las anotaciones que hacía sobre aquel gran discurso, dijo:

—Exactamente, Mr. Collins, nosotros conocemos de un caso en el que los líderes sindicales actuaban como intermediarios de extraños.

—Ahí tienen ustedes, señores, lo que yo les decía. Como ustedes saben, sin duda, hemos recomendado a nuestros trabajadores que formen una organización en la que se permita la entrada solamente a los hombres que realmente trabajan en nuestras minas o en cualquier otra rama de nuestra empresa. Nosotros estamos deseosos de reconocer esa organización como la representante legal de nuestros trabajadores. Precisamente ahora, dos de nuestros empleados versados en esos asuntos, trabajan en los reglamentos de esa organización nuestra, y estarán listos para ser presentados a nuestros trabajadores en unos cuantos días. Pero, caballeros... —dijo Mr. Collins, dando énfasis a su voz para indicar que lo que iba a decir era sumamente interesante. Los reporteros miraron con expectación al conferencista. —...pero, caballeros, me siento deprimido, profundamente deprimido, pues debo admitir ante ustedes que nuestros trabajadores se obstinan en rechazar la proposición que les hacemos no sólo por nuestro bien y seguridad, sino igualmente por el bien de ellos mismos. Estos hombres que se hallan enteramente bajo la influencia de agitadores, de agitadores extranjeros, permítaseme agregar, entre los que encuentran hasta judíos de la más baja estofa, siento decirlo, bien, nuestros trabajadores no dan ni la más ligera muestra de querer resolver nuestro problema pacíficamente... Y por lo tanto, caballeros, puedo decirles desde ahora y asegurarles positivamente que esta huelga será larga, muy larga. No durará menos de seis meses, y yo, con mi larga experiencia de ejecutivo, creo que durará diez o quince meses. Esta es la idea que deseo se grabe en la mente de ustedes. Gracias, caballeros, por su amable atención. Gracias. Dios los ben... ¡adiós!

Los reporteros también agradecieron a Mr. Collins su valiosa información, por haberles dicho lo que pensaba sobre el futuro y por la caja de habanos legítimos que cada uno de ellos había recibido, así como por el *whisky* importado que habían consumido mientras escuchaban el sermón. Se despidieron con sonrisa amistosa de socios, sin alcanzar a ver que sin percatarse de ello se habían convertido en cómplices.

XXXI

Los periodistas sirven sólo a la verdad, nada más que a la verdad. La verdad desnuda siempre hiere, si no a Mrs. Jones, a Mr. Brown y si no a Miss Gelderline. Para evitar herir a alguien no hay que mencionar nombres, y los periódicos se sienten inclinados a suavizar la despiadada verdad con el propósito de no perjudicar la siempre delicada digestión de sus lectores. Es por esta forma de dar noticias y explicar acontecimientos considerando al mismo tiempo compasivamente la digestión de los lectores, por lo que se acusa a los diarios de desvirtuar la verdad, diciéndola de manera que beneficie a aquellos altos personajes que compran páginas enteras. Nadie puede servir a dos amos, especialmente si éstos difieren tanto como la verdad y los negocios. Ambos jamás coinciden, ni siquiera en el paraíso de los trabajadores.

La verdad y sólo la verdad, aunque sea necesario buscarla en los albañales, en las sábanas de los nidos de amor o de los hogares honestos, o en el olvidado pasado de una madre de hijos ya casados. Nada importa, la verdad ante todo. Toda vez que la prensa de este país se considera en parte un buen negocio y en parte el medio de que se vale Dios en la tierra para acabar con todos los ciudadanos corrompidos, con los malhechores, anarquistas, agitadores, judíos y otros, que han llegado sólo para criticarnos y criticar nuestras sagradas instituciones, y tomando en cuenta que esta prensa es absolutamente neutral, y publica solamente aquellas noticias que deben publicarse, envió también reporteros al sindicato, y a entrevistar a las comisiones de huelga.

El público quedó complacido y altamente satisfecho cuando leyó en los periódicos que los cronistas no sólo habían sido enviados a inspeccionar en las oficinas de la compañía, sino también al sindicato de los mineros huelguistas, a fin de que los lectores estuvieran al tanto de la verdad en ambos lados, y así poder formar su opinión como corresponde a las gentes de un país verdaderamente democrático.

Los lectores se sentían felices y seguros de sus hogares al enterarse por los diarios de que aquellos valientes y heroicos cronistas no habían encontrado, al entrevistar a los huelguistas, la serenidad, tranquilidad y comprensión que la nación necesitaba y que, en cambio, habían encontrado en la compañía.

De acuerdo con aquellas crónicas absolutamente imparciales, y durante las reuniones de los huelguistas, nunca se habían expresado claramente los propósitos de la huelga ni la forma y fecha en que se pensaba poner fin a ella. Nadie, absolutamente nadie, ni siquiera los dirigentes del sindicato, sabía exactamente lo que querían. Reinaba la más absoluta confusión. Todas las ideas diferían y cada quien sostenía que la suya era la mejor y la que debía aceptarse, pues de no hacerse así obraría por su cuenta y tal vez volvería al trabajo. Las reuniones comenzaban y terminaban con explosiones de los más soeces insultos contra los directores de la compañía, los contratistas, capataces y todos aquellos que en las batallas se hallaban del lado de la compañía.

Veintenas de veces durante la misma reunión se escuchaban feroces gritos tales como: ¡Abajo el gobierno! ¡El gobierno y su atajo de vampiros deben ir a la horca! ¡Al diablo con todos los presidentes, directores y patrones! El lenguaje que se

empleaba en las reuniones de los huelguistas no podía, como
los diarios anotaban entre paréntesis, publicarse, porque haría
desmayarse a los lectores, por lo tanto sólo algunas expresiones
lo suficientemente suaves eran transcritas, a fin de que los lectores juzgaran por sí mismos y se imaginaran lo demás. Menos aún podía publicarse lo que en las reuniones se había
dicho en contra del presidente de los Estados Unidos y en
contra de varios miembros del gabinete, especialmente de un
caballero muy rico e influyente de Pittsburg. Y mucho menos
aún era posible publicar lo que decía en aquellas reuniones
de la vida privada de algunos directores de la compañía,
pues de haberlo publicado los editores, se hubieran visto envueltos en varias docenas de juicios por difamación.

Lo único que habían encontrado los cronistas en las reuniones en el sindicato de mineros había sido inquietud, nerviosidad, inseguridad, cobardía, pesimismo, derrotismo, charlas
tontas, niños y mujeres sollozantes, miseria en los hogares a
causa de la huelga y no, como decían los agitadores extranjeros, a causa de las condiciones económicas fundamentales de
los mineros en general. Durante las reuniones se había observado en particular un incesante y absolutamente infundado
griterío en demanda de los derechos garantizados por la constitución norteamericana. El hecho de que pudieran llevar a
cabo sus ruidosas reuniones sin ser molestados por las autoridades locales o del estado, era prueba de lo infundado de
acusaciones tales como la de que los derechos constitucionales
de los mineros eran atropellados por la clase dominante, la que
usaba toda su fuerza para arrebatar al trabajo el derecho de
organizarse para luchar por mejores salarios y mejores condiciones para el trabajo humano.

Examinando todas las noticias, sin reparar en la parte
que las proporcionaba, podía notarse que había un punto que
se hacía resaltar con vehemencia en cada artículo. Aun cuando
el punto parecía ser velado intencionalmente por toda clase de
giros, haciendo resaltar aún detalles sin importancia, ningún

lector dejaba de notarlo. Sin excepción alguna, todas las crónicas hacían comprender al público claramente que los mineros no mostraban ni la más leve inclinación hacia un arreglo que no garantizara su derecho de organizarse en la forma que ellos deseaban, y que no les asegurara la percepción de sus antiguos salarios, admitidas solamente aquellas reducciones que la comisión considerara justas. Y como la compañía insistía en que por ningún motivo podía rectificar sus opiniones respecto al corte de salarios y a la prohibición para que sus miembros pertenecieran a algún sindicato, los lectores podían suponer que la huelga duraría mucho, muchísimo tiempo. Ambas partes sostenían que la lucha no era solamente por los salarios de un lado y las ganancias de otro, sino por cuestión de principios. Cualquiera y dondequiera que esté el campo de batalla, no hay combates más fieros que aquellos que se entablan por cuestión de principios.

Respaldados por aquellas crónicas absolutamente imparciales, ya que provenían de ambas fuentes, los periódicos se sentían justificados para poner a sus artículos encabezados como este: "La huelga de los trabajadores de la Anthracite será despiadadamente combatida, aún hasta el derramamiento de sangre". "Guerra sin cuartel, es la divisa más oída en la región de la huelga." "Ninguna solución parece posible." "Ninguna de las partes se muestra dispuesta a transigir mientras no se reconozcan sus principios." "Toda la vida financiera del país amenazada." "Todas las principales industrias afectadas." "Las industrias del acero y el carbón expuestas a un procedimiento que sería seguido por todas las que dependen del carbón, el coke, el acero y sus derivados." "La demanda de antracita aumenta rápidamente con pocas posibilidades de que los pedidos sean servidos."

Si Mr. Collins en persona hubiera escrito aquellos encabezados amarillistas, capaces de hacer temblar de miedo a millones de ciudadanos ante la perspectiva de una catástrofe, no habrían resultado tan efectivos para servir sus fines.

Collins conocía al trabajo porque había observado sus manifestaciones, notado sus mayores debilidades, sus más grandes ambiciones, y la profunda fe en sus credos. Consecuentemente, y como parte importante de sus proyectos, había incluído en sus tácticas un ataque feroz a los sindicatos mineros. A él personalmente le importaban muy poco los sindicatos o el derecho de los trabajadores para organizarse. El sabía que con todos sus bien amados sindicatos, con todos sus partidos socialistas y comunistas, los trabajadores no obtendrán mayor participación en la riqueza nacional que la que el capital les permita y pueda proporcionarles. Consideraba a las organizaciones obreras un valor muy problemático para el trabajo y en la misma forma juzgaba los *trusts* y sindicatos patronales respecto al capital en cuanto a su propósito único de combatir al trabajo.

XXXII

Con los consejos de Mr. Collins, la Emmerlin Anthracite había informado a todas las otras empresas explotadoras de antracita y de toda especie de carbón mineral, desde largo tiempo atrás, de que sus operaciones decaían y de que estaban próximas a un paro inusitado muy por abajo de todos los niveles. La Anthracite Company, en los varios informes rendidos a otras corporaciones, había subrayado el hecho de tener grandes reservas almacenadas a fin de evitar el pánico en el mercado, y que había decidido llevar a cabo grandes cortes de salarios e introducir en su producción y sistema de operaciones muchas alteraciones, a fin de mantener sus minas en explotación.

Aquellas informaciones confidenciales de la Anthracite habían interesado muy poco en un principio a las otras empresas, porque se hallaban grandemente ocupadas y realizaban ventas excelentes, muy superiores a las de años anteriores. Que aquel relativo mejoramiento se debiera en gran parte a las manipulaciones de Mr. Collins, por haber almacenado sus reservas, era ignorado. Se consideraría tonto y hasta estúpido amontonar cientos de miles de toneladas de antracita y dejar que el dinero en ellas invertido permaneciera ocioso mientras que el mercado pedía carbón a gritos. "Vende cuanto puedas ahora, porque quizá mañana un nuevo producto venga a depreciar el tuyo." El petróleo habría depreciado totalmente al carbón de no haber hallado su propia aplicación, con lo que no sólo no perdió valor el carbón, sino que su demanda fué mayor.

La mayoría de los competidores aceptaron los informes de la Anthracite con la alegre satisfacción que cualquier competidor siente al enterarse de que las otras empresas, dedicadas al mismo negocio, se encuentran en dificultades en tanto que a él lo abruman los pedidos. Así, pues, cuando se presentó la crisis todo pareció perfectamente explicable, el corte de salarios y la huelga causada por el despido de todos los trabajadores.

Lo que las otras empresas no comprendían era por qué la Anthracite carecía de pedidos, cuando todas, para cumplir con los suyos, tenían que trabajar a toda su capacidad. Aquel hecho indujo a las empresas a obrar con mayor cautela. Inmediatamente efectuaron reuniones de sus consejos de directores. En todas aquellas reuniones se llegó a la conclusión de que si la Anthracite, una de las productoras de carbón más importantes, daba muestras inequívocas de que sus negocios decaían al grado de no haber estado en posibilidad de evitar un pánico general más que almacenando grandes reservas, algo no muy bueno debía ocurrir. Todos los directores salían de las reuniones preocupados, muchos nerviosos al grado de sentir la urgencia de telegrafiar a sus corredores en New York dándoles nuevas instrucciones.

No había transcurrido una semana cuando todas las empresas mineras decidieron ponerse a salvo. Los gerentes recibieron órdenes de elaborar nuevas tarifas de salarios y bonificaciones recortándolos en grande escala. Aquella tarifa, sin embargo, no sería aplicada de momento, porque como los pedidos seguían llegando en cantidad como anteriormente, las compañías no se atrevían a correr el riesgo de una huelga que en cualquier forma vendría a empeorar la situación.

El mismo día que los periódicos publicaran la noticia de que la huelga de los obreros de la Emmerlin duraría largo tiempo por las razones expuestas, la bolsa de New York respondió con animado movimiento en las acciones de antracita y carbón. Las acciones de la Emmerlin Anthracite perdieron dos puntos en el curso de ese mismo día, y a la hora de cerrar se registraron cuatro y un quinto puntos menos de los registrados a la hora de abrir. Las acciones de otras compañías de carbón y antracita siguieron a la Emmerlin, aun cuando no con pérdidas tan grandes.

Al día siguiente las fluctuaciones alcanzaron también a las empresas ferrocarrileras, navieras y constructoras de barcos, en tanto que el acero parecía mantenerse al margen. El carbón había perdido varios puntos, ninguno se había recuperado de los precios de cierre del día anterior.

El siguiente día, según pudo saberse más tarde por los periódicos, todos aquellos que especulaban en la bolsa habían sufrido una pesadilla. Todos parecían asustarse hasta de su propia voz. Pocos gritaban. Hasta aquellos corredores conocidos por ruidosos y odiados por tratar de ahogar a las asambleas con sus gritos, hablaban con voz apagada como si algo les obstruyera los pulmones.

Todos se mostraban cuidadosos de no hacer correr rumores o escuchar los que a ellos llegaban, temerosos de que fueran lanzados con algún propósito. La antracita, el carbón, los ferrocarriles, el acero y las empresas navieras fluctuaban, pero las altas y las bajas no pasaban de algunos puntos.

—En cualquier forma —dijo un caballero a otro después de leer las cifras anotadas en los pizarrones— cuatro puntos pueden hacer quebrar a un millonario, como quince pueden dejarme a mí sin otra salida que un salto de buena altura para no fallar.

Lunes. La atmósfera del salón interior de la Bolsa era similar a la de un día de verano, pocos minutos antes de una tempestad.

Cada uno de los presentes abrigaba el temor de ser él quien desatara la tempestad con el más leve movimiento, vendiendo, comprando o simplemente hablando a los otros más de lo necesario para llevar a cabo las transacciones ordinarias. El aire estaba peligrosamente cargado de pequeñas chispas, de tal manera que todos tenían la misma idea, esto es, si en cualquier desafortunado instante se realizaba una fuerte venta ordenada por teléfono desde larga distancia, la carrera comenzaría hasta su fin y ocasionaría la catástrofe. Todos se esforzaban por aparecer serenos. Todos los presentes hacían esfuerzos visibles por no mostrarse nerviosos e inquietos. Se traficaba lentamente y con incertidumbre. Los traficantes que de acuerdo con las cotizaciones podían de vez en cuando aprovecharse y hacer fortuna, se guardaban de ello temerosos de que sus actos desataran el torrente y de que lo ganado en un principio en determinada transacción se perdiera en una escala diez veces mayor una hora más tarde. Así, pues, permanecieron quietos y esperaron la marcha de los acontecimientos como lo hicieron todos los demás.

La tensión reinó durante cinco días días en Wall Street y nadie, ni siquiera aquellos a quienes se suponía dirigentes del tráfico, sabían en realidad nada respecto al origen de la situación. Si solamente hubiera sido posible dar respuesta a esa pregunta, todo se habría deslizado suavemente, a excepción de que la Bolsa habría registrado una de las semanas de trabajo más intenso en el año. No obstante, todos sentían como por instinto que el carbón tenía algo que ver con lo que ocurría.

Algunos de los traficantes más aptos decían:

—Después de todo bien podría no ser el carbón; tal vez se usa de él para encubrir el verdadero motivo, porque, hablando francamente, no existe razón alguna para la agitación. Ahora y por mucho tiempo más, el carbón constituye la inversión más segura. En mi opinión, las inversiones en carbón resultan tan buenas, si no mejores, que las hechas en bonos de cierto gobierno. No puede ser el carbón, insisto en que no puede ser. El carbón es sólo un anzuelo para pescar tontos, tan pronto como lo piquen ocurrirá algo grande. Si pudiera saber siquiera qué hay en el fondo de todo esto y quién maneja los cordeles.

El martes Chicago se hallaba igualmente embotado. Bastante extraño parecía, sin embargo, que a pesar de aquel estado de cosas se notara una nerviosidad pronunciada en el tráfico de trigo y algodón.

—Y ahora, por el diablo, ¿qué tienen que ver la antracita y el carbón con el algodón y el trigo? —preguntaba un caballero a otro.

—Pregúnteme otra cosa, amigo, pues eso lo ignoro tanto como usted, créame.

La pregunta no parecía muy hábil si se consideraba que la hacía un caballero que pagaba cuatrocientos dólares mensuales por ocupar un escritorio no mayor que su pañuelo. Si las acciones del carbón bajan, ello ocurre porque hay poca demanda. La poca demanda de carbón significa menos demanda de acero, menos tráfico ferroviario, menos hombres ocupados, menos pan consumido, menos vestidos de algón vendidos. Así, pues, ¿cómo no había de sentirse afectado el trigo si el carbón no tiene demanda? Si se quita una rueda de la maquinaria llamada negocios en general o vida humana, la maquinaria no trabajará bien, privada de una parte de su capacidad; podría hasta detenerse en cualquier momento. En atención a esto más vale no tocar el carbón. Ya volverá a subir, mientras no se descubra algo que lo substituya o algún método por medio del cual, convertido en átomos, con una sola libra de carbón se produzca la misma energía que ahora se logra con diez mil. Y el descubrimiento había sido hecho. Mr. Collins había empleado en su gran batalla la misma idea, y obtenido resultados similares, sólo que él nada sabía de los átomos, sus conocimientos no iban más allá de una bien arreglada huelga de trabajadores de la construcción en Chicago. Sabía que ningún juego con los átomos, difícil en cualquier forma de ser comprendido por la mayoría, podía llenar sus propósitos tan bien como lo hacía su plan basado en lo que él sabía acerca de la verdadera historia de aquella huelga.

Miércoles. El mercado se hallaba firme aún. Los valores que no tenían conexión directa con el carbón, como la electricidad, el empaque de carne, las publicaciones, los materiales de construcción, registraban ganancias regulares. Las industrias que todos sabían dependían enteramente de la fuerza hidráulica, llegaban en algunas ocasiones a ganar hasta seis puntos.

Los observadores imparciales y los viejos editores de las secciones financieras aceptaban, sin embargo, que aquellas medianas ganancias eran un signo seguro de que la confianza en el carbón existía aún y que el producto parecía todavía merecer las principales inversiones. Los novatos declaraban ya abiertamente que el carbón perdería nuevamente, y en esta ocasión en gran escala.

Jueves. Todos los valores no afectados directamente por la necesidad del carbón comenzaron, media hora después de abrirse la bolsa, a moverse rápidamente y después de medio día la rapidez en las transacciones había aumentado aun más. A la hora de cerrar, algunos habían ganado tanto como dieciocho puntos y ninguno había perdido.

Aquel fué el primer golpe del huracán que se aproximaba.

—Señalo el jueves —dijo Mr. Collins mientras leía la tira de papel que salía de la máquina que marcaba las fluctuaciones de la bolsa, dirigiéndose a su secretaria particular—, sin

duda que lo señalo, porque el jueves parece ser mi día afortunado.

—¿Qué ocurre, Mr. Collins? —preguntó ella conteniendo
la respiración—, ¿qué ocurre? Nunca lo había visto así.
¿Son las carreras?

—Sí, son las carreras —dijo él, riendo a carcajadas.

—¿Qué caballo es el suyo?

—¿Caballo? ¿De qué caballo habla usted, Wil? Ah, sí, es
un caballo, tiene usted razón, pero en cierto modo no es un
caballo.

—¿Qué no es caballo, Mr. Collins? Malo, diría yo. Dis-
pénseme Mr. Collins si digo semejantes cosas, pero hay veces
que no entiendo de qué habla usted. En ocasiones lo que usted dice no tiene ni pies ni cabeza para mí. Creo que muchas
veces piensa usted en voz alta. ¿Podría sugerirle amistosamente que tratara usted de dormir un poco más, Mr. Collins?

—¿Más sueño, dice usted? ¿Quién habló de caballos? Bien,
Wil, bien, no se preocupe, la cosa no tiene importancia. Y
ahora, con un diablo, póngase usted a escribir esas cartas,
pronto, por favor.

—Sí, sí, Mr. Collins, por supuesto, inmediatamente.

Cuando salió dijo a uno de sus compañeros:

—Temo que el jefe me coma uno de estos días.

—Felicitaciones, Wil. ¿Tan pronto?

—No seas tonto. Yo no me refiero a eso, soy muy poco
para él. El es de lo bueno. Claro que me gustaría, pero no
tengo tanta suerte. Bueno, precioso, ahora tengo que darme
prisa con estas cartas.

Lo cierto era que Mr. Collins no estaba ni tantito nervioso. ¿Sueño? Era cierto, no dormía suficiente. ¿Pero quién
lo hacía? En aquellos lejanos días él sacrificaba con placer
su sueño por las caras agradables, las piernas torneadas y las
caderas bien formadas. Aun cuando se encontrara ocupado intensamente en sus negocios, siempre parecía tener tiempo para
ocuparse de una o varias damas con todo entusiasmo.

Se inclinaba sobre la máquina, concentrándose en las cifras y Wil no le interesaba, además nunca se metía con las empleadas de la compañía, aunque tuvieran bonitas caras y buenas piernas.

Inclinado sobre la máquina, recibía al mismo tiempo llamadas telefónicas de sus agentes especiales, y telegramas de una docena de puntos diferentes del país que lo mantenían informado de cuanto ocurría respecto a sus planes.

Los ferrocarriles, las empresas navieras, las fundiciones de acero, los traficantes de carbón de mayor importancia, rechazaron la negociación de nuevos contratos, demoraron la firma de los ya concertados y en muchos casos trataron de ser relevados del cumplimiento de los ya existentes, o propusieron precios más bajos de los estipulados.

Todo el mercado de carbón fué afectado y pronto todos los productores de carbón empezaron a preocuparse. Nadie conservó grandes cantidades almacenadas, porque éstas requerían mayores créditos bancarios y, consecuentemente, causaban mayores intereses. La maniobra de la Anthracite consistente en almacenar grandes cantidades de carbón, obligó a otros productores a vender sus existencias. Para su gran satisfacción, les era posible venderlas y a buen precio, hasta los viejos y medio inservibles excedentes para los que raramente se encuentra salida a un precio que corresponda al peso.

Como la demanda general de carbón había bajo peligrosamente y como todos esperaban grandes descuentos antes de comprar, sólo dos alternativas quedaban a las empresas explotadoras de carbón, desocupar a la mitad, tal vez a las tres cuartas partes de sus trabajadores, o bien almacenar su producción. El almacenamiento requería grandes créditos bancarios. Los grandes créditos requieren largas conferencias, investigaciones, inspecciones. Y, sobre todo, no se logran en pocos días. Además, los bancos se habían vuelto muy precavidos al ver la Bolsa y el mercado tan perdidos.

Los buenos valores, los colaterales de primera clase, aun el papel moneda, perdían su prestigio y dejaban de considerarse fuera de duda. Si los bancos concedían algún crédito a los explotadores de carbón, éstos tenían que cubrirlo en un plazo que no excediera de dos meses. Consecuentemente las compañías carboneras se encontraban sin medios para almacenar reservas.

Como no era posible almacenar y como la demanda de carbón era menor cada día, las compañías no encontraron otra forma de salir de su situación crítica que la de producir carbón considerablemente más barato que en épocas anteriores. Sólo vendiendo a precios mucho más bajos que los establecidos meses atrás tenían esperanzas de mercado.

Dentro del actual sistema económico, existen pocos medios para realizar ventas a precios más bajos que los establecidos. El preferido, el usado con mayor frecuencia, consiste en cargar a los trabajadores la solución del problema, recortándoles los salarios y rebajando sus condiciones de trabajo.

Los productores de carbón podían haber acudido a otros medios para rebajar el costo de la producción, esto es, sustituir el trabajo de los hombres por el de las máquinas hasta donde fuera posible, pero esas máquinas habrían costado cientos de miles de dólares, dinero del que no se podía disponer en las actuales circunstancias. Además de esto, se habrían necesitado meses, tal vez años, antes de que la maquinaria necesaria para explotar las minas de carbón se inventara, diseñara y construyera. Aun cuando las compañías hubieran tenido el dinero necesario para invertirlo en máquinas economizadoras de trabajo, no habría podido esperar un año para tenerlas, porque sus problemas los apremiaban y tenían que resolverlos en no menos de dos semanas para evitar el desastre.

Lo único que las compañías podían hacer, era recortar los salarios. Para ponerse a salvo desde el principio y para ahorrar trabajo innnecesario, todas las minas de carbón aplicaron la última tarifa de salarios, que aplicada por la Emmer-

lin Anthracite había ocasionado la huelga de más de doce mil
mineros.

La única respuesta que los mineros honestos podían dar
a semejante ultraje fué precisamente lo que Mr. Collins había
esperado, y por la que había trabajado, se había esclavizado
y preocupado durante tantos meses, y por la que le habían
pagado un salario nominal de tres mil dólares mensuales.

Todos los mineros de aquellas compañías se tragaron el
bocado preparado por Mr. Collins desde hacía tiempo, y declararon una huelga general de mineros en el país. ¿Qué otra
cosa podían hacer si no declarar la huelga? En primer lugar
tenían honor, en segundo contaban con sus sindicatos inven-
tados, organizados y realizados para proteger sus intereses; y,
en tercer lugar, tenían familias que protestaban contra la rebaja de los salarios con que se habían sostenido en los últimos
años.

Las pequeñas compañías y las empresas poseídas por un
solo individuo, habían resultado menos afectadas por el golpe
de Wall Street. Ellos se preocupaban sólo por un mercado,
por el mercado más próximo a sus minas, pero hasta estos
pequeños productores deseaban ponerse a salvo. Algunos re-
bajaron los salarios, otros aprovecharon la situación para
aplastar a los sindicatos, dentro de sus dominios limitados.
Aun otros, colocados firmemente en el dinero que lograron
hacer en dos o tres generaciones y temerosos de perderlo, evi-
taron cualquir riesgo cerrando sus propiedades y despidiendo
a sus obreros, diciéndoles que tenían que hacerlo así atendiendo a las órdenes de las grandes compañías. Algunos hablaron
del asunto con sus obreros en forma paternal y los enviaron a
casa para que esperaran allí el resultado de los acontecimientos.
Algunas otras pequeñas compañías, pocas de ellas, permitieron
a sus hombres que operaran las minas por su cuenta, ajustán-
dose a las bases de una especie de cooperativa, mientras la
situación mejoraba.

Mr. Collins hábilmente había formado una especie de frente unido de todas las compañías mineras para servir sus planes. Había procurado en forma muy inteligente que ninguna compañía pudiera participar en la pesca de la Anthracite. Todas habían quedado fuera de la hora señalada para la gran colecta. Mr. Collins las había informado a todas oportunamente de que la Emmerlin tenía sus bodegas atestadas de carbón y de que se vería obligada a rebajar los salarios y los gastos en general. En esa forma lograba hacer aparecer que la Emmerlin actuaba en la misma forma que todas las otras. Parecía que nadie se percataba de la sencilla verdad de que informando a los otros de antemano sobre las intenciones de la Anthracite, tendía un velo sobre la realidad de sus planes.

Doscientos cuarenta mil mineros se hallaban en huelga. Doscientos cuarenta mil mineros se hallaban fuera de su trabajo, sin que ni uno solo de ellos se percatara de que no eran ellos quienes habían tomado la iniciativa sino aquel hombre a quien ni los humanos ni la nación le importaban un ápice, quien jugaba hábilmente en beneficio propio y en el de unos cuantos caballeros que lo respaldaban.

Doscientos cuarenta mil mineros tenían que vivir de lo poco que les prestaban en el sindicato y de lo que recibían de las colectas que hacían todos los trabajadores del país que simpatizaban con ellos. Como aquellos doscientos cuarenta mil mineros podían gastar solamente una fracción de lo que habían gastado anteriormente y como esa fracción era aplicada a alimentos exclusivamente, miles de personas de la clase media, de las llamadas comerciantes independientes, esperaban que se operara un milagro que los salvara de la quiebra. Como diez mil de los llamados comerciantes libres no podían gastar lo que acostumbraban, más y más sectores de la población iban siendo arrastrados por el remolino y alejados de su seguridad social y económica. Todos los días llegaban a los bancos nuevas personas para cerrar sus cuentas retirando hasta el último dólar ahorrado y algunos trataban de obtener dinero prestado garantizándolo en la forma que les era posible.

El fondo de los bancos se redujo. Cada día era más difícil que los depositarios pudieran retirar todos sus fondos y la mayoría de los bancos establecieron un límite para hacer pagos inmediatos y solamente una vez por semana al mismo depositante. Los intereses llegaron a alturas increíbles. Cuanto podía empeñarse o venderse se sacaba al mercado. Miles se vieron obligados por la necesidad a vender sus muebles, radios, carros, y otras cosas más por la décima parte de su valor real. Y aun así, los compradores eran escasos. Aquella gran venta de muebles y objetos a un precio que distaba mucho de su valor fué un golpe para los comerciantes y los constructores de muebles. Las agencias de automóviles pronto se negaron a comprar coches usados, ni a precios bajísimos. Se daban cuenta que por muchos, muchos meses las ventas serían casi imposibles. Los fabricantes de automóviles alejados geográficamente, informados de aquella gran cantidad de carros de segunda, tercera y hasta quinta mano almacenados, tomaron sus precauciones y redujeron su producción despidiendo miles de hombres, temporalmente, según dijeron. Asimismo modificaron los contratos que tenían con sus representantes, concediéndoles un número menor de carros de nuevo modelo de los que se comprometían a vender en determinado tiempo. Lo que ocurría con los muebles, carros y radios, ocurría prácticamente con todos los otros objetos fabricados y vendidos bajo el sol. Era imposible asegurar el valor de cualquier producto.

Los encuentros callejeros entre policías, guardias nacionales, esquiroles y huelguistas cuyas mujeres tomaban parte activa, se convirtieron en acontecimientos diarios en todos los sitios próximos a una mina.

Durante sus reuniones, los obreros discutían poniendo el puño cerrado ante la cara de aquellos compañeros que eran necesarios para conservar las minas en buen estado, evitando que se inundaran o derrumbaran, y a quienes debía consi-

derarse esquiroles. Los mineros, con los nervios tensos, gritaban a sus mujeres que lloraban por dinero para evitar que los
niños murieran de hambre. Los trabajadores acusaban a las comisiones de huelga y a sus dirigentes de ser agentes pagados
por las compañías. Cientos hicieron pedazos sus tarjetas sindicales, las tiraron al suelo y las escupieron gritando: "Eso es lo
que pienso de su maldito sindicato, hijos de..." Algunos se
aproximaban a sus contratantes, capataces o jefes inmediatos
gimoteando y pidiéndoles compasión, agregando que eran inocentes; pero que tenían que obedecer las órdenes del sindicato
si no querían ser apaleados hasta morir, y pidiendo en nombre del buen Dios que los emplearan nuevamente tan pronto
como la huelga terminara. Juraban y prometían por todos los
santos y por todos los demonios no volver jamás a tomar parte
en una huelga ni aun cuando la compañía decidiera rebajar
los salarios en un cincuenta por ciento. Otros acudían al Sal-
vation Army, a la Y. M. C. A., a los ministros bautistas, epis-
copales, científicos cristianos, luteranos, reformistas, calvinis-
tas, devinistas, católicos romanos, judíos, etc., y se arrodi-
llaban, confesaban sus debilidades, veneraban al Salvador, se
declaraban convertidos y decían públicamente que su alma era
pura y la ponían en manos del Señor, y que por fin, después
de tantos rodeos y después de tantos años de vida pecadora,
habían hallado el verdadero camino espinoso y lleno de obstáculos, pero que conducía seguramente a nuestro Señor y
Amo Jesucristo, y pedían que en nombre de él, la congregación hiciera algo para mitigar sus penas terrenales.

En las reuniones se encontraban los eternos optimistas, los
eternos pesimistas, los eternos camorristas, los que siempre
gruñen, regañan, insultan. Pero siempre y en mayoría imponente estaban los fuertes, los hábiles, aquellos a quienes ni los
palos, ni la cárcel, ni los sermones ni los cohechos podían hacer perder la confianza en el gran futuro de los trabajadores
como dirigentes de los destinos del mundo. Era entre esos
hombres tranquilos que raramente hablaban, y cuando lo ha-

cían era para decir unas cuantas palabras, entre los que se
encontraban los tipos que se sentaban, y se ponían de pie
con los puños cerrados y las quijadas apretadas como si fueran de acero, y quienes de vez en cuando decían al compañero
más próximo a ellos: "Mire, amigo, por el infierno y el demonio, prefiero morir miserablemente, como perro sarnoso y
que me tiren en un montón de inmundicia, antes de entregarme
por un desgraciado centavo. Hay que dejarlos que se ahorquen
o se ahoguen; nosotros los trabajadores seguiremos viviendo,
y que el diablo se lleve al que opine lo contrario. ¡Arriba la
solidaridad de los trabajadores, arriba el sindicato!"

En esas reuniones se hallaban toda clase de tipos, como
ocurre en toda revolución o rebelión en cualquier punto de
la tierra. No importa cuál sea el propósito que peleando se
persiga, siempre habrá hombres con deseos de comer y carentes de alimentos, la diferencia entre "el deseo de comer" y
"la carencia de alimentos" motiva la diferencia en el juicio de
los hombres. Algunos hombres son capaces de vender su alma
al diablo, al patrón o a la policía o al movimiento o al sindicato, con el único objeto de asegurarse tres comidas diarias, en
tanto que otros prefieren morir de hambre antes que decir:
"¡A sus muy apreciables órdenes, amo y señor!" En los círculos, tanto en los más elevados como en los más bajos fondos
de la sociedad, podrán encontrarse siempre tipos semejantes
a los que se hallan en las reuniones de los llamados proletarios.
Así, pues, la cuestión no sólo es ¿qué es cierto después de
todo? Debía ser también ¿qué se entiende por clase? y ¿qué
se entiende por una sociedad sin clases? ...

XXXIII

Los huracanes predichos la semana anterior, habían llegado.

Wall Street tronaba, relampagueaba, gruñía, gritaba, bra-
maba, se arrastraba, temblaba. Para el que no tuviera acciones
o valores, resultaba aquello una divertida comedia musical.

El cielo estaba oscurecido por negros jirones. Los cielos
estaban oscurecidos por los jirones del sistema más altamente
apreciado por los humanos. Un hombre hábil e industrioso
inventa un motor, lo construye y lo pone en marcha. Es un
gran motor, un motor excelente. Muchas gentes desean poseer
motores como el del constructor, pero él carece de medios para
construirlo. No importa, hombre, aquí está el dinero. Se lo
ofrecen porque cada vez hay más gentes que necesitan de su
excelente motor. La sangre, la vida, el alma, toda su existencia
ha sido puesta en la construcción del motor. ¿Pero gracias a
qué malabarismo debe él perder su motor y su derecho a construirlo no por su voluntad ni por su culpa, sino por el clamor
de algunas voces de Wall Street que al inventor y constructor
no le es posible controlar, ni supervisar, ni influir más que
por medio de triquiñuelas vedadas a su sentido de honestidad?

El sistema social y económico más admirado por los humanos se despedazó. Wall Street decidiría quien había de comer
y quien no.

Granizo y truenos, todo al mismo tiempo. Los muros de
aquel inmenso y aparentemente recio edificio llamado capitalismo, temblaron.

Las barracas de los corredores se cuartearon y algunas
cayeron por tierra en pedazos.

Treinta puntos arriba. No hay tiempo que perder prestan-
do atención a las fracciones. A nadie le importan las fracciones. El gis se cansa de anotar altas y bajas que no llegan a
cinco o diez puntos. Antes de que el gis se apoye para anotar
un tres ganchudo, ya hay que cambiarlo por un cinco. Así,
pues, hay que empezar desde luego con un cinco para evitar
que los brazos se acalambren... El gis no lo regalan, cuesta.
Así, pues, hay que ahorrarlo.

Veinte puntos.

"Venda pronto, pronto, pronto. Por el cielo, hombre, venda, venda, ¿no me oye? Venda, venda o de lo contrario yo..." Demasiado tarde. Diez afuera. "Espere, Mr. Clevermung, sólo un momento. Diablo, ¿por qué tendrá este hombre ese nombre tan largo? Demasiado tarde otra vez. No, esta vez no pestañearé siquiera. Gran Dios, ¿qué voy a hacer ahora? ¿Qué haré?"

Veinticinco abajo. No hay comprador.

"Bajarán todavía más dentro de un minuto... Espere, veremos quién tiene razón y quién conoce el juego... ¿No se lo dije? Aquí está el golpe"... "¿Treinta fuera? Diablo, ya es número"... "Ahora oiga aquello. Epa, ¿qué es esto? ¿Subiendo? Yo compro. ¡Yo compro!"... "Diablo, ¿no acabo de decirle que comprara? ¿Qué hizo usted?"... "Ahora ya no puedo más, es demasiado para mí"... "Veamos algo más. ¿Qué le dije? Aquí están las ganancias". "¿Qué ocurre? ¿Rodando otra vez? ¡Gran Dios, nuevamente es tarde!"... "Pero hombre, compre, compre todo cuanto pueda. Compre, por Dios, compre lo más que sea posible. ¿Consiguió? ¡Magnífico!" "¿Qué? ¿Dar más margen? ¿Cuánto dice usted? No puedo hacerlo, créame, no puedo. ¿Es que no puede fiarme esa insignificancia después de tantos años de amistad y de hacer negocio juntos?..." "¿Aun más? ¿Me vende? ¿Cómo, le debo ochenta mil? Gran Dios, oh, mi gran Dios, ¿qué voy a hacer? Era cuanto me quedaba y se ha desvanecido."

Dos puntos arriba. El mercado empieza a afirmarse, por fin. Seis fuera. Parece que aun se agita el mercado. Cuatro arriba. Esperanzas. Uno más. Más esperanzas. Tres arriba. Vaya, algunos salen de lo peor. Cables trasatlánticos. El mercado se estabiliza nuevamente a la una y cuarenta p. m. Catorce fuera. El mercado vuelve a temblar. Cables trasatlánticos. Para Cuba y las Filipinas preguntando cotizaciones exactas de azúcar no refinada, contestación inmediata esencial. Tres tiros dentro de tres casetas de teléfonos en Wall Street. Cada caseta costaba cuatro mil al mes debido a su buena situación. Si el ocupante eleva los hombros se los golpea contra las paredes, y no le es posible inclinarse sin que su cabeza choque contra otra pared. No obstante, resultan suficientemente amplias para que alguien se pegue un tiro.

Doce puntos arriba.

"Vaya, empiezan a anotar una vez más otras cifras fuera de los cinco y los dieces. Parece que la tormenta se va alejando."

Tres puntos abajo. Siete abajo. Quince abajo. Dos arriba.

Las operadoras de los teléfonos se acalambran. Los telegrafistas dan muestras de trastorno mental y tienen que ser enviados a los puestos de socorros para seguridad suya y de sus compañeros.

En el interior de muchos cientos de oficinas en todo el país, en bancos, edificios, casas particulares, en los cuartuchos ocupados por corredores, la tira de papel de la máquina marcadora de la Bolsa, corría locamente, en tanto que el profundo silencio de aquellos que leían las cifras era interrumpido únicamente por el monótono ruido del aparato. De vez en cuando, el ruido cesa y una inspiración profunda de todos los pulmones rompe el silencio. Los reunidos, uno, dos, o media docena de hombres bien vestidos, no tienen calma suficiente para esperar que la tira de papel se desenrrolle, tiran de ella, esperando enterarse de las novedades un décimo de segundo antes.

En todos los rincones del país en donde los hombres vigilan la tira de papel que surge como la lengua de un reptil, leen continuamente. Leen marcas y signos, leen cifras e iniciales que para los profanos nada dicen y menos significan. Marcas y signos, cifras e iniciales, salen del marcador en combinaciones siempre distintas. Las combinaciones cambian como por arte de magia. Un delicado hilo del subconsciente de esos hombres captaba el significado cabal de esas siempre cambiantes cifras e iniciales, así como el significado que pueden tener esas cifras e iniciales para cientos de empresas financieras y cientos de miles de individuos que nunca han tenido conexión alguna con el mercado de valores, y que jamás han poseído acciones de ninguna especie. El destino de millones de personas puede cambiar definitivamente por ese constante cambio de cifras e iniciales impresas en una tira angosta de papel, lanzada incesantemente por una maquinita rechinante.

Muchos de esos caballeros bien vestidos y de próspera apariencia que rodean la máquina vigilando la tira de papel, de la que tiran con dos dedos nerviosamente para hacerla salir con mayor rapidez, mantienen la mano que les queda libre sobre la mesa del teléfono para comunicarse en el momento preciso a larga distancia o dictar algún cable. Sus mentes tienen que trabajar con rapidez. Con mayor rapidez que la mente del piloto de pruebas en el momento de ensayar un nuevo avión militar. Porque en menos de un segundo tienen que decidirse a vender o a comprar, a usar de alguna triquiñuela o a jugar limpiamente; a acudir a su banquero o a su corredor; a vender sus casas y haciendas o a hacer regresar de París o Londres a sus esposas, urgiéndolas para que no gasten más.

Las cabezas, ojos, bocas, labios, brazos, dedos, piernas, de todos, se hallaban en constante movimiento, cambiaban de posición con gran rapidez. El cerebro parece estallar. Tal vez nunca antes en su vida tuvo su cerebro que trabajar tan rápida y decididamente como en aquellas horas durante las que se pronunciaban sentencias de increíbles alcances para la vida de aquellas personas, o para las condiciones tal vez de diez mil vidas más. Sus cerebros tenían que captar y distribuir correctamente todo aquello que se relaciona con la vida y la actividad humana en todos sus aspectos. En los mismos escasos segundos, debían ordenar y decidir acerca de cifras, iniciales, valores por vender, acciones que depositar, o de las cuales se echaba mano como garantía, así como de aquellas que debían pasarse a la esposa, hijos, hijas, coristas o mujeres casadas con otros; el valor de la casa que habitaban, la cantidad de dinero que podían pedir prestada de su seguro de vida y del de la mujer y los hijos. El cerebro, los labios, los cuellos, las orejas, las cifras y las letras, los dedos tirando de un rollo que se mueve con demasiada lentitud; las manos sosteniendo el auricular del teléfono, son fustigados por poderes invisibles y sentidos sólo vagamente, pero subconscientemente reconocidos, aceptados, rechazados, obedecidos exactamente como el caso lo demandaba.

El rollo de papel aparentemente interminable es lanzado por el marcador, salta y flota con abandono alrededor del escritorio sobre el que se halla.

Aquel angosto rollo de papel de color amarillento, surge de la maquinita dirigido por poderes mágicos y disparado contra los caballeros, que retienen el aliento, luego inspiran con fuerza y palidecen, para enrojecer después. La maquinita chirriante decide en segundos el destino de trabajadores honestos, de pequeños e industriosos comerciantes, de familias temerosas de Dios, de individuos tristes o enamorados, con esperanzas o desesperados; de individuos cuya verdadera individualidad es barrida por la maquinita y cuyo valor como humanos es enteramente decidido por unos cuantos puntos altos o bajos escritos con gis sobre un pizarrón a trescientas millas de distancia. La misma maquinita decide el mañana de cientos de buenos ciudadanos que jamás juegan y quienes luchan seriamente por ostentar una conducta modelo en la tierra. Ella decide de su destino sin darles oportunidad para decir algo o para intentar contrarrestar su influencia con un débil gesto. Ella decide los planes hechos para la educación de sus hijos y su seguridad en la vejez o, en caso de enfermedad, de sostenerse con lo que han logrado reunir a fuerza de trabajo.

Y aquella tira de papel angosta y de feo color corre y corre y corre. Corre de aquel modo porque la fustiga un poder que se encuentra a miles de millas y debe obedecer los gritos, las voces, los alaridos, los rugidos que se lanzan dentro de un hall en Wall Street.

Tan pronto como el rollo de papel ha entregado su mensaje, es olvidado. Se le relega sin consideración. Se va desenrollando, adelgazando, mientras más rápidamente lanza la maquinita la lengua delgada, más delgado se va haciendo. El marcador marca, marca, marca. Es el reloj marcador del día del juicio de miles y miles de humanos. El rollo rueda hasta un montón de tiras inservibles de papel amarillento con geroglíficos impresos.

Los excitados caballeros, que no son ya seres humanos, sino máquinas calculadoras, se paran sobre aquel montón de tiras de papel, que se enredan a sus pies como una larga serpiente que tratara de sujetarlos y despedazarlos para comerlos después quietamente.

Como gigantes y pigmeos, lobos y vampiros, mujeres jugadoras y nerviosas dependientes de banco, tratan de decidir con la misma rapidez que el marcador les ordena. Las cifras marcadas viven un segundo y mueren en seguida. La tira de papel inerte se amontona sobre el cesto de basura. Nadie tiene tiempo para tirar aquel papel. Se amontona y crece hasta alcanzar las caderas de los caballeros, parados sobre las curvas y los anillos de aquella larga y delgada culebra.

Y he ahí, al fin, el cadáver de las ideas, de los pensamientos financieros.

Terremoto en Wall Street. Terremoto en el sistema económico, en un sistema económico no inventado por la generación que más sufre por su causa; pero, no obstante, aceptado por esa misma generación como el mejor para la vida del hombre.

No pasaba un solo día sin que se suicidara alguno de los hombres que la víspera fueran grandes, poderosos, ricos, invulnerables, intocables. La víspera habían sido los pilares del sistema que ahora los aplastaba y despedazaba. Ayer, aquel sistema parecía tan vigoroso, sano, todopoderoso y elevado que esperaba uno ver al universo entero inclinarse ante él atemorizado, como algo que ningún dios sería capaz de inventar, de crear o controlar mejor.

No había ser humano capaz de controlar por más tiempo la situación. Los magnates más poderosos, los más feroces leones financieros no tienen manera de hacerlo. Todo cuanto pueden hacer es salvar su propio pellejo tratando de escapar de la catástrofe lo menos lesionados posible, ganando algunos millones aquí y perdiendo otros pocos allá. La catástrofe va en aumento, sin que sea posible prever su fin. Lo que parecía tan poderoso, tan bien organizado, tan perfectamente supervisado, tan inteligentemente conducido, tan religiosamente admirado como el más alto producto de la humanidad, ahora se cuartea y se derrumba. Todos sus cimientos explotan, por la única razón de que una sola rama del sistema, una sola rama, perdió su seguridad. Esta rama estaba constituída por un producto, el carbón, el alimento de la industria moderna.

Nadie puede detener la rueda, nadie puede impedir que siga el camino elegido por ella misma. Ella rueda, toma velocidad, rueda más y más rápidamente, más y más profundamente sobre el cuerpo sangrante de la economía nacional.

XXXIV

Las operaciones bancarias se detienen. Los depositarios son atacados de pánico. Todos temen, no, peor aún, todos están seguros de que perderán todo el dinero por el cual se han esclavizado, ayunado y preocupado durante años y años.

Formando grandes colas desde antes de media noche, los depositantes se acomodan tratando de estar lo más próximos posible de la ventanilla de los cajeros del banco, cuando éste abra sus puertas a las diez de la mañana. Mientras más pronto se llegue a la ventanilla, mayores posibilidades habrá de salvar algo aun. La esperanza de obtener cien centavos a cambio del dólar depositado, se perdió hace muchas horas, al mirar la hilera de depositantes crecer continuamente.

La ordenada rutina de los bancos ha saltado de sus bien engrasados rieles. Todos los empleados son llamados para pagar y se les recomienda lo hagan tan lentamente como les sea posible, deteniéndose a llenar todos los detalles exigidos por las reglas a fin de ganar tiempo y de cansar a los depositantes. Nadie deposita. Todos los créditos son exigidos por los bancos. Unos bancos acuden a otros pidiendo ayuda en caso de emergencia. Se envían cables a los bancos establecidos en países extranjeros, pidiéndoles ayuda. Todas las reservas de la asociación bancaria son demandadas. Nada da resultado. Las colas de gentes que esperan ante los bancos crecen cada hora que transcurre. No hay un solo individuo que ceda su puesto. Todos prefieren morir en él. Allí permanecen día y noche, con viento y lluvia, sin comer ni beber. Nunca se enteraron de lo que Wall Street hacía o dejaba de hacer. Todo cuanto hicieron fué tomar su dinero duramente ganado y depositarlo en un prestigiado banco para que se los guardara y les pagara un pequeño interés para tener derecho a prestarlo con la garantía del banco. Habían llevado su dinero al banco, porque la amplia propaganda nacional apoyada oficialmente les aconsejaba no guardar sus ahorros en casa, metidos dentro de una media y escondidos cerca de la chimenea, de donde podían perderse o ser robados. Debían portarse como buenos ciudadanos y depositarlos en las cuentas de ahorros de los bancos, acto que ayudaría a la industria norteamericana para dar empleo a mayor número de padres de familia con numerosa prole que alimentar.

Los bancos empiezan a quebrar. Ya no pueden pagar más depósitos. Al principio solamente los pequeños cerraron definitivamente. Pronto siguieron los de mayor importancia. Las consecuencias del desastre aumentaban cada vez más.

Y he aquí una cosa, la cosa más notable que se puede imaginar. Cuando pasó la catástrofe azotando a la nación con inundaciones, incendios, tempestades de arena y terremotos, el continente no había desaparecido. Esta increíble miseria que estruja a todo el pueblo norteamericano entre sus impías manos, no ha sido causada por alguna gigantesca agitación de las fuerzas de la naturaleza destruyendo billones de dólares en valores que jamás serán restaurados por el poder y la inteligencia humanas. Pasada esta quiebra de la seguridad y orden económicos constantemente amenazados por los agitadores, criminales sindicalistas, brutos revolucionarios, no se hallará gigante, demonio, o genio capaz de tomar los cordeles y preparar una función para su regocijo. Todo cuanto ahora ocurre en Wall Street, y en veintenas de Bolsas de valores en todo el país, ha sido causado por un humilde gorgojo, no, por algo menos visible que un gorgojo. Ha sido causado por un microbio, por un microbio llamado miedo. El miedo es lo que repentina y aparentemente sin causa o razón definida, estrujó los pensamientos de millones de humanos y condujo sus ideas por un camino al que no estaban acostumbrados estos millones de humanos. Autosugestión de las masas. Sugestión, imaginación: "¡Santo Dios del cielo, puedo perder!" Después, lágrimas para regar el hermoso sistema creado por el Señor, protegido por el Señor, comenzado con la cartilla del Señor.

Aquella catástrofe que destruyó la seguridad del pueblo, de la nación entera, no fué causada por algo más allá del control del hombre. Todos los valores continúan intocados como antes. Hay tanto carbón, hierro, oro y plata en la tierra como antes de que las acciones de la Anthracite bajaran tres puntos. Todo el dinero valorado por el hombre se encuentra aún sobre la tierra en una u otra forma. Ni un solo centavo ha caído del globo al vacío, donde no se le podría recuperar. Todas las casas se encuentran aún en el sitio en donde se hallaban por la mañana. Todos los bosques del país pueden ser localizados en los sitios señalados en los planos. Cada río, todas las caídas de agua, todos los lagos se encuentran en sus lugares acostumbrados. Ningún océano ha desaparecido. Todos los ferrocarriles, trenes, camiones; todos los barcos se encuentran aún en uso y en tan buenas condiciones como la semana anterior. Algunos pueden haberse perdido, solamente algunos, haciendo una pérdida total de menos de dos por millón. Y millones y millones y más millones de hombres y mujeres fuertes, saludables, cuerdos, educados y civilizados desean trabajar, producir para engordar a los ricos de la tierra cada vez que se les ordene hacerlo. Ningún ingeniero ha perdido sus aptitudes para inventar y construir máquinas. Ninguna mina de carbón ha sido destruída últimamente. Todas están en sus sitios. El viejo y buen sol está en el cielo como siempre. Llueve como ha llovido desde que el hombre tiene memoria. El trigo se desarrolla y pronto madurará. Hay bastante algodón, más del que puede consumirse hasta la próxima cosecha. Nada de la riqueza existente del mundo ha sido afectada. Los hombres, mirados en conjunto son tan ricos como ayer. Y nada más, y atendiendo únicamente al hecho de que la propiedad y el dinero poseído por determinadas gentes, amenazaba cambiar de manos sobrevino la catástrofe que puso en peligro a la nación entera, tal vez al mundo entero, arrojándolo a la desesperación y a la miseria. Es esta una catástrofe no muy diferente de aquellas de los tiempos idos, cuando las cosechas perdidas en una parte del mundo significaban la muerte para los pueblos afectados, debido a la imposibilidad de elaborar y embarcar rápidamente alimentos para los necesitados, desde los sitios en donde las buenas cosechas permitían socorrer. Entonces los hombres vencieron los efectos de las irregularidades de la naturaleza, inventando y construyendo el telégrafo y los medios más rápidos de transporte. Los hombres, sin embargo, no han llegado a un grado de civilización tan elevado como para poder controlar en absoluto el sistema económico que corresponda a las necesidades y a la habilidad de producir de los humanos. El hombre vive aún un primer período evolutivo en relación con un sistema económico civilizado. En este sentido vive aún en cavernas, de no ser así, no existiría posibilidad alguna para que hubiera más guerras.

XXXV

Una gran crisis económica sacudió al país, y fué seguida de una enorme depresión. Fué precisa aquella horrible depresión tan temida como un castigo del cielo. El choque de Wall Street, la crisis económica seguida de la gran depresión, habían sido realmente profetizados, si no olvidamos el dedo levantado y las constantes predicciones de los comunistas, anarquistas, sindicalistas, reformistas, socialistas, independientes progresistas y cientos de otros istas que insistían en su capacidad para pronosticar semejantes desastres, consultando su Biblia, es decir, *El Capital*.

Muy pocas gentes pueden juzgar las crisis y depresiones con clara visión y mente despejada, en nada afectada por supersticiones. La mayoría de las gentes, y entre ellas los financieros astutos, aceptan la depresión como algo tan inevitable como la muerte. Aceptan estos desórdenes económicos como parte del sistema que, de acuerdo con su opinión, está tan perfectamente acuñado que nada puede cambiarlo, y por tanto, nada ni nadie puede evitar ni las crisis ni las depresiones. Noventa y nueve por cien personas sufren los efectos de la depresión, unas más que otras. Y prácticamente todas las gentes de la actualidad se encaran a la depresión con tan pocas esperanzas como se encaraban hace miles de años las gentes de aquellas épocas a la peste y a las hordas invasoras de mongoles, hunos, similares a los hitleristas.

Si millones de toneladas de útil y buen carbón grandemente necesitado, es sustraído hábilmente del mercado sin que la gente tenga oportunidad de prepararse contra esa manipulación, las consecuencias serán exactamente las mismas que las acarreadas por un terremoto o una inundación que destruyeran gran parte del país. Pero ningún capricho de la naturaleza causaría tanto desorden y expondría la vida de los hombres a una especulación gigantesca, planeada y ejecutada por esos truhanes sin escrúpulos llamados grandes financieros. En cualquier catástrofe de la naturaleza, el hombre sabe qué hacer, pues la experiencia le indica cuáles son los medios a que debe acudir, y tiene la inteligencia suficiente para reparar las pérdidas inmediatamente. La naturaleza no es tan bestial para causar desastres y destruir, sin haber provisto al hombre del cerebro apropiado para reparar lo destruído y mejorarlo. Pero ante las especulaciones criminales, el hombre se encuentra prácticamente inerme, indefenso. No le es posible ver con claridad lo que ocurre y dónde ocurre, como cuando la naturaleza desconcierta sus planes. Si el hombre especula y con sus especulaciones ocasiona catástrofes, nadie puede saber si se trata de carbón, falta de hierro, malas cosechas de algodón, o agotamiento de mil pozos de petróleo. De ahí que ningún equipo salvavidas y ningún escuadrón de salvamento lleguen oportunamente al sitio de la catástrofe para mitigar sus crueldades, porque en las catástrofes ocasionadas por el hombre hay solamente un individuo o media docena de individuos que saben el punto preciso en que se origina. Y son esos cuantos individuos los mismos que crean el desastre, quienes no divulgan lo que saben para beneficio de la raza humana, o de su propio país, porque sus ganancias materiales serán mayores mientras más grande sea la confusión que ocasionan intencionalmente.

Todo el país se encuentra activo.

Economistas de grandes vuelos en el mundo de las ciencias aplicadas, magnates, financieros, senadores y congresistas, escriben artículos muy hábiles en periódicos y revistas. Todos estos reyes del saber llegan a la inteligente conclusión de que solamente la falta de carbón en un país tan terriblemente necesitado de él es la causa de la crisis actual; pero que en cuanto sea posible disponer de carbón en cantidades suficientes, la depresión sufrida por todo el país desaparecerá inmediatamente. Sí, inmediatamente y la prosperidad volverá a asomar su rostro sonriente.

Aquellos artículos estaban hábilmente escritos por autoridades del comercio y las finanzas.

Todas las amas de casa sentían la falta de carbón. A esos inteligentes escritores de artículos hábiles se les pagaba una peseta por palabra por decir a los lectores lo que cualquier ciudadano necesitado de carbón sabía desde semanas atrás. Las mismas autoridades en economía dijeron al mundo, también a peseta la palabra, que la causa, la única y exclusiva causa de aquella horrible falta de carbón, era la huelga general de los mineros, porque es lógico comprender que si todos los mineros se declaran en huelga, las minas dejan de ser explotadas y no hay carbón.

En sus encabezados, los periódicos pedían al gobierno que pusiera fin a la huelga valiéndose de los medios que fueran necesarios, pero que la terminara costara lo que costara. Las compañías explotadoras de las minas de carbón y cientos de magnates en otros terrenos protestaron contra esa medida, por la sencilla razón de que la intervención del gobierno en los asuntos de las empresas privadas sería anticonstitucional, porque afectaría por igual la libertad de las empresas y la de los trabajadores. Las empresas, decían, resolverían la huelga por sus propios medios, y no era necesario que ningún gobierno les dijera lo que era bueno, ya que las empresas se habían manejado perfectamente durante los últimos cien años y no necesitaban del consejo de nadie, ni del gobierno.

El gobierno federal nunca había pensado de hecho en atender a los gritos de la prensa excitada. Lo único que los gobiernos locales y estatales habían hecho respecto a la huelga general había sido enviar a todas las zonas afectadas tropas suficientes y bien equipadas; ametralladoras, cocinas de campo y todo cuanto era necesario. Los gobernadores de los estados y otras cabezas del gobierno explicaron ese movimiento a los cronistas, diciéndoles que los derechos constitucionales de todos los ciudadanos debían ser protegidos y que, siendo uno de los principales derechos de los ciudadanos el trabajar donde quisieran y en las condiciones que mejor les convinieran, era necesario vigilar que cada ciudadano fuera libre de hacer uso de sus derechos en condiciones de seguridad. De ahí que ninguna intervención en esos derechos sería permitida.

Inmediatamente que la guardia nacional acampaba en algún sitio para salvaguardar la paz, ocurrían encuentros entre los huelguistas y los bien armados protectores de los derechos constitucionales. Las ametralladoras atronaban durante horas enteras mucho tiempo después que las calles y las plazas habían sido desalojadas. Los oficiales no desperdiciaban aquella bienvenida oportunidad de practicar el tiro con ametralladora, ayudando al mismo tiempo a la industria productora, en parte, a hacer mejores y mayores negocios.

Todos los buenos ciudadanos, esto es, todos los que no eran huelguistas y aquellos que no temían la falta de carbón, decían siempre que encontraban algún oído dispuesto a escucharlos, que el gobierno federal estaba en su perfecto derecho al ocurrir a la guardia nacional; no sólo en su derecho, sino en la obligación de dar una lección efectiva a todos los anarquistas y los extranjeros que deseaban impedir a los pobres que obtuvieran su carbón barato. "Hace bien el gobernador en velar por la paz y el orden, todos los medios son dignos de aprobación cuando tengan por objeto dar de golpes a los anarquistas, a los comunistas y a los socialistas, hasta hacer saltar sus agitados sesos. Ello hará volver el sentido común a las cabezas duras de nuestros mineros, que cordial y mentalmente son nobles; pero que se han dejado desviar por extranjeros, judíos y otros que pretenden destruir al gran país de Dios sobre la tierra. Tres hurras por nuestro gobernador. Puede estar seguro de su reelección. ¡Hurra!"

Entre los que no juzgaban muy bien a los mineros huelguistas se hallaban cientos de miles de trabajadores en general. Aquellos trabajadores que no simpatizaban totalmente con los mineros eran la gran mayoría, pues se daban cuenta de que, a menos de que la huelga terminara pronto, cientos de fábricas, plantas y molinos tendrían que cerrar por falta de carbón, lo que significaba ausencia de salarios y falta de pan.

Los trabajadores de todo el país hacían colectas y más colectas para los huelguistas y enviaban sumas considerables a los que más las necesitaban. Pero esas colectas entre los proletarios eran recibidas en todas partes con caras agrias y todos los trabajadores trataban de contribuir con lo menos posible sin perder prestigio entre sus compañeros. "Hombre, no siempre podemos dar, tenemos que pensar primero en nuestras familias. Debían terminar ya con su maldita huelga, esperar tiempos mejores e intentarla con mejor suerte. Pero, en fin, si es como usted dice, apúnteme con dos pesos. Pero me harán falta, créalo, los necesito, camarada."

La escasez de carbón pronto se tornó verdadera hambre de carbón. La gente empezó a comprarlo antes de obtener carne, huevos, y hasta pan. Las familias que estaban en posibilidad de hacerlo compraron y almacenaron carbón en cantidad suficiente para tres años de consumo. Pagaban tres y hasta cinco veces más sobre el precio de menudeo, con el objeto de llenar sus alacenas, sus sótanos, sus carboneras y todos los rincones disponibles. Y si almacenaban tanto que llegaban a sentirse enterrados en carbón, se sentían felices y decían: "En cuanto a mí, vecino, bien puede esa huelga durar cinco años si así lo desean. Estoy preparado para lo peor."

Si cualquiera de sus conciudadanos después de que él había obtenido veinte toneladas conseguía solamente provisiones para dos meses, era algo que no le importaba. Que cada quien vea por sí mismo sin preocuparse por los demás, es lo debido.

Los ferrocarriles, las compañías navieras, las fundiciones de acero, las fábricas de motores y similares, esperaban la gran rebaja de precios que vendría tarde o temprano. La mayoría de esas empresas tenían aún grandes cantidades de carbón que habían obtenido cuando los precios fueron bajos, el crédito fácil y los intereses razonables. Pero la locura de las amas de casa causada por el hambre de carbón de los ciudadanos insignificantes forzó, naturalmente, los precios. Cuatro semanas después de declarada la huelga el carbón costaba al mayoreo lo que anteriormente costaba al menudeo cuando los pobres obtenían cantidades no mayores de diez libras.

Las grandes compañías empezaban a pensar en hacer tratos con las empresas carboneras inglesas, belgas y francesas para obtener de ellas el carbón necesario en caso de que la huelga durara más de lo calculado.

XXXVI

Durante las últimas dos semanas, Mr. Collins había sido solamente observador listo a ponerse en acción en cualquier momento. Vió que su plan marchaba mal. Sin precipitarse observó primero el desarrollo de la situación general. Por todos los medios tenía que obstruir el mercado para evitar que se equilibrara antes de que él recogiera su cosecha.

Los cronistas deseaban consultarlo para obtener información directa de él. Los editores de los periódicos se aproximaban a él juzgándolo autoridad en el comercio y las finanzas, recordando que mucho tiempo atrás les había dicho lo que ocurriría y viendo que sus profecías se cumplían en todos sus detalles. De haber los editores y los lectores creído en sus predicciones cuando la huelga declarada a la Anthracite estalló, de haber tomado en serio sus opiniones, la actual crisis probablemente habría sido evitada totalmente o por lo menos detenida antes de que afectara todos los sectores del país.

En este período de los acontecimientos, ningún editor, ningún cronista, ningún lector se había enterado de que mientras Mr. Collins contaba largas historias a los reporteros, de hecho ni había dado consejo alguno ni había hecho advertencias a la nación respecto a la crisis que se avecinaba. Pero a pesar de la vaguedad de las explicaciones que diera entonces a los periodistas, todos ahora, en las altas o bajas esferas nacionales, jurarían que Mr. Collins había predicho detalladamente los acontecimientos.

Nuevamente los cronistas acudieron a él a pedir su opinión sobre la situación actual.

Con firme convicción en lo que pensaba, creía y decía, fué directamente al punto que tenía preparado para lanzarlo al público.

—Nadie más que los sindicatos y sólo ellos, son responsables del lamentable desastre al que la nación se enfrenta actualmente, y del que el pueblo norteamericano no encuentra aún manera de salir, para regularizar la situación. Nosotros, la Emmerlin Anthracite Company, podríamos haber llegado fácilmente a un entendimiento con nuestros hombres. Todos ellos, quizá con insignificantes excepciones, son sobrios, industriosos, honestos, buenos trabajadores, ciudadanos obedientes de las leyes, tan buenos que ni el Señor podría enmendarlos. La dificultad está en que los dirigentes y agitadores de los sindicatos se mezclan en los asuntos de los mineros rectos, que de hecho no necesitan del consejo de extraños para guiar su vida de buenos mineros y de ciudadanos honestos.

"Nosotros, como todas las empresas carboneras, hemos hecho cuanto es posible bajo el sol por el mejoramiento   las condiciones de nuestros trabajadores. Los sindicatos, por su lado, evitan todo buen entendimiento entre los patrones y los obreros. Las intenciones de los sindicatos, en particular de los sindicalistas, son obvias para cualquiera que desee ver claramente, y que no se deje engañar por todas esas fantasías acerca de la igualdad entre los hombres y el derecho eterno al trabajo bien pagado. Yo pienso, señores de la prensa, que no tengo nada más que agregar sobre hechos ya ampliamente conocidos por todo el país. Ustedes caballeros, siendo periodistas experimentados, saben más de todo esto que yo, que no soy más que un sencillo hombre de negocios. Y sólo para hacerme justicia diré que soy un hombre que se ha hecho por sí mismo como cualquier norteamericano puede lograrlo, si tiene verdaderas ambiciones. Respecto a mí no hay nada especial o particular que cualquier otro norteamericano no posea."

Respiró profundamente y continuó:

—Consecuentemente, caballeros, llego a la conclusión de que los sindicatos y especialmente las organizaciones que se llaman Trabajadores Industriales del Mundo, mejor conocidos por W. I. T. U., tienen una sola mira, permítanme recordarlo, caballeros de la prensa, y esa mira, es conducir al pueblo norteamericano a un caos de confusión y desorden artificialmente preparado por agitadores que, escondiendo sus siniestras intenciones aun ante las víctimas de sus desvíos, hacen cuanto pueden para cargar la responsabilidad de acontecimientos como los actuales a la clase capitalista. La verdadera meta perseguida por estos hombres es esta: una vez que los negocios y la situación económica de la nación se encuentren tan horriblemente desfigurados, tan terriblemente desordenados, tan infamemente confundidos que todo el pueblo, trabajadores y no trabajadores, no tengan ni dinero ni pan, estos dirigentes sindicales saltarán de sus oscuros cuchitriles, tomarán las riendas de la política del país y declararán la dictadura del proletariado, para formar lo que ellos llaman un estado socialista dentro del que toda propiedad privada será confiscada sin compensación alguna, y en el que los trabajadores tomarán los sitios de esos nobles hombres y mujeres a quienes justa y rectamente llamamos la clase dirigente del país.

Mr. Collins hizo una pausa para ver qué efecto producía su discurso. Todos los cronistas escribían rápidamente para no perder una sola palabra del conjurador financiero. Dando a su voz una entonación ligeramente dramática, continuó:

—Semejante cambio en nuestro gobierno significaría, naturalmente, el fin de nuestra profunda y verdaderamente democrática república, de esta república por la que nuestros antecesores pelearon, sufrieron y alcanzaron la más gloriosa muerte que un norteamericano puede desear. Piensen, caballeros, en nuestras mujeres, nuestros niños, nuestras esposas e hijas entregadas a esos agitadores que en sus propios países tienen prohibido abrir la boca para propagar sus ideas anarquistas y sus planes infames, y que ahora vienen a nosotros, pueblo libre e independiente, para envenenar nuestras mentes, para contaminar los pensamientos de nuestros trabajadores con sus criminales sugestiones. Nosotros les hemos dado hospitalidad y protección contra las persecuciones de sus países en los que no se goza de libertad, y nos demuestran su gratitud pretendiendo arruinar a nuestra patria. Si nosotros, la Emmerlin Anthracite Company, no permitimos que nuestros mineros pertenezcan a otros sindicatos sino al formado exclusivamente por aquellos que trabajan en nuestras minas, es que sabemos con exactitud lo que hacemos. No queremos ver a los Estados Unidos de Norteamérica barridos de la tierra por hordas de anarquistas locos y de comunistas. Deseamos conservar la nación en la situación en que se encuentra. Queremos hacerla mejor y más grande cada día. Queremos que este grande y hermoso país sea el lugar de la tierra en el que todos los hombres de buena voluntad puedan vivir feliz, pacífica e independientemente.

Mr. Collins miró en rededor como tratando de encontrar nuevas ideas en los rostros de los cronistas inclinados sobre sus libretas de apuntes.

—Por lo tanto, caballeros de la prensa, en mi opinión y en la de todos los buenos y honestos norteamericanos, la destrucción de los sindicatos significa la conservación de estos Estados Unidos de Norteamérica. Ahora no podemos retroceder, porque nuestros propósitos van más allá de los negocios y el dinero. De valor incomparablemente mayor que el dinero y los buenos negocios es para nosotros esta patria nuestra. Así, pues, caballeros, en resumen, les diré ahora lo que hemos decidido para el futuro. Tan pronto como hayamos destruído los sindicatos mineros en este país, los sindicatos de los trabajadores de de transportes de cualquier especie serán atacados y haremos lo posible por destruirlos, así como al resto. Consideramos a

los sindicatos de trabajadores de transportes tan peligrosos
como a los de mineros, ya que esos trabajadores tienen sus
puños sobre las ruedas de la industria y el comercio de nuestro
país. No podemos permitir que los sindicatos controlen los
ferrocarriles, los barcos que surcan los ríos y los mares, y
los vehículos que cruzan nuestras carreteras. El control de todos los medios de transporte en este país debe estar bajo el
control de las gentes de razón, esto es, en manos de responsables financieros americanos. Gracias, señores, creo que por
ahora esto es todo. Gracias.

XXXVII

Los más viejos y experimentados de los cronistas habían
oído esta historia y otras similares antes, las sabían de memoria y conocían su verdadero valor. Aquellos de los cronistas que, por mucho que trataran de lograrlo, no podían encontrar ningún matiz nuevo en los viejos cuentos dichos por
Mr. Collins con el propósito de presentarlos como novedad, eran
los mismos que entonces porfiaban por formar un sindicato de
periodistas, ya que los propietarios de periódicos los tenían
tan agraviados o quizás más que las compañías mineras a sus
trabajadores. Sin embargo, por el momento no podían hacer
nada más que entregar sus crónicas de la entrevista con Mr.
Collins a sus editores, teniendo además, quisiéranlo o no, que
escribir algunos párrafos para hacer saber a Mr. Collins que
él hablaba mejor que cualquier otro hombre en la actualidad,
ya que era uno de los directores y locutores más importantes de la Anthracite, misma empresa que, desde luego en contra
de su propia voluntad e intenciones, había originado la situación de la que resultaba la actual depresión.

Es lógico suponer que las crónicas de las entrevistas con
Mr. Collins aparecieran en primera plana y con grandes enca-

bezados. De esta manera sus opiniones llegaban al punto exacto que él deseaba, y en el que deseaba fueran leídas con gran atención. Una vez más ahorraba el dinero que podría gastarse en comprar dirigentes sindicales. Nuevamente sabía cómo emplear la solidaridad de los trabajadores para beneficio de sus egoístas propósitos, para lograr la gran colecta lista a efectuarse cualquier día.

Aquellos a quienes dirigía especialmente sus opiniones, eran los trabajadores y operadores en conexión con los transportes, y especialmente a los bien disciplinados y organizados. De no haber estado los trabajadores de transportes ya organizados en forma bastante adelantada, Mr. Collins no habría jugado aquella carta.

Los sindicatos de los trabajadores de transportes publicaron un manifiesto en la prensa, tres horas después de que el primer periódico que editó la entrevista se vendía. El manifiesto dirigido a todos los trabajadores de los Estados Unidos de Norteamérica y a todos los del mundo, se dirigía también al público norteamericano en general y se imprimió en cinco millones de ejemplares que fueron distribuídos por todos el país alcanzando hasta los rincones más lejanos, sin olvidar los aserraderos, las minas aisladas, los plantíos de naranjas de Royal Valley y los rancho del Río Grande.

Los trabajadores de transportes reaccionaron mejor y más efectivamente de lo que Mr. Collins imaginara. Mientras más enérgica fuera su respuesta, más probabilidades tenía él de ganar la gran batalla.

Inmediatamente los trabajadores de transportes organizaron reuniones grandiosas en todo el país. En todas aquellas reuniones se hacía conocer oficialmente a todos los trabajadores el hecho de que por fin empezaba el gran combate, la verdadera batalla cuya alternativa estaba en vivir o morir. Los salones y las plazas en los que las reuniones se efectuaban temblaban estremecidos por las voces estentóreas con que los insultados, amenazados y heridos trabajadores expresaban al mundo su pensamiento. El resultado fué que en todas las reuniones se acordó unánimemente pedir apoyo ilimitado a todos los trabajadores organizados y no organizados del mundo, para los mineros huelguistas, porque si se daba el caso de que los mineros perdieran el combate contra los patrones, éstos seguirían su obra destruyendo todo lo que el trabajo, en una batalla de cien años, había ganado y le sería imposible recuperar por lo menos en cincuenta más. Dentro de las resoluciones tomadas se incluía la de que todos los estibadores de los puertos se negarían a cargar cualquier barco que trajera carbón a puertos norteamericanos. Y en caso necesario se declararía la huelga general de los trabajadores de transportes.

Las finanzas y la industria norteamericanas, sufriendo aún las consecuencias de la terrible depresión y gravemente heridas por la crisis general económica y financiera, no podían correr el riesgo de otra huelga general y menos aun del gremio de transportes. Por amargas experiencias, los financieros norteamericanos sabían que todas las huelgas de ferrocarrileros o de trabajadores de cualquier medio de transporte, locales o nacionales, eran inevitablemente acompañadas de sabotaje, y si la huelga era ganada por los patrones apoyados por policías y otras fuerzas armadas, las pérdidas de material rodante y daños a las carreteras alcanzaban sumas considerablemente más elevadas que la pequeña disminución en las ganancias, causada por el aumento de salarios y otras prestaciones concedidas a los trabajadores por medio de tratos amistosos.

Los negocios en apogeo pueden soportar las huelgas con mayor facilidad y mejor ánimo que los negocios profundamente agitados por la inseguridad general. Una huelga de los trabajadores de transportes, aun de corta duración y en tiempos tan críticos como éstos, complicaría enormemente la situación y muchas buenas oportunidades de controlar la crisis actual y de normalizar los negocios serían gravemente afectadas y tal vez desaparecerían por completo.

Previendo todo esto, y tomando en consideración las posibles consecuencias, los dirigentes de la industria norteamericana ordenaron la cancelación de todos los contratos que se hubieran hecho para obtener carbón extranjero. Avisóse a todos los barcos que traían cargas de carbón que cambiaran de rumbo y lo descargaron en puertos no norteamericanos.

Era eso y nada más que eso lo que Mr. Collins deseaba que ocurriera, cuando dijo a los cronistas que los sindicatos de trabajadores de transportes serían los próximos sentenciados a muerte en cuanto los mineros lanzaran el último aliento. Tan poco como le importaba que los mineros tuvieran un sindicato, lo mismo le importaba la organización de los trabajadores de transportes. El usaba el amor y el entusiasmo de los trabajadores por sus organizaciones únicamente como un medio para la consecución de sus propósitos.

XXXVIII

A partir de este día, todo ocurrió como lo había planeado. Collins trabajaba de acuerdo con la receta inventada y aplicada por primera vez por el buen Master Joseph, onceavo hijo de Mynheer Jacob, y nieto de Israel, hijo del señor Abraham, último habitante de la ciudad de Ur. Fué precisamente por medio de aquel invento como el pájaro de cuenta que era Joseph, logró convertirse en virrey de Egipto y en uno de los hombres más ricos de su tiempo en toda la costa del Mediterráneo. Para agravio de más de un hombre vivo en aquellos remotos tiempos, fué un judío quien consiguió el más alto grado de gentileza y se hizo inmensamente rico almacenando trigo y guardándolo todo el tiempo que fué necesario para permitirle dictar precios. Desde luego, la Biblia nos cuenta la historia en una forma enteramente distinta, pues de otro modo resultaría insoportable para el resto de la raza humana, particularmente para los arios aceptar el hecho de que ya dos mil quinientos años antes, un judío tenía mayor inteligencia y más aptitudes para los negocios que la mayoría de los egipcios. Desde entonces los judíos se interesan vivamente por nuestro trigo, pero muestran menos interés en cultivarlo que en comprarlo y venderlo. Ningún ario gordo y astuto puede negar que los judíos tienen derecho a manejar nuestro trigo, ya que son los que poseen más larga experiencia en esa rama del comercio.

Ahora que Mr. Collins no era judío. Era ciento cinco por ciento norteamericano y ciento cincuenta por ciento ario. Y de ambos porcentajes se mostraba muy orgulloso a pesar de no haber hecho absolutamente nada en particular para lograr esa distinción. Siempre que surgía una discusión relacionada con ciertos problemas políticos en su club, él defendía la conveniencia de que se dictara una ley especial que de una vez por todas y para siempre prohibiera la entrada de los judíos y los medio judíos a los Estados Unidos. En las proposiciones que no propagaba en público, sino entre los miembros de su club que compartían sus opiniones, solía ir más lejos aún que la mayoría de los antisemitas, ya que proponía que se prohibiera la entrada al país hasta a los turistas y visitantes, compradores y agentes de origen judío. Fué atendiendo a una sugestión suya, como el club había incluído en su reglamento una cláusula más por la que se obligaba a cada miembro a declarar bajo su palabra de honor que, hasta donde le era posible saber, no corría sangre judía por sus venas; incluíase en la regla también a sirios, turcos, albanos y otros más. Deseaba que los negros norteamericanos fueran segregados por los blancos y se les obligara a residir en sectores especiales del país, o que fueran todos enviados fuera de Norteamérica para habitar alguna isla. Esta buena idea era compartida por la totalidad de los miembros del club, mientras que no todos ellos deseaban que se alejaran los grandes compradores judíos de productos norteamericanos.

Mr. Collins era más grande que Joseph, y más grande
también que Lord Beaconsfield, porque es muy vieja la creencia de que si alguien realmente grande y además increíble-
mente falto de escrúpulos, sin límites y sin consideraciones
para los demás, debe, indudablemente, ser judío. Y en esto
reside el gran consuelo de todos los arios que viven con la esperanza de que surja de ellos uno que supere a los judíos como
Mr. Collins superó a Joseph.

Sin duda alguna Mr. Collins era mucho más grande en verdad. Y además sus métodos eran ultramodernos. El no se valía
de los sueños de otras personas. Hacía uso perfecto y nunca
antes ensayado de la solidaridad del proletariado, y en verdad que era excelente el uso que hacía él de esa solidaridad
acerca de la cual los trabajadores escribían en forma tan vehe-
mente en los periódicos socialistas y comunistas.

Mr. Collins estaba respaldado por la ventaja de que todas
las gentes de dinero sufrían el temor mortal de que cierto día,
muy próximo, la solidaridad del proletariado se convirtiera
en realidad y que su poder llegara a trastornar hasta el sistema
solar y a cambiar completamente nuestra concepción del universo.

XXXIX

Mr. Collins había empezado su colecta, colectaba seria y
activamente. Recogía la crema de la riqueza nacional. ¡Gran
Dios, cómo colectaba ese hombre! ¡Dios todopoderoso, cómo
fué sangrada la nación! El precio del carbón disponible subió
un treinta por ciento, después un cincuenta. Una semana más
tarde, subió un veinticinco por ciento más.

Cuando fué posible decir el precio sin que ni el comprador ni el vendedor perdieran el aliento o cayeran muertos allí
mismo, y cuando la opinión general era que los precios estaban

destinados a subir aún más, Mr. Collins decidió abrir sus graneros para aliviar los sufrimientos de la industria norteamericana y ayudarla a recuperar su alimento más indispensable.

En esta forma Mr. Collins se convirtió en salvador de la nación americana. De no haber tenido ya la nación un padre de la patria y un libertador de los esclavos, Mr. Collins hubiera tenido oportunidad de ganar cualquiera de esos dos o tal vez los dos deseados títulos. Carecía de ambiciones políticas, pues de otro modo habría sido elegido presidente de los Estados Unidos, por aclamación.

La Anthracite cobraba y cobraba. No tenía gastos. Todos los gastos ocasionados por su acaparamiento y por la consecución de sus planes eran sufragados por los trabajadores. Todos los ricos fondos de los sindicatos mineros y una gran parte de los de otros sindicatos fueron consumidos por los huelguistas. Solamente los proletarios tenían gastos. Los proletarios hacían colecta tras colecta entre sus compañeros, que contribuían con cara dura y gesto agrio, pero fieles a su instinto de solidaridad. Los leales contribuían con más de lo que les era posible. La colecta era para los sufridos y hambrientos mineros y para sus pobres hijos, y todo honesto proletario norteamericano se sentía en el sagrado deber de sostener la huelga. Los reyes declaran las guerras y los proletarios sangran y mueren. Los magnates hacen temblar a Wall Street y el proletariado sufre y sacrifica hasta su último centavo para ayudar a sus hermanos necesitados.

La batalla había terminado.

La vida financiera volvía a su cauce y empezaba a sentirse calma en el campo de la industria. Nuevamente se recibían y atendían pedidos, en la forma acostumbrada.

Cuando las condiciones en todos los terrenos habían alcanzado un punto medianamente satisfactorio, Mr. Collins consultó su libreta y se percató gozoso de que estaba muy cerca de obtener dos millones más sobre la cantidad que estipuló el día en que hizo su proposición a los directores de la Anthracite. Ya no necesitaba más del trabajo, de los sindicatos obreros tendientes a formar un frente mundial, y todos no le importaban ni un ápice. Ni los trabajadores norteamericanos, ni sus astutos dirigentes, ni sus hábiles agitadores se enteraron jamás de que habían sido solamente cartas, fichas, dados, en el juego de Mr. Collins.

Los mineros esparcieron en todas direcciones la noticia de que habían obtenido una victoria aplastante sobre el testarudo capitalismo al haber logrado recuperar sus puestos con una rebaja del diez por ciento únicamente en sus salarios, en vez del amenazante veinticinco por ciento. Lo que era más importante para ellos y lo que los acababa de convencer de que habían obtenido una victoria, la más grande hasta entonces del proletariado organizado, era el hecho de que todas las compañías mineras reconocieron a los sindicatos. Así, pues, otra vez podía el trabajo gozar legítimamente de su más preciado y amado juguete. ¿Qué le importa de hecho al capitalismo que los trabajadores se organicen o no? Con sindicatos o sin ellos, los trabajadores se mueren de hambre si carecen de trabajo o de cerebro suficiente para crearse uno que les permita ser amos de sí mismos. Y el hecho de que un trabajador retenga o no su trabajo no es cosa decidida en última instancia por el sindicato, sino por aquellos que no predican ni escuchan sermones radicales y trabajan dieciséis horas diarias en sus propias ocupaciones, sin un ápice de sentimentalismo cuando de comer se trata.

Si los trabajadores escucharan exclusivamente conferencias y sermones en los que se les hablara del paraíso que será suyo cuando el capitalismo se derrumbe, éste último podría aún ganar la carrera. Porque ese paraíso de los trabajadores está tan lejano como el prometido por la iglesia. Ambos se encuentran a igual distancia. Nunca vendrán, es necesario que cada quien los haga con sus propias manos y con el poder del deseo.

Mr. Collins disertaba sobre el capitalismo en la forma más perfecta. No tomaba en cuenta ni los muertos ni las pérdidas. No le importaban para nada todos los hombres muertos por la policía y la guardia nacional. No se cuidaba de enviar regalitos a los cientos que por una u otra razón fueron enviados río arriba, algunos por períodos de diez años. No lloró por los cientos de hombrecitos que habían perdido sus negocios, su dinero, sus ahorros, todo cuanto poseían en el mundo. ¿Qué podían importarle a él, admirador de las virtudes del capitalismo, las veintenas de suicidas y los trescientos cincuenta locos, en números redondos, que se encontraban recluídos en el manicomio? Tampoco envió flores al medio millar de hombres, mujeres y niños que yacían en las camas de los hospitales, muchos de ellos inválidos para el resto de su vida. Porque en realidad ni siquiera por los grandes generales perdidos en el campo de batalla se debe llorar. Un gran general nunca tiene tiempo para tonterías. Necesita preparar la próxima batalla, para evitar derrotas. El diablo sabe cuán ocupados estamos con los vivos para perder el tiempo lamentando a los muertos.

Y mientras el proletariado entierra a sus muertos, llora sobre ellos y hace largos discursos sobre sus tumbas abiertas para poner de manifiesto su habilidad oratoria, la parte contraria piensa en la forma de engrandecer sus negocios a costa del proletariado.

XL

Mr. Collins se encontraba en la cúspide. En la cúspide desde la que podía llamar por sus nombres a una docena de millonarios sin ser desairado.

Y he aquí que ocurrió algo que él no esperaba aun cuando, hombre fuerte como era, no le importó un ápice.

Todos aquellos caballeros de la Emmerlin Anthracite, presidente, vicepresidente, directores y altos jefes que durante los últimos meses habían trabajado codo con codo con él empezaron a cambiar de actitud.

Tan poco sentimentales como él eran ellos. Cualquiera habría vacilado un poco antes de decidirse a hacer una mala pasada a su amigo más íntimo aligerándolo de un cuarto de millón, con el único fin de divertirse, porque necesidad verdadera de dinero no tenían. No obstante, esos caballeros tenían un campo de acción diferente, con ciertas limitaciones, en tanto que Mr. Collins —de esto se habían percatado durante el tiempo que trabajaran con el mismo fin— no conocía más límites que los considerados por la ley como criminales, sin lugar a duda.

Las operaciones de la Anthracite hasta aquel momento estaban estrictamente dentro de la ley; que fueran aceptadas por la ética financiera, o la ética en general era cosa que no les preocupaba. La compañía había estado en su perfecto derecho de obrar como lo había hecho y sus directores podían siempre asegurar que sus manipulaciones habían sido aconsejadas por las circunstancias sobre las que carecían de control. Ninguna investigación habría sido suficiente para probar lo contrario en el caso particular de la Anthracite. Toda la maniobra, juzgada desde el punto de vista de la ley escrita, y juzgada por los financieros y comerciantes norteamericanos, habría sido considerada limpia y honesta. Tan honesta, limpia y hábil como cualquiera otra realizada bajo condiciones similares y dirigida por la ambición podría ser juzgada en los dominios del sistema capitalista. Porque aun del hecho de que las gentes se dejaran estrangular por el pánico la Anthracite no era responsable, ciertamente no. Por un acontecimiento tan lamentable uno puede hacer responsable si acaso al Señor, creador del universo, incluído los débiles cerebros de los tontos. Si los humanos tuvieran mayor disciplina mental, mayor confianza en su habilidad, más valor y coraje, y si no temieran enfrentarse a la vejez sin una cuenta en el banco o una buena póliza de seguros, nadie haría uso de los humanos en beneficio propio. El hombre que exprime al tonto hasta donde le es posible debiera ser aclamado como gran cirujano. Porque los tontos son tontos debido a que esperan que los otros sean lo bastante tontos para entregarse por un quince por ciento de interés en sus inversiones.

Aunque toda la maniobra de la Anthracite había sido conducida legalmente, cada uno de los miembros del consejo de directores, sin excluir al presidente, temblaban ante la idea de llevar a cabo otra campaña como esa, o similar. Todos temían que si Mr. Collins continuaba como miembro del consejo, los indujera a otra batalla peligrosa en la que se sufre un choque nervioso. Ahora todos lo conocían tan bien que estaban seguros de que Collins necesitaba aquella clase de excitantes, tanto como otros necesitan de la ruleta. Y se daban cuenta de que no siempre saldrían del paso con tan buena suerte como en esta ocasión.

Razonando en esa forma, los caballeros llegaron a la conclusión de que lo mejor para su seguridad era condecorar a Collins con tantas medallas que no le quedara otra salida que renunciar para quedar libre y poder ocupar el puesto a que su habilidad le hacía merecedor y que, desde luego, era más encumbrado que el que ocupaba en una empresa guiada y controlada por abuelos tan cautos que preferían viajar en diligencia en vez de usar un aeroplano.

Las medallas que los directores colgaron al pecho de Mr. Collins, tintineaban con un sonido más dulce al oído que el producido por las medallas dadas a los soldados norteamericanos que salvaran a la nación de un ejército invasor mexicano. Mr. Collins, poseedor de las acciones que le entregaron, parte en calidad de medallas, parte como pago por su buen trabajo, resultaba aún muy peligroso para la Anthracite. Así, pues, se le ofreció un precio ridículamente elevado por sus acciones. El comprendió el significado de la oferta y las vendió; quedóse únicamente con veinte acciones con el objeto de no desligarse totalmente da la Anthracite, porque nadie puede prever cuán útil será algún día el derecho a sentarse en una sesión de accionistas de la Emmerlin.

Cuando salió de la sala de conferencias le hicieron tantas reverencias como si se tratara de Mr. Morgan. Pero una vez que se cerró la puerta tras de él, todos los caballeros respiraron aliviados y uno de ellos, hablando por todos, dijo: "Todavía lo creo un aventurero. En cualquier forma, caballeros, no olviden que ahora vale dos millones. Demasiado dinero en manos de semejante hombre."

En esta forma la Anthracite se deshizo de él. Los directores dieron gracias a Dios y entregaron a un fondo de caridad veinte mil dólares.

XLI

Los nervios y las arterias de la civilización son trigo, algodón, carbón y acero. Aquel que domine uno de estos productos dados al hombre por la naturaleza, será tan poderoso como Dios sobre la tierra, porque le será posible construir iglesias y alimentar sacerdotes, así como dejar que los templos se derrumben y que los servidores de Cristo mueran de hambre. Si el Señor no cuenta con sacerdotes que lo representen en la tierra ante aquellos que lo niegan voluntariamente, pronto será olvidado. Ya ha ocurrido antes y bien puede ocurrir otra vez.

La carne, las pieles, el algodón, los inmuebles, son también muy importantes para los civilizados. Pero el hombre puede permanecer civilizado durante un largo tiempo sin carne, y con los zapatos hechos pedazos. Puede vivir en habitaciones pequeñísimas y sentirse aún bien y civilizado, pero debe tener pan y si carece de algodón no podrá vivir mucho tiempo en esta época en la que no hay suficientes pieles y lana en el mundo para vestir a todos los necesitados de calor. Pero sin hierro y carbón, la civilización moderna desaparecería en una generación, siempre que no se encontraran sustitutos.

Mr. Collins conocía los nervios de la civilización, de ahí que hiciera uso del carbón para destacarse de la masa y elevarse hasta la cumbre.

El carbón lo había despedido honrosamente, porque resultaba demasiado peligroso para ese producto. Consecuentemente, tenía que buscar otro nervio vital de la civilización que lo ayudara a ganar más poder y riqueza.

Por experiencia había llegado a la convicción de que era más excitante jugar por poder y dinero en un mercado abierto, a la vista de todo el país, que sentarse ante la ruleta en un salón sobredecorado. Uno no puede mover la ruleta ni influir en sus vueltas. Necesita aceptar lo que decida la suerte ciega. Cualquier idiota puede jugar en Monte Carlo, es por ello que en Monte Carlo no se encuentran más que idiotas, ladrones, pícaros y prostitutas con sus empresarios en espera de que alguno de los idiotas gane.

Mr. Collins podía serlo todo, pero había algo que no era. No era idiota. Tenía un buen cerebro, y usaba de su inteligencia a toda capacidad. Estaba en su naturaleza jugar empleando hasta el límite la inteligencia que poseía y que era en cierto modo limitada.

Examinó los asuntos del mundo y concluyó que el carbón daba signos definitivos de vejez, y que sufría de alta presión arterial. Pudo prever que pronto llegaría la hora en que el carbón no tuviera importancia para la humanidad, que podría prescindir de él. Nadie lo tomaba en consideración. Cuando se inventaba un automóvil o un aeroplano, nadie pensaba en alimentarlo con carbón, por lo menos en el estado en que se produce actualmente.

Estas consideraciones indujeron a Mr. Collins a probar suerte con el petróleo. Pensó en el petróleo y en su gran futuro en la misma forma en que pensaron los norteamericanos diná-

micos de mitad del siglo pasado en el telégrafo y en los ferrocarriles. En cuanto llegó a una conclusión en sus consideraciones, se apresuró a comprar lotes en California, Oklahoma y
Texas, confiando a su instinto y olfato las localizaciones apro-
piadas. Compró determinadas parcelas a precios ordinarios,
porque nadie creía en la posibilidad de encontrar petróleo en
ellas. Era su propio gerente de campo y cuando las circunstancias lo demandaban ayudaba a equiparlo, a perforar, a
levantar las torres o a trabajar con alguna de las viejas máquinas de vapor que había adquirido a precios más bajos aun de
los que podía costar la sola caldera.

Cada vez eran mayores las cantidades de dinero que se
hundían en los agujeros de tres mil pies que tenía que abandonar por no hallar en ellos a esa profundidad ni el más leve
rastro de petróleo. Empezó a dudar de sus grandes aptitudes
para tener éxito en la realización de sus corazonadas. Cuando
estaba a punto de retirarse del negocio petrolero, encontró un
pozo a cuatro mil seiscientos pies. Había apostado toda su
suerte y sus últimos cincuenta mil dólares a aquel agujero. En
aquella región todos los pozos había sido encontrados a tres
mil pies de profundidad más o menos. Ningún perforador,
ningún buscador frenético habría gastado siquiera quinientos
dólares en perforar a más de tres mil cuatrocientos. Cuando
llegados a los tres mil quinientos dió orden de seguir perfo-
rando, los hombres creyeron que se había vuelto loco, porque
ni el más leve olor a algo que pudiera parecer petróleo era
percibido ni por el fino olfato de aquellos que, para lograr
que el suyo fuera considerado de primera clase, habían dejado
hasta de fumar. Un buen número de petroleros, especialmente
de los viejos en el negocio, confiaban más en los de buen olfato
que en los dos mil cuatrocientos sesenta y tres aparatos reco-
mendados como buenos para determinar la existencia de petróleo aun a diez mil pies de profundidad.

Aquel pozo hallado por Collins con la ayuda de olfateado-
res, y siguiendo una vez más su corazonada confiado en su

buena suerte, empezó produciendo cuatrocientos barriles por día, que pronto aumentaron a novecientos. No era mucho en comparación con pozos que quedaban sólo a veinte millas de distancia y que producían cinco y diez mil barriles diarios. Pero de todos modos aquel era petróleo y había sido obtenido en donde nadie creía que pudiera haberlo. En atención a aquel encuentro, tódo el territorio que rodeaba al pozo y que pertenecía a Collins, valía seiscientos por ciento más de lo que a él le había costado.

Seis meses más tarde, Mr. Collins poseía cuatro agujeros productores de dos mil quinientos barriles diarios.

Ya se podía considerar parte de la industria petrolera, petrolero calificado.

Durante un corto tiempo estuvo estudiando buenas proposiciones de compra y habría podido hacer realmente una fortuna considerable, pero cambió de idea y pensó en fundar una compañía de su propiedad. Después de pensarlo bien, abandonó esa nueva idea, y concluyó que era mejor emplear el dinero de otros en vez del suyo, ganado con tanto trabajo, para organizar algo grande en la industria, capaz de jugar contra los reyes y los traficantes reales del imperio petrolero. Era jugador de nacimiento, pero se distinguía de los otros por el hecho de que ningún juego en el que la suerte depende de ocasiones, trucos o embustes tontos, interesaba su atención.

Como tantas veces lo había hecho en su agitada vida, una vez más buscó la forma de que una oportunidad llamara a su puerta. Y la oportunidad llegó cuando conoció accidentalmente a un miembro de la Condor Oil Co., Inc.

Nunca había oído nombrar a esa compañía. Había sido formada cuatro años antes y era respaldada por sus fundadores, cuatro millonarios, que habían hecho sus fortunas en cuatro líneas diferentes, pero que no habían querido permanecer a retaguardia del más prometedor de los negocios modernos. Hasta ahora, habían considerado la empresa como un capricho, porque su sostenimiento les costaba cinco veces más de lo que les producía. Los planes de la Condor daban cabida a toda clase de negocios relacionados con el petróleo. Esto es, tráfico, exportación, importación, compraventa, alquiler de propiedades, producción, exploración y refinación. Todo se hacía menos lo que se entiende por hacer negocio en gran escala y con éxito.

Cuando Mr. Collins trabó conocimiento con uno de los miembros de la Condor, la compañía había hecho poco de importancia. Había manejado algunos contratos con los gobiernos chino y japonés, que solicitaban entregas de petróleo, en parte crudo y en parte refinado, para ser embarcado en un puerto mexicano del Pacífico. La ganancia neta que resultara de esos contratos había sido insignificante. Tan pequeño era el margen que si la empresa hubiera perdido uno solo de los barcos cargados habría tenido que cerrar todos sus negocios con déficit. La compañía había adquirido también algunos territorios, unos comprados y otros alquilados. Se habían adquirido con la presunción de que producirían petróleo o por lo menos gas natural. Nada, sin embargo, se había hecho para empezar a perforar y saber si la tierra era buena o no. Aquella negligencia fué explicada por los directores en una forma que complació a Collins. Dijeron que en tanto no se probara definitivamente que en aquellos lotes no había petróleo, su valor permanecería siendo el mismo que cuando fueron adquiridos y que con algún truco hasta podría obtenerse cierta ganancia, pues colindaban con ciertos territorios que de hecho producían petróleo.

Fué aquella inteligente explicación la que hizo comprender a Mr. Collins que había encontrado justamente la compañía y los hombres que buscaba. Cualquier negocio bien establecido, sin tomar en cuenta la importancia que tuviera, controlado por hombres realmente honestos y escrupulosos, nunca habría atraído la atención de Mr. Collins, cuyo deseo se fijaba en los juegos al rojo blanco.

El consejo de la Condor estaba formado por seis directores. Se arregló una reunión en la que se dió oportunidad a
Mr. Collins de expresar lo que pensaba acerca de lo que podía
lograrse de aquella empresa, que yacía agonizante en su lecho
de muerte, si se le hacía una transfusión de sangre, y una vez
curada se le alimentaba y ejercitaba bien hasta convertirla en
un buen pugilista capaz de pelear de frente y espalda, a derecha e izquierda, de pies a cabeza con cualquiera que le saliera
al encuentro.

Los fundadores de la Condor conocían las condiciones de
la empresa, sabían que moría de muerte miserable, pero insistían en continuar en el negocio petrolero por una u otra razón.
Debido a su ignorancia en la línea no se daban por vencidos.
Además, tanto gustaban del petróleo que preferían invertir
dinero y más dinero en vez de retirarse. Mr. Collins sumó estas
razones a las que ya tenía para agregarse a la empresa.

Cuando después de cuidadosas investigaciones encontró
lo que cada miembro del consejo valía en efectivo, acabó de
convencerse de que la Condor era la empresa que él necesitaba,
la única que le hacía falta, desde el día en que antes de cumplir sus veinte años le habían estafado doce dólares por un
inservible curso por correspondencia acerca de la forma de influir en los hombres y en las cosas valiéndose de poder magnético. Entonces, se había dicho, los imbéciles hicieron un imbécil
de mí, pero llegará un día en que estos estafadores y todos
los de su clase me devuelvan mis doce dólares cinco millones
de veces.

En pago de sus acciones de la Condor entregó sus cinco
pozos en producción, y todos los lotes que había adquirido. La
Condor fué fundada con cincuenta mil dólares. Siguiendo los
consejos de Mr. Collins, aumentó su capital a un millón. Ese
primer acto de Mr. Collins obligó a los directores a hacer un
sin fin de cálculos para encontrar cuánto tendrían que pagar
de impuestos al gobierno por semejante expansión del capital.

—No se afanen tan pronto, caballeros, haremos negocio o no. Pero si lo hacemos ha de ser con los mejores resultados. Se sorprenderán al saber lo que ese aumento de capital significa para los que ahora piensan que la Condor es un muchachito sucio y harapiento, que trata de mezclarse en el juego, escurriéndose por la grieta de la muralla que mantiene alejados del negocio a los indeseables. Ahora marcharemos a todo vapor o no lo haremos.

El mismo día en que el presidente del consejo de la Condor renunciara recomendó a Mr. Collins para sucederle. Cuando se contaron los votos no se encontró ni uno en contra.

Tres meses más tarde Mr. Collins, en su calidad de presidente, gozaba de poderes prácticamente dictatoriales. Cinco meses después las acciones de la Condor eran poseídas por cerca de doscientos individuos en tanto que el día en que por primera vez había oído Mr. Collins hablar de la compañía, los accionistas no pasaban de catorce, todos parientes o amigos íntimos de los directores.

Transcurridos dos años, la Condor pagó impuestos sobre ganancias de un millón setecientos cincuenta mil dólares. Poseía cincuenta mil acres de terreno, la mayor parte en los Estados Unidos, el resto en varias repúblicas latinoamericanas.

Al cabo de dos años más, la Condor explotaba cuarenta y seis pozos, poseía cuatro refinerías, tres barcos tanques y setecientas cincuenta millas de tubería distribuídas en varias regiones del continente americano.

Sin embargo, el impuesto que la Condor pagaba, era solamente veintiún mil dólares más alto que el que pagaba dos años antes. Mr. Collins había cuidado de eso valiéndose de una veintena de trucos, fundando nuevas compañías, liquidando otras anteriormente establecidas. Las ganancias obtenidas en alguna rama del negocio eran disimuladas con pérdidas en otra. Ningún investigador federal habría podido desenredar aquella maraña fabricada expresamente para hacer imposible poner en claro la suma exacta ganada por la Condor. Los inspectores se habrían vuelto locos antes de haber siquiera empezado a tratar de encontrar el principio de aquel laberinto.

Si era extremadamente difícil encontrar el monto verdadero de las ganancias de la compañía, habría sido infinitamente más difícil probar las entradas exactas de Mr. Collins, el presidente. Nunca pagaba un centavo más de lo que correspondía a la vigésima parte de sus entradas, más bien a la treintava parte.

XLII

Mr. Collins nunca se tomaba la molestia de preguntarse si era feliz o infeliz en su matrimonio, si era el marido incomprendido que anda en pos de la compasión de otras damas o si estaba satisfecho, como en realidad lo estaba. En cierta forma, no disponía de tiempo para hurgar en el asunto. Respecto a su matrimonio se sentía absolutamente neutral. Todas sus obligaciones maritales eran como la de los verdaderos cabezas de familia, que parecen no tener otra función sobre la tierra que la de abrir su bolsa y sacar de ella tal o cual cantidad de dinero o llenar cheques. En cuanto a sus obligaciones inmateriales con Mrs. Collins, las llenaba con la misma economía que suele emplear un tacaño constantemente temeroso de hallarse un día sin un solo centavo. Explicaba esta economía a Mrs. Collins en esa forma usual tan ampliamente conocida y usada, esto es, sostenía que estaba enormemente cansado por el exceso de trabajo, y que sufría de un mal nervioso que se había convertido en enfermedad crónica que le impedía excitarse con ciertos excesos.

Aunque parezca extraño había alguna circunstancia por que Mr. Collins no recordaba cómo había llegado a ser el esposo de Mrs. Collins. Sin embargo, recordaba no haber sido él quien casara con ella, sino ella quien casara con él. Había caído en la vieja trampa cuando ella le dijera suspirando que se entregaría a él porque sabía que era el predestinado. No hay hombre que escape de esa trampa. Ella no había aportado dote alguna ni tenía relaciones sociales o comerciales que pudieran beneficiarlo.

Había casado con ella cuando era empleado de una compañía de seguros y ganaba treinta y cinco dólares a la semana. Con ese sueldo nadie puede esperar casarse con una beldad o con alguna dama de la alta sociedad, o con la hija de un rico o de una mujer reciente heredera de los diez millones de su último marido.

Ambos, tanto ella como él, se sorprendieron enormemente cuando cierto día apareció en escena su hija, porque ninguno de los dos había hecho ningún esfuerzo especial para que se produjera tan innecesario acontecimiento, y ninguno de los dos había experimentado una sensación extraordinaria, ni la emoción más pequeña cuando se enteraron de la existencia de aquella hija.

Como Mrs. Collins estaba muy lejos de poder satisfacer su hambre de mujeres ni su padecimiento por los goces sexuales, y nunca lo había logrado, él, un día, al abrir inesperadamente sus ojos y con un suspiro de alivio, descubrió por primera vez en su vida, que en este imperfecto mundo hay mujeres que no pueden ser designadas más que por el nombre de mujeres. Mujeres y sólo mujeres. Estos individuos no desean ser para el hombre más que excelentes compañeras, amigas alegres, camaradas agradables y colaboradoras deseosas en situaciones definidas.

Entre las muchas razones que existen para describir a Mr. Collins como a un hombre extraordinario, y los cuales ponen de manifiesto los porqués de su incesante prisa, de su dinamismo, de su actuación sin escrúpulos, hay que considerar antes que nada, su vida de casado con Mrs. Collins. Más que nada era esa vida de casado lo que había hecho de él en un cincuenta por ciento lo que era. Si en vez de haberse casado

con Mrs. Collins se hubiera casado con una muchacha dulce
y encantadora del tipo suave descrito en las revistas, una muchacha que tal vez hubiera hecho un cielo de su hogar, que
llenara todas sus demandas y lo comprendiera ilimitadamente,
esa muchacha habría aplacado su ambición y habría podido
hacer que él viera el mundo en forma distinta, habría hecho
que se sintiera contento y enteramente satisfecho con un empleo seguro, con la perspectiva de llegar algún día a ganar
veinte mil dólares anuales para retirarse a los sesenta con un
seguro que les proporcionara ciento ochenta dólares al mes
por el resto de sus vidas.

Como no había encontrado satisfacción en su vida de casado, había gastado su caudal en virilidad con tan inconcebible
economía que al llegar a los cuarenta, cualquier dama de experiencia que lo conociera íntimamente le habría calculado no
más de treinta y dos. Y más tarde cuando frisaba en los cincuenta y después de pasada esa edad, siempre constituía una
gran sorpresa para cualquier mujer que, deduciendo su edad del
tiempo que llevaba dedicado a los negocios, llegaba a la conclusión de que había pasado de la madurez. No pocas de sus
amigas habrían deseado ser sus compañeras no por su dinero
o su posición, sino por las cualidades que poseía y que esas
damas consideraban de más valor para su bienestar y su salud
de lo que podían considerar al dinero y a las pieles. Mientras
más mujeres consumía, más poderosas parecían aquellas sus
cualidades particulares, y menos saciado se sentía respecto al
goce perfecto.

A menudo se cansaba de que tantas mujeres comieran lentamente su carne y su dinero. La mayoría de ellas, si no todas,
habían caído en sus manos porque eternamente andaba en busca de la sola y única que poseyera todas las cualidades que
deseaba en una mujer.

De todas las mujeres que conocía, sólo dos lo satisfacían
realmente. De haber logrado las diferentes cualidades de las

dos en una de ellas, se habría sentido inclinado a retirarse de la circulación y a establecerse para siempre.

Flossy y Basileen. De ellas Flossy había llegado a ser la mejor, la de más utilidad para él, a la que no hubiera dejado o cedido por ningún precio, valor, ambición o posición. Mientras más viejo se hacía más saludable era y más refinado en su gusto por las mujeres. Este gusto, naturalmente, se encarecía mientras más refinado era y cada vez demandaba más dinero.

Que su gusto por las mujeres había alcanzado un nivel que en un hombre como Mr. Collins no tiene espacio para subir más aún, era probado por el hecho de que hubiera sido capaz de conquistar a Basileen.

Ni Flossy ni Basileen habrían podido ser conquistadas sólo con dinero y regalos; aun cuando el dinero no había jugado un papel sin importancia para ganarlas, y seguía jugándolo para conservarlas, ambas pertenecían a la clase de las que hubieran permanecido a su lado de haber perdido su dinero a menos que él no hubiera aceptado semejante sacrificio, como lo habría llamado. Su ahora refinado gusto le habría hecho duro el encontrarse imposibilitado para proporcionarles la vida fácil a que las había acostumbrado.

Mientras Flossy se sentía enteramente satisfecha con una vida medianamente segura y con tenerlo a él por único caballero y amante, Basileen demandaba más que seguridad, dinero, trajes y diversiones; Basileen demandaba todo aquello que Mr. Collins durante su excitada vida y su incesante búsqueda de la mujer ideal había adquirido en la formación de su carácter, y personalidad y todo el caudal de virilidad que poseía. Su intimidad con una increíble variedad de mujeres de todas clases durante los últimos veinte años de su vida lo había enriquecido con grandes cualidades especiales, muchas de ellas altamente apreciados por muchas damas cultas que saben lo que desean del hombre. De haber estado respaldado en su primer encuentro con Basileen por la sola experiencia de su vida de casado con Mrs. Collins, no habría tenido suerte con ella. Ella lo habría imaginado vistiendo un largo camisón y un gorro de lana para dormir. Y aun cuando ella no hubiera tenido un solo par de zapatos y hubiera dejado de comer durante días enteros, habría rehusado intimar con semejante escarabajo.

Las fortunas que había gastado en Basileen no habían sido ni derrochadas ni desperdiciadas. Sin embargo, él estaba muy lejos de considerar sus relaciones con ella como una inversión. A pesar de la forma poco escrupulosa que usaba para hacer negocio y para cazar a sus víctimas, había en su corazón y en su alma ciertos rincones que lo inducían a seguir una línea de conducta distinta para considerar a Basileen no como una inversión, sino como a su amada, admirada, venerada y adorada amiga. Cuando un día, no mucho tiempo atrás, se dió cuenta repentinamente de que en realidad la amaba profundamente, recibió esa revelación como un duro golpe asestado a lo que de puramente humano había en él. El hecho de que, aparte de su mutua simpatía y admiración, ellos estuvieran tan fuertemente unidos por esa fuerza inexplicable que atrae y une intensamente a caracteres, mentes e individualidades enormemente opuestos, era algo absolutamente desconocido para él, y de haberlo sabido, lo habría creído imposible en su caso.

XLIII

La irrupción de Basileen en el sagrado recinto de los directores había sido un hábil truco que nadie se habría atrevido a poner en práctica en la forma en que ella lo había hecho. Mr. Collins, acorralado de aquella manera, no podría usar de más evasivas para negarle el garage y la mansión a la que éste pertenecía.

Durante su estancia en la sala de conferencias revistió primero la apariencia de la diosa de la ira y midió con la mirada a todos los directores como si se tratara de seres inferiores;

después asumió una actitud visiblemente serena. Sin lugar a duda, era una gran actriz, aun cuando nunca había tomado lecciones y nunca había estado en un escenario. Una vez serena, sonrió y pronto su sonrisa se convirtió en carcajada abierta. En su risa había sonido de campanas de plata y notas apagadas de un órgano que estuviera cubierto por espeso terciopelo. Era aquella risa bellísima de ella la que encantaba a los hombres y les hacía perder la cabeza. En sus notas había cientos de promesas y llenaban el ambiente de calor, produciendo la sensación de los perfumes exóticos. Se extendían acariciando todos los objetos que alcanzaban, e inducían al hombre a dar gracias a la naturaleza por haber dotado a un ser humano con semejante risa y con aquella voz embrujada. Con aquella voz podía ella decir las mayores simplezas y encantar a la gente como si cantara la más dulce de las melodías.

En su rostro lucía una sonrisa como rayo de sol en un valle cubierto de flores, y con aquella su voz musical dijo:

—Caballeros, la presencia de ustedes será muy cara durante las fiestas íntimas que daré en mi casa y cuyo carácter alegre y ardiente pondrá fuera de lugar a las legales y eclesiásticas esposas de ustedes. Sin embargo, cada uno de los caballeros que me hagan el grande honor de aceptar mi invitación estará en libertad o, para hablar más claramente, estará obligado a traer consigo a alguna alegre compañía del sexo opuesto, en otras palabras, a una o dos amigas. El hecho de llegar con menos de una compañera no podrá tolerarse por razones que se explicarán en la fiesta, y el de llevar más de dos resultará ciertamente inconveniente para todos, incluído el culpable. La alegre y ardiente fiesta a que los invito perdurará en su memoria. Si fallara en hacer de esa fiesta la más agradable, la más satisfactoria y discreta que pueda imaginarse, prometo que el garage y la mansión a la que éste pertenece, será convertida en hogar para las viejas e inútiles barrenderas de oficina. Por favor, señores, salven el garage de semejante destino ahora que es joven todavía y que está próximo a ser bautizado con la amable ayuda de ustedes. Gracias, señores. Mr. Collins dará a ustedes detalles posteriores acerca de la fecha y hora. Por conveniencia propia les agradeceré vistan formalmente, y no olviden el equipo de fin de semana, porque podrían necesitarlo. Una vez más, caballeros, gracias.

Inclinando graciosamente la cabeza ante los directores, y regalándolos con su más dulce sonrisa, se volvió a Mr. Collins y dijo:

—Ya lo oíste, mi amor; todos estos simpáticos caballeros han aceptado la invitación. Ahora no podemos dejarlos plantados, ¿verdad, encanto? Tú cuidarás de los detalles. Puedo confiar en que solucionarás el asunto que tenemos pendiente. Hasta la noche, mi rey. ¡Adiós!"

Le envió un beso con la punta de los dedos y salió.

Los directores habían permanecido de pie mientras Basileen estuvo en el salón. Cuando salió tosieron, volvieron a respirar normalmente y lentamente fueron tomando sus asientos. Todos sacaron el pañuelo y se enjugaron el cuello, la cara y la frente como si, haciendo aquello automáticamente y por hábito después de una situación excitante, recobraran la calma.

Al aceptar la inesperada invitación algunos lo habían hecho porque se hallaban en cierto modo aturdidos, otros porque no habían tenido ni tiempo ni oportunidad de rehusar, otros porque se sentían altamente complacidos de asistir a una fiesta de la que Basileen sería anfitrión. Todos sabían que esa sería diferente a aquellas a las que se veían obligados a asistir por razones sociales u obedeciendo órdenes de sus esposas. Estaban firmemente convencidos de que aquella sería tal vez la fiesta más movida y ardiente de todas a las que pudieran asistir o de las que hubieran oído hablar. De ello no cabía duda después de la advertencia claramente hecha de que sólo las amigas serían aceptadas para hacerles compañía. Como el nivel social de esas damas de compañía no había sido mencionado en forma alguna, era de esperar que no habría restricciones ni límites. La selección de la dama se dejaba a la discreción y buen gusto del caballero, quien después de llevarla se haría responsable de su comportamiento y se comprometería a sacarla antes de que alborotara demasiado debido al consumo exagerado de refrescos.

Todos los caballeros, hasta aquellos que no sufrían ya tentación alguna, llegaron a la conclusión de que perder esa fiesta sería tanto como cometer un crimen contra la propia carne y el espíritu, un pecado que el Señor, que sin duda deseaba que los hombres gozaran de la vida que les había concedido, jamás podría perdonar.

Como pudo verse más tarde, los invitados de Basileen, cualquiera que fuera su rango, directores de la Condor, presidentes, directores, funcionarios y accionistas de una veintena más de poderosas empresas, habrían preferido perder negocios urgentes, o algún viaje esencial a Wáshington que aquella fiesta. Algunos de ellos habían ido a la fiesta olvidando intencionalmente juntas de vital importancia.

La invitación de Basileen no había sido una brillante pieza oratoria, pero ciertamente había tenido éxito. Conocía a sus hombres, sabía cómo hablarles y cómo despertar su interés. De haberles espetado las bien medidas frases que cualquier matrona de sociedad se sentía obligada a pronunciar en ocasión semejante ante tan distinguida reunión de hombres influyentes, los directores habrían mostrado tan poco interés en aquella fiesta para el estreno de una casa como el que sentían en todas las similares, cuando sabían de antemano que tendrían que soportar el usual e inconmensurable aburrimiento de las reuniones de hombres y mujeres que decían eternamente las mismas cosas, por temor a decir algo fuera de lugar a personas no adecuadas para escucharlo.

Como todos los directores de la Condor y otra veintena de importantes dirigentes de la industria habían aceptado la invitación de Basileen al mismo tiempo, y Mr. Collins había sido informado de ello en la noche de aquel agitado día sin darle oportunidad de vetar ninguno de aquellos generosos actos, no tuvo más remedio que comprar el garage tan tenazmente peleado por su duquesa.

Cierta artista cinematográfica, que había hecho más dinero conservando vivo el fuego del templo de Venus que actuando en las películas, ofrecía en venta su garage. Era aquel exactamente el tipo de garage que Basileen tenía en la mente cuando lo sugirió. La dama de la pantalla había sido obsequiada por uno de sus muchos amigos con un palacio más grande y mejor del que ya poseía y del que deseaba deshacerse. Mr. Collins quedó satisfecho con la compra y con las condiciones de venta y consideró el palacio como una verdadera ganga, tomando en consideración todas las circunstancias que en su adquisición mediaron.

Basileen rehusó aceptar los muebles que había en la casa. Sostuvo que nunca toleraría en su hogar muebles usados por otra persona. Porque si ello fuera, bien podía vivir en un hotel o alquilar un departamento amueblado.

Mr. Collins estuvo de acuerdo, pero de no haberlo estado el resultado hubiera sido el mismo para Basileen, esto es, nuevos tapices, nuevos muebles, nuevas puertas y ventanas, nuevo equipo para el baño, diferente apariencia del jardín, cambios en el parque, otro sistema de calefacción y una cocina totalmente distinta.

Después de que un ejército de artesanos, decoradores y jardineros holandeses trabajaron día y noche durante varias semanas, la muchacha del cine, aquella que mantenía las lámparas de Venus ardiendo constantemente, no habría reconocido su antigua residencia de haber regresado a ella.

El tanque de natación había sido destruído para construir uno que cualquier emperador romano de la tercera centuria habría considerado más allá de sus sueños más exagerados.

Se habían amueblado diez piezas exclusivamente para aquella fiesta y eran destinadas para lo que Basileen llamaba recámaras nupciales. Porque mientras la fiesta estuviera en su apogeo, habría matrimonios y divorcios cada cinco minutos. Los caballeros y las damas tenían que arreglar, por supuesto, lo que Basileen llamaba convenio para pensión alimenticia antes de que realizaran el matrimonio; y ambas partes debían prometer solemnemente no abandonar la casa antes de haberse divorciado convenientemente. Basileen había explicado con claridad a todos que tanto el juez como el sacerdote estaban legalmente autorizados para llevar a cabo las ceremonias en cuestión, y, por tanto, era necesario tener buen cuidado de no cometer errores o descuidos, especialmente en lo que al divorcio se refería. Estas facilidades fueron aprovechadas con gran generosidad durante la fiesta. Varios caballeros se casaron y se divorciaron de diversas damas durante las treinta y seis horas que duró la fiesta. Las parejas tenían qué someterse a las ceremonias sugeridas por su anfitrión, porque solamente las parejas casadas eran admitidas en las cámaras nupciales.

La única dama de la casa que no había hecho uso ni de las ceremonias ni de las cámaras era Basileen. Sin embargo, no le había importado un ápice que Mr. Collins hiciera lo que le viniera en gana, porque ya lo había ella dicho con anterioridad, si ésta ha de ser una fiesta, lo será de verdad y cada quien podrá obrar de acuerdo con su discreción personal. Felicitaba a Mr. Collins por sus elecciones con tanta afabilidad como si se hubiera tratado de alguien cuya conducta no le interesara particularmente. Si ella había considerado los resultados de su generosidad con verdadera tolerancia o con dolor, fué cosa que no se puso de manifiesto ni durante la fiesta ni más tarde. El hecho es que cuando aquella fiesta pasó a la historia, Mr. Collins se convirtió en su esclavo.

Dos bandas, una de *jazz* y otra de cuerda, habían sido contratadas. Los músicos podían ser escuchados pero no vistos y ni los músicos ni sus dirigentes podían ver a ninguno de los invitados.

Ni criados ni mayordomos habían sido admitidos en la fiesta, a excepción de aquellos cuya honestidad y discreción había sido garantizada como ilimitada por cierta agencia.

Tan pronto como los invitados se percataron de aquellos detalles y de otros, la fiesta se convirtió en un éxito positivo. El éxito fué tal que ninguno de los invitados, sin importar las fiestas a que hubiera concurrido en cualquier sitio de la tierra, recordaba haber gozado tan intensamente como en aquella que se realizaba en su propio país. Nadie quedó insatisfecho.

La fiesta había sido planeada para durar treinta y seis horas y todos tenían derecho de continuarla por dos días si así lo deseaban. Cuando la fiesta terminó, todos los invitados que permanecieron en la casa fueron tratados como huéspedes de fin de semana, esperándose de ellos que se portaran como tales.

Puede parecer extraño y será difícil encontrar razones plausibles para explicar el hecho, pero no obstante las libertades concedidas, la generosidad con que fueron ofrecidos los refrigerios y las bebidas en abundancia de champagne o de cualquier otra cosa deseada por los invitados, no había sido observado ni por un instante el más leve destello de escándalo. Nadie había obrado ruidosamente ni cometido faltas graves en contra del buen comportamiento. No cabía duda de que Basileen, por medio de su personalidad dominante, había sido la causa de semejante disciplina entre personas de tan diferente educación. Tal vez el éxito, la aparente decencia, y la relativa calma de la fiesta eran resultado de que todos habían disfrutado de todas las oportunidades posibles para hacer lo que les viniera en gana, con la única restricción de no lesionar conscientemente los derechos de los demás sin obtener licencia anticipada de los interesados, que sostenían tener derechos inviolables en su opinión. Basileen había guiado, reglamentado, animado, controlado y arbitrado todo en forma tan discreta, que había logrado hacer que todos los invitados creyeran que actuaban de acuerdo con su propia iniciativa, cuando de hecho eran dirigidos prácticamente en todos sus actos. Durante toda la fiesta Basileen había bebido sólo tres copas de champagne y aun eso atendiendo a brindis que le había sido imposible evitar.

Durante dos semanas después de la fiesta Mr. Collins suspiró a todas horas por Basileen. Hubiera deseado tenerla sentada en su oficina durante las horas de trabajo. Después, una noche, le ofreció matrimonio después de que lograra divorciarse de la actual Mrs. Collins. Ella rió de la ocurrencia. El hizo la proposición en una carta manuscrita que firmó y le tendió. Ella tomó el papel lo hizo trizas y echó los pedazos al fuego de la chimenea junto a la que comían y en donde desaparecieron instantáneamente.

Después de eso, él habría sido capaz de cometer un asesinato por ella, no sólo uno, todos los que ella le hubiera ordenado o fueran necesarios para conservarla. Pronto se lanzó en busca de una víctima para ensayar en sí mismo la sensación que experimentaba un asesino.

XLIV

Casi enloqueció a causa de su ansia creciente de poder, de poder ilimitado, de poder superhumano. Se olvidó de sí mismo. Olvidó su propia existencia en este mundo, su ego, su sentido del "yo". Dejó de desear poder para sí mismo, para su propio bienestar. Persiguió el poder para encumbrar a Basileen tanto como no lo lograra jamás mujer alguna; para hacerla poderosa entre las poderosas, y que el mundo la considerara como a la más hábil, elegante y soberana entre las mujeres que pisaban la tierra. De haber vivido en tiempos idos, habría afilada su espada y su lanza, habría vestido la armadura y tocado su cabeza con pesado casco adornado de largas plumas, y vestido y preparado en esa forma se habría lanzado a la conquista de un continente y, de no haberle sido ello posible, habría libertado a Palestina de los turcos o de los británicos.

Sin embargo, su sentido común de buen hombre de negocios norteamericano, le hizo comprender que los continentes ya no eran conquistados por soldados de carne y hueso. Los generales habían perdido su nimbo romántico. Ninguna muchacha o mujer norteamericana realmente moderna habría caído por un general por el hecho de ser general. Si nada más de valor tenía él que jugar, ella habría preferido un rey de los botones o un magnate de los lápices. Una multitud, sí, toda una nación puede vitorear a un general cuando se presenta con sus soldados luciendo pomposo uniforme y una colección de medallas y desfilando triunfal por Broadway después de derrotar al enemigo. ¿Por qué no, por qué no habría la gente de vitorearlo? Su presentación es una opereta casi tan buena como las de Ringling. Pero al día siguiente todos habrán olvidado al general, nadie recordará su nombre porque la vida moderna tiene cosas más urgentes que atender y éstas no son la veneración de los héroes.

El ejército que Mr. Collins dirigía para conquistar un continente —de hecho no deseaba conquistar un continente en sí, sino controlar sus negocios— bien, su ejército era de una especie diferente. El de Mr. Collins no era un ejército de soldados sino de agentes que recibían bonificaciones y altas comisiones. Sus soldados eran cheques. La mayor parte de sus planes estratégicos están basados en propinas, propinas concedidas en fiestas donde se juega la carrera del petróleo.

Ya no gobiernan el mundo los hombres que mandan al ejército más grande, que disponen de la mayor cantidad de cañones y del número más grande de aeroplanos y tanques. Bien pueden ocupar tal o cual parte del globo, pero no podrán retenerla porque no pueden gobernarla. El hombre que gobierne al mundo y dicte sus leyes será aquel que controle la producción petrolera. El más grande de los generales será impotente en el momento en que Mr. Collins se niegue a proporcionarle suficiente petróleo. De ocurrir esto, no habrá bombardero que vuele ni tanque que se mueva contra el enemigo, ni transporte que conduzca las tropas a los lugares en que son necesarias y los retire de aquéllos en que sobran. No habrá submarino que navegue y hunda barcos enemigos o proteja los suyos. Ningún cañón gigante de veintiocho pulgadas será movido y dirigido hacia los pesados cruceros o las líneas de defensa de concreto.

Si Mr. Collins dijera: "Lo siento viejo, pero no dispongo ni de una sola gota de petróleo", le habrían creído y a nadie le habría sido fácil acusarlo de alta traición si era lo suficientemente hábil para llevar a cabo lo que pretendía. En cajas fuerte de acero guardaba todas las copias azules de los planos en que se hallaba la localización de los oleoductos y sus intersecciones. En esas mismas cajas de acero o en ciertos lugares ocultos guardaba mapas cifrados de las carreteras y de los sitios en que se hallaban los pozos y las bombas con indicaciones para llegar a ellos. Valiéndose de algunas órdenes astutas podía causar tal confusión, que costaría mil barriles de gasolina transportar cien mil barriles de petróleo crudo a los sitios en que se necesitara o deseara.

Pero, sería posible confiscar todas sus propiedades en petróleo y campos productores, refinerías y plantas. Por supuesto, eso sería posible. Pero si sus conocimientos, sus fórmulas, su complicado y delicado sistema de explotación, distribución y transporte no es confiscado también, la producción y la distribución resultarían algo tan revuelto que durante muchos meses, años tal vez, su utilidad sería consumida para poner en claro el sistema. Algunas naciones lo han ensayado y han confiscado las propiedades petroleras. Los resultados han sido lamentablemente lentos y flacos y, en cierta forma, desastrosos para la vida económica del país.

XLV

Diez días habían transcurrido desde la fiesta de Basileen. Mr. Collins llegó a su oficina, como siempre, a las once y media.

En su escritorio encontró amontonadas ciertas cartas y facturas que, por órdenes especiales dadas a Ida, debían ser consideradas como correspondencia particular y abiertas por ella exclusivamente.

Vió las facturas, las que ya estaban pagadas y las que esperaban ser cubiertas, e hizo rápidamente un balance mental.

—¡Gran Dios! —exclamó reclinándose con fuerza sobre el respaldo del sillón—. No puede ser verdad. Imposible. Debe ser una pesadilla. Mi Dios, debe haber alguna equivocación. Pero... es que... esto es simplemente preposterior, sí, preposterior eso es lo que es. Pero, por Dios, Ida, míreme, por el cielo, míreme pronto. Hay algo extraño en mí. Véame, Ida. Hable. ¡Pronto!

Ida se volvió rápidamente de su asiento, diseñado expresamente incómodo por los muebleros para evitar que las estenógrafas cabeceen y sueñen. Miró a su jefe cara a cara, se puso de pie, dió medio paso para aproximarse con expresión perpleja y dijo:

—Bien, Mr. Collins, ya que me pregunta le diré que no noto nada de extraño en usted. Tal vez falta de sueño, si he de decirlo, perdóneme, Mr. Collins, pero fuera de eso está usted perfectamente, Mr. Collins.

Después de escuchar su voz sobria y adusta volvió en sí.

—Eso es todo, Ida. Por favor, déjeme solo unos instantes. necesito pensar; ya la llamaré. Esté lista para dentro de un minuto. Tengo un sin fin de cartas que dictarle esta mañana.

Ida salió de la oficina como un suspiro, sin producir ni el ruido más insignificante.

—¡Ochocientos cuarenta mil dólares! ¡Ochocientos cuarenta mil! Esto es a lo que yo llamo una fiesta. —Y lanzó una carcajada—. Y por lo que veo faltan las facturas de sus trajes, sombreros, zapatos y todo lo demás, y que corresponden también a los gastos de la fiesta. E incluyendo aquella pequeña porción de joyas vendrán a ser cien mil más. Bien, digamos un millón en números redondos, dejando la fracción. ¡Huh, un millón de pesos, huh!

Después levantó su labio superior como si intentara hacerle gestos a alguien o a algo.

Retirando todas las facturas y las cartas tan lejos de él como le fué posible hacerlo sin necesidad de levantarse, volvió a reclinarse en el respaldo del sillón y se puso a pensar. Automáticamente sacó un cigarro negro y lo encendió, sin darse cuenta de lo que hacía. Mirando los anillos azules que se rizaban ante sus ojos empezó a canturrear indiferentemente. Pronto su canturreo adquirió un ritmo diferente y resultó ser una canción en boga. Aquello transportó su mente a la fiesta de Basileen en la que la canción había sido tocada una y otra vez, ya por la orquesta de *jazz*, ya por la de cuerda. Mientras la canción, como si se desarrollara por sí misma en su ritmo y melodía exactos, iba trayendo a su imaginación el recuerdo de cada instante. Recordaba cuanto había hecho, experimentado, escuchado, visto y deseado en la fiesta que volvía a él tan claramente que parecía vivirla nuevamente desde el momento en que se presentara en el *hall* hasta que dejara a Basileen después de tomar con ella el desayuno dos días después.

Viviendo por segunda vez la fiesta un solo objeto se destacaba como esculpido en roca. Cualquiera que fuera el significado de la fiesta para él, toda su atención se concentraba en aquel solo y único objeto: Basileen.

Se dió a pensar en ella y en sus muchas cualidades hasta que se sintió excitado y tuvo que levantarse de su asiento para pasear durante algunos minutos por la pieza, poniéndose a salvo en aquella forma.

Volvió a su escritorio con la vista clavada en las facturas y las examinó con el cerebro vacío.

Con movimiento rápido sacudió aquella inercia y se irguió tanto que parecía haber crecido pulgadas en unos cuantos segundos.

—¡Ochocientos cuarenta mil dólares y cien mil más en camino! —dijo en voz alta—. Un millón de dólares redondos. Un millón de dólares y ni un centavo menos. Pero, ¡por el diablo! en realidad aquello bien valía un millón.

Sonrió y acomodando una letra de su invención a la canción que tarareaba cantó: *million dollar baby!* ¡Oh, a *million dollar baby!*

—¡Pero! —exclamó interrumpiendo su canturreo—. Vaya, no me habría hecho gastar tanto si ella no tuviera la absoluta seguridad de que soy capaz de hacer un millón en menos que canta un gallo. Y no sólo uno, sino dos. Y bien sabe el diablo que puedo hacerlo. Lo único que ella necesita es decir: "Quiero un millón de dólares", para que yo conteste: "Bien, preciosa, allí lo tienes, haz con él lo que gustes". ¿Qué es, después de todo, un millón? Cualquier tonto, cualquier idiota puede hacerlo vendiendo mantequilla y queso. Eso se llama tener fe en su hombre, pensar que puede ganar diez veces más de lo que ella puede gastar. Eso se llama ser un hombre de éxito y eso soy yo. Ella sabe que yo soy el hombre, el único hombre a quien ella debe querer, de otro modo no habría pensado en comprar un palacio y en dar una fiesta como esa. ¿Qué podría yo hacer con todo el dinero que gano? ¿Darlo a la iglesia? ¿O a la misión del país de los negros? No yo. Yo no soy ningún tonto. Cualquier idiota puede hacer un millón y jugarlo como el buen idiota que es. Para ello no se necesitan censos. Pero, por favor, nena, encuentra al tipo que pueda gastar un millón como yo lo he gastado sin dejar de sonreír al mundo. Sé adonde ha ido mi dinero. Y vaya buen camino el que ha tomado. No podría tomarlo mejor. Un millón de dólares. ¡Huh, y otra vez huh! Eso es lo que yo digo. Sólo desearía que me hiciera gastar diez millones de un solo golpe. Estarían muy bien gastados porque es una dama de verdad. Seguro, gran Dios, porque ella no sólo puede hacerme gastarlos sino ganarlos. Y en eso consiste la diferencia entre unas damas y otras. Además, y ahí está el punto, ahora deben ser diez millones, tuertos o derechos, pero diez millones. Y si no los hago reventaré al mundo y me hundiré con él.

Cuando terminó la frase cerró el puño y lo soltó sobre el escritorio ꞏ mo si tratara de hundirlo en el piso.

Inmediatamente después, Ida apareció en la puerta, la cerró tras de sí sin producir el menor ruido, y aparentemente sin hacer ningún movimiento. Estaba mortalmente pálida, y miró con los ojos desmesuradamente abiertos a Mr. Collins, que se volvió con lentitud.

Ida, que evidentemente había tomado el golpe dado por Mr. Collins, por un tiro disparado contra sí mismo, y que esperaba encontrarlo estirado sobre la gruesa alfombra, se ruborizó intensamente, empezó a temblar de pies a cabeza, sintió que las rodillas se le aflojaban y con voz vacilante dijo:

—Perdóneme, Mr. Collins, creí que me llamaba usted.

—Bien, Ida, no la he llamado; pero ya que está usted aquí podremos... siéntese por favor y tome esta carta.

— Sí, Mr. Collins —dijo sentándose ante su escritorio.

—¡Caramba! Pero esto puede esperar. Tengo que pensar aún. Yo la llamaré, Ida.

—Gracias, Mr. Collins —dijo la muchacha y volvió a salir.

Mr. Collins no podía concentrar su pensamiento más que en Basileen y en aquel insignificante millón de los que seiscientos cincuenta mil pesos estaban en facturas que había que pagar en un plazo de tres meses.

Sacó la miniatura de la sagrada cajita y la colocó ante él en el escritorio, mirando aquella cara como si se tratara de encontrar en ella la explicación del tremendo poder que tenía sobre él y sobre cualquiera que se aproximaba a ella.

Nuevamente volvió a hablar en voz alta para decir que ella valía todo el dinero que él gastaba, y que teniéndola como amuleto le sería posible hacer cualquiera cantidad necesaria para satisfacer todos sus deseos y caprichos sin importar de qué especie fueran.

Después acarició el retratito para retirarlo con todo cuidado.

Sacando de otro cajón un puñado de papeles, examinó los balances de sus cuentas bancarias, y se puso a escribir números y a hojear sus talonarios de cheques.

—Cuarenta y siete mil seiscientos dólares en efectivo. Eso es todo lo que tengo en dinero contante y sonante. Qué lío, cuarenta y siete mil seiscientos dólares en efectivo y un millón de dólares por pagar, la mayor parte en tres meses.

Miró hacia el muro opuesto, en el que se hallaba la puerta. De pronto volvió a reír estruendosamente, con fuerza tal que cualquiera habría pensado que tenía intenciones de hacer estallar su pecho.

Tan bruscamente como había empezado a reír dejó de hacerlo, porque nuevamente Ida se encontraba en la puerta. Allí estaba como un duende. Mr. Collins, con los ojos fijos en la puerta no se había percatado de su presencia.

Aquella inesperada y repentina aparición de Ida, sin embargo, no le molestó. Como nunca le había molestado. Le gustaba esa quietud de ella, sobre todo porque él era inquieto y ruidoso. El siempre estaba nervioso e impaciente. No habría soportado una secretaria particular irritable, nerviosa o ultrasensible; semejante persona no habría podido trabajar a su lado más de un día. Ida nunca pareció afectarse por su ruidoso modo de hablar y por su constante inquietud. Mientras más ruido hacía él, menos era el que ella producía.

Cierto que sus entradas y salidas de la oficina tan suaves como un suspiro le aplacaban los nervios y aquietaban su siempre cambiante humor, pero tenían algunas desventajas en determinadas ocasiones, en las que a él le hubiera gustado más que entrara haciendo un poquito de ruido.

En una ocasión había acaecido algo muy cómico, pues Ida había entrado en la oficina como un suspiro en el preciso instante en que Mr. Collins tenía a una de sus coristas en una postura bastante difícil de explicar, tratándose de una dama que menos de media hora antes había sido anunciada para tratar con el presidente un asunto absolutamente financiero y de vital importancia. Mr. Collins nunca había logrado averiguar si Ida se había dado cuenta de aquellas acrobacias o había conservado los ojos puestos en el piso. Como él pertenecía a la clase de gentes que no acepta consideraciones gratuitas, en cuanto la danzarina serpiente se ausentó, llamó a Ida y le dijo, mirándola con ojos escrutadores:

—Ida, es usted una secretaria en verdad eficiente, una de las mejores que he tenido.

—Ida repuso, turbada:

—Oh, gracias, Mr. Collins; se lo agradezco muchísimo, Mr. Collins, esté usted seguro de ello.

—Guarde los agradecimientos, Ida; en estos tiempos no hay lugar para dar las gracias. Nunca espere agradecimiento de nadie y no llevará decepciones. Gracias ¡Huh! Tenemos que luchar bien duro mientras seamos sólo un trozo de carne expuesto a ser devorada por los perros. ¿Cuánto le pagamos ahora, Ida?

—Pero Mr. Collins, yo creí que usted lo sabía; cincuenta a la semana.

—¿Eso? ¿Cincuenta a la semana? Veamos. Yo sé apreciar a las secretarias que no sólo son eficientes en su trabajo, sino que saben ser discretas acerca de los asuntos internos de un negocio, cuyos detalles no deben ser conocidos por los competidores si se desea evitar fuertes pérdidas a la compañía, usted sabe a qué me refiero, Ida.

Así lo creo, Mr. Collins. Creo comprender la importancia de guardar discreción.

—El asunto es importantísimo, Ida. Bien, como iba diciendo recibirá usted setenta y cinco cada semana a partir de la primera del mes entrante. Lleve ese volante a los cajeros.

Ida se tambaleó como si fuera a desmayarse o a caer. Palideció y se ruborizó varias veces durante cinco segundos. Las lágrimas se le saltaron de los ojos y con voz temblorosa dijo:

—¡Oh...! ¡Oh..., Mr. Collins! ¡Ah, Mr. Collins! Debo... debo —y sin decir una palabra más salió.

Pertenecía a las mujeres de trabajo que siempre reciben un salario más elevado de lo que están acostumbradas a gastar, esto es, estaba un poco retrasada en lo que se refiere a la forma de gastar por lo menos cuatro quintas partes de lo que ganaba. Cuando ganaba veinte a la semana, su imaginación no alcanzaba a dictarle la forma de gastar más de quince o dieciséis, y cuando después de muchas dificultades logró llegar a la etapa en la que le era dado gastar dieciocho o diecinueve en su persona, su salario aumentó a veinticinco, y una vez más tuvo que adaptarse a aquel salario. Ello resultaba algunas veces tan penoso como resulta para un muchacho la sensación desagradable de comezón y estiramiento que siente en las piernas cuando crece con demasiada rapidez. Siempre iba correctamente vestida, arreglada decentemente, pero a la moda, usaba los últimos modelos de sombreros, blusas, faldas y sacos; almorzaba solamente en las mesas de los cafés de primera categoría y fuera de las horas en que todos tienen prisa; vivía en un pequeño pero confortable departamento de dos piezas, en un edifiico moderno; estaba suscrita a tres revistas diferentes y a una biblioteca en la que podían encontrarse de preferencia libros nuevos; asistía dos veces por semana al cine o alternaba con un concierto o alguna conferencia. Fuera de esto no veía posibilidad de gastar menos de lo que ganaba actualmente. Y ahora nuevamente tenía que enfrentarse al problema, que simpre lo había causado horror, de saber qué hacer con los veinticinco que acababa de recibir, y no como bonificación aislada, sino permanentemente, cada semana.

Durante los tres o cuatro meses venideros pondría en su cuenta de ahorros cuarenta dólares en vez de los quince o dieciocho que acostumbraba.

No era debido al aumento de salario, sino en atención a lo que Mr. Collins le había dicho por lo que a partir de entonces él habría podido hacer de ella, a ella, con ella, junto a ella y en su presencia lo que le hubiera venido en gana sin que ella objetara lo más mínimo. La había encantado, como lo había hecho anteriormente con muchos honestos hombres de negocios y para desventaja de éstos en la mayoría de los casos. Se había convertido en esclava y perdido la voluntad y su facultad de pensar por sí misma. Era una de las muchas tácticas empleadas por Mr. Collins para arreglárselas en este mundo. A algunas personas las arrastraba a la sumisión, a otras las lisonjeaba y acariciaba hasta lograr su obediencia, a otras las gritaba, a otras las reducía con feroces amenazas, y si estos métodos no daban resultado, apelaba al golpe en la quijada privándolos de sentido mientras hacía de ellos lo que le placía. A algunos les quitaba la vida y lograba lo que deseaba aún después de su entierro.

XLVI

—Bien Ida, ¿ahora de qué se trata? —dijo haciendo explosión y hablando con la voz estentórea que minutos antes usara para gritar llamando a los diez millones que le eran precisos inmediatamente.

Ida, parada en la puerta en actitud de quien ha cometido un pecado imperdonable, y hablando como si pidiera misericordia, dijo con su suave voz:

—Perdone, Mr. Collins, que haya aparecido tan repentinamente, pero consideré que este asunto no debía retardarse, ya que ha estado usted esperándolo, día y noche últimamente, si me permite que lo diga, Mr. Collins.

—¿Quién ha muerto, Ida? Diga, hable pronto. —Mr. Collins bromeaba en parte por su nerviosidad e irritación pronunciadas y en parte atendiendo a la cortés excusa de Ida por haber entrado cuando le había prohibido que no turbara aquellos momentos de concentración que necesiba dedicar a asuntos importantes. Desde luego que hacía tiempo había olvidado aquella orden estricta, mientras que Ida, con su eficiencia de secretaria particular de primera clase, la recordaba como si se la hubieran dado medio minuto antes.

—Nadie ha muerto, Mr. Collins, nadie que yo sepa, perdóneme por no estar bien informada de esos asuntos. La cosa es que el caballero comisionado por usted para llevar a cabo órdenes especiales respecto a cierto proyecto en la república vecina, acaba de preguntar por teléfono cuando puede verlo a usted para rendirle el informe final.

—¿Por qué diablos Ida, no comenzó usted por ahí? Dígale que venga inmediatamente, sin importar donde se encuentre y lo que esté haciendo. Ardo de impaciencia por escuchar su informe.

Cuando Ida salió Mr. Collins saltó de su asiento y empezó a bailar en la oficina.

—¿Por qué grité? —preguntó a las paredes—. Porque sé que los gritos son útiles. ¡Ahí está mi millón! ¡Allí está completo y redondo. ¡Bienvenido, dulce milloncito tan necesario para papá. Llegas en el momento en que te esperaba! Cuando el Señor nos quita algo es sólo para devolvérnoslo mejorado inmediatamente. ¡Bendito sea el Señor!

Solamente él, Mr. Collins y tal vez también el Señor, sabían las pocas posibilidades que había de que pudiera hacer un millón en el corto tiempo que le concedían los que suscribían las facturas. En tres meses tenía que enfrentarse a la alternativa de pagar un millón de dólares en efectivo o... se detuvo y dejó de bailar tan repentinamente como si alguien le hubiera clavado al piso. Se puso cenizo y sus ojos brillaron como si fuera a ser presa de un ataque.

—En tres meses necesito tener un millón en efectivo o... —repitió respirando penosamente. No se atrevió ni por un segundo más a pensar en aquel ominoso O... porque podía volverse loco—. Qué he hecho —dijo tratando de respirar—. Santo Dios, ¿qué he hecho?

El dinero disponible que tenía en la actualidad era insignificante, sobre todo si se tenía en cuenta que ya había un buen número de facturas por cubrir aquella semana y para las que estaba destinado.

—Un millón de dólares, un millón de dólares —repitió una y otra vez—. ¿De dónde podré sacarlo? ¿De dónde, en tres meses?

Un ligero susurro partió del escritorio.

Se inclinó preguntando:

—¿Qué hay, Ida...? ¿Quién?

Con el dedo en el contacto escuchó la respuesta y dijo:

—Muy bien, Ida... Si, sí... Oh, sí, perfectamente.

—Rosa Blanca —dijo después de cortar la comunicación con la oficina exterior—. Rosa Blanca, mi ángel de la guarda. Bendita Rosa Blanca. Llegas en el preciso instante. Gracias Rosa Blanca, me salvas la vida y salvas a Basileen para mí. Cien veces bendita Rosa Blanca. ¡Qué nombre más bonito, Rosa Blanca! Es como una dulce canción.

Si alguien que conociera a Mr. Collins hubiera escuchado aquel discurso sentimental, sin duda pensaría que se había vuelto loco, porque aquellas expresiones pueriles eran tan ajenas a él como lo hubiera sido un dulce balbuceo a los oídos de una colegiala, sentado junto a ella bajo un árbol y a la luz de la luna.

De pronto se dió cuenta de las simplezas que decía. Levantando la cabeza e irguiendo todo su cuerpo, rodeó el escritorio, se sentó en el sillón, reanudó la interrumpida comunicación, y dijo:

—Listo, Ida; hágalo pasar y venga usted también para que le dicte. Y oiga, anote cuanto digamos, porque necesitaré recordar con claridad ciertos detalles de la conferencia. Cuide de que no nos molesten. Listo.

La conferencia duró menos de diez minutos. Había terminado y él se sentía aturdido como si le hubieran dado un fuerte golpe en la cabeza en el momento en que su mente había dado cabida a lo que le parecía increíble, esto es, que Rosa Blanca quedaba descartada, sin esperanza de ser adquirida por dinero alguno.

En aquella crítica situación y cuando Mr. Collins recuperó su facultad de hablar, fué cuando hizo explosión diciendo:

—No hay tierra en el universo entero que no pueda obtenerse, entiendan esto todos ustedes, que lo oiga bien este mundo tuerto. Aun cuando el lote que deseo se encontrara en Júpiter, lo conseguiría. Quiero a Rosa Blanca y la tendré. Y no habrá Dios, ni presidente de los Estados Unidos ni presidente de ninguna maldita república en parte alguna, ni liga de las naciones, ni asociación antiimperialista ni probolchevista, ni Amigos de la América Latina, ni desgraciada institución o persona que pueda impedirme conseguir esa maldita Rosa Blanca dejada de la mano de Dios. La quebraré, la aplastaré, la haré pedazos, yo, C. C. Collins, pero la conseguiré, y la conseguiré a mi modo aun cuando sea la última cosa que haga en este miserable mundo. ¡Mal rayo me parta si no! Ahora empecemos. ¿En qué estábamos, Ida? Bien, ahora déjeme solo. Necesita poner en actividad mi cerebro, necesito trabajar como un demonio. Por Cristo que no me dejaré derrotar por un salvaje, por un indio apestoso como ese. Nunca. No yo. Necesito esa tierra y la conseguiré, juro que la conseguiré. ¿Me oye usted, Ida? Lo juro. Usted es testigo.

—Estoy segura, Mr. Collins; usted conseguirá Rosa Blanca.

—¿Se le ocurre alguna idea? —preguntó con rapidez, volviéndose a ella con la esperanza de que hubiera concebido algún plan efectivo.

—Siento mucho decirlo, Mr. Collins, que no se me ha ocurrido idea alguna.

—Claro que no, ya lo sabía. Esa es la dificultad con usted y con todos los que me rodean aquí, nadie concibe jamás una idea que pudiera ayudarme. Cualquiera que sea la idea creadora, debe partir de mí, he de ser yo, el presidente de esta maldita empresa, quien piense en todo. No soy más que un esclavo. El título de presidente resulta vacío en mi caso. Pero no se preocupe, Ida; Rosa Blanca ya es mía. Nunca he deseado algo sin conseguirlo, y siempre he obtenido lo doble de lo que me proponía. Podré sufrir algún ligero retardo, esto será cuestión de semanas, tal vez de algunos meses. Pero Rosa Blanca está en mi bolsillo. Sólo habrá que esperar algunos meses.

Ida se había esfumado con sus últimas palabras. Estaba acostumbrada a sus monólogos y acostumbraba dejarlo solo cuando lo creía oportuno y estaba segura de que nada tenía que ordenarle.

—Algunos meses solamente —siguió diciendo para sí. De pronto calló y miró en rededor—. Vaya, no pueden ser más de tres meses, porque de lo contrario de nada me servirían ya esos ranchos indígenas, aun cuando me los ofrecieran regalados con el solo objeto de complacerme.

No podía esperar los tres meses que, de acuerdo con sus cálculos eran necesarios para apoderarse de Rosa Blanca. La necesitaba en menos de cuatro semanas, porque para hacer los primeros agujeros necesitaría seis semanas más. Y hasta entonces, no antes, tenía esperanzas de embolsarse la bonificación especial equivalente a un millón de pesos, y si esto no era posible, obtener un adelanto por esa cantidad sobre las ganancias que producirán los nuevos pozos. En la posibilidad de que no se encontrara ni una gota de petróleo no pensó ni por un instante. Jugó con la certeza de que su número saldría, pues de otro modo no habría jugado.

Le era difícil pensar con claridad. Siempre que se le ocurría una idea acerca de lo que debía hacer en relación con

Rosa Blanca, en seguida su mente se oscurecía y sólo quedaba
en ella el pensamiento del millón que debía tener en tres meses o... Allí estaba otra vez aquel "O" confundiendo sus
pensamientos. Necesitaba conseguir una extensión de cuatro,
tal vez de seis semanas en el plazo de vencimiento para el
pago de sus facturas. Los tenedores de éstas entrarían en
sospechas y si la sospecha prosperaba entre una o dos personas
ello acarrearía la catástrofe y no le darían ni veinticuatro horas para prepararse.

XLVII

Aquella noche Mr. Collins la pasó con Basileen en el cabaret que preferían. Bailó bastante y bebió con abundancia, la
mayor parte en la cantina y el resto en su mesa. Champaña,
bebidas compuestas, y una serie de copas de licor puro. Estaba
bastante trastornado, pero sólo ella pudo darse cuenta. Los
demás podrían haberlo considerado enteramente sobrio.

Regresaron juntos a casa, al garage, como ella llamaba aún
a la residencia palaciega. El rehusó acostarse. No quiso ir a
dormir solo en su pieza ni con ella en la suya.

Permaneció sentado en un sillón pensando.

Basileen nunca le interrogaba acerca de sus preocupaciones o ideas a menos de que él hablara voluntariamente. Sin
embargo, aquella noche, percatándose de que algo importante
ocupaba su pensamiento, faltó a su costumbre. La mente de él,
sobrecargada de tan bien mezclados "recuerdos", sufría grandes dificultades para encauzar las ideas que iban y venían sin
permanecer lo suficiente en su cerebro para poder ser exami-
nadas con detenimiento.

—Te ayudaré, querido. ¿De qué se trata?

—Nada de importancia, Leen. Se trata sólo de un asunto
tuerto que tengo que enderezar, pero al que no le encuentro

ni pies ni cabeza. Verás, necesito derrumbar a ciertos tipos de posibles pero no encuentro la forma.

—¿Nunca has estado en aprietos similares, precioso?

—Claro que sí, muchacha.

—Y saliste de ellos haciendo, además, un montón de dinero, ¿verdad?

—Te juro que he salido de ellos ¡y cómo!, con un poquito... con un poquito... —Se interrumpió como si de pronto alguna idea hubiera brillado y adoptando apariencia física que se hubiera presentado ante sus ojos desenvolviéndose como en la pantalla de un cine. No le era posible separar la mirada de aquella pantalla imaginaria, porque necesitaba presenciar el desarrollo de la escena de principio a fin sin perder un solo episodio.

De pronto dió un salto y gritó con toda la fuerza de sus pulmones:

—Con un diablo, Leen, ya la tengo. Gran Dios, ¿cómo no pensé antes en esto? Dejaré que ese maldito indio se pudra un poco más comido por sus propios piojos, entonces le echaré mano y tendrá que vérselas conmigo. Le tenderé la cuerda con sonrisa tal que podrá ahorcarse cuando y donde le plazca. Ya lo tengo, Rosa Blanca o cual fuere su maldito nombre puede esperar su turno y ya se sentirá satisfecha de caer en manos de C. C. C. Primero hay que hacer lo más urgente.

Para entonces ya se había serenado. Había vuelto a la sobriedad, debido al gran esfuerzo mental y a la satisfacción de alcanzar la solución del problema que lo agobiaba y se sintió a salvo.

Bostezó profundamente, miró en rededor y pareció sorprenderse al encontrarse allí con Basileen, sin recordar claramente cómo había llegado y cuándo y en qué condiciones. Nada podía recordar más que su gran idea por la que se hallaba enérgicamente poseído. La estudió detalladamente y aquel esfuerzo lo salvó. Volvió a bostezar y bostezando aún dijo:

—Bueno, linda, vamos a descansar. No, no en mi pieza, contigo si no te opones.

—No me opongo —dijo ella sonriendo, y agregó—: Al contrario, me complace que su excelencia adivine mi pensamiento.

—Gracias, preciosa. Realmente fué excelente la idea que me diste; me apegaré a ella y lograré una vez más la gran cosecha. Ahora dime, ¿en dónde están mis pantuflas? Bueno, nada importa, me siento mejor sin pantuflas. —Ya en la cama y estirándose, dijo: —¿Sabes, encanto? A menudo pienso que no hay placer más grande para un hombre, ni satisfacción mayor que hacer lo que le corresponde mientras habita en el fango que es este mundo, y morir de pie y con las botas puestas. Creo que eso será algo que me hará feliz sobre todas las cosas, exceptuando tu amor, desde luego, preciosa mía. ¿Dejamos la luz prendida o la apagamos? Tu deseo será cumplido. Bien, la apagaremos. Tú ganas.

De la oscuridad desvanecida apenas por las luces de la calle que se filtraban a través de las cortinas, surgía su conversación. Poco a poco se oyó sólo un cuchicheo, después un murmullo seguido de suspiros, más tarde una respiración agitada e interrumpida por sílabas casi inaudibles, y después de ello el ruido producido por aspiraciones e inspiraciones profundas mezcladas con los inarticulados sonidos con que los humanos expresan sus más hondas satisfacciones, las de sentir su propia vitalidad.

Nuevamente se escucharon voces.

—¿Sabes, preciosa mía? Me gustaría que aumentaras unas ocho o diez libras. Me encantaría, estoy seguro.

—Hombre, ¿estás loco? Por Dios que debes estarlo; no cabe duda de que estás loco. Estoy a dieta para rebajar las tres libras que aumenté en los dos últimos meses. Oh, vosotros los hombres tenéis las ideas más curiosas sobre las mujeres.

Con voz cada vez más gruesa y queda contestó:

—Por mí perfectamente, linda; como tú quieras. Fué sólo una idea mía. Olvídalo.

Momentos después reían como dos criaturas.

XLVIII

Mr. Collins citó para una junta urgente al consejo de la Condor. La hizo aparecer lo suficientemente importante para que todos los miembros estuvieran presentes.

Los miró directamente a la cara y sonrió. Paseó su lengua por el interior de las mejillas; primero por una, luego por otra, y habló.

Su discurso fué corto.

—Caballeros, me han enterado de algo muy importante y debo advertir a ustedes seriamente para que no se dejen arrastrar por el pánico. No vendan, ocurra lo que ocurra. Compren acciones de la Condor o de cualquier otra empresa prometedora, cuando las nuestras o algunas otras, sólo de las buenas, claro está, aparentemente se hallen por los suelos. Y les repito nuevamente, no vendan. Retengan las que posean y si es posible aumenten sus márgenes. Esta noticia debe quedar entre nosotros y es necesario que prometan bajo su palabra de honor no dejarla escapar ni delante de sus esposas, hijos, amigos o coristas. Espero que comprendan el alcance de lo que digo. Cualquier indiscreción, cualquier falta de su parte, nos arruinaría inevitablemente. Gracias, caballeros.

Mr. Collins no hizo promesas falsas. Precisamente al día siguiente comenzó la carrera que debía dejarle el tan necesitado millón.

El consejo de directores se enteró por Mr. Collins de que algunos buscadores y ciertas compañías tenían a últimas fechas dificultades debido a la presión permanente que hacía la Condor para ensanchar su campo de acción. Consecuentemente

Mr. Collins debía encargarse de solucionar aquel nuevo obstáculo. Durante la junta se le preguntó si había pensado en descartar a aquellos estorbos.

El contestó:

—Desde luego, caballeros, bien que me he cuidado de ellos, de acuerdo con los deseos de ustedes. Naturalmente que necesito disponer del dinero suficiente para financiar el proyecto que he elaborado y además de ellos necesito el apoyo incondicional e ilimitado de todos los presentes.

Todo cuanto Mr. Collins pidió le fué concedido, como siempre. Y Mr. Collins comenzó a trabajar.

Lo primero que hizo fué buscar un objeto necesario a sus planes. Le sería precica determinada empresa industrial de buena reputación y dirigida por un consejo de hombres de negocios de reconocida honestidad y de quienes se asegurara eran incapaces de aceptar riesgos indebidos o de confiar al azar sus asuntos.

Mr. Collins encontró aquel objeto en la Laylitt Motor Corporation, de Laylitt, Ohio. Aquella compañía fabricaba motores de gasolina para todos usos, especialmente, sin embargo, de los pequeños usados en talleres modestos, en plantas chicas y por los agricultores. Era un motor común y corriente el que fabricaba la compañía, un motor que no presentaba ninguna novedad ni nada extraordinario en su construcción o funcionamiento. Se daba preferencia a un sistema por medio del cual se lograba con el más económico uso de combustible el mayor rendimiento. Si la compañía hubiera emprendido alguna propaganda nacional habría anunciado su motor como "Planta Generadora para Hombres Modestos". Pero la compañía era lo bastante tímida para semejante propaganda. Todos los pedidos que tenían venían de gentes que habían visto el motor en casa de sus amigos, vecinos o conocidos, quienes les habían enterado de su valor y de lo económico que resultaba.

El consejo de directores de la Laylitt y sus accionistas, se hallaban satisfechos con lo que les producía su inversión,

evidentemente no tenían intenciones de engrandecer la empresa
lo que podría poner en peligro su bun dinero al intentar algo
cuyos resultados eran inciertos. Las acciones de la Laylitt se
mantenían alrededor de diecisiete puntos; y sus fluctuaciones,
si las había, nunca pasaban de tres cuartos de centavo.

Nunca se supo con precisión cómo había llegado Mr. Collins
a descubrir aquella tranquila y casi desconocida compañía,
como no se pudo averiguar tampoco de qué medios se valió
para introducir en el consejo a dos caballeros que lo tenían
constantemente informado de cuanto se hacía. No se supo
tampoco quién era aquél que seguía sus órdenes sin que los
otros miembros del consejo se enteraran del verdadero papel
que jugaban aquellos caballeros de quienes no se sospechó
nunca, ni siquiera meses después de que toda la operación
había sido olvidada.

Cierto día la Bolsa empezó a agitarse media hora antes
de cerrar. Las acciones de la Laylitt que prácticamente habían
dormido todo el año, empezaron a correr como despertadas
por un cañonazo. Al abrir se había cotizado a cuarenta y siete
tres octavos. Sin aviso de ninguna especie, bajaron en quince
minutos a cuarenta y uno; por lo menos así parecía; sin razón
alguna. Durante los quince minutos que siguieron se recobra-
ron lentamente y cerraron a cuarenta y dos dos quintos.

Muy pocos lectores de la sección financiera de los diarios
se habían enterado de la existencia de la Laylitt, y los pocos
que se habían percatado de ella, estaban convencidos de que
las acciones eran poseídas por miembros de una misma familia
y tal vez por sus empleados y trabajadores. Ahora la mayoría
de los periódicos publicaban una línea diciendo "Observe mañana a la Laylitt Motor".

Al día siguiente, la Laylitt fué cotizada a cuarenta y uno
un cuarto momentos después de abrir. Después volvió a caer
y después de una hora de inquietud se detuvo en treinta y dos
un quinto, cifra considerablemente más baja que la menor del
día anterior. Y ocurrió exactamente lo que la víspera, esto es,

las acciones de la Laylitt empezaron a subir repentinamente y para sorpresa de todos llegaron hasta cincuenta dos octavos. Una vez alcanzada esa altura empezaron a caer y se detuvieron en cuarenta y seis un octavo cuando se anunció la hora de cerrar.

Entonces la Laylitt Motor se convirtió en asunto de primera plana en todos los periódicos del país.

Mayores acontecimientos debían esperarse para el lunes. Al abrirse se ofrecieron a cuarenta y cuatro, bajaron en las dos horas siguientes a treinta y seis un cuarto para empezar una carrera tan fenomenal que nunca ha sido olvidada por los miembros de la Bolsa que se hallaban presentes. Aquella carrera se detuvo solamente en virtud de que el mercado fué cerrado. A la hora de cierre se cotizaban a setenta y nueve tres cuartos.

Un ejército de periodistas acechaban las oficinas de la Laylitt. Lo único que lograron saber fué lo que el presidente declaró, en el sentido de que aquel acontecimiento era tan sorprendente para él como para el resto del mundo y de que no sabía cómo explicarlo.

Los cronistas, no satisfechos con aquella ligera excusa, consideraron la declaración del presidente como una hábil evasiva y como evidencia posterior de que su propia opinión se hallaba basada en hechos. Lo que ellos llamaban hechos eran conclusiones a las que habían llegado guiados por varios rumores esparcidos liberalmente y disfrazados como la más sensacional noticia que saliera jamás de Wall Street. Aquella gran noticia era murmurada en cafeterías, restaurantes, carros comedores, salas del hotel, tranvías, camiones, trenes suburbanos; en todas las esquinas, en todos los elevadores y especialmente en New York siempre que dos personas se encontraban en algún sitio. Aunque parezca extraño, sólo en raros casos el rumor se trasmitió por teléfono. Si se empleaba el teléfono, una voz decía:

—Escucha, necesito verte inmediatamente. Es urgente. Se trata de la noticia más sensacional desde que Adán dejó el paraíso. No, no, imposible, no puedo decírtelo por teléfono. ¿Dónde puedo verte? Perfectamente, no dejes de ir. Alguien engullirá una fortuna. Perfectamente.

—Sí, viejo, a mí no pueden engañarme. A mí no podrán engañarme. Ellos andan otra vez en busca de tontos, pero lo que es a mí, no me cogerán. Verás viejo hay una sola cosa detrás de todo esto. Cualquiera que pueda ver claro, encontrará la razón de tanto ruido con una compañía de la que antes nadie había oído hablar. Verás, escucha con atención lo que va a decirte este zorro bien enterado. —Y seguiría cuchicheando para que nadie de los que se hallaran próximos pudieran enterarse—. Ya ves, la cosa ocurre así. Esa compañía L. ya sabes a qué me refiero, ha adquirido, inventado o comprado la patente de un nuevo invento revolucionario, de un motor enteramente nuevo en el que nadie había pensado, ni el viejo Henry, ni la G. M. ni la G. E. ni nadie más. Ese motor servirá y ya ha sido probado, para diez mil usos diferentes. Bien, como iba diciendo, ese motor rendirá los mismos caballos de fuerza con un galón de gasolina común y corriente que cualquiera otro de los más económicos con doce o tal vez quince. Eso es algo serio, hermano. Ahora te podrán explicar por qué la compañía ha metido tanto ruido y se ha lanzado en esa carrera loca. Llegará a dos mil o más, eso creo yo. Y fíjate en lo que te digo, camarada, ahora es la oportunidad, tal vez mañana sea tarde. Bueno, es tiempo de que nos vayamos. No lo cuentes por ahí. Adiós.

Aquella versión acerca del nuevo motor adquirido por una compañía que se dedicaba exclusivamente a fabricar motores con la característica de consumir la menor cantidad de combustible y producir la mayor fuerza posible, era la razón más plausible para el salto milagroso en las acciones de la Laylitt, aquella versión resultaba, además, la más inteligente para las mentes norteamericanas. Así, pues, se apoderó firmemente de todos los cerebros norteamericanos, en los que produjo los comunes efectos norteamericanos inmediatamente.

La venta de nuevos motores descendió a las más bajas cifras registradas en la historia de la industria norteamericana de motores. El peor de los golpes lo recibieron los productores de petróleo. La venta de petróleo perdió a tal grado sus recursos, que era imposible vender en grandes cantidades, ni siquiera a los precios realmente en producción. Cerca de cuarenta pequeñas empresas explotadoras y refinadoras de petróleo y una cantidad mucho mayor de pequeños explotadores no pudieron resistir el golpe.

Mr. Collins estaba listo para echarse encima de unas ocho de esas empresas a punto de desaparecer. Lo hizo tan gentilmente que los consejos de directores de las mismas le mostraron su gratitud en todas las formas que les fué posible por lo que ellos consideraban rara generosidad de su parte. Les pagó más de lo que tenían razones para esperar. Lo hizo sin lamentarse, porque adquiría sus objetos a un precio con mucho más bajo de lo que deseaba pagar. También echó mano a los pequeños explotadores en quienes había puesto los ojos por menos de una quinta parte de lo que en realidad valían.

Tan pronto como la Condor logró echar mano de las propiedades deseadas y arreglar todas sus combinaciones, la Laylitt Motor volvió pacíficamente a su modesta situación en el mercado de cambios y en la industria de motores. Finalmente sus acciones se detuvieron en cincuenta y dos un octavo y se mantuvieron así durante tres meses. Habían ganado tres puntos en aquella carrera emocionante. Todos los que tenían relaciones con la empresa, con su presidente, directores, accionistas, empleados y trabajadores quedaron satisfechos con los resultados finales. La publicidad obtenida había desembarazado a la planta de todas sus existencias y los pedidos habían llegado en cantidad tal que la compañía había tenido que trabajar enormemente durante dos años para atender únicamente a los pedidos ya formulados.

Como siempre, después de un período de agitación intensa en Wall Street algunos cientos de tontos yacían por tierra sin sentido, inválidos, heridos, amargados, en desacuerdo con el mundo y especialmente con su país. Y como siempre, también después de semejantes sacudimientos en la Bolsa, un ciento o más de pequeños negociantes discretos e industriales honestos, se arruinaban y perdían hasta el último centavo.

Por medio de aquella afortunada operación, Mr. Collins obtuvo un control más firme sobre la Condor y sus directores, y salió ganando, además, un millón y cuarto de dólares. Los miembros del consejo no habían obtenido menos y de ahí que consideraran a Mr. Collins una especie de mago, que valiéndose de determinados trucos podía hacer cualquier cantidad de dinero.

Fué precisamente entonces, en los momentos en que Mr. Collins se consideraba como el más grande genio financiero, cuando el director de su banco lo llamó por teléfono.

—¿Le sería posible, Mr. Collins, venir a verme alguno de estos días?... Sí, perfectamente... Digamos el miércoles, a las once en punto... Sí, lo anotaré en mi calendario... no, en mi despacho privado... por favor... Adiós, Mr. Collins.

Aquella mañana temprano llamaron a Ida del banco para estar seguros de que su jefe no había olvidado la cita, pues era muy importante y urgente.

Mr. Collins llegó al banco, sonrió en todas direcciones, y dió los buenos días a todo el que se le ponía enfrente. En aquel momento se sentía más seguro de su poder que nunca. Creía leer en todos los ojos una profunda admiración por su grandeza. El presidente del banco y todos los altos empleados sabían cuánto valía, y hasta lo habrían mostrado a algunos de los clientes que parecían sorprendidos por la forma en que Mr. Collins atravesaba el gran vestíbulo y era saludado cortésmente por cada uno de los empleados, aun por aquellos usualmente reservados y que querían se les considerara muy dignos.

Al llegar a la puerta del privado del presidente, aquélla se abrió como si se hubiera parado sobre un botón que la abriera automáticamente.

En el umbral apareció el director como si en aquel instante hubiera intentado salir.

—Buenos días, Mr. Collins —saludó sonriendo ampliamente—. ¿Cómo está usted, Mr. Collins? Hermoso día, ¿verdad?

—Buenos días, Mr. Aldring, y usted, ¿cómo está? Magnífico. Y en verdad que es una hermosa mañana. Bien, ¿qué se le ofrece Mr. Aldring, para qué me ha mandado usted llamar? Debe ser algo muy importante, ¿no es así?

—En realidad, Mr. Collins, no soy yo quien desea verlo, se trata de alguien a quien creo yo debe usted conocer mejor.

Al decir esto abrió la puerta con mayor amplitud, dió paso a Mr. Collins, lo siguió y cerró tras sí.

Mr. Collins descubrió la presencia de un viejo con aspecto de gran cansancio, sentado y casi perdido en un sillón, que contemplaba sus manos cuidadosamente como si se las viera por primera vez.

—Estoy seguro que ya ustedes se conocen. Señor, aquí tiene usted a Mr. Collins, Mr. Chaney C. Collins, de la Condor Oil Company. Creo que ahora pueden ustedes quedarse solos. Lo siento, pero también tengo que concurrir a una cita.

Mr. Collins pensó que el presidente, intencionalmente o tal vez porque algo importante ocupaba su mente, se había olvidado de presentarlo al viejo, de apariencia tan cansada que hubiera uno podido esperar que se quedara dormido de un momento a otro.

El presidente del banco, mientras hablaba había acercado una pesada silla a Mr. Collins, e indicándole con un gesto que tomara asiento. Mr. Collins se hallaba sentado esperando que el caballero que tenía enfrente iniciara la conversación. Observándole bien le pareció que su cara le era conocida, no porque lo hubiera visto personalmente sino por haber visto algunas de sus fotografías en los periódicos. Sin embargo, no podía recordar en relación con qué había visto sus retratos. El caballero parecía en parte un agricultor civilizado, en parte uno de esos hombres de ciencia que se pasan la vida enterrados en su laboratorio.

—Eso es —dijo para sí Mr. Collins—. Le he visto relacionado con algunos microbios, o algo por el estilo, descubierto por él.

—Así que usted es Mr. Collins, de la Condor Oil —dijo el caballero hablando lentamente y pronunciando las palabras en una forma que debió ser común en este país hace ochenta o cien años. Se detenía en cada sílaba, la arrastraba y daba a ciertas letras un sonido nasal como si sufriera de catarro constante. Cada palabra salida de sus labios era emitida con firmeza tal que parecía destinada a vivir por toda la eternidad.

—Exactamente, señor.

—Excúseme usted, Mr. Collins.

—Exactamente, señor, tengo el honor de ser presidente de la Condor Oil C. Mr... Mr... Lo siento pero no comprendí bien su nombre, señor.

—Imposible, buen hombre, puesto que no le fué dicho. Creí que usted me conocía.

—Lo siento mucho, señor, pero no he tenido el placer. Sin embargo, creo haber visto su retrato en los periódicos varias veces, sí, varias veces.

No bien acababa de expresarse en aquella forma cuando tosió y tragó saliva turbado, porque en aquel preciso momento llegaba a su mente como llamarada el recuerdo del asunto con el que siempre había visto relacionados los retratos del caballero y repentinamente recordó quien era aquél que se encontraba sentado frente a él. Pareció que toda la sangre se le subía a la cabeza, y se movió ligeramente en su asiento como para acomodarse o adoptar una postura mejor.

Sí, sin duda que él era. Mr. Collins sabía, como todos los que tenían qué ver con el petróleo, que la industria y el comercio de petróleo norteamericano están manejados, controlados, y operados por medio ciento de individuos con maneras, táctica y ética de pandilleros, por medio ciento más de individuos que siempre están enarbolando la pluma, por unos cuantos técnicos muy hábiles, ingenieros y geólogos; por una veintena de comerciantes verdaderamente reales, una docena de príncipes y duques y por dos reyes. Estos dos son verdaderos reyes como se supone que sean, su palabra es tan buena como los bonos del gobierno, y consideran su honor y reputación de más valor que su propia vida y que su fortuna.

Mr. Collins tenía ante él a uno de aquellos reyes a quienes llamaba los magnates, las joyas o los grandes tipos.

Aspiró profundamente, se incorporó a medias en su asiento y dijo:

—Mucho gusto en conocerlo. ¿Cómo está usted?

Mr. Collins no sabía si era correcto tenderle la mano y estrechársela. Sus maneras desenvueltas carecían de valor allí. De ello se había dado cuenta en el momento de entrar y ver al caballero.

Tomando en cuenta la manera cauta, fría y cortesana empleada por el rey para tratarlo, se enteró por primera vez del hecho de que el presidente de su banco, así como los dos vicepresidentes, usaron de la misma forma solemne y reservada cuando se hallaban en presencia de sus clientes. Varias veces se percató de que había caído en el despacho privado del presidente del banco, casi como en la sacristía de una iglesia frecuentada exclusivamente por los cuatrocientos más elevados. En semejante ocasión no le fué posible mostrar su ruidosa jocundia. Se puso a pensar que tal vez, después de todo, estaba equivocado en su métodos para hacer dinero. Tal vez los hombres de negocios realmente grandes y espontáneos, aquellos en quienes la nación entera podía confiar en todo tiempo, eran más bien como aquel rey que tenía enfrente y como el presidente del banco. Y le asaltó la idea de que él, a pesar de su habilidad y de la facilidad que tenía para hacer millones estaba, por su carácter y por la forma en que hacía sus negocios, más de acuerdo con un promotor de ferias o de concursos pugilísticos que con un hombre con el perfecto derecho a llamarse presidente de una compañía petrolera.

En cualquier forma, aquellas ideas sólo pasaban como relámpagos por su mente, con rapidez tal que no se tomaba la molestia de analizarlas o de retenerlas para un futuro examen. Por el contrario, cada vez se sentía más seguro de que la forma que empleaba para hacer negocios era correcta y que todos aquellos llamados mercaderes, reales e industriales prin- cipescos estaban equivocados o actuaban simplemente como embajadores, por la sencilla razón de que no eran capaces de actuar tan hábil y rápidamente como él y necesitaban, por lo tanto, emplear en la mejor forma las cualidades y el talento que poseían. Existen formas muy hábiles de las que se valen los lentos y faltos de talento para ocultar prácticamente todos sus defectos. Los defectos de Mr. Collins siempre salían a re- lucir, y frecuentemente en el momento menos oportuno, y no era él de la clase de hombres capaces de cubrirlos con sereni- dad y dignidad elevando las cejas. El iba al grano en cuanto decía y no encontraba otra forma de disimular sus defectos, con más o menos éxito, que hablando y actuando ruidosa y precipitadamente. Sabía que si se hubiera hecho un concurso para determinar quien podía vender mayor cantidad de carros nuevos o usados en el menor tiempo posible en un mercado adormecido, él habría vendido en una semana una cantidad mayor, y a mejores precios, que aquel presidente de banco o aquel rey que tenía enfrente habría podido hacerlo en un año.

Y si aun faltaban pruebas acerca de su posición en el negocio petrolero, ellas serían presentadas en aquel preciso instante. Era sabido que el rey no perdía tiempo. Cada minuto de su vida, de día y de noche, le producía una ganancia de más de doce dólares, tal vez de veinte. No había ido allí a ver a Mr. Collins por la sola curiosidad de saber que apariencia tenía. Algo había tras su deseo, y sin duda algo de importancia, pues no habría hecho el largo recorrido que separaba la costa oriental de allí si se tratara sólo de dos o tres insignificantes millones. Las cartas que se jugarían no serían por menos de treinta o setenta millones, tal vez cien.

—La manipulación de usted me produjo algunas horas de tensión nerviosa. —El rey hablaba nuevamente después de haber dormitado un rato, según pareció a Mr. Collins—, no por que yo hubiera podido perder o ganar con semejantes acrobacias, pues siempre me encuentro al margen y jamás juego.

—Vaya, esto es el colmo —pensó para sí Mr. Collins—, ahora este viejo sinvergüenza me sale con que nunca juega en la Bolsa, con el petróleo o con lo que sea. Por el diablo, ¿qué otra cosa ha hecho toda su vida, si no jugar? Quisiera saberlo. Embustero, eso es, y tratando de hacernos creer que nos dará el gran consejo a nosotros, que empezamos a asustarlo con nuestras embestidas.

—Me costó algunas horas de nerviosidad, porque no sabía quién estaba tras del asunto y qué pretendía en final de cuentas. De haber sabido que perseguía usted sólo una pequeña tajada, le habría ofrecido todo el pastel sin necesidad de meter aquel ruido tremendo y con un saldo menor de víctimas y de gastos. No supe que lo que usted pretendía era hacerse de algún dinero extra, pues entonces me habría explicado el asunto inmediatamente. En cualquier forma, Mr. Collins, debo reconocer que obró usted hábilmente. Hábilmente, sí, con habilidad; esa es la palabra.

Mr. Collins se encendía con el aprecio que le demostraba este gran personaje casi venerado. Empezó a tratar de adivinar cuál sería la proposición y se hizo el propósito de no vender por una bicoca. Tal vez se le ofrecería alguna combinación con un cargo de responsabilidad ampliamente remunerado en los lejanos dominios del rey. Pero se encarecería ¡y cómo! La gran oportunidad de su vida había llegado. En el futuro sus entradas serían, si no exactamente, muy próximas al triple de las que tenía en la actualidad.

—Muy hábil —volvió a decir la voz enérgica después de un corto silencio, durante el que el rey pareció dormitar nue-

vamente—. Muy hábil, eso cree usted. Tuve que poner tres
de mis mejores hombres en la pista para que encontraran la
madriguera del leopardo. Mis hombres la descubrieron perfectamente. Antes de que salga usted de este banco, Mr. Collins,
no se olvide de dejar al cajero un cheque por cuatro mil setecientos cuarenta y tres dólares sesenta y siete centavos, que
fué exactamente lo que tuve que pagar por seguir sus huellas.

Mr. Collins lo miró sorprendido, y frunció el entrecejo.
Intentó decir algo, pero el rey prosiguió:

—Sí, mis hombres descubrieron la madriguera perfectamente. Yo no había pensado en usted. Nunca supuse que fuera
usted tan tonto como para actuar en aquella forma. Nosotros
poseíamos todos los medios para cambiar totalmente el curso
del asunto y dejarlo a usted y a lo que usted llama su corporación en el basurero. Podríamos haberlo hecho, pero en cierta
forma creo que el resultado ha sido mejor, ya que algunos
cientos de tontos se han retirado, y esto es una gran ganancia
para todo el negocio. Ahora escuche, joven...

—Me ha llamado joven —pensó Mr. Collins—, y tengo
más de cincuenta años. Estoy seguro de que él tiene cerca de
ciento veinte, a juzgar por la forma en que se queda dormido
cada cinco minutos. Pero diablo, algo daría yo por tener a su
edad la memoria que él tiene. Basta ver la exactitud con que
recuerda la suma que pagó porque me localizaran. Yo ya la
he olvidado y él ni siquiera tuvo qué consultar un papel para
recordar la complicada suma.

El rey salió nuevamente del sueño y continuó:

—Sí, escuche usted, joven. Le prevengo que no vuelva a
usar de ese truco o de otro similar. Porque si lo intenta una
vez más lo aplastaré junto con todos sus secuaces, y lo aplastaré
en forma tal que no podrá echar mano ni de un pedazo de
papel cuando el diluvio caiga sobre usted.

—Con todo respeto, señor, me permito preguntarle, ¿no
hizo usted alguna vez en su larga y rica vida alguna operación semejante a la que yo he hecho?

Mr. Collins que estaba seguro de conocer la historia completa de la vida del rey, preguntó más por alargar la conversación que por recibir una lección de estrategia financiera.

—No, joven farsante; nunca hice algo de esa especie. Siempre jugué con las cartas descubiertas. Mi divisa era: tómelas o déjelas. No siempre, pero sí casi siempre gané y no valiéndome de trucos, sino precisamente por jugar con las cartas descubiertas y dar a cada quien su oportunidad para jugar rectamente. Aquellos que pasan el límite son simplemente jugadores o mejor, como los llaman ahora, tontos. Y los tontos siempre merecen su parte, porque son ellos, los tontos, quienes desean hacernos tontos a nosotros los que jugamos limpio. Y son los tontos los que acarrean esos devastadores pánicos en el desarrollo doméstico de los negocios honestos y de la industria realmente importante. Y eso no es todo, joven. Lo hecho por Alejandro el Grande, por César, por Atila o Carlomagno en su tiempo habríase considerado como un horrible crimen de haber sido hecho por Napoleón. Y lo hecho por Inglaterra en el siglo XVIII y por Napoleón al principio del XIX habrían sido pecados imperdonables para la raza humana de hacerse ahora. Cada tiempo tiene sus propias leyes. El mío tuvo las suyas y a ellas se apegaba mi vivir, trabajar y hacer negocios; el de usted tiene otras que usted debe obedecer a menos que desee ser considerado como criminal. Así, pues, joven, no olvide mi advertencia, porque no la repetiré dos veces.

El rey se levantó, caminó lentamente hasta la puerta y, sin volverse, dijo:

—Buenos días, señor.

Tocó ligeramente la puerta y ésta se abrió para darle paso.

Cuando la puerta se hubo cerrado, el presidente del banco volvió a entrar. Sonrió tan ampliamente como pudo, se aproximó a Mr. Collins, le estrechó la mano con entusiasmo y dijo:

—Felicitaciones, Mr. Collins, felicitaciones. Estoy seguro de que la proposición que le han hecho sobrepasa con mucho sus esperanzas. Sabía yo que esta entrevista se realizaría algún día, pero nunca creía que fuera tan pronto. Este es realmente un acontecimiento para la Condor. Tal vez una fusión. Bien, esperaré el resultado. Y de paso, Mr. Collins, cualquier suma que necesite estará a su disposición simpre que nuestras reglas lo permitan. Y una vez más, lo felicito sinceramente.

—Gracias, muchas gracias, Mr. Aldring. Puedo asegurarle que ha sido un gran día para nosotros. —Mr. Collins tenía la apariencia de haber ganado un millón de dólares—. Y muchas gracias por haber arreglado este agradable asunto en su institución.

—Siempre a sus órdenes, Mr. Collins —dijo el presidente, estrechándole una vez más la mano y lo acompañó después hasta la puerta, haciendo después tantas reverencias como nunca antes le había hecho.

Mr. Collins se aproximó al cajero y sólo tuvo que firmar, porque éste ya tenía hecho el cheque con la suma correspondiente.

Sentado en su coche y pensando en el último cuarto de hora transcurrido, Mr. Collins dijo para sí: "Por Dios que atenderé su advertencia, y al pie de la letra, porque es de las bestias que cumplen lo que prometen. Vaya, vaya, que es un hombre viejo. Creo que tiene ciento veinte años en vez de ciento cincuenta. Pero estoy seguro de que daría gracias a Dios de rodillas todos los días de mi vida si a los veinticinco hubiera tenido la memoria y la clara y aguda inteligencia de ese viejo. ¡Vaya tipo!"

XLIX

No conociendo bien a Mr. Collins, uno habría podido pensar que había olvidado a Rosa Blanca o que había dejado las cosas en el estado en que se encontraban, mientras se hallaba ocupado con su última aventura financiera. Pero la cosa, sin embargo, no era así. Hasta a Ida le hablaba poco de Rosa Blanca, pero habría dejado de ser Mr. C. C. Collins de haber aceptado una derrota en tanto que su oponente viviera aún y su objetivo no hubiera sido destruído por un terremoto o por una inundación. Consecuentemente, aun cuando se hallara sentado en un cabaret o se encontrara solo con Flossy o con Basileen, habría pensado en el caso desde todos los ángulos concebibles.

La mayoría de las propiedades de la Condor en la República habían sido adquiridas aprovechándose de ciertos defectos en la legalización de los derechos de propiedad de las personas que se hallaban en posesión de ellos. Pero con Rosa Blanca la cosa era distinta. Nada podía hacerse con respecto a los títulos de propiedad de don Jacinto. Eran tan legales y buenos como rara vez pueden encontrarse en países siempre perturbados por revoluciones, rebeliones, cambios de leyes y de constituciones. Cuando, finalmente, Mr. Collins se convenció de que por ningún medio legal llegaría a Rosa Blanca, echó manos de otros medios.

El gobernador del estado, que después del presidente de la República era la más alta autoridad, fué urgido para usar de su influencia con don Jacinto para convencerlo de que vendiera. Ciertos párrafos de la nueva constitución concedían a las autoridades derecho para privar de sus propiedades u obligar a los propietarios a vender sus tierras, plantas, maquinarias o medios de transporte en todos aquellos casos en los que las propiedades fueran de gran beneficio para la nación, operadas o poseídas por el gobierno local, el del estado o el federal en vez de por un individuo o empresa capitalista. Así, pues, el gobernador fué urgido para que dictara un decreto especial por medio del cual Rosa Blanca pasara a ser propiedad del estado. Una vez en posesión de la hacienda, el gobernador tendría el derecho constitucional de vender, o arrendar, Rosa Blanca al individuo o corporación que contara con las mayores posibilidades de manejar la propiedad para mayor beneficio del estado o de la nación.

Como el gobernador tenía fama de hombre justo, especie poco frecuente en el país, Mr. Collins tenía pocas esperanzas de que obedeciera la sugestión que le hacía el representante de la Condor en la República. Por tanto, se entrevistó con un diputado. De los diputados de la República la mitad son hombres honestos y caballeros que hacen cuanto pueden por lograr que su país sea grande y realmente progresista y pertenecen a una clase de tipos no mejores en ningún sitio. Una cuarta parte de los diputados no saben lo que desean ni qué partido tomar; fueron elegidos por haber sido impuestos a ciudadanos ignorantes, y siempre siguen a los más fuertes, a pesar de la opinión pública o la de sus votantes. Una quinta parte, más o menos, difieren de los pandilleros sólo por el nombre, nunca dejan su casa si no van armados, y hacen uso de sus fueros únicamente para cometer todos los ultrajes imaginables, y sin excluir el asesinato, todos los crímenes mencionado o no en las leyes. Es esta parte de los diputados la que ante el mundo degrada al constitucionalismo y a las instituciones parlamentarias en esta y otras muchas de las repúblicas indoamericanas.

Así, pues, resultaba enteramente natural que los hombres de Mr. Collins se entrevistaran con un diputado perteneciente a aquella quinta parte. El diputado en cuestión tenía dos esposas, estaba legalmente casado con ambas sin haberse divorciado de ninguna de ellas. Una de las dos vivía en la ciudad, la otra en un rancho de cuya existencia estaba ingnorante su esposa de la ciudad. Había obtenido aquel rancho ordenando el asesinato de su dueño y de toda su familia, más tarde declaró que nadie reclamaba la propiedad; lo que ocurría realmente, porque ninguno de los herederos se atrevía a ello. Después de esto y alegando una deuda de contribuciones, el rancho fué vendido en subasta pública, en la cual fué el diputado el único postor, pues todos los demás se eliminaron por las mismas razones atendidas por los herederos para no hacer reclamaciones. Y como este diputado no sólo tenía dos esposas legales, sino que también mantenía a tres más a la manera de Mr. Collins, estaba como él, también, en constante necesidad de dinero.

El diputado, convenientemente preparado por los hombres de Mr. Collins, trató de convencer al gobernador de que la nación necesitaba una considerable entrada de fondos, los que podrían lograrse en primer lugar por concepto de impuestos sobre la exportación y producción de petróleo en el país y, en segundo lugar, empleando todos y cada uno de los medios posibles para inducir a los atrasados poseedores de tierras productoras de petróleo a que se unieran al esfuerzo progresista de la nación, ya que debía darse preferencia al bin común y considerar en segundo término los intereses privados, venciendo la testarudez de individuos medio locos como aquel propietario de Rosa Blanca, indio ignorante, de la especie más conservadora y carente de influencias políticas. Rosa Blanca estaba considerada entre las tierras más ricas en petróleo de la República. Así, pues, ni un gobernador, ni aun el presidente de la República, tenían derecho a privar de aquellos tesoros naturales al resto del mundo, menos aun cuando la explotación de esas tierras significaría empleos bien pagados, buenas entradas y bienestar para muchos cientos de familias cuyos cabezas carecen de trabajo y las que se ven obligadas a vivir como pobres animales.

El diputado habló bien y recitó la versión que sobre el asunto diera Mr. Collins; tan bien, ni él mismo lo hubiera hecho. En cualquier forma, el discurso del diputado fué mucho mejor, más inteligente que los que solía leer en la cámara. Cuando en alguna ocasión hablaba en la Cámara de Diputados no lo hacía por el bienestar de su patria, sino porque necesitaba hacer que el público se percatara de que vivía aún y de que todavía era miembro del parlamento, pues consideraba la posición política que ocupaba como expediente convenientísimo para enriquecerse.

El gobernador no se dejaba convencer fácilmente por discursos de ninguna especie, ni por los buenos ni por los malos, especialmente cuando sospechaba que no habían sido concebidos por la mente del orador. Dió las gracias al diputado por su visita y por su reveladora información y le dijo con toda cortesía que pensaría el asunto.

Como el único resultado de las gestiones del diputado fué el pago de un cheque por cinco mil pesos hecho por la Condor, se pidió por favor al señor Pérez que viera al gobernador, sólo una vez más, y que tratara de convencerlo en la mejor forma posible de la urgente necesidad que tenía el país de los altos ingresos que dormían en el subsuelo de Rosa Blanca, y de que el gobernador en persona debía hablar a don Jacinto para hacerle comprender que la venta de sus tierras redundaría tanto en su beneficio como en el de todas las familias en cuyo bienestar se interesaba tanto.

El gobernador, después de escuchar cuidadosamente la explicación del licenciado Pérez, dijo:

—Investigaré el caso una vez más, pues me han estado molestando con él durante meses y meses y estoy aburrido de oír hablar del asunto. Aburrido de él, señor licenciado.

—Entonces, ¿está usted de acuerdo, señor gobernador? —preguntó Pérez con la cara radiante de alegría.

—No he dicho tal, licenciado Pérez. He dicho que investigaré una vez más el caso y trataré de enterarme qué hay en el fondo de todo esto, porque estoy perfectamente convencido de que algo se oculta tras del asunto que yo y tal vez usted no podemos alcanzar. Me es difícil creer que aquí o en cualquier otro sitio bajo el cielo pueda existir un hombre que rehuse aceptar medio millón de dólares por una tierra que, cuando más, le daría trescientos o cuatrocientos mil pesos. Quiero que comprenda usted que estoy muy lejos de desear obstaculizar a esa empresa norteamericana y de tratar intencionalmente de que no aumente sus operaciones y sus negocios en nuestro estado o en cualquier otro sitio de la República. Por el contrario, deseo ayudar a esa empresa, como he ayudado a otras cuando se me ha pedido que interpusiera mi influencia en todos aquellos casos en los que tuve la convicción de poder obrar rectamente en beneficio de las dos partes interesadas.

—Eso es, precisamente, lo que deseamos, señor gobernador; que use usted de su influencia para hacer correr este estancado asunto.

—Debe usted saber, licenciado Pérez, que siempre, mientras sea gobernador del estado, ayudaré como he ayudado al desarrollo de cualquier producción útil, ya sea azúcar, algodón, minerales, madera, frutos o petróleo. El hecho de que sea una empresa extranjera o de que sea poseída y controlada por nuestros ciudadanos nada tiene que ver en mis juicios. Mientras los extranjeros y sus empresas se apeguen a nuestras leyes, los consideraré iguales a los nacionales y no tendré preferencias para ninguno. Yo respeto y defiendo los derechos constitucionales de todos los residentes en el estado, ya sea ciudadano o extranjero, indio, mestizo o criollo.

—Estoy bien enterado de su tolerancia y justicia, señor gobernador; por eso tengo confianza en su juicio respecto al caso que discutimos.

—Gracias, licenciado. Puedo asegurarle que no descuidaré ningún medio para respaldar todos los propósitos legales de la Condor. Si me convenzo absolutamente de que es esencial para la existencia de la Condor la explotación de Rosa Blanca, y más aún de que resulta de vital interés nacional que Rosa Blanca sea transformada de simple hacienda en algo de más valor, como son los campos productores de petróleo, en ese caso trataré de convencer a don Jacinto de que debe vender en beneficio de todos.

—Me alegro de escucharle decir esto, señor gobernador.

—Ahora que, no obstante, cualquier cosa que yo proyecte hacer, no olvidaré ni por un momento los derechos de don

Jacinto, sus derechos constitucionales, así como todos los derechos que en su opinión particular tenga en el asunto. Sus razones serán tan buenas como las de la Condor, tal vez mejores. Yo desconozco los detalles, pues nunca llegué a una conclusión satisfactoria en mis investigaciones y no me es posible juzgar. Además del de don Jacinto está en juego el destino de unas sesenta familias que viven de la hacienda. Esas sesenta o más familias son de mi sangre, de mi raza, en tanto que los hombres de la Condor no lo son. Fuí elegido gobernador con el amplio y claro entendimiento de que ante todo están los intereses de nuestros ciudadanos. Creo, licenciado Pérez, que fué eso lo que dijo usted cuando empezó mencionando los intereses de la nación. Estas sesenta familias son la nación de la que yo he hablado y a la que prometí proteger si me elegían.

—De todas esas familias se cuidará, señor gobernador. Cada hombre tiene asegurado un trabajo por el que se le pagarán salarios ocho y diez veces más altos de los que ahora reciben.

—Bien, ¿por qué no? En cualquier forma esa es sólo la parte material del asunto, y creo que en ello hay también una parte en la que se deben tomar en cuenta el alma y el corazón. De ésta nadie ha hablado, por lo menos que yo recuerde. ¿O ha hablado usted, señor licenciado?

—No, no; creo que no, señor. Y no comprendo lo que usted pretende significar al hablar de problemas del alma y del corazón.

Por algunos momentos el gobernador escudriñó la cara de Pérez para determinar si hablaba en serio o en broma.

—¿Alma y corazón? Un abogado no puede saber mucho de almas y corazones mientras considere a los hombres solamente como partes del caso que necesita ganar. Pero debo recordarle que don Jacinto y esas familias, no solamente habrían de desprenderse de unas cuantas hectáreas de suelo más o menos bien cultivado. Ese suelo podía cambiársele hasta

duplicándolo en cualquier otra región del país si fuera necesario. Pero ellos habrían de ceder más que ese suelo, algo de
mucho más valor, algo que usted y yo comprendemos difícilmente. Estas gentes darían algo que constituye su patria toda,
su país natal, una tierra que ha sido fertilizada con sudor y
sangre de los cuerpos de sus ancestros, de generaciones enteras
tal vez durante dos mil años o más. Esa pequeña patria suya
ha sido fertilizada con las esperanzas, los duelos, las desespe-
raciones, los goces, los deseos de ellos y de toda su raza. Tendrán que ceder la tierra que les es sagrada, sagrada como mi
madre, mi esposa, mis hijos son sagrados para mí y los suyos
para usted, licenciado. Y debido a estas razones, a estas consideraciones yo no puedo en este caso, pensar únicamente en el
petróleo. Debo pensar en los humanos, en los corazones y en las
almas humanas. Y habría que decidir en último término qué
es más importante, si el petróleo o los corazones y las almas
humanas.

El gobernador se puso de pie, volvió a sentarse tras su
escritorio y, cambiando de tono, continuó:

—Como dije antes, licenciado Pérez, haré cuanto pueda por
ayudarlo. Deseo complacer a la compañía que usted representa.
Pero debo agregar que si la Condor no aduce razones realmente
convincentes para que esa propiedad se convierta en campo
petrolero, nada pondré de mi parte para que don Jacinto acepte
la idea. Dejaré que él decida lo que sea más conveniente para él
y para aquellos de cuyas vidas se siente responsable. El incuestionablemente está en su derecho de vender o negarse a hacerlo, y tiene también perfecto derecho a exigir que no se le
moleste más una vez que haya dicho que no. Bien... —el
gobernador volvió a cambiar de tono—, bien, Pérez, ¿cómo
están por su casa, cómo está su esposa, sus dos hijas? ¿Terminó Margarita sus estudios de medicina?

—Todavía no, don Claudio, le faltan dos años. Y mi esposa
se encuentra ahora en Guadalajara visitando a su hermana.

—Salúdelas de mi parte. ¡Adiós!

Se estrecharon las manos con afabilidad, y Pérez abandonó el palacio de gobierno en donde la audiencia había tenido lugar. Se dirigió al telégrafo y telegrafió a las oficinas de la Condor: "El gobernador apoya firmemente el punto de vista de Jacinto (punto) Se necesita más tiempo y paciencia."

L

El gobernador hizo algunas anotaciones en su libreta de asuntos pendientes, oprimió dos botones y empezó la audiencia con directores de compañías norteamericanas e inglesas, con ingenieros, traficantes, presidentes de cámaras de comercio, gerentes de empresas ferrocarrileras, grupos de turistas norteamericanos y canadienses, administradores de empresas de transportes, secretarios sindicales, tabajadores en traje de mecánico con las manos sucias aún por el trabajo. Campesinos indígenas, peones, jefes de tribus habitantes de las altas mesetas y de las selvas, maestros, arquitectos, científicos, exploradores, propietarios de diarios extranjeros, dictadores destronados, generales de la revolución, alcaldes de varios pueblos, directores de empresas de luz y fuerza, exdueños de bienes expropiados, plantadores de henequén desposeídos, administradores de ingenios azucareros, plantadores de cacao, cultivadores de plátano y concesionarios de transportes fluviales.

Muchas horas empleaba el gobernador para despachar aquella gran variedad de asuntos y atender a tipos tan diversos. Cada tres o cuatro minutos se veía obligado a pasar de un asunto a otro, del que oía hablar por primera vez en su vida, para pasar a otro que le resultaba casi incomprensible, y en tanto que el perseguidor de la audiencia hacía presión sobre su problema, era repentinamente abandonado sin obtener la solución que esperaba en aquel preciso momento, porque anunciaban otro visitante y aquél era despedido cortésmente, con la mente nublada, a fin de que dejara su lugar a los otros que esperaban.

Durante aquella rápida revista de caras, cuerpos, problemas y asuntos, el gobernador olvidóse completamente de Rosa Blanca. Y olvidó también que había hecho notas relativas a aquel sitio que, aunque nunca había sido notable en ningún aspecto, se iba convirtiendo en objeto cada vez más inquietante para el gobernador.

Para el próximo sábado el presidente de la República había citado a una reunión general de todos los gobernadores de los estados y jefes de operaciones militares. El objeto de aquella conferencia especial era discutir la forma de poner coto a la creciente inquietud de los sindicatos obreros, que urgían al gobierno para que reforzara la constitución adoptada muchos años antes por un movimiento revolucionario victorioso. Los sindicatos obreros demandaban en particular que se reforzaran aquellos párrafos de la constitución que se referían a los derechos de la nación para expropiar las tierras pertenecientes a grandes dominios feudales, dividirlas en parcelas y entregar éstas a los campesinos indígenas, constituyendo así ejidos, especie de comunidades semejantes a las que existían entre los indios antes de Colón. Al mismo tiempo, los de trabajadores mineros insistían en que el gobierno no dejara pasar más tiempo sin establecer otro derecho constitucional, esto era la expropiación de todas las compañías mineras, extranjeras y nacionales, para que las propiedades fueran poseídas y explotadas por la nación o por los sindicatos mineros.

La asamblea no pudo ponerse de acuerdo respecto a las proposiciones hechas por algunos de los gobernadores más radicales, pues la mayor parte de los miembros sostenían que el procedimiento de confiscar la propiedad de compañías o individuos que explotaban el subsuelo de la República trastornaría inevitablemente la situación económica del país, que se encontraba ya en no muy buenas condiciones y la que a últimas fechas, y sólo debido a grandes esfuerzos, se había logrado llevar a la estabilización destruída por un largo período revolucionario

Se llegó a la conclusión de que la expropiación de los grandes feudos y la división de los mismos en ejidos se llevaría a cabo inmediatamente, ordenándose por decreto presidencial y que toda vez que el Congreso no se hallaba en período de sesiones, la cuestión relativa al reforzamiento de los párrafos de la constitución relativos al derecho de la nación para confiscar o expropiar todas las propiedades del subsuelo, se examinaría una vez más y con mayor cuidado, dando especial atención a todas las consecuencias que podrían resultar de interferencia tan radical en la explotación de concesiones hechas por gobiernos anteriores en forma legal a empresas capitalistas.

Fué en aquella reunión en donde el gobernador recordó nuevamente a Rosa Blanca, y nuevamente volvió a anotar el nombre en su libreta de apuntes.

El lunes, cuando regresó a su oficina, lo primero que hizo fué pedir a un ingeniero especialmente entrenado para estudiar y explicar los asuntos petroleros. Con su ayuda examinó todos los planes y las operaciones de la Condor en la República, hizo valuar sus propiedades e inventariar sus pozos, anotando los secos y los productivos, inventariando asimismo su equipo, y registrando sus exportaciones y sus gastos corrientes y particularmente el monto de salarios pagados a los nativos de la República, además fueron tomadas en cuenta sus inversiones y sus posesiones, aquellas que producían y las que tenían en reserva a fin de especular con ellas. Revisó las anotaciones referentes a las reservas de la empresa en propiedades posiblemente productoras y tomó en cuenta las tierras adquiridas cuyo valor como productoras de petróleo era dudoso. Finalmente hizo llamar al ingeniero jefe de inspectores de propiedades petroleras en el estado. En esa forma, y con la ayuda de dicho experto, trabajó en el asunto durante una hora diaria hasta el jueves por la noche.

El viernes por la mañana, anunció que estaría fuera de su oficina durante tres o cuatro días en viaje de inspección.

Con su criado indígena, hombre de toda su confianza, se dirigió a Rosa Blanca para visitar a don Jacinto sin hacerse anunciar de antemano. Una vez allí, permaneció dos días y dos noches.

Don Jacinto no entendía de diferencias sociales entre los humanos. Para él el licenciado Pérez era tan buen hombre como podía serlo un traficante en cerdos o en ganado o algún hacendado visitante y lo había tratado en la misma forma que al jefe de los censores o a los inspectores de Salubridad que habían estado allí días antes. En esa misma forma fué recibido y tratado el gobernador.

El gobernador no había esperado nada más, y si don Jacinto hubiera hecho algo especial en honor de su distinguido visitante, mostrándose satisfecho por la deferencia, el gobernador se habría sentido engañado, porque se creía un gran juez del hombre y de la naturaleza humana.

Se sentó a la misma mesa sencilla a la que don Jacinto se sentaba. Comió los mismos alimentos cocinados a la manera india que don Jacinto comía. Durmió en la mejor cama que Rosa Blanca podía ofrecer a sus huéspedes distinguidos, que no difería en nada de aquélla en la que dormían doña Conchita y don Jacinto, y que consistía en tres tablones de magnolia unidos a cuatro elevados postes. Sobre aquellos tablones había colocados dos colchones gruesos de palma de cacao, sobre los que se colocaban dos petates suaves, brillantes y hábilmente tejidos con fibras de maguey. Por cobijas tenía dos sarapes de lana hechos en Rosa Blanca, a los que, si lo deseaba, podía agregar los que había llevado consigo a lomo de mula. Las noches eran generalmente muy frías dos horas antes del amanecer.

Más de lo que al gobernador ofreció no podía dar Rosa Blanca, ni necesitaba más, ni había tenido más durante los últimos diez siglos, y nada más había deseado nunca, porque era y siempre había sido perfectamente feliz con lo que podía ofrecer. El gobernador del estado recibió ni más ni menos la misma atención que los emperadores aztecas, los reyes totonacas, los príncipes huastecas, los gobernadores y los generales españoles habían recibido cuando visitaron Rosa Blanca.

El gobernador, con don Jacinto a su lado, visitó a todas las familias que habitaban Rosa Blanca. Entró a todos los jacales y chozas de palapa construídas en el imperio de Rosa Blanca. Habló con las gentes que encontraba, hombres, mujeres, niños. De vez en cuando levantaba del suelo a los niños desnudos, algunos de ellos más sucios que los cerdos, en cuyas suaves barrigas solían descansar cómodamente. Acariciaba a los chiquillos, les daba centavos y dulces; hacía grandes amistades con los jovencitos, quienes le enseñaban trucos hábiles o le mostraban algún animalito u objeto poseído exclusivamente por ellos y que era el más ambicionado por todos los muchachos en diez leguas a la redonda.

De cualquiera que fuera el hogar dejado por el gobernador para visitar otro, la familia entera le seguía y con ella los animales que poseía, tales como perros, puercos, burros, guajolotes, monos, cabras y ovejas.

Nadie en Rosa Blanca, ni don Jacinto, le cansaban agregando un "señor gobernador" a cada palabra que decían, como era costumbre donde quiera. Nadie allí le adulaba, nadie disputaba sus favores, ni siquiera sus sonrisas, nadie deseaba algo de él, ni dinero, ni trabajo, ni una resolución rápida en asuntos pendientes. Le consideraban sencillamente como a un visitante de la ciudad.

A la entrada de cada jacal era saludado por la persona más vieja de la familia que lo habitaba, quien decía cortésmente: "A sus órdenes, señor, está usted en su casa y nos veremos muy honrados si dispone de cuanto poseemos como guste. ¡Gracias, señor!" Pero ello no constituía una distinción, pues era la forma en que solían saludar a cualquier visitante, gobernador o no.

El gobernador, seguida por una multitud de gentes y de animales, se dirigió a las milpas para ver el maíz que maduraba y el frijol fructificando. Visitó los cañaverales, las siembras de algodón, las huertas donde se cultivaban naranjas, limones, piñas, plátanos y papayas. Contempló la vasta pradera y fué invitado a examinar la calidad del ganado, los caballos, las mulas, los burros y especialmente los toros de pura sangre, que eran los que más le interesaban. Tuvo que ver el perico que consideraba como su amigo más querido a un puerco. Admiró el trapiche hábilmente construído y que era el más primitivo de cuantos había visto trabajando aún eficazmente en toda la línea, a pesar de estar hecho de madera, sin un ápice de hierro, y de ser movido por un tronco de mulas o por una turbina hecha también de madera, en uso desde hacía más de doscientos años y tan ingeniosamente construída que bastaba una débil corriente de agua para moverla y producir la fuerza necesaria para operar el primitivo trapiche.

El gobernador insistió en ver cuanto allí podía verse. Nunca se fatigaba y mientras más veía más quería ver. Ponía tanto interés en todo aquello como si nunca hubiera sido gobernador, como si no hubiera dejado una oficina siempre ligada a preocupaciones, dolores de cabeza, envidias, corrupción, estupidez, pequeñeces, amenazas, angustias, tristezas, piedad y raras veces, si había alguna, con un destello de alegría, de felicidad y satisfacción.

Había nacido, crecido y vivido siempre en la ciudad. En la universidad nacional de la capital, en Madrid y en París, había estudiado leyes y economía. Durante la revolución se había puesto de parte de los constitucionalistas y renunciado a su grado de coronel del ejército. A menudo había visitado haciendas y ranchos poseídos prácticamente, en todos los casos, por ricos nativos no indígenas, sino mestizos, criollos o españoles. Aquellos propietarios vivían en sus extensas posesiones como grandes señores y reyes ingleses de la antigüedad. Pasaban la mayor parte del año en la capital, en New York, Los Angeles, New Orleans o la Habana dejando la administración de sus haciendas en manos de mayordomos, sin ocuparse dema· siado de sus propiedades mientras los productos de las mismas les permitieran vivir en la forma que acostumbraban.

Por primera vez en su vida el gobernador permanecía en una hacienda poseída por un indio y en donde todos los habitantes eran indios también.

Ocurrió que, rápida e inesperadamente, la sangre indígena que corría por sus venas se acumuló en su corazón y le hizo experimentar la sensación de que nunca había sido más que indio. Aun cuando nacido en la ciudad e individuo culto y altamente civilizado, vestido como cualquier newyorkino en un día de fiesta en Miami, no podía ocultar su origen indígena. Sus cabellos, sus ojos, manos, pies y el color de su piel lo denunciaban. Ahora, bajo la influencia del ambiente, empezaba a sentirse lo que en realidad era. Ahora entendía profundamente, más que con el cerebro con el alma y el corazón, cosas y asuntos que antes le habían resultado incomprensibles. Su cerebro parecía nublarse en la medida que su alma y su corazón se reanimaban y sensibilizaban.

Cuando una semana antes hablara con el licenciado Pérez acerca de los derechos que debían concederse a las gentes de Rosa Blanca, lo había hecho en la misma forma en que se referiría al hogar alguien que hablara teóricamente. El entonces había pensado en la patria como algo que puede definirse apegándose a leyes y reglamentos, tal y como se define la nacionalidad y las diferencias que existen entre ciudadanos nativos y naturalizados en general y ciudadanos que han adquirido ciertos derechos como residentes. La patria era entonces algo bien definido que podía expresarse con documentos del registro civil. Era algo incidental más bien que accidental, algo que podía ser influído por el viaje de una madre o por la emigración de ésta en determinada época. Aun atendiendo a cosas aparentemente tan faltas de importancia como un error involuntario cometido en el registro civil, los derechos de ciudadanía podían ser desviados de su curso natural.

Pero ahora, el gobernador conceptuaba a la patria en una forma nueva, hasta entonces desconocida para él. La idea de patria que ahora tenía no podía ser explicada por ninguna ley de nacionalidad ni definida por decisión alguna de la suprema corte, ni modificada por las faltas de algún juez empleado del registro civil. La interpretación de la patria que había encontrado allí y entonces, era un asunto del alma. Era alma. Allí estaba el germen de la patria. Los nacidos en la ciudad y la mayoría de los campesinos pueden ser enviados a otra ciudad o a otro rancho o pueblo y pronto se sentirán como en su propia casa. Pero las gentes de Rosa Blanca formaban una unidad con el suelo que los había concebido y del que habían nacido. Las gentes de Rosa Blanca habrían, tal vez, dejado hasta de ser humanos si su tierra hubiera sido destruida y ellos se vieran obligados a abandonarla.

Guiado por su sangre indígena, tercamente conservadora como la misma tierra, el gobernador llegó a la conclusión de que ningún motor Diesel, ningún China Clipper tenía el valor suficiente para pagar el justo precio de aquellas tierras. El petróleo, los aeroplanos, los automóviles son cosas maravillosas cuando se poseen. Facilitan el trabajo y la vida del hombre. Realmente lo hacen. Sin embargo, sea cual fuere el significado del petróleo o de los automóviles, de ser poseídos por estos hombres, sólo lograrían convertirlos en más pobres de corazón y de alma si en cambio de esos objetos tuvieran que abandonar su patria, que es la quintaesencia de lo que ellos son y del objeto de su vida que se traduce en goce, felicidad sencilla, bienestar de cuerpo y mente, quietud y seguridad; amor, poesía, arte, religión, divinidad, paraíso, principio y fin de todas las cosas.

Los hombres y las mujeres civilizados, todos esos tan orgullosos de su alta cultura y avanzadas ideas, gozan de los complicados aparatos de estos días, gozan de las complicadas máquinas que parecen tener cerebro humano y se creen felices porque poseen una radio de onda corta, un aparato de televisión o aviones gigantescos en los que pueden viajar con la comodidad y lujo de un hotel de primera clase y llegar de New York a Londres en veinticuatro horas. Nosotros admiramos y gozamos de los hermosos y maravillosos productos de estos tiempos, porque hemos perdido nuestra verdadera patria. La pérdida de nuestra patria nos deja tan lisiados que podemos soportarla nada más porque nuestra mente se ha vuelto tan perezosa que no le es dado reconocer su magnitud. Para poder olvidar nos intoxicamos, tratamos de borrar nuestras penas, nuestras tristezas, con gasolina que se traduce en velocidad, en rapidez. Tan intoxicados estamos, tan nublada se encuentra nuestra mente, que cada vez necesitamos de mayor velocidad para huir de las interminables penas de nuestro corazón y de nuestra alma.

Fué esta realidad la que llegó a la conciencia del gobernador, quien por su educación, cultura y posición era carne y sangre de la nuestra a pesar de pertenecer a la raza indígena. Y era su origen indígena el que lo hacía que estuviera más próximo a la verdadera patria de la raza humana que lo que se encuentra el blanco que ha perdido la suya desde hace más de trescientos años y quien, a partir de entonces, vive en afán continuo, sin disponer de vez en cuando del tiempo necesario para respirar profundamente, mirarse a sí mismo y determinar si ha obrado de acuerdo con las cosas que realmente cuentan. Pero nunca tiene tiempo. Vive corriendo y agitándose. Mientras mayor velocidad puede desarrollar con sus inventos, menos tiempo gana. No importa que construya máquinas que corran sobre rieles o aviones trasatlánticos o torres inalámbricas, seguirá corriendo cada vez con mayor rapidez después de cada nuevo invento que le garantice mayor velocidad, pasando de un continente a otro, de Asia a Europa, de Europa a América para volver a Asia en busca de nuevos horizontes, dirigiéndose al Artico y regresando al Antártico en donde, bajo los glaciares de muchos kilómetros de espesor, encontrará algún día sepultada la civilización que floreció hace millones de años.

El hombre hace guerras, y guerras mundiales, impulsado por el deseo de encontrar un hogar al que en estos días, erróneamente, llama mercado. Y para agregar algo más a toda esta creciente confusión y a la irritante e incesante inquietud del hombre, el escolar, el científico, el arqueólogo, el geólogo, el biólogo, los investigadores y exploradores de la nebulosa estelar, persiguen huellas perdidas con la intención de redescubrir la patria original del hombre y su verdadero paraíso.

El gobernador conversaba con don Jacinto, con Margarito, y con todos aquellos extraños hombres que vivían en su verdadera patria. Les hablaba como si los conociera desde hacía diez mil años. Entendía todas las palabras que decían y comprendía lo que trataban de explicarle como si desentrañara su significado más bien con el alma que con la mente. Pronto tuvo la extraña sensación de pertenecer al lugar, de haber partido de allí algunas generaciones atrás y de ser feliz al ser recibido a su vuelta como un viejo miembro de la comunidad.

El, el indio, había encontrado su hogar perdido. El hijo que había dejado la casa de su padre por los tesoros del mundo regresaba al hogar. Por la primera vez en su vida escuchó la voz de su alma y de su corazón. Como no estaba acostumbrado a su lenguaje, se irritó cuando al principio no pudo entender todo lo que deseaban decirle. No obstante lo que hubiera en su mente, había algo indudable, y ello era la seguridad de encontrarse nuevamente en su patria. Por la primera vez desde que tenía uso de razón se sentía realmente feliz, contento, satisfecho, sin tristeza, sin temor. Se sentía tan seguro como un niño en el regazo de su madre.

Pronto se quitó las elegantes botas de montar y le pidió a don Jacinto un par de los huaraches que se fabricaban en Rosa Blanca. Se desembarazó de su saco de lino, se abrió el cuello de la camisa, se quitó la costosa corbata y pasó la cabeza por

la abertura del cotón que le dió don Jacinto, cubriéndose
con él el pecho y la espalda a la manera india.

Comió tortillas, frijoles, chicharrones y barbacoa. Partió
la carne con los dedos y bañó los trocitos metiéndolos con ellos
en el espeso, cremoso y rojo mole. Sirviéndose de los dedos
también, tomó sal de la cazuela de barro y se la echó en la
lengua como lo hacían doña Conchita, don Jacinto y sus hijos,
y la revolvió en la boca con pedazos de chile verde que cortara
a mordiscos. Bebió del café cultivado en la hacienda, endulzado
con panocha elaborada también por don Jacinto. Rosa Blanca
tenía medio ciento de cabezas de ganado, pero raramente se
obtenía un galón diario de leche y la que se lograba, en parte,
era dada a los niños, y en parte empleada en algunos guisos
de la cocina de los patrones; así, pues, todos bebían café negro,
pues nunca había leche que agregarle. Tampoco había crema
ni mantequilla y sólo se comía queso de cabra, que por todos
conceptos es mejor que cualquier otro.

El gobernador tuvo que montar todos los caballos y las
mulas de carga a fin de estimar sus respectivos valores. Todo
el día estaba ocupado con un sin fin de cosas, cada una de las
cuales parecía de enorme importancia para él y para todos los
otros; en verdad, de mayor importancia que cualquiera de
los cientos de asuntos que usualmente tenía que atender los
días de trabajo en su oficina.

La tarde estaba avanzada y él se hallaba sentado en una
mecedora en el pórtico, don Jacinto y Margarito el mayordomo estaban a su lado y los tres miraban el amplio patio que
se extendía frente al pórtico. El, al igual que sus compañeros,
hacía un cigarrillo, usando tabaco del cultivado en la hacienda, enrollándolo en hoja de maíz, como lo han hecho los indios
durante cientos de años.

Al anochecer, los hombres de Rosa Blanca, después de la
jornada de trabajo, se dirigían a la casa del patrón hasta que
prácticamente todos se reunían. Algunos se sentaban en los
escalones, otros en el piso del pórtico, otros se apoyaban en el

barandal. La mayoría se ponía en cuclillas o permanecía de pie en el patio, pero a distancia conveniente para escuchar a su patrón y a su huésped.

De vez en cuando don Jacinto y Margarito llamaban a alguno de los hombres que escuchaban las conversaciones en el pórtico para preguntarles algo respecto a su familia, a su trabajo, o respecto a alguna aventura suya que don Jacinto relatara al gobernador.

Los temas de las conversaciones de don Jacinto, el mayordomo y el gobernador eran de lo más sencillos. Hablaban del maíz, de la caña de azúcar, de la sal, de los precios del ganado, los puercos, los caballos, las mulas. Discutían asuntos relativos a bosques, pastura y abonos. Estimaban la capacidad productora de otras haciendas y ranchos que les eran conocidos, hablaban acerca de las enfermedades de los animales domésticos y de la forma de curarlas. Los caminos y senderos que conducen a los pueblos cercanos, a las regiones vecinas y a ciertos mercados, no eran olvidados en sus conversaciones y recibían la atención que merecen como causa constante de penas para gentes que necesitan usarlos y que no disponen de más medio de transporte que el lomo de las bestias, y de vez en cuando una carreta.

Don Jacinto decía que tenía pensado construir una escuela en el lugar, que estaba dispuesto a pagar un maestro y que sería la primera cosa que haría después de la futura temporada de lluvias.

Así continuaban hablando acerca del tiempo, de la lluvia, de la duración de la temporada seca, de las posibilidades de irrigación y de los ensayos que se harían para cultivar toronjas. Luego recordaban a los tigres, a los leones que solían meterse al corral para robar cabras, y a los mosquitos que, formando verdaderas nubes, permanecían durante días enteros convirtiendo en tortura cualquier trabajo. Además intentarían sembrar henequén en grandes cantidades, del de mejor calidad, porque ese podía venderse a muy buenos

precios. Sí, había por lo menos cien diferentes plantas medicinales. Hierbas, matas y árboles que crecían en Rosa Blanca.
Entre los productos de ellas se encontraba la corteza de un árbol que era remedio excelente contra el paludismo. Y había
un árbol con cuyas hojas se hacía un té bueno para curar los
efectos de cualquier picadura de alacrán. Hablaban de las
muertes ocurridas recientemente y de las consecuencias que
habían traído consigo. Discutían sobre los nacimientos y los
matrimonios habidos en aquel año, sobre las fiestas celebradas
y sobre el resultado de la elección de los tres capitanes que
habrían de conducir las danzas y las representaciones de la
temporada; de los achaques que doña Conchita padecía desde
el nacimiento de su último hijo; de la probable boda de su
hija mayor con don Paquito, hijo de don Lucio, propietario
de Santa Marta, un buen rancho a sólo veinte leguas de allí;
de los estudios del hijo segundo de don Jacinto en la escuela de
agricultura del estado; de la misteriosa muerte y resurrección
de don Pablo, el peón más viejo de Rosa Blanca... "Ven acá
Pablo; no, me refiero al viejo, a don Pablo. Sí, este es el que
murió como cualquier hombre puede morir, pero varias horas
más tarde revivió, cuando ya se hallaba tendido en su ataúd.
Este es." Y don Pablo caminaba hasta el pórtico, saludaba a
don Jacinto y decía: "Muy buenas tardes, patroncito", después
se volvía al gobernador, se inclinaba ante él y decía: "Muy
buenas tardes, señor, aquí me tiene a sus amables y apreciables órdenes. Gracias, señor." El gobernador le estrechaba la
mano y le contestaba: "Mucho gusto en conocerlo don Pablo.
Ciertamente que es extraño lo que le ha ocurrido. Espero que
viva ahora hasta que tenga por lo menos ciento veinte años, ya
que de los cien hace tiempo que pasó."

Cuando don Pablo bajó al pórtico, contó a sus compañeros
los detalles de su presentación al gobernador, dijo así: "El
caballero parece no trabajar duro, porque tiene las manos muy
suaves, pero tal vez eso se deba a que trabaja con la cabeza."

En el pórtico la conversación continuó, refrescada de vez en cuando por un buen trago de mezcal. Los tres hombres continuaron hablando sobre cien cosas más, todas de vital interés para don Jacinto, don Margarito y sobre todo para Rosa Blanca. Porque cuanto se decía, discutía y planeaba se relacionaba con ella. Rosa Blanca no era solamente un sitio en el que aquellos acontecimientos tenían lugar, era un ser viviente, era la diosa, la causa y el efecto, la esencia de cuanto ocurría, de cuanto había ocurrido y ocurriría. Sin Rosa Blanca no habría vida sobre la tierra, por lo menos para los que allí vivían.

Nadie se refería a asuntos políticos. El hecho de que fulano o mengano fuera presidente de la República era algo que a nadie le importaba saber. Y a nadie de allí le quitaba el sueño la idea de si los yanquis pensaban invadir la República o construir un canal en Nicaragua o en el Istmo de Tehuantepec, u ocupar las Bermudas y Jamaica. Su patria no era la República, de la que tenían sólo una vaga idea. Su tierra natal era Rosa Blanca. De ahí que los acontecimientos y las cosas que no tuvieran relación con Rosa Blanca no existieran para ellos.

Y, no obstante que de vez en cuando pareciera que el horizonte de aquellas gentes era extremadamente limitado, su conversación a menudo era sabia, llena de pensamientos filosóficos y de ideas sutiles, al grado que el gobernador se sentía muchas veces fuera de quicio. Comparaba los conceptos de ellos con los que escuchaba en su oficina o en la cámara del estado, los que solían enfermarle. Recordando los largos discursos escuchados en reuniones y actos públicos, y comparándolos con los conceptos hábil y brevemente expresados por estos indios sencillos, llegó a la conclusión de que cuanto se veía obligado a escuchar en su papel de gobernador carecía de importancia y no podía hallarse en ello ninguna idea constructiva, ni siquiera clara. Aquí cada minuto era vital y hacía historia. Cualquier cosa que oyera le parecía nueva y le era presentada en forma tal que la juzgaba totalmente distinta a como la había juzgado con anterioridad. Un nuevo mundo se abría a su comprensión, un mundo cuya existencia había ignorado, aun cuando pensaba haber estudiado todo cuanto al mundo y al hombre se refiere. Aquí todo era sencillo y natural, libre de todo complejo. Todo era fácil y rápidamente comprensible porque tenía raíces en las cosas y hechos naturales. Nada estaba velado o nublado por párrafos, cláusulas, reglamentos, leyes, restricciones, fórmulas, decisiones de la corte, actas o antecedentes. Aquí no había leyes, ni catecismos, ni estatuas, ni plataformas, ni programas políticos, ni partidos contendientes. No obstante aquel primitivismo, los hombres vivían una vida regular, cultivada de acuerdo con sus ideas, si se la examinaba sin prejuicios y con ojos no viciados por una super exagerada civilización. Allí no había confusión, ni prisa, ni intereses en oposición constante, ni fricciones. Para todos la mesa estaba puesta y los alimentos listos. Todos crecían sanos una vez pasado el primer año de vida, que es el más peligroso para estas gentes. Allí no había problemas ni colisiones sociales. No había ni ricos ni pobres, ni esclavos ni vampiros capitalistas. No había desocupados ni multitudes laborantes sudando, apretadas como sardinas, en un taller. Si había riñas o peleas, y ellas ocurrían, por supuesto, ya que se trataba de seres vivos y no de difuntos, eran motivadas por causas sencillas y naturales, inevitables en las sociedades humanas. Aquellos pleitos eran solucionados por don Jacinto para satisfacción de todos y su palabra era definitiva como suele serlo la del padre en las familias bien dirigidas, en las que la mujer sabe el lugar que le corresponde y lo acepta para bien o para mal. La injusticia no existía. La justicia era natural y no se hallaba intencionalmente oculta por abogados que viven de falsedades. Nadie allí pensaba en la justicia o en la injusticia, porque jamás habían leído tratados filosóficos sobre la verdad y la justicia.

LI

La noche había caído. La negrura del universo cayó sobre la tierra, y se encendió una gran hoguera, en una especie de brasero construído en la mitad del amplio patio. En aquel altar, que puede encontrarse en la mayoría de las haciendas más viejas, se encienden todas las noches hogueras semejantes a aquélla y se mantienen ardiendo hasta media noche.

Como la visita del gobernador había interrumpido la regularidad de los días de trabajo, la gente consideró aquella ocasión buena para celebrar un baile. Algunos hombres tocaban violines, guitarras y flautas y dos de ellos manejaban el acordeón con bastante habilidad. Los músicos y todos aquellos que no bailaban, cantaban, porque consideraban que la música bailable era incompleta si no había quien cantara.

De vez en cuando nadie bailaba y todos se dedicaban a cantar. Cantaban viejos romances, baladas, canciones de amor, cantos épicos y sones indígenas. En todas sus canciones había una nota de tristeza, ya en la letra ya en la música. Todas las canciones cuya música y letra eran alegres resultaban de origen norteamericano.

El gobernador bailó como si todavía fuera un joven estudiante de leyes. Bailó con todas las mujeres y las jóvenes, bromeando con el pretexto de que necesitaba calificar su aptitud de bailadoras, así como había estimado todas las cosas durante su corta estancia en el lugar. Se sorprendió al encontrar que todas las mujeres bailaban mucho mejor que cualquier muchacha de las que había encontrado en las fiestas de la capital del estado. Sus pies descalzos parecían tocar apenas el suelo, y su cuerpo era tan liviano como una pluma. Así, el gobernador se olvidó de sí mismo, olvidó las reuniones urgentes, las conferencias importantes, la campaña antirreeleccionista de aquellos a quienes consideraba sus más enconados enemigos. Todo aquellos había dejado de existir en el mundo. El universo, América, la república de que era ciudadano, el estado que gobernaba, habían dejado de ser. Sólo había un mundo, y ese era Rosa Blanca. En este mundo sólo había música, baile, dulces canciones e indescriptibles perfumes de una noche en el trópico, con la selva virgen próxima y los cuerpos de las mujeres bañados con jabones de penetrante aroma.

Para él el mundo estaba hecho de grandes lenguas de fuego que se elevaban en el espacio y desaparecían alumbrando y obscureciendo el patio. Descubría cabezas erguidas orgullosamente, como se supone que sean las de las reinas; cuellos fuertes y morenos; brazos relucientes como bronce pulido; ojos café oscuro y profundamente negros, suaves como terciopelo y en los que brillaban destellos de alegría, goce, deseo y esperanza. Sólo se veían listones rojos lindamente entretejidos con los abundantes cabellos de las mujeres peinados en trenzas o sueltos y ondulados, la mayoría los llevaba trenzados y colocados alrededor de la cabeza formando una corona.

Cuando la estrella matutina hubo levantado una mano sobre el horizonte, todas las gentes desaparecieron como borradas por un céfiro llegado de la selva. El gobernador se dió cuenta de que todos habían desaparecido sin que él hubiera sentido cómo ni cuándo.

Ante él vió la amable cara de don Jacinto, que le sonreía ofreciéndole otro trago de mezcal.

Un lunes, el gobernador regresó a la capital y pidió al licenciado Pérez que le hiciera una visita particular, evitando intencionalmente usar la palabra audiencia. Desde su regreso de Rosa Blanca se le había hecho más notable el tono enfático de aquellos que le rodeaban, adoptado además por la mayoría de los que le visitaban y quienes lo consideraban más de acuerdo con su alta investidura.

El licenciado Pérez llegó en el primer tren. Esperaba que el gobernador hubiera tomado una decisión a favor de la Condor. Pero cuando se enteró de que el gobernador en persona había hecho una visita a don Jacinto en Rosa Blanca, volvió a abrigar dudas, porque por experiencia sabía en qué forma influía Rosa Blanca en los que a ella se aproximaban y entraban en contacto con su extraño poder, el que se extendía sobre los hombres, especialmente sobre los nacidos en la ciudad.

—Gracias por haber venido tan pronto, Pérez —dijo el gobernador tendiéndole la mano—. Siéntese. ¿Quiere un cigarro?

Después de encender su cigarro y de darle una fumada, el licenciado Pérez miró al gobernador con ojos expectantes.

—Entremos en materia, desde luego. He estudiado el caso de la Condor una vez más y con mayor cuidado que antes. Ahora estoy enteramente familiarizado con todos los detalles del caso. El ingeniero Ramírez ha trabajado dieciocho horas diarias para darme todos los informes necesarios a fin de que me fuera posible juzgar tan justamente como le es dado hacerlo a un hombre, tomando una decisión que a nadie dañe y que no prive ni a la nación ni al estado de beneficio alguno. He conocido muchos detalles que me eran ajenos antes de esta acuciosa investigación.

—¿Sí, señor gobernador?

—La situación real es la siguiente: la Condor opera, o está por operar en los seis meses próximos, un seis por ciento de sus concesiones. Y opera o está lista a operar dentro de unos cuantos meses, sólo el veinticuatro por ciento que de las mismas concesiones está obligada a operar o a explorar. Si la Condor trabaja a la misma velocidad y con la misma energía que ha empleado desde que comenzó sus operaciones en la República, no le será posible agotar sus posesiones ni en cincuenta años. A la fecha produce más de lo que le es posible vender al precio regular del mercado mundial, y ha tenido que vender a precios considerablemente más bajos que los es-

tablecidos, con detrimento de los intereses de otras empresas
productoras, y lo que es más importante para nosotros, también
para perjuicio de los ingresos de la nación, incluyendo los
del estado.

El señor Pérez le lanzó una mirada de asombro.

—Bien, ¡maldita sea! Yo ignoraba todos esos detalles.

—Le era imposible conocerlos, licenciado Pérez. Así, pues,
verá usted por las razones que he expuesto, que no hay
causa justificada para que la compañía reclame mayores propiedades en la República y pretenda que el gobierno de este
estado o el gobierno federal, la apoyen expropiando las tierras
que ambiciona o haciendo presión sobre sus propietarios
para que las vendan. Este gobierno, actuando con apego a la
justicia, no puede y no obligará a la propiedad privada a
aceptar la proposición de la Condor porque no existe, por lo
menos actualmente, interés nacional alguno que se beneficie
obligando a don Jacinto a vender su propiedad a la Condor.
Si don Jacinto desea vender, puede hacer lo que le plazca.
Pero por mi parte nada haré para sugerírselo siquiera.

"Por sus concesiones la Condor está obligada a operar
ciertas de sus posesiones de las que se sabe positivamente
que contienen petróleo. Y el gobierno tiene derecho a retirar
esas concesiones a la compañía sin compensación si ésta deja
de cumplir con lo estipulado en sus contratos. Sin embargo, el
gobierno no tiene intenciones de hacerlo. No solamente la Condor sino prácticamente todas las compañías concesionarias
están lejos de cumplir con sus obligaciones. Como la Condor
no ha explotado o tratado de explotar ni siquiera una tercera
parte de sus concesiones, puede verse claramente que su deseo
de adquirir propiedades no se basa en su deseo de extender sus
operaciones, sino en el de franca especulación con predios,
especialmente con aquellos que contienen petróleo. Y este gobierno no puede permitir la especulación con tierras en lugar
de la verdadera producción de tanto petróleo como es posible
producir con las propiedades ya adquiridas. Algún día de estos,

de acuerdo con lo que el presidente de la República nos expresó recientemente a los gobernadores en una conferencia, esta forma de hacer negocios en la nación cesará, porque la especulación con la tierra va en contra del bienestar del pueblo en general.

"Además, el mismo, exactamente el mismo interés nacional que la Condor desea tomemos en consideración para su provecho es el que nos obliga a dejar Rosa Blanca en irrestringida posesión de la familia que ha poseído el lugar desde hace siglos. Se ha hablado tanto de que los intereses de la nación serán lesionados si Rosa Blanca permanece en su estado actual que ya estoy cansado de ello, y mientras más habla la Condor de los ingresos que la nación perderá si no hacemos presión sobre don Jacinto para que venda, más obligado me siento a hacer cuanto esté a mi alcance para evitar que Rosa Blanca se convierta en un apestoso campo petrolero.

"Los accionistas y los directores de la Condor son extranjeros todos, en tanto que los propietarios de Rosa Blanca y todos los que habitan en ella son nativos a quienes no debemos robar su patria y a quienes no se la robaremos, porque ello lesionaría por lo menos a la parte de nuestra nación formada por las sesenta familias que habitan Rosa Blanca."

—Me parece, señor gobernador, que he perdido el caso.

—No totalmente, señor licenciado, pero no confíe en que ganará muy pronto. Sólo habría una ocasión en la que yo haría ver a don Jacinto el asunto desde otro punto de vista, sugiriéndole y hasta forzándolo a vender. Supongamos que nos quedáramos sin petróleo —lo que bien puede ocurrir algún día— y que no contáramos con suficientes tierras ricas en petróleo para proveer de éste a la República; en ese caso Rosa Blanca tendría que ser sacrificada. Pero no espere usted que eso ocurra muy pronto, licenciado. Porque creo firmemente que tenemos petróleo suficiente para cincuenta años. Y transcurrido ese tiempo tal vez haya nuevos inventos que hagan perder al petróleo su utilidad y su valor como combustible. Y por tanto, ni entonces necesitaremos echar mano de Rosa Blanca para beneficio de la nación.

—Cincuenta años. ¡Caramba! Demasiado tiempo.

—Sí, la espera resultaría larga. Por todas estas razones, Pérez, el caso Condor y Rosa Blanca queda cerrado, y estará cerrado tanto tiempo como yo gobierne el estado y esté en posibilidad de hacer cuanto pueda por evitar la venta. De hecho pienso, si las cosas se ponen mal, pedir permiso a don Jacinto para pasar en Rosa Blanca el resto de mis días, olvidando todas las penas y los trabajos del mundo.

El gobernador se levantó, dió una vuelta alrededor del escritorio y se aproximó al sitio en el que Pérez estaba disponiéndose a ponerse en pie. El gobernador le obligó a sentarse nuevamente, le dió unas palmaditas en el hombro y con la otra mano le oprimió ligeramente el pecho.

—Lo que acabo de decir, Pérez, es oficial y podrá encontrarlo en las actas concluyentes. Personalmente sólo puedo decirle que, por favor, deje en paz a Rosa Blanca. Sería una lástima que esa hermosa Rosa Blanca fuera despedazada y que la tierra en que ha florecido durante cientos de años fuera convertida en un agujero negro, ruidoso, feo y maloliente. Estuve allí sólo hace unos días. Es una joya. Una perla como no hay otra en el estado. Y los hombres que la habitan son los mejores que el buen Dios ha hecho y permitido vivir. Indios, sí, es verdad. Pero tal vez sea porque son indios por lo que es posible encontrar tan raros y maravillosos especímenes como los que allí se encuentran. Buenas y nobles gentes que, de ser Rosa Blanca entregada al capitalismo, se volverían tal vez bandidos o salteadores de caminos. Se han dado muchos casos similares en la República, de los que tanto usted como yo hemos tenido noticia. Con muy pocas excepciones nuestros descastados son hombres que han perdido su Rosa Blanca en alguna forma, y que cuando se dan cuenta de lo que en realidad han perdido, no saben qué hacer consigo mismos y de qué vivir, y sólo deja de importarles lo que fueron si les es posible hacer algo extraordinario aun cuando sea peligroso; sólo así pueden olvidar su pérdida. Para esas gentes su Rosa Blanca es su religión. Una vez que el hombre pierde su religión y no tiene nada adecuado a la mano para substituirla inmediatamente, queda vacío y fácilmente se deja guiar por sus instintos sin consideración para otros humanos.

"Hay algo más que deseo mencionar. Como usted lo sabe, el noventa por ciento de nuestra producción petrolera, tal vez hasta más del noventa por ciento, es poseída por capital extranjero, y el ciento por ciento es controlado por extranjeros que ni siquiera residen en el país. Así, llegará un día en que nosotros, nuestro pueblo, necesitará petróleo y no tendrá fuente de donde sacarlo sin intervenir en las propiedades extranjeras. Y si ese día llega, la nación dará gracias a Dios de rodillas por haberle permitido conservar intacta Rosa Blanca. Ese día Rosa Blanca será y deberá ser sacrificada y así Rosa Blanca, ese pequeño país, salvará de una ruina cierta a su gran madre la República. Yo le aseguro que de llegar esa urgente necesidad, don Jacinto comprendería y sería el primero en adelantarse a ofrecer Rosa Blanca, y tal vez la regalaría a toda la nación; sí, la ofrecería regalada sin aceptar ni un solo peso en pago. Ese es el Jacinto Yáñez que yo conozco. Porque si alguna vez hubo algún patriota real y verdadero en el que la nación pudiera confiar, en caso de necesidad y de emergencia, es él. Como él no se encontrarán muchos en nuestro país, créame, Pérez. Muy pocos individuos me han hecho impresión tan honda como él, y por él siento el más profundo respeto que un hombre puede sentir hacia un semejante."

El gobernador se separó de Pérez y se apoyó en su escritorio:

—Bien —dijo—, eso es todo, Pérez. Gracias por no haberme interrumpido. Necesitaba desde hace tiempo dejar salir esto. En cualquier forma, le aseguro que cuanto pueda hacer por usted en cualquier otro caso, si encuentro la manera

de ayudarlo puede contar conmigo. Salude cariñosamente a
su familia. Adiós y buen viaje.

Pérez fué a las oficinas del cable para informar a la Condor por esa vía que Rosa Blanca no podía ser adquirida a
ningún precio.

Parado frente al mostrador y listo para entregar el original
del cable al empleado, se dió cuenta de que estaba allí un
periodista norteamericano con un largo informe dirigido a la
A. P., quien, al tratar con el empleado, hablaba solamente en
inglés.

Pérez repentinamente y en apariencia sin ninguna razón
particular, se sintió airado respecto a los gringos, especialmente tratándose de periodistas que enviaban cables a la A. P. y
que hablaban en inglés a los nativos del propio país de Pérez.
Sintió deseos de picar a aquel gringo con la punta de su lápiz
en el trasero de sus pantalones, con todas sus fuerzas. Sin embargo, en un instante recordó que era un adulto, profesionista
especialmente respetable y representante principal en la República de una importante compañía norteamericana. Así, pues,
se concretó a suspirar y a lamentar que debido a su posición
social y a sus relaciones con el imperialismo norteamericano
tuviera que refrenar su más ardiente deseo.

Se sintió orgulloso de no ser norteamericano y de no pertenecer a un pueblo deseoso de robar Rosa Blanca. Hizo pedazos
el cable que había escrito y escribió otro en estos términos:
"Rosa Blanca quiere que le bese las nalgas."

Se sonrojó. Precipitadamente miró en rededor para cerciorarse de que nadie había espiado por encima de su hombro.
Releyó lo que había escrito y llegó a la conclusión de que los
norteamericanos de Frisco, al recibir aquel cable, considerarían
que él y sus compatriotas eran indios que se tocaban aún con
pluma en la cabeza en vez de usar sombreros importados. Rompió ese nuevo cable, escribió otro y lo entregó al empleado.

El empleado lo leyó y preguntó intrigado:

—¿Es eso todo lo que desea decir? Tiene derecho a diez palabras por el mismo precio, señor.

—Sí, lo sé. Pero eso es todo, y además no está en clave.

El empleado asintió y le dijo el precio.

Pérez nada había hecho para salvar a Rosa Blanca, en beneficio de su patria y de las gentes que la habitaban, de la codicia de Mr. Collins; sin embargo, se sentía inexpresablemente satisfecho de que Rosa Blanca no se hubiera convertido en propiedad de norteamericanos que sólo la apreciarían por el número de barriles de petróleo que obtuvieran de ella, una vez practicada la autopsia de su cuerpo muerto.

LII

El cable recibido por Mr. Collins fué muy corto en verdad y en cuanto lo hubo recibido gritó:

—¿Será posible? Ese cabezón, ese mantecoso de licenciado, en vez de informarme detalladamente de los hechos gasta nuestro buen dinero para comunicarme su maldita opinión. Vaya, si Basileen viniera en este momento y leyera por casualidad el cable le darían calambres y pensaría que tengo algún otro lío por aquellas tierras con alguna india puerca. "Rosa Blanca no se entregará". ¿Qué clase de lenguaje es este? Había usted oído algo más obsceno y asqueroso en su vida, Ida?

—Le diré, Mr. Collins, en mi opinión no es lenguaje comercial; tal vez está fuera de la rutina común y corriente.

—Bueno. ¡Al diablo con esto! ¿Es que no puede darme una opinión clara y concreta? ¿Es que tengo yo que interpretar todas y cada una de las cosas que aquí ocurren? ¡Por Dios!, ¿para que tengo un ejército de agentes, empleados, expertos ingenieros, perforadores y Dios sabe cuántos otros zánganos más que mantener si ni siquiera me es posible obtener una información útil y correcta de alguien y sobre alguna cosa? Tengo a mis órdenes un ejército de empleados y ejecutores más grande que el de Francia durante la guerra y no puedo lograr que hagan algo por mí. Estése quieta, por favor, Ida, o soy capaz de asesinar a alguien. Necesito concentrarme y usted se mueve como si tuviera que arrastrar constantemente un cañón de treinta y dos pulgadas de un rincón a otro. Mi Dios, ¿no puedo tener un poco de quietud en esta pocilga de privado, para pensar sin que el mundo entero venga a molestarme?

El cañón de treinta y dos pulgadas que Ida arrastraba de un lado a otro, era un tablero de kardex que llevaba a su escritorio para corregir algunas direcciones, y no había hecho mayor ruido que el que pudiera hacer un ratoncito que llevara una miga de pan a su agujero.

Mr. Collins estaba nervioso, ciertamente, y tenía razón para hallarse irritado; tenía toda la razón que puede asistir a un hombre que sólo un mes antes había obtenido millón y cuarto de dólares y quien, después de pagar todas sus deudas y de cubrir todas las facturas que tenía pendientes, contaba aún con doscientos mil dólares para sus gastos corrientes, y que a la sazón se encontraba en un aprieto semejante a cuando tuvo necesidad de hacer un millón para salvarse de abandonar el mundo con un estallido.

Se trataba otra vez, al menos en parte, de damas, o simplemente de mujeres y muchachas, ¿qué importa?, que entre otras cosas le urgían a que consiguiera por lo menos medio millón más en menos de seis meses; aun cuando se trataba de damas que había conquistado con la ayuda de los doscientos mil dólares que se suponía reservaba para gastos corrientes y que le restaran de lo escamoteado a la bolsa. Aquellos doscientos mil dólares habían rodado con gran rapidez.

Tratando de hallar la forma de hacerse con aquella cantidad en el plazo de seis meses, la única perspectiva que se le ofrecía era la de apoderarse definitivamente de Rosa Blanca, y aprovecharse de su increíble riqueza. Apremiado como se encontraba, no pensó ni por un momento en jugar otra mala pasada a Wall Street. Temía a los dos reyes más de lo que ellos mismos pensaban haberlo intimidado con su energía. Ahora, siempre que desplegaba un periódico por las mañanas, examinaba antes que nada las noticias relacionadas con la salud del rey que personalmente le había hecho aquella advertencia. Y cuando se enteraba de que la noticia ansiosamente esperada no venía, murmuraba: "Por el diablo, ¿cuándo acabará de morirse ese esqueleto? Es más viejo que lo que Matusalén soñara, y todavía tiene energías para patear con más fuerza que una mula. A juzgar por la forma en que vive y conduce sus negocios, vivirá aún sesenta años más dirigiendo el viejo truco petrolero y ya de mí no quedará ni un hueso podrido. Más vale que lo deje en paz y busque otra salida."

Al llegar a su oficina un día después de recibir el cable del licenciado Pérez, dictó una carta dirigida a éste en la que le decía que tratara de convencer al gobernador, primero con cien mil dólares, aumentando a ciento veinticinco mil y llegando, como límite, hasta ciento cincuenta mil.

La respuesta de Pérez fué corta y fría. Lo peor que podía hacer la compañía era semejante ofrecimiento al gobernador, ello podría costar a la Condor una multa de un millón de dólares, porque si bien es cierto que en la República existen ciertos diputados venales y hasta algunos gobernadores que aceptarían ofrecimientos de esa naturaleza, este gobernador lo consideraría como el peor de los insultos, como la mayor ofensa, así que resultaría destruída la buena opinión que tiene de la Condor, y ésta quedaría en situación desventajosa para llevar a cabo futuras operaciones en la República.

"Entonces, también esto queda fuera", dijo Mr. Collins cuando terminó de leer la carta. "Pues he de conseguirla aun cuando hayan de asesinarme el mismo día que presente al consejo la escritura. Tengo que conseguirla. Un reino por la buena idea o una bonificación de quinientos mil dólares."

Aquel mismo día, Pérez dictó una carta por medio de la cual renunciaba a la representación jurídica de la Condor. Releyéndola antes de firmarla concibió la idea de que aquello estaba mal si trataba de proteger los intereses de Rosa Blanca, los de don Jacinto y los de todas las gentes que habitaban la hacienda, así como los de su país. Sabía perfectamente que la Condor trataría de encontrar un abogado que cumpliera fielmente las órdenes de Mr. Collins siempre que la compensación valiera la pena. Si Mr. Collins estaba dispuesto a sobornar al gobernador, fácil era comprender que lo haría con abogados y jueces corrompidos.

Así, pues, Pérez se dijo: "Permaneceré en mi puesto, porque sólo así me será posible vigilar sus maniobras y contrarrestarlas si es necesario. Sé muy bien que Mr. Collins no ha desistido de su idea de apoderarse de la hacienda, y si renuncio quedaré sin poder alguno y permitiré que manejen las cosas a su antojo. Todos sus actos relaciones con sus posesiones aquí deben pasar por mis manos. Sí, más vale que vigile sus procedimientos, y como todavía falta largo tiempo para que se cumpla mi contrato, haré buen uso de él en beneficio de la justicia y de las operaciones honestas."

Rompió la primera carta que había escrito y escribió otra, que envió.

Lo primero que Mr. Collins hizo después de leerla fué decir al vicepresidente: "El licenciado Pérez, nuestro representante en la maldita, en la desventurada república del sur, es evidentemente el mejor abogado que podríamos tener allá. Jurista de primera clase, perteneciente a una de las mejores familias descendientes de la aristocracia colonial, emparentado con gobernadores, ministros, embajadores, senadores y obispos. Tiene buenas relaciones con el presidente y los gobernadores de los estados en los que tenemos propiedades. Es un buen diplomático. La única dificultad es que no es listo, carece de habilidad para moverse con rapidez y ganar puntos que son vitales. En determinados casos resulta positivamente inútil. Ahora bien, ¿sabe lo que voy a hacer? Me buscaré un tipo, y cuando digo tipo, sé lo que me digo. Lo que necesito allá es alguien que sepa manejar bien los asuntos. Así colocaremos fuera de foco al licenciado Pérez, pero lo conservaremos en el sitio privilegiado en que lo necesitamos para algunos asuntos de importancia, desde el punto de vista legal. Usted entiende lo que quiero decir. No quiero decir más sobre el particular, ya tendrá usted ocasión de ver la escena final."

No pidió su opinión al vicepresidente, como no la pedía a ningún vicepresidente o director de la Condor cuando proponía un plan. Sin embargo, todos quedaban con la impresión de haberla emitido, porque Mr. Collins les daba la oportunidad de decir de vez en cuando: "Estoy seguro, Mr. Collins. Claro que podrá hacerse." O bien: "Necesitamos aprovechar la oportunidad." "Debiéramos ir un poco más despacio por esta vez, ¿no cree usted, Mr. Collins?" O bien: "Perfectamente, si ha madurado sus planes y ha previsto las consecuencias, creo, caballeros, que podemos confiar en Mr. Collins en lo que al caso se refiere, y propongo que dejemos la discusión y aplacemos los asuntos menos urgentes para la próxima reunión."

Después de que cada miembro del consejo decía lo que le venía en gana y quedaba convencido de que los demás habían seguido sus sugestiones, Mr. Collins hacía su proposición en forma tan hábil que cada uno de los miembros creía que empleaba su idea y que su opinión había sido bien considerada, aun cuando Mr. Collins tuviera sus proposiciones, planes o ideas bien preparadas desde mucho tiempo antes de celebrar la reunión.

LIII

Mr. Collins se mostraba generalmente nerviosísimo, sobre-
excitado y extremadamente irritado durante los días en que
llevaba a cabo las primeras gestiones del desarrollo de un
plan para matar alguna competencia, encontrar nuevas víctimas o aumentar las posesiones de la empresa. Una vez que
daba los primeros pasos para la consecución de sus planes, se
calmaba y trabajaba en los detalles con tanta calma como si
fuera a seleccionar un nuevo modelo de carro desconocido para
él hasta entonces. Pensaba en los medios, tiempo, gastos, hombres necesarios, obstáculos que debían tomarse en cuenta, como
si se tratara de resolver un problema matemático. En adelante
su cerebro trabajaba casi automáticamente hasta el golpe final.
Una vez que se decidía a conseguir lo que necesitaba, no había
escape posible para su víctima. Cuando, finalmente, su víctima
caía y quedaba fuera de combate, Mr. Collins olvidaba que
aquella víctima había vivido hasta el día anterior. Ello era
algo que había olvidado mucho tiempo atrás, porque consideraba muertas a sus víctimas antes de que éstas se percataran
de que alguien las perseguía y trataba de eliminarlas.

Observando a Mr. Collins ahora, durante la lectura de
cartas y cables enviados por el licenciado Pérez, podría pen-
sarse que no le importaba un ápice que don Jacinto vendiera o no.

Basileen había dicho algo acerca de su deseo de hacer
un viaje por el Pacífico deteniéndose en algunos puertos me-
xicanos de nombre exótico y siguiendo después hacia las islas
del Sur, en donde ella pensaba que los amoríos podían pedirse
por catálogo. Quería hacer ese viaje en su propio barco de
recreo, porque había convencido a Mr. Collins de que él necesitaba una larga vacación si no quería encontrarse hecho
un desastre en menos de tres años. Mr. Collins tuvo pronto la

sensación de que, físicamente, se sentía igual a como Basileen
lo pintaba, y consideraba que ella tenía razón al proponerle el
viaje.

Era necesario comprar el barco, no había escape posible.
De no haber habido necesidad de pasaportes, y de haber existido la misma libertad individual para viajar que existía antes
de la guerra emprendida para salvar la democracia, Mr.
Collins y Basileen habrían preferido viajar en un trasatlántico de lujo, porque en éstos hay más espacio, más diversiones,
más alegría, mayor variedad de alimentos y bebida, mayor
comodidad y grandes oportunidades para hacer nuevas e interesantes amistades y establecer valiosas conexiones en el terreno financiero. Por estas razones, un viaje en un trasatlántico
resultaba menos aburrido que en un barco particular, en donde
es preciso soportar a las mismas gentes durante semanas, tal
vez meses, al grado que todos llegan a pensar que sólo les será
posible soportarse medio día más y que al cabo de ese tiempo
asesinarán sin piedad por lo menos a dos personas y, en caso
de que ello sea posible, saltarán al mar con treinta kilos de
hierro atados fuertemente a los pies.

Mr. Collins era un prisionero. Un prisionero de la posición
por la que tan dura e inescrupulosamente había luchado. Era
prisionero de su familia y de las necesidades, deseos y ambición de lujo de su familia. Y era prisionero también de su
virilidad, de esa virilidad suya que a su parecer crecía y se
fortalecía tornándose cada día más feroz, en vez de disminuir
gradualmente como esperaba que ocurriera al pasar de la edad
mediana. A más de todo aquello, era sostén de Basileen. Le
lastimaba hondamente percatarse con toda claridad de vez en
cuando, durante alguna noche de insomnio, del hecho de haberse convertido en prisionero de una increíble variedad de
cárceles. Su amargura era mayor cuando se daba cuenta de que
no le sería posible escapar con vida de ninguno de sus carceleros. Ninguno de ellos le habría soltado pacíficamente. Tenía
qué seguir su camino con todas sus cárceles y carceleros,

procurando anestesiarse sumergiéndose en nuevas aventuras. Aventuras con negocios excitantes, aventuras con mujeres recientemente descubiertas a quienes probaba totalmente para ver si, al fin y al cabo, encontraba alguna diferencia entre ellas.

Basileen quería su propio barco, porque sabía que él no llegaría al final de los tres próximos años si continuaba viviendo a aquella velocidad.

Si Rosa Blanca había de dar sólo una cuarta parte del petróleo que los expertos juraban que en ella existía, veinte meses después de que la compañía tomara posesión de ella habría valido tres millones más de lo que valía en la actualidad.

No era sólo Mr. Collins quien necesitaba dinero en abundancia todos los días para alguna nueva urgencia. Había otros que también se encontraban en circunstancias apremiantes: políticos, empleados de la policía, jueces, policías privados, tinterillos, notarios públicos, abogados, y ninguno de ellos parecía poder salir nunca de apuros definitivamente. Tan pronto como salían de uno de ellos, se percataban de la amenaza de otro.

De entre esas gentes que se encuentran en apuros semejantes a los que casi constantemente apremian a Mr. Collins, éste eligió algunos que sin duda cumplirían sus órdenes en la forma que precisaba para forzar a la víctima señalada.

LIV

"Un reino o cincuenta mil dólares por una buena idea", se había dicho Mr. Collins al percatarse de que necesitaba obrar certera y rápidamente o naufragar.

Así, pues, se dió a pensar en la clase de soldados que debía mandar para preparar el terreno en el que operaría en el momento oportuno. Y pasó revista a todos los soldados a sus órdenes.

La Condor Oil contaba entre su personal con un caballero a quien se había empleado para desempeñar trabajos extrafinos, relacionados con todos los sucios manejos de la compañía. Otras empresas habían dado atribuciones semejantes a alguno de sus empleados. ¿Por qué, pues, no habría de hacerlo la Condor Oil? Esos caballeros, con las atribuciones de que se ha hablado, son pagados para aceptar la culpa de cuanto ocurra, aun cuando se trate de algún error en las declaraciones que se hacen para el pago de impuestos. En esos casos tienen que renunciar, retirarse, abandonar el país, ir a prisión y, si hace falta, sentarse en la silla eléctrica, por haber convenido en que, de decir pío antes de que se les practique la autopsia, su padre, madre, esposa, hijos o novias tendrán que sufrir las consecuencias, y se les conducirá en viajes no muy agradables. En cambio, si los caballeros prueban ser caballeros auténticos, capaces de cerrar la boca, sus herederos serán beneficiados por la retribución a los buenos servicios del caballero. Este sistema, implantado y explotado por varias empresas capitalistas, ha dado tan buenos resultados que todos los países totalitarios lo han aceptado y legalizado totalmente.

Mr. Collins, repasando en su mente los nombres de sus empleados de confianza, se detuvo al recordar a Mr. Abner. El padre de este señor deletreaba su apellido como "Ebner" cuando llegó a New York como emigrante, acompañado de su esposa, ambos procedentes de Alemania. Mr. Edel Abner nació en los Estados Unidos, se graduó en la Eastern University, donde estudió leyes. De no haber estudiado leyes, más bien, de no haberse educado en absoluto y sí lanzádose a la vida a los quince años, habría resultado un chófer hábil, un buen mecánico o boticario tan próximo a la honestidad como puede esperarse de cualquier dependiente que goza de la confianza de su patrón. Dedicado a cualquiera de esas ocupaciones, Mr. Abner habría luchado por la vida como cualquier buen ciudadano americano, capaz de haber ahorrado a los cuarenta años lo suficiente para asociarse con alguien en una estación de gasolina o para comprar una tienda de abarrotes o una droguería.

Teniendo que soportar un título, su posición social le obligaba a llevar cuello blanco y pantalones ajustados. Y se veía obligado a vivir de lo que producía su gran título, cosa de la que, naturalmente, se enorgullecía.

Después de recuperar el peso perdido durante la preparación de su examen final, se dedicó a visitar bufetes de abogados, tuvo que hacerlo durante tanto tiempo que finalmente llegó a los que se hallaban situados en los suburbios de los suburbios.

No debido a su talento o facultades, sino a su elegante título, pudo asegurarse un empleo como socio minoritario de un bufete de tinterillos. Debía atender todos esos casos insignificantes aceptados por los bufetes no porque dejen dinero, sino para que sus empleados se coman todos los lápices que el patrón compra para uso de la oficina.

La ocupación más importante de Mr. Abner y la única que su jefe le confiaba era la caza de conductores de ambulancia y de *hit-and-run.* (?) Para el desempeño del trabajo se le proporcionó un carretón destartalado, pero que poseía un motor que en caso necesario podría dejar muy atrás a cualquier automóvil de los llamados de gran potencia. Además del carricoche recibía un espléndido salario de diecisiete cincuenta dólares a la semana, o sean dos dólares cincuenta diarios, ya que tenía que presentarse a la oficina los domingos, porque era uno de los días más ocupados en la línea que se le había encomendado, y cuando era posible obtener ganancias regulares. Lo malo del asunto era que Mr. Abner tenía qué pagar de sus diecisiete cincuenta semanarios la gasolina, el aceite y las reparaciones del auto. Para compensarlo, se le daba una comisión del diez por ciento sobre las entradas de negocios trabajados con éxito por Mr. Abner. Si algún caso fallaba, Mr. Abner tenía que aceptar la pérdida de su comisión con una sonrisa en los labios y con la esperanza de mejor suerte con los futuros chóferes borrachos que no acertaban a ver oportunamente a algún desocupado hambriento, con heridas hechas de antemano y colocado sobre el pavimento en forma tal que ni el más hábil conductor habría podido evitarle el golpe.

El jefe reconoció inmediatamente la afición innata de Mr. Abner para los asuntos más sucios que pueden caer en manos de un tinterillo. Si los asuntos marchaban bien, el jefe tomaba para sí el noventa por ciento de los honorarios y la reputación, pero si iban mal y se presentaban demasiado arriesgados, el jefe se desentendía de ellos, porque Mr. Abner era el único encargado de manejarlos así, pues, era él quien tenía que enderezar las cosas y buscar la manera de contentar al juez y calcular cuánto costaría aplacarlo. Nadie podría probar que su jefe había ganado veinte veces más sobre la cantidad considerada como límite, en tanto que Mr. Abner en tan corto tiempo se había hecho con reputación tal, que había perdido hasta su más pequeña oportunidad de ser admitido como miembro de la barra de abogados, por lo menos en su sección del Este. Finalmente, llegó el día tan esperado y preparado por los policías de las compañías de seguros, y enormemente temido por Mr. Abner. Entonces, para evitar la cárcel no le quedaba más remedio que *suicidar* a cierto hambriento que sabía demasiado y que había sido sorprendido con las manos en la masa cuando colocaba ciertos fantoches en la vía pública, los que ya en ocasión anterior habían causado la muerte de dos chóferes, dos pasajeros y la destrucción total de un carro.

Por aquellos días, todos aquellos que tenían relaciones con la policía y con los investigadores de las compañías de seguros, conocían a Mr. Abner y no ignoraban su afición. No fué posible aclarar ningún caso, pues las evidencias habían sido destruídas con el suicidio, ya que el único testigo se encontraba en la cámara refrigeradora de un anfiteatro. Pero Mr. Abner fué advertido amistosamente por un inspector de policía, dos investigadores y dos policías de las compañías de seguros de que si no abandonaba el Estado y partía hasta el último confín del Sur, perdería su buena salud antes de que veinticuatro horas más se perdieran en la eternidad, arrojando en el caso otro suicida destinado a la refrigeradora en espera de su identificación. Mr. Abner comprendió perfectamente la advertencia y voló hacia el Sur en busca de nuevos horizontes.

Había constituído un rompecabezas para quienes conocían a ambos el hecho de que Mr. Abner y Mr. Collins hubieran entablado relaciones, y no acertaban a comprender dónde, cuándo y en qué circunstancias había ocurrido. El caso es que un buen día Mr. Abner fué nombrado abogado consultor de la Cóndor, con un salario fijo de setenta y cinco dólares semanales, una bonificación anual de trescientos y una promesa firmada, no por Mr. Collins, para evitar suspicacias, sino por el vicepresidente cuyo nombre figuraba en último término en los membretes de la empresa, y en virtud de la cual Mr. Abner recibiría bonificaciones desde cien hasta diez mil dólares por los servicios especiales que prestara y los cuales fueran calificados como tales por el consejo o por cualquiera de sus miembros. Para merecer las bonificaciones prometidas se dejaba a Mr. Abner un amplio campo de acción a fin de que cumpliera, de acuerdo con su discreción, con las comisiones esbozadas vagamente por los miembros del consejo.

Mr. Collins tenía un excelente instinto para juzgar correctamente el talento, habilidad, capacidad, limitaciones y complejos de inferioridad o superioridad de todos aquellos empleados de la empresa que estaba en contacto directo y personal con él. Sabía que podía emplear a Ida para todo aquello que una mujer es capaz de hacer y que ella obedecería cualquier orden que él le diera.

Abner no había estado por largo tiempo en la matriz de la empresa sin que Mr. Collins lo conociera mejor de lo que aquél se conocía a sí mismo. Mr. Collins obtuvo una información detallada acerca de las actividades de Abner en New

York, Chicago y San Louis relacionadas con ciertos bufetes de abogados. La información le satisfizo enormemente. Sin embargo, nunca hizo alusión alguna respecto a los antecedentes que tenía de Mr. Abner.

Desde que éste trabajaba para la Condor, Mr. Collins le había encomendado varios pequeños asuntos que Mr. Collins deseaba resolver discretamente, evitando en absoluto que la cosa trascendiera y se relacionara en lo mínimo con algún miembro prominente de la empresa.

Abner había desempeñado aquellas comisiones tan satisfactoriamente para Mr. Collins, que en un año había ganado tres mil setecientos dólares extra.

Ni por un instante limitó Mr. Abner sus actividades al oscuro empleo que se le había designado. En estos asuntos, Mr. Collins eran franco y honesto, no por decencia, sino porque la experiencia le había enseñado que en todos sentidos era más fácil trabajar con un hombre si desde un principio se le hacía comprender claramente qué era lo que de él se esperaba, bueno o malo, dejándole el derecho de aceptar o renunciar para que otro con menos dignidad ocupe el puesto.

Mr. Collins había informado debidamente a Abner de que era él, Abner, quien llevaría el peso de la responsabilidad, y sufriría las consecuencias por cualquier falta o descuido en el desempeño de sus comisiones. Mr. Abner conocía perfectamente el alcance de la advertencia. En New York había perdido la mayor oportunidad de su vida al negarse a servir a cierto individuo que controlaba Tammany Hall. Y hubiera llegado a millonario antes de los treinta y cinco años, de haber sabido más sobre T. H. de lo que sabía el día en que la oferta le había sido hecha.

Nunca le preocuparon los escrúpulos y la ética. Siempre había ignorado su significado y ya en la Universidad tenía entre sus compañeros fama de ser capaz de cometer un asesinato si se le ofrecía el precio conveniente. En cierta ocasión, los estudiantes discurrieron elegir al muchacho más simpático y al más antipático entre ellos. Su nombre no figuró entre los propuestos ni para uno ni para otro título. Sin embargo, sus compañeros le estimaron considerablemente más antipático que el elegido, un pequeño polaco de origen judío, físicamente defectuoso, feo, que estudiaba como un demonio, era el primero en todas las clases, quien debido a complejo de inferioridad no dirigía la palabra a nadie y había declarado abiertamente que odiaba a todo ser viviente, especialmente a los aristócratas y a los oficiales del ejército y la marina, pero que veneraba a sus padres más que a Dios.

Sin lugar a duda, Mr. Abner resultaba peor a los ojos de sus compañeros que aquel pequeño judío, no obstante que él a nadie odiaba, a todos hablaba, saludaba a sus maestros con una sonrisa amistosa y jamás trataba de aventajar a los estudiantes ambiciosos, estudiando afanosamente o haciendo un ápice más de lo que los maestros exigían. Sus relaciones con las muchachas estudiosas jamás duraban más de una noche después de los bailes de fraternización.

Por supuesto que Mr. Abner sabía perfectamente por quién trabajaba y quien lo respaldaba. La Condor Oil nunca permitiría que un hombre que le hubiera prestado sus servicios se pudriera en una prisión, y no habría faltado ayuda en caso de apuro. Mr. Collins había juzgado a Abner justamente al determinar que éste habría atacado a la compañía hasta el límite si la compañía intentaba atacarlo. Mr. Collins jamás se habría atrevido a escomotear o a rebajar una de las comisiones ganadas por Abner. Con el conocimiento perfecto que Mr. Collins tenía de los precios, siempre pagaba a Abner el valor justo de los trabajos que desempeñaba. Una vez fijado el precio, Abner sabía que podía contar con la suma, una vez que terminara con la comisión que se le había sugerido.

LV

Y fué a este Mr. Abner a quien se había llamado a la oficina privada del presidente. Abner nunca había sido honrado en aquella forma. Ni por un momento sospechó que lo llamaban para comunicarle su nombramiento como miembro del consejo. Supuso en seguida que en esta ocasión se trataba de un trabajo de importancia, un trabajo quizá como el que había deseado durante muchos años, capaz de rendirle diez mil o hasta veinte mil pesotes.

Se tambaleó al enterarse de que la comisión sería de cincuenta mil. El monto sugería que había necesidad de aligerar la tierra del peso de cinco vidas. El habría estado dispuesto a hacer semejante favor a nuestra madre tierra por treinta mil en cualquier ocasión. Por cincuenta mil habría incluído al general Pershing, a Norman Thomas, a los editores en jefe del *Nation*, del *New Republic*, a Al Smith, al padre Coughlin, a Mr. Lemke y a cualquier ex presidente de los Estados Unidos, sin cobrar ni un centavo extra. Ahora que la verdadera prensa habría costado sólo un poquito más y ni que decir de Milady Busbbody.

Mr. Collins no insinuó el asesinato ni con el más leve de sus gestos. Jamás lo hizo, ni siquiera en los casos más urgentes. De haber escuchado la conferencia algunos de los agentes del gobierno, tras las puertas o a través del más sensible de los micrófonos, no habrían podido captar ni la más leve frase sospechosa que pudiera poner de manifiesto la índole del trabajo.

Sin embargo, no hay que olvidar que Mr. Collins sabía a quien le hablaba y, por tanto, no era necesario que precisara sus órdenes. Conocía tan bien a Mr. Abner que ni siquiera le era necesario guiñar un ojo para hacerle comprender el sentido de la comisión. Era por esto por lo que había llamado a su privado a Mr. Abner, en vez de al primero o al segundo abogado consultor.

Mr. Abner fué invitado a tomar asiento y se le obsequió con uno de los cigarros que se guardaban en caja especial, destinados a los directores.

En seguida, Mr. Collins sonrió confidencialmente, en la forma que empleaba cuando intentaba cloroformizar a alguien a quien había decidido dormir. Mr. Abner interpretó el significado de aquella sonrisa y se puso en guardia; sin embargo, sufrió sus efectos en la misma forma en que los habían sufrido otros. Pensó que aquella sonrisa ponía de manifiesto la confianza que Mr. Collins tenía en su habilidad.

—Nuestro querido Mr. Abner —dijo Collins, usando del tono de voz empleado para lograr en su víctima el estado de hipnosis—. Yo... bien, nosotros, Mr. Abner, nos encontramos ante una situación realmente difícil, que debe resolverse en plazo perentorio, si queremos evitar pérdidas considerables. En nuestras últimas juntas de directores, hemos discutido ampliamente y hemos examinado las aptitudes de todos nuestros hombres para encontrar al que será capaz de resolver en forma apropiada este delicado problema. Entre todos nuestros empleados de responsabilidad no hemos encontrado a ninguno que, a juzgar por pasadas experiencias, preparación, habilidad, inteligencia, personalidad y cualidades generales sea capaz de desempeñar la comisión más satisfactoriamente que usted, mi querido señor Abner.

Nunca en la vida de Mr. Abner, nadie en la posición social de Mr. Collins le había hablado en aquella forma. Sintió bochorno y se agitó en su silla como si no estuviera cómodamente sentado. Varias veces tragó saliva antes de decir:

—Gracias, Mr. Collins, por la confianza que usted y los caballeros del consejo tienen en mi capacidad para servir a la compañía en la mejor forma posible. Le aseguro, Mr. Collins, que haré cuanto esté de mi parte, cuanto humanamente sea posible por evitar cualquier error.

—Exactamente, exactamente, eso es lo que yo deseaba escuchar de usted, Mr. Abner. Fué precisamente ese sentido de responsabilidad de usted lo que nos decidió a darle esta gran oportunidad para demostrarnos lo que realmente puede hacer. Porque todos estamos convencidos de que usted es la única persona que podrá llevar a cabo esta difícil y embarazosa tarea.

—Mr. Collins, permítame decirle que justamente la oportunidad que ahora me brindan es la que he estado esperando durante todos estos meses que he tenido el honor de trabajar para la compañía. Frecuentemente he dicho a Mr. Shiel y a Mr. Limkshod que lo único que me hace falta es una gran oportunidad como esta. Porque en las oportunidades que hasta ahora se me han brindado escasamente ha habido alguna que no pudiera ser desempeñada por cualquiera de sus inteligentes empleados. Lo que yo deseaba era algo extraordinario, algo especial, algo que saliera de lo común.

Si se le hubiera encomendado a Abner ir al Tibet y robar el más sagrado altar del más guardado templo de Buda en la ciudad sagrada, no vacilaría en hacerlo. Ni siquiera Bonaparte habría sido capaz de lograr con sus discursos, cortos pero efectivos, que sus soldados hicieran y soportaran lo que Mr. Collins lograba de sus hombres una vez que los seleccionaba y lograba retenerlos para sí durante una hora.

—La cosa es esta, Mr. Abner: hemos hecho en aquel país del Sur, al que llaman república, inversiones muy fuertes, tenemos allí más o menos veinte millones en tierras que comprenden algunos campos que producen y otros que no producen, regiones exploradas, refinerías, maquinaria, tuberías, lanchones de río, estaciones de bombeo, de carga, camiones, oficinas, edificios residenciales, en fin, todo lo necesario a una empresa importante como la nuestra.

Tosió y se humedeció los labios para continuar diciendo:

—Ahora, Mr. Abner, ponga atención en lo que voy a explicarle. Verá usted una de nuestras propiedades más ricas y

que se encuentra en determinado sitio de aquella república—.
Se detuvo, extendió un mapa que se hallaba sobre el escritorio
y lo volvió de manera que Mr. Abner pudiera verlo, acercó-
selo lo más posible con la punta del lápiz, con el que estuvo
jugando durante todo el tiempo que había estado hablando
con Abner. Señaló determinado punto en el mapa que debía
haber sido señalado cientos de veces para que otros lo vieran
antes, porque se había convertido en un manchón negro, rojo,
verde y azul hecho por lápices y plumas de todos los colores,
y un incontable número de huellas digitales.

Abner, poniendo de manifiesto un ardiente interés, apro-
ximóse aún más al mapa para ver el punto indicado, sin darse
en realidad cuenta de su localización. Lo único que deseaba era
mostrar una gran atención a las explicaciones de Mr. Collins.
Para estudiar el mapa cuidadosamente ya tendría tiempo suficiente una vez que se fijaran las condiciones del trabajo.

—Los ricos campos a que me he referido, son de los mejores, de los más productivos que poseemos y de los que más
prometen en el futuro. La dificultad consiste en que, exactamente en medio de nuestras propiedades, se encuentra un rancho, o eso que aquella gente del Sur, que todo lo confunde,
llama una hacienda. Su nombre es Rosa Blanca. El propietario legal es un indio llamado Jacinto Yáñez. Todos los que
habitan y trabajan en el lugar son indios, indios de la clase
más inútil e ignorante que existe. En mi opinión, si los pocos
blancos decentes de aquella república, en lugar de hacer revoluciones que conducen a la ruina a su país, tuvieran el buen
sentido de acabar con todos los indios matándolos de una buena vez, aquel país sería uno de los mejores en poco tiempo y
y llegaría a ser tan progresista y próspero como el nuestro en
menos de cincuenta años.

—Soy de la misma opinión, Mr. Collins, pues debo decirle
que he leído mucho en los periódicos acerca de las condiciones
que allá prevalecen, y he leído, además, una media docena de
libros sobre aquel país, en los que se describe su riqueza.

—Esos conocimientos, Mr. Abner, le servirán de mucho en el asunto que ahora le damos oportunidad de manejar. Bien, como iba yo diciendo, ese rancho constituye un verdadero obstáculo para nosotros, pues dificulta la intercomunicación de nuestros campos. Si pudiéramos hacernos dueños de ese rancho, nuestros gastos disminuirían considerablemente en lo que se refiere a transportes, y nuestros trabajos se desarrollarían con mayor facilidad.

—La cosa es clara, Mr. Collins; comprendo perfectamente las dificultades de la compañía debido a ese obstáculo.

—Obstáculo, bien dicho, Mr. Abner. Ha captado usted la idea perfectamente. Ahora bien, no es sólo ese obstáculo en nuestro sistema de transportes lo que nos lleva a considerar aquel sitio como objeto que nos sea posible abandonar a su suerte y al control absoluto de aquellos indios, para desventaja nuestra. El punto principal es que, después de escrupulosas investigaciones, no queda ni el más remoto lugar a duda de que la mayoría de nuestros pozos, si no todos, tienen su origen en cierta especie de lagos subterráneos, lechos, corrientes, ríos, lagunas y veneros situados en el subsuelo de ese rancho. Tal vez ya se vaya usted percatando de la índole de este problema, que nos obliga a conseguir aquel sitio a toda costa. Es indispensable que lo consigamos porque...

—Porque si otra compañía se apoderara de él podría privarnos de nuestro petróleo. ¿No es así, Mr. Collins?

—Lo ha comprendido, Mr. Abner, indudablemente que lo comprende. Lo felicito. Su mente camina con rapidez. Ha tenido usted una clara visión de lo que ocurriría si el propietario decidiera vender a otra compañía petrolera. En primer lugar el nuevo propietario podría, si lo deseara, dificultarnos tanto la comunicación con nuestros campos, que acabaría por derrotarnos y obligarnos a venderle nuestras propiedades al precio que él tuviera la nobleza de pagarnos, anticipando la consabida frase que reza: "Tómelo o déjelo". Y tendríamos que aceptar. En segundo lugar, si otra compañía consiguiera apoderarse de aquel sitio, podría echarnos de nuestros propios pozos simplemente cortando nuestra comunicación con los veneros, cosa que indudablemente haría. Ya esto lo comprendió usted perfectamente, sólo quería mencionarlo una vez más para concentrar su atención en el punto más importante de este asunto. Si tuviéramos la absoluta seguridad de que el rancho no podría ser vendido a ningún otro individuo o empresa, y si tuviéramos la seguridad, además, de que nadie explotará jamás el petróleo de ese rancho, dejaríamos las cosas en el estado en que se hallan. Pero carecemos de toda garantía y no nos es posible obtenerla ni siquiera del gobierno.

—Entonces si ese sitio es de tanta importancia para nosotros (perdone la pregunta, Mr. Collins), ¿por qué la compañía no lo compra ofreciendo a su propietario un precio deslumbrante? Siendo como es un indio ignorante, creo que con cincuenta mil dólares que se le ofrecieran sería posible lograr que se sintiera millonario.

—Se equivoca usted, mi querido Mr. Abner. Se equivoca usted totalmente. El indio es como usted se lo imagina, no posee un centavo, diez pesos constituyen una fortuna para él, está lleno de piojos, nunca se lava la cara, y como único instrumento de caza y pesca cuenta con un arpón. Así es él. Se complace en que toda la gente de su rancho ande desnuda, tanto hombres como mujeres, si bien las mujeres sólo llevan descubierta la parte superior del cuerpo. Por ahí juzgará usted la clase de gente que son. Se me ha dicho que el propietario está casi idiota y que varias veces ha estado a punto de ser internado en un manicomio. La dificultad consiste en que lo respaldan políticos influyentes que lo han salvado de la casa de locos. Un barril de aguardiente para él y dos mil pesos para el alcalde del pueblo más cercano habrían bastado, si aquellos sinvergüenzas no hubiera hecho esa especie de revolución que encumbró a ciertos generales, quienes a fin de conservarse en el poder, propusieron y adoptaron una nueva constitución que reclama todo el petróleo para su país. Pero hechos comprobados demuestran, sin embargo, que ellos desean todo el petróleo y todos los ingresos que de éste y de los minerales derivan, para sí, para esos políticos encumbrados por la revolución y gracias a ella convertidos en amos y señores de la llamada república.

—En estas condiciones, Mr. Collins, existen muy pocas esperanzas de que podamos lograr algo efectivo, a pesar de los esfuerzos que hagamos. ¿No es eso lo que quiere usted decir, Mr. Collins?

—Sí y no. El hecho es que allá todavía es posible comprar y vender la tierra. También diariamente se hacen nuevas concesiones para la explotación de la riqueza común. Así, pues, verá usted que todavía podemos comprar el lugar a pesar de esa nueva constitución de la que tanto hablan. Porque esa constitución carece de fuerza y nunca la tendrá, porque aquel país necesita de nuestro dinero, y tanto su pueblo como su gobierno prefieren vivir del que tenemos que pagarles en forma de elevados impuestos, a ganar un centavo por su propio esfuerzo, porque ignoran e ignorarán siempre lo que un día de trabajo significa.

—Entonces vuelvo a preguntar a usted, Mr. Collins. ¿Por qué no compramos el lugar?

—Hemos llegado al punto, Mr. Abner. Si contáramos en aquel país con hombres que hubieran trabajado por nuestros intereses y que en realidad hubieran ganado el dinero que les enviamos a carretadas para cuidar de nuestros asuntos, todo marcharía bien. Pero estos hombres, como he explicado a usted antes, no saben trabajar. Se sientan en cualquier parte, se cuentan chistes, comen chile verde y dejan que sus asuntos se resuelvan solos. Bueno, usted sabe como viven esas gentes de los países tropicales. Buenas comidas, muchas mujeres, barriles de mezcal para beber (me han dicho que ese es el *whisky* de ellos), y, además, gritar día y noche "¡viva la libertad!" ¿Qué se puede esperar de estas gentes? Dígame, Mr. Abner.

—Ya había leído eso en los libros de que le hablé, Mr. Collins.

—Y tienen razón, me refiero a los libros. Pero los libros nunca dicen toda la verdad. En aquel país la bigamia es sólo una ligera falta técnica que puede ser excusada por veinticinco pesos. Hay allá generales que tienen grandes harenes con docenas de mujeres que han obtenido de los tratantes de blancas, y entre las que se encuentran muchas norteamericanas. Si alguien desea conseguir una droga, cualquiera que sea y en la cantidad que sea, bastará con que le rompa la nariz a un policía y lo metan en la cárcel, en donde podrá conseguir no sólo toda la droga que desee, sino cualquier clase de mujer que apetezca, cualquier daga o cuchillo que necesite y, si puede pagar algunos cuantos pesos más, hasta una ametralladora con qué defenderse de los posibles ataques de otros viciosos o librarse de las molestias de algún guardia.

—Eso también lo he leído en los periódicos.

—Exacto, yo he visto periódicos suyos en el que se habla de la bochornosa conducta de sus generales y políticos, y creo que entre ellos no existen excepciones, a juzgar por nuestros agentes de allá. Dos o tres veces al mes cablegrafían pidiendo dinero y más dinero que gastan emborrachándose con mujeres en los cabarets, matando a los propietarios o disparando contra los inocentes músicos, sólo por vía de diversión. Si nos cansamos de su pereza e incompetencia y les pedimos que hagan por lo menos algo por nosotros, inmediatamente escriben diciendo que lo primero que debemos hacer es enviarles ametralladoras, municiones suficientes y cincuenta aeroplanos para derrocar al actual gobierno y poner el poder en manos de otro que sea más amigo de los capitalistas norteamericanos y canadienses, y que mientras no hagamos tal, no podrán cambiar la situación ni un ápice.

"En resumen, Mr. Abner, en aquella república nada puede hacerse cn forma directa, honesta y legal empleada por nosotros en nuestro país para hacer negocios. Pero nosotros estamos respaldados por un gobierno que comprende las necesidades y dificultades de las empresas progresistas. Por otro lado, aquella gente ni sabe ni quiere saber en donde reside la verdadera felicidad. He llegado a la conclusión de que nuestros abogados e intermediarios en aquel país no quieren y no pueden hacer nada para resolver el problema que tanto nos preocupa, me refiero al rancho que necesitamos conseguir por cualquier medio.

—¿El llamado Rosa Blanca, Mr. Collins?

—Sí, por supuesto. ¿De qué he estado hablando, sino de eso todo el tiempo? Bien, pues la cosa molesta es que el hombre que posee aquellas tierras, y a quien queremos comprarlas, no se deja convencer, por lo menos eso es lo que dicen. Si pudiéramos tratar con él directa y personalmente estoy seguro de que podríamos hacerle comprender la importancia de la fortuna que pierde por su testarudez. Con el dinero que pretendemos pagarle, podría comprar uno de los mejores ranchos en Arizona, Nuevo México o California en lugares en los que todavía la mayoría de la gente habla castellano y en los que se sentiría como en su propia patria.

Mr. Abner saltó de su asiento y su cara se iluminó como aclarada por una luz potente.

—Ahora, Mr. Collins, ahora comprendo perfectamente lo que tengo que hacer. Traeremos aquí, a Frisco, a ese hombre y lo conduciremos hasta estas oficinas para que usted, Mr. Collins, con la ayuda de intérpretes, pueda explicarle cuánto mejor sería su situación poseyendo un rancho en Arizona, Nuevo México o California en vez del puerco sitio que posee ahora. ¿Qué le parece, Mr. Collins?

LVI

Mr. Collins no había pensado en invitar al señor Yáñez a Frisco. Su plan consistía en invitar al hombre a la capital de su propio país o a cualquier otra gran ciudad, a fin de que en alguno de esos sitios algunos buenos agentes hicieran todos los esfuerzos posibles para convencerlo de que vendiera. Si esto fallaba, se comisionaría a gentes de otra especie para que amontonaran ante él y su familia toda clase de regalos. Además, le mostrarían la ciudad, le conseguirían la amistad de una o dos muchachas, y lo intoxicarían con la vida de la ciudad, a fin de que gustara tanto de ella que deseara quedarse allí para siempre. Entonces, cuando llegara a aquel estado de ánimo, sin duda aceptaría la suma que se le ofrecía por la venta.

Aquel plan no era éticamente bueno, pero había dado magníficos resultados en muchos negocios y, por tanto, se consideraría como recto, toda vez que el pez que se trataba de pescar podía tragar o no el anzuelo.

Abner había sido el elegido para hacerse cargo de aquella maniobra y dirigir de principio a fin, y el éxito del plan dependía de su habilidad y discreción. Se esperaba que regresara a Frisco con las escrituras de Rosa Blanca. Ahora que la forma de obtener aquellos papeles era cosa suya, y por ello recibiría su buena comisión.

Aun cuando el plan parecía muy bueno, examinado en el privado de Mr. Collins, éste abrigaba sus dudas acerca del resultado final. En cualquier forma era el mejor que hasta entonces había podido discurrir, no obstante lo mucho que había concentrado su atención en el asunto. Para perfeccionar los detalles confiaba en el talento de Abner, quien de encontrar algún medio mejor, lo pondría en práctica sin esperar nuevas órdenes.

Pero no bien hubo escuchado la proposición de Abner, se percató de que ésta era infinitamente superior que cualquiera de los muchos proyectos que él había trazado. Desde luego era lo bastante hábil para no dejar traducir a Abner que su proyecto era otro, y para hacerle creer que justamente ese era el que en aquel preciso momento iba a sugerirle.

Mr. Collins hizo un signo de asentimiento y dijo:

—Sí, Mr. Abner, eso es exactamente lo que hemos estado pensando hacer. Lo que usted ha dicho es exactamente lo que deseamos. Necesitamos a ese hombre en este país, aquí, en Frisco, debemos tenerlo en esta oficina, esa es la idea. Aquí podremos tratar el asunto con él tranquilamente, es aquí donde podemos hacerle comprender la gran cantidad de beneficios que obtendrá si nos vende su rancho. Le enseñaremos una veintena de rancho y haciendas que le harán saltar el corazón de gusto y le inspirarán el más ardiente deseo de poseer uno de esos sitios maravillosos, que sin duda le parecerán pequeños paraísos con luz eléctrica, teléfono, caminos pavimentados, ganado de raza tan buena como jamás ha visto, habitaciones modernas, establos y caballerizas higiénicos donde los caballos y las vacas viven felizmente. Bien, en pocas palabras, le ofreceré todo aquello que puede constituir la felicidad de un ranchero en cambio de un puerco e inservible trozo de tierra en el que sólo es posible cosechar maíz y frijol. Además, tendrá la bolsa bien llena, podrá traer aquí a su familia y empezar su nueva vida en condiciones inmejorables. Obtendrá veinte veces el valor de su rancho. La transacción es justa, ¿no le parece, Mr. Abner?

—Debo decir que es la proposición más justa que he conocido en circunstancias similares. Tendré un gran placer en manejar este asunto que convertirá a un pobre e ignorante ser humano en el hombre más feliz bajo el cielo.

—Exactamente, Mr. Abner —dijo Collins, mientras reflexionaba sobre algunos detalles que debía sugerir para perfeccionar el plan.

Con frecuencia había hecho viajes a la República, en donde había vivido en los mejores hoteles, y había visitado e inspeccionado los campos, sin haberse preocupado jamás por ver a alguno de los nativos que trabajaban para él y le llenaban los bsolsillos. Así, pues, de hecho desconocía todo lo que se refería a aquel país y sólo sabía de él aquello que había ledo en periódicos y pásquines enemigos de la República, y en películas que la mostraban como un país de bandidos, políticos corrompidos, falsificadores, y mujeres vestidas de fantasía como no va vestida ninguna en la República. También algunos cabarets y teatros habían sido fuentes de información para él, pues en ellos había visto bailes y escuchado canciones que decían eran típicamente indígenas, pero que habían sido escritas, compuestas y orquestadas por músicos norteamericanos importados de Polonia, Rusia y Hungría. Que la República tuviera una vida realmente suya, enteramente diferente de la norteamericana, era algo que Mr. Collins ignoraba y no le interesaba saber. En cuanto al contacto directo con los nativos de la República, le bastaba el que tenía con muchachas nativas elegidas en algún cabaret u ofrecidas por algún administrador de hotel.

Ahora que lo que no había podido saber acerca de la República por los periódicos, las películas y sus nativas compañeras de cama, lo encontraba en el estrado de los hoteles y en los fumadores de los carros dormitorio, en donde se mezclaba con otros norteamericanos residentes o agentes viajeros, quienes para evitar que los tomaran por pretenciosos, gustaban de narrar anécdotas de sus presidentes, generales, gobernadores, diplomáticos, diputados, ministros, mineros y curas. Por medio de aquellas anécdotas, muchas de las cuales databan de mediados del siglo pasado, completaba su profundo, real y verdadero estudio de la vida, condiciones, tradiciones y costumbres de la República, de ese país que anualmente producía para él y para la compañía dos millones de dólares libres de gastos, contribuciones e impuestos, y sobre cuya ganancia el gobierno de la República tenía una participación ridícula.

Basándose en aquellos conocimientos sobre la República y sus habitantes, Mr. Collins juzgaba a don Jacinto y calificaba su reiterada negativa para vender Rosa Blanca. A Mr. Collins le era imposible comprender que en esta tierra nuestra puedan vivir, y vivir felizmente, gentes a quienes no preocupan el dinero, los automóviles, los barcos de placer, las residencias, los mayordomos, los viajes a Francia e Inglaterra, y quienes no necesitan ninguna de esas cosas, sin las que la mayoría de los norteamericanos creen imposible vivir. Si alguien hubiera dicho a Mr. Collins que ciertas cosas inmateriales, tales como la infinita belleza de una flor silvestre, o la posesión de un pequeño desierto para vivir, o la carrera de un potro indio al amanecer de un día en el trópico, o el recorrido en una carreta crujiente viendo brillar la luna entre los cuernos de las bestias, si alguien le hubiera dicho que alguna de esas raras bellezas o dulces aventuras valían más para ciertas gentes que un millar de dólares, aun cuado ellas no tuvieran más que tortillas y frijoles que comer, él habría desconfiando de la actitud de esos individuos y la habría interpretado como un truco para obtener de él más dinero.

—Creo, Mr. Abner, que ha comprendido usted claramente en qué consiste su tarea, así, pues, dejo en sus manos el asunto con todos sus detalles —dijo Collins y luego continuó—: Tendrá usted que traerme aquí, a Frisco, a ese don Jacinto. Usted sabrá qué medios habrá de emplear para lograrlo. Pondré a su disposición el dinero necesario. Podrá girar hasta veinte mil dólares. Quiero que entienda que no conservaremos en nuestros archivos ningún giro o cheque firmados por usted que rebasen las cantidades que nuestras relaciones normales pueden autorizar. Así como que tampoco habremos de conservar registro alguno relacionado con este asunto, puede usted confiar en mi palabra. Pero... —Mr. Collinse se detuvo y levantando la voz lo bastante para que de haber por allí algún agente confidencial del gobierno o algún espía escondido tras las puertas, pudiera escuchar hasta la última palabra, agregó—: Pero... le advierto, Mr. Abner... —En aquel preciso momento Ida apareció como un fantasma sin que Abner se percatara en un principio de su presencia, pero acabó por notarla cuando ella se hallaba ocupada ante un archivador, notoriamente concentrada en su trabajo. Mr. Collins continuuó su discurso—: ...le advierto, no deberá haber de por medio ningún crimen, ni plagio, ni paliza, ni habrá de usarse drogas o tóxicos, ni introducción clandestina de extraños en este país, ni deberá emplearse fuerza física alguna. Pues nada de ello será respaldado por mí, ni habré de protegerle contra las consecuencias o resultados de actos fuera de la ley. Si alguno de los medios citados es empleado, queda usted advertido, Mr. Abner, de que lo dejaré caer hasta el fondo. Además, si emplea usted medios prohibidos por la ley de cualquiera de los dos países, todo su trabajo será en vano y no tendrá derecho a comisión alguna, porque el gobierno de aquella República consideraría sin duda ilegal cualquier contrato o arreglo obtenido y nosotros tendríamos que renunciar a las propiedades adquiridas, aun cuando sólo fuera para conservar nuestra reputación de empresa capitalista que actúa nada más dentro de los límites legales.

—Estoy seguro, Mr Collins, de que podré desempeñar la comisión que se me da en forma perfectamente legal.

—Mejor para usted. Don Jacinto tendrá que venir por su propia voluntad sin que haya coacción de por medio. La forma de traerlo aquí legalmente depende de usted. Creo que es usted lo bastante hábil para lograr nuestro propósito sin necesidad de fricciones; es por esta razón por la que lo hemos elegido para desempeñar la comisión, porque estamos convencidos de que usted, como abogado de primer orden, puede hacerlo exactamente de acuerdo con nuestros deseos y bajo las condiciones que podemos aceptar como justas. ¿He sido lo suficientemente explícito, Mr. Abner?

—Así es, Mr. Collins.

En aquel preciso instante Ida abondonó la pieza tan silenciosamente como había entrado. ¡Gran Dios, qué perfección de secretaria particular era aquella mujer!

—Bien, ahora puede usted trabajar. Empiece la semana próxima. Puede emplear el resto de esta semana para hacer sus planes. Cuando don Jacinto se encuentre aquí, en Frisco, habrá usted hecho la mitad del trabajo, que se considerará terminado cuando tengamos las escrituras firmadas.

—Entiendo perfectamente, Mr. Collins.

—A propósito... —Mr. Collins se encaró a Abner mirándole con los ojos casi cerrados y mordiéndose los labios. Después volvió la vista y dijo en tono distraído—: A propósito, Abner, le conseguiré un pasaporte antes de que salga. Sugiero que obtenga visas para China, Argentina, Brasil y esté constantemente pendiente de las fechas de salida de los barcos.

Mr. Collins, no hizo ni el más leve guiño, o gesto, ni sonrió ligeramente cuando agregó:

—Un pasaporte válido por lo menos por diez meses o más y con visas para determinados países, puede ser, cuando se le tiene a mano, de gran utilidad si las cosas no marchan a medida de los deseos y se hace necesaria una vacación para curar los nervios enfermos. Usted no ha gozado de vacaciones desde que está con nosotros, ¿verdad, Mr. Abner?

—Ciertamente, señor.

—En caso de que necesite vacaciones para restablecer su salud, permítame que le sugiera que antes de tomarlas se acuerde, por favor, de renunciar a su puesto, a fin de que podamos sustituirlo por el tiempo que se encuentre ausente. El puesto será suyo nuevamente en cuanto regrese restablecido. Gracias, Mr. Abner. Es todo. Buenas tardes.

Exactamente con la misma urgencia que Mr. Collins necesitaba una vez más de un millón de dólares en unos cuantos meses, Mr. Abner necesitaba veinte mil dólares, y los necesitaba casi obedeciendo a razones similares. La diferencia consistía en

que Mr. Abner era sólo un empleado de inferior categoría en la
empresa de la que Collins era presidente y uno de los principales accionistas.

Así como Mr. Collins habría gustado de ver aquel millón
tan urgentemente necesitado convertise en dos, asimismo Mr.
Abner habría sido capaz de hacer cualquier cosa, hasta sacar
al mismísimo diablo del infierno, si en lugar de una comisión
de veinte mil dólares, conseguía cincuenta mil. Y era esa diferencia de treinta mil dólares lo que induciría a Abner a no
reconocer límites. Nada lo detendría hasta obtener la seguridad
de haber ganado aquellos treinta mil dólares más sobre el dinero que en realidad necesitaba urgentemente.

LVII

El ardiente deseo de Mr. Collins de apoderarse de Rosa
Blanca no estaba arraigado sólo en su salvaje ambición de
dinero y de poder. No sería justo juzgar su carácter por su
actitud sardónica y por los actos aparentemente desalmados
que enderezaba a la destrucción de Rosa Blanca a fin de su-
marla a las propiedades productivas de su compañía. Claro está
que necesitaba aquel millón de dólares que estaría a su disposición tan pronto como poseyera la hacienda y los primeros
pozos empezaran a producir. Además, de momento no contaba
con otra perspectiva para hacerse con el millón que la de des-
trozar los hogares de muchas gentes y acabar así con su paz
y con su felicidad.

La explicación que él daba sobre su actitud habría podido
soportar la crítica de los capitalistas que se preocupaban grandemente porque el capitalismo, como sistema, no emplee
métodos demasiado severos en sus procedimientos y evite
cualquier brutalidad, sin tomar en cuenta en dónde y en razón
de qué se cometan, con tal de evitar que en el público nazcan

sentimientos desfavorables al sistema. Todos aquellos que juzgan el capitalismo como la quintaesencia del barbarismo económico, del caos, de la desorganización y del completo descuido de los intereses humanos habrían sin duda condenado a Mr. Collins como al representante más execrable de la clase capitalista.

La verdad, sin embargo, era que Mr. Collins distaba mucho de ser una bestia humana, un monstruo capitalista y un vampiro explotador de hombres, como suelen decir los agitadores. Mr. Collins no era asesino, ni bandido ni ladrón.

Como hombre, merecía la amistad, amor, admiración y estimación de cientos de hombres y mujeres que se habían cruzado en su camino.

Basileen no se habría enamorado de él, ni siquiera lo habría aceptado como amigo, si hubiera sido el monstruo que le habría juzgado al leer la historia íntima de su vida y de su trabajo.

Si se hubiera tomado la molestia de visitar personalmente Rosa Blanca, si hubiera conocido a don Jacinto, a doña Conchita y a las otras personas que allí vivían y hubiera permanecido varios días entre ellos, como el gobernador, y sobre todo, si hubiera poseído la facultad de comprender la individualidad, sí, el verdadero espíritu de la hacienda, y si hubiera sido capaz de considerar aquel lugar con amor por las gentes sencillas que formaban una unidad con su hogar, no considerándolo simplemente desde el punto de vista de un industrial, habría empleado el mismo poder de que ahora hacía uso para destruirlo, en la lucha por conservarlo. El era el tipo de negociante duro y frío, capaz de mirar sin piedad alguna a las gentes víctimas de una crisis financiera. Sin embargo, era capaz de sentarse en un cine y llorar a lágrima viva como una sentimental dependienta de sedería, al ver desarrollarse en la pantalla un drama cuyo argumento puede bien no diferir mucho del que él desencadenaría con su decisión acerca de Rosa Blanca y su propietario indígena.

Desde luego resultaba imposible que él juzgara a Rosa
Blanca desde el punto de vista del gobernador. Había en su
naturaleza demasiados elementos de buen norteamericano para
ser capaz de ver en un rancho algo más que un inmueble co-
merciable. El rancho produce huevos, carne, verduras y trigo
al igual que un campo petrolero produce petróleo y da origen
a fábricas de automóviles. Jamás había oído hablar de que en
América existira algún rancho fundado con el único objeto de
convertirlo en hogar de su propietario y de la familia de éste.
Los ranchos eran adquiridos para obtener los productos propios de ellos, o para mejorar su apariencia y revenderlos y
obtener una ganancia considerable. Los ranchos eran objetos
negociables y no podía considerárseles como lugar permanente
de todas las generaciones de una familia. Muy pocos rancheros se hallan ligados cordial y espiritualmente a la tierra,
al ganado que crían y a las plantas que cultivan. Cada árbol
que arraiga y promete fruto, significa una adición al precio que
puede pedirse por el rancho en caso de venta. Que un árbol
posea alma o siquiera se le considere una vida que puede resultar lesionada si se descuida su alma, es algo que induciría
a un ranchero norteamericano a considerar como loco a quien
lo asegurara. Ningún ranchero norteamericano, si lo es realmente, sería capaz de plantar un árbol con la idea de que las
futuras generaciones gocen de su fruto como gozarán él y su
familia. Poco le importa lo que las futuras generaciones habrán
de comer o gustar. Hasta donde el asunto puede interesarle,
piensa que pueden conseguir su fruta en latas traídas de Aus-
tralia o de Siberia del Norte. Lo principal es que él venda sus
productos, los árboles deben fructificar lo suficiente para que
su familia tenga un aparato de radio y un refrigerador eléctri-
co. Por él las futuras generaciones pueden irse al diablo. Si algún hombre activo e industrioso compra un rancho arruinado
y trabaja como un demonio para convertirlo en una hacienda
de primera categoría, lo hace porque de esa manera podrá
conseguir una buena cantidad de dinero cuando lo venda.

Nacido y criado en aquel país, conociendo sólo a aquella clase de rancheros, Mr. Collins podía ver únicamente en la testarudez del propietario de Rosa Blanca un truco para hacerse pagar más. Veía en don Jacinto al hombre que ha oído hablar de los billones ganados por las empresas petroleras y desea tener una justa participación.

Mr. Collins era solamente un producto común y corriente del medio en que se había educado. ¿Por qué, entonces, habría de actuar en forma diferente? Los hechos de Mr. Collins eran incuestionablemente lógicos y absolutamente correctos de acuerdo con lo que se le había enseñado a juzgar como lógico y correcto, como inteligente y debido en el terreno comercial. Cualquier otro presidente de cualquier otra compañía petrolera habría obrado exactamente en la misma forma; tal vez otro habría obrado en forma más diplomática y con menor rapidez, pero, en esencia, el hecho sería el mismo. De mostrar debilidad en la forma de poner en juego su poder, o peor aun de mostrar falta de energía atribuíble a su edad, el consejo decidiría, tomando en consideración sus vacilaciones, concederle una vacación y recomendarle que presentara su renuncia. Debe cuidar de que la compañía, de cuyos intereses es responsable, y cuyos accionistas han depositado en él confianza infinita, no sufra depreciación alguna en el valor de sus acciones, y nunca le perdonarían que por sentimentalismo desperdiciara alguna buena oportunidad de obtener ricos campos petroleros, creados por la naturaleza para beneficio de los accionistas. Hay que conseguir lo que tiene que conseguirse, y no intentar reformar al mundo, so pena de ser devorado por los perros. Una vez que Mr. Collins aceptó el alto puesto de presidente de una empresa petrolera ambiciosa, estaba obligado a hacer lo que todo ser viviente en los Estados Unidos esperaba de él, esto es, no ser considerado como un fracasado.

Además él, como todos los que viven bajo el cielo, estarán de acuerdo en que cualquier parcela con un subsuelo prometedor puede significar para su poseedor lo mismo que Rosa

Blanca significa para don Jacinto. Y si todos los trozos de tierra de los que pueden obtenerse productos más valiosos que los derivados de la agricultura, fueran considerados como Rosa Blanca y juzgados desde el punto de vista sentimental de don Jacinto, no podría obtenerse en sitio alguno ni una gota de petróleo, ni aun pagándolo a precio de oro. ¿Qué otra cosa pueden hacer en esas circunstancias hombres que se consideran responsables del progreso y bienestar de la raza humana? Sin duda ninguno de esos hombres actuaría en forma diferente a Mr. Collins. Lo que hecho por un solo individuo puede considerarse como un crimen, se acepta como perfectamente legal cuando lo hacen un gobierno o una nación. Así, pues, resulta extremadamente difícil saber cómo debe llamarse a Mr. Collins: criminal o benefactor de su país. No importa en qué grado puedan ser sentimentales el señor y la señora Corazón-blando cuánto puedan deplorar el triste destino de Rosa Blanca, porque si esos mismos señores Corazón-blando se quedan con su coche nuevo a mitad de la carretera, sin poder llegar a casa por falta de la gasolina, que no han podido obtener en virtud del respeto que Mr. Collins y otros petroleros tienen por los sentimientos de tantas Rosas Blancas como hay en el mundo, esos Corazón-blando serán los primeros en condenar a la compañías petroleras e insistir cerca del gobierno para que expida decretos capaces de evitar infortunios semejantes a la falta de gasolina en el preciso momento en que el señor y la señora Corazón-blando se dirigen a jugar al bridge.

Sólo es posible insistir una y otra vez en el hecho de que cuando una compañía petrolera ha olfateado el líquido en alguna tierra, ésta no encontrará medio para escapar de su destino.

Mr. Collins se sentía plenamente justificado ante su conciencia y ante la de los poseedores de automóviles, y si alguien le hubiese pedido una explicación habría contestado:

—Bueno, ¿y qué? ¿Quién se está quejando? La gente necesita petróleo, ¿verdad? Mañana necesitarán diez veces la cantidad que ahora les es necesaria. Nadie sabe hasta dónde podrá llegar la demanda de petróleo. ¡Maldita sea aquella puerca república! Dentro de poco las gentes podrán comprar un buen aeroplano por lo mismo que hoy compran un carri-coche usado, porque se emplea material menos costoso en la construcción de un aeroplano que en la de un auto, y aquél se reduce a lona pintada que envuelve un motor. Cuando las gentes puedan comprar carricoches voladores por ciento cin-cuenta dólares, llenarán el espacio en forma tal que cualquiera pensará que se trata de una nube de langosta egipcia cubrien-do el sol. Entonces la gente necesitará cantidades de petróleo un millón de veces mayores que las que necesitará mañana, cuando crucen velozmente los siete mares buscando atajos a través de los polos.

"Como iba diciendo, la Condor ha aceptado la responsa-bilidad de surtir a la gente de cuanto petróleo le sea necesario. Con esa obligación a cuestas, la Condor no encuentra otra so-lución, dentro de las humanas posibilidades, que la de obtener el petróleo de donde lo haya. Si en la luna hubiera petróleo, buscaría la manera de bajarlo para nuestros clientes. Supon-gamos que todos los pozos actualmente en explotación se secan. ¿Entonces qué? Si el petróleo se acabara definitivamente algunos millones de trabajadores norteamericanos honestos y decentes, se encontrarían sin trabajo para dar a sus hijitos el pan de cada día y todos morirían de hambre. Yo no puedo permitir que semejante cosa ocurra a los trabajadores norte-americanos.

"Así, pues, ¿a qué viene tanta charla? Yo tengo que con-seguir petróleo. No es culpa mía si la gente quiere y necesita petróleo. Yo no inventé ni los automóviles ni el petróleo. ¿Por qué entonces se me ha de reprochar la conversión de Rosa Blanca en productora de petróleo? ¿Qué puedo hacer yo si un ciento de indios piojosos pierden la tierra en que han trabajado? ¡Caramba! Nunca oí hablar de un rancho sobre-cargado de asalariados. Todos los ranchos necesitan brazos constantemente, mientras más brazos tienen más trigo pueden

cultivar. Todo el mundo sabe eso. Además, no serán los de
Rosa Blanca los primeros peones que tenga que buscar otro
sitio en donde trabajar. Alguien me contó que en cierta ocasión
cientos de cocheros se colgaron y cientos de conductores de
las diligencias del express se pegaron un tiro desesperados
cuando los ferrocarriles prestaron mayor comodidad y rapidez ofreciendo menor peligro.

"Que ese tinterillo, ese tipo Abner, cuya presencia me
es insoportable por su bestialidad, por su brutalidad, vaya
a ese país a hacer entrar en razón a aquel campesino indígena, es algo verdaderamente lamentable, simplemente horrible. Es un crimen. Por Dios que es sucia la partida que
ese bruto de Abner va a jugarle a esa pobre basura de piel
roja. Pero el buen Dios sabe que yo nada puedo hacer. No
fuí yo quien creó el mundo, Dios es testigo de que yo nada
tuve que ver en ello y, por tanto, nadie puede culparme
de que el mundo sea como es. Si el Señor, de quien se dice
ser todopoderoso y sabio, ha hecho el mundo como lo conocemos, ¿quién soy yo para mezclarme en su creación y tratar
de hacer su mundo mejor de como lo encontré y he tenido que
aceptarlo, sin poder para cambiarlo ni un ápice? Creo tener
derecho absoluto para dejar al Señor toda responsabilidad,
y de paso le dejaré la que resulte de las gestiones de Abner
en aquella república. El sabe lo que al hombre le conviene
y arreglará las cosas en la forma mejor. ¿Qué más puedo hacer? ¿Qué podría yo hacer? Si yo no ando listo, otro lo
hará y los resultados serán exactamente los mismos en lo que
a la hacienda respecta, con la sola diferencia de que yo per-
deré y otro ganará, y eso no puedo permitirlo. Por tanto,
Rosa Blanca me pertenece desde todo punto de vista del derecho humano. No fuí yo quien puso petróleo en aquellas tierras. Y ya que allí se encuentra, que el diablo me lleve si
no lo saco para que gocen de él quienes lo necesitan, aquellos que disponen de un elegante carro y que tendrían que
enfrentarse a la más terrible situación si no tuvieran gasolina

para poner en movimiento esos motores que se han llevado sus ahorros, todas sus esperanzas de placer y un medio más para hacer mejores negocios."

Eso fué lo que Mr. Collins discurrió al tratar de encontrar la manera más cómoda de justificar sus hechos ante su conciencia. Y en esos términos se expresaría si a la entrada del cielo alguien le tomara cuenta de algunas de sus acciones en la tierra. Su discurso no difería en absoluto del que cualquier otro honesto y decente petrolero norteamericano habría pronunciado si se le pidiera cuenta de sus acciones y se le exigiera una explicación acerca de la forma en que él las juzgaría si las viera reflejarse ante sus ojos.

LVIII

Mr. Abner había estudiado español en la escuela, y con gran éxito, según aseguraban sus maestros, quienes le habían concedido altas calificaciones en la materia. Sin embargo, cuando llegó a la República descubrió con gran asombro que las gentes de allí no comprendían su lengua natal. Por tanto, durante las dos primeras semanas de su estancia tuvo muchas dificultades para entenderse con las gentes y comprender sus ideas sobre la vida. Sin embargo, como poseía suficiente dinero, la necesidad de hablar castellano con soltura no era imperativa. Encontró amigos en donde quiera que fué y causó en las gentes la impresión de ser un hombre de recursos. Como cualquiera de sus nuevos amigos hablaba inglés mejor de lo que él nunca hubiera hablado el castellano, pronto se interiorizó convenientemente de las condiciones y costumbres de la tierra.

Un día llegó a Tuxpan. Como era aquél el pueblo más cercano a Rosa Blanca, decidió hacer de aquel lugar el centro de sus operaciones.

No fué directamente a ver a don Jacinto. Como buen tinterillo experimentado en toda clase de trucos, ensayó todos
los atajos antes de examinar el camino recto. Bien podía tener
éxito inmediato y ello hubiera mermado la cantidad de dinero
que esperaba ahorrar del que se le había autorizado para gastar a discreción.

Pasó la primera semana recorriendo cantinas, billares, burdeles y lugares similares, en los que no sólo pensaba encontrar determinada información, sino también lograr las relaciones que le eran necesarias para lanzar su ataque contra don
Jacinto.

En cierta cantina, que era su preferida por ser la más limpia, encontró a un mestizo hijo de un norteamericano, quien
atraído por las facilidades de vida que se hallaban en la República se había ido hundiendo cada vez más, hasta llegar a
los más bajos fondos. Vivía ebrio y finalmente consiguió una
mujer mexicana con la que tuvo un hijo. Ese hijo, cuyo nombre era Frigillo, había ido al país de su padre, esto es, a los
Estados Unidos, en donde había desempeñado veinte empleos
diferentes, entre los que se contaban algunos muy desagradables. Varias veces había tenido dificultades con la policía debido a raterías, y a violaciones de la ley Sullivan, actos que
había purgado en la penitenciaría, y finalmente había sido
deportado a su país natal. Hablaba bien el inglés y por ello
tenía facilidad para conseguir trabajo como capataz y toma-
dor de tiempo en empresas petroleras norteamericanas e inglesas establecidas en la República.

La disciplina de aquellos trabajos no había logrado borrar de su mente la idea acerca de las comisiones que un muchacho listo puede desempeñar para ganar más dinero con
menores dificultades de las que tiene estar parado o sentado
todo el día bajo un sol tropical, fumando cuantos cigarrillos le
vengan en gana, pero sin poder despegarse un instante del sitio
en que sus hombres limpian la selva, porque de hacerlo, éstos

se dedicarían a holgar inmediatamente que los perdiera de vista.

Aquel trabajo sin duda era para hombres experimentados como él. Cambiaba a sus hombres a otro campo, y se convertía así en traficante de esclavos y en esclavo a su vez. Viajaba por ranchos, haciendas y pueblos indígenas en los que contrataba rebaños de pobres indios que conducía como ganado a las regiones petroleras, para vender a las compañías los hombres con los contratos que con ellos había hecho y proveer constantemente a las empresas de mano de obra barata. Así alcanzaba buenas comisiones, no solamente de las compañías, sino también de los hombres que contrataba. Esos trabajadores indios, acostumbrados a trabajar de sol a sol por un salario de quince o veinte centavos diarios, casi enloquecían de gusto cuando se les ofrecían dos pesos, y el goce les impedía sufrir cuando Frigillo los explotaba hasta el límite.

Aquella clase de trabajo resultaba muy de su gusto, porque con él ganaba más que con cualquiera otro de los que desempeñara en la República. No tenía patrón que lo molestara por cualquier falta que sus hombres pudieran cometer, o por su pereza, si las cosas no salían de acuerdo con planes preconcebidos, pero lo que más le placía era no tener que permanecer horas enteras en el mismo sitio, y, por el contrario, poder viajar por todo el país.

Como esos trabajadores indígenas rara vez permanecían largo tiempo en un sitio, porque en cuanto sufrían la nostalgia de su hogar regresaban a él inmediatamente, las compañías se hallan en necesidad constante de brazos, razón por la que al señor Frigillo no le faltaban buenas oportunidades. Si los los trabajadores no abandonaban el trabajo con la frecuencia que él necesitaba, sabía arreglárselas perfectamente para recibir nuevos pedidos, valiéndose de trucos para sacar de sus empleos a los hombres, y si esto le fallaba, buscaba la manera de lanzarlos a una huelga que luego resolvía por medio de una buena comisión que se hacía pagar por ambas partes.

En aquellos momentos, los pedidos escaseaban y él se encontraba falto de fondos. Todas las empresas tenían a su personal completo y como los salarios habían sido aumentados considerablemente en los últimos tiempos, los trabajadores se estabilizaban por más tiempo y ni siquiera se declaraban en huelga o partían para otros campos. Además de eso, los sindicatos y las uniones controlaban el trabajo cada vez más, protegiendo a los nativos.

Naturalmente, el señor Frigillo estaba profundamente interesado en que se explotaran nuevos campos petroleros, pues ello significaría demanda de muchos cientos de brazos que él podría proporcionar. En consecuencia, apoyaba cualquier propósito de expansión de operaciones de las empresas.

Mr. Abner se felicitó de haber conocido a Frigillo. Inmediatamente se percató de que no habría podido descubrir a nadie que sirviera con mayor eficacia sus propósitos. Sin embargo, obró con prudencia y durante la primer semana de sus relaciones no dijo ni una palabra acerca de Rosa Blanca. Habló solamente de que visitaba la República con el objeto de comprar o alquilar algunas tierras prometedoras de petróleo, operaciones que haría a medias con una poderosa empresa norteamericana.

En toda la región se sabía que Rosa Blanca encerraba una gran riqueza en petróleo. También se sabía no sólo en el estado sino en dondequiera que los interesados en petróleo se reunían, que una importante empresa petrolera había ofrecido un precio ridículamente alto por la hacienda, pero que don Jacinto se había negado denodadamente a aceptarlo diciendo que no le interesaba ni un ápice. La suma que se rumoraba le había sido ofrecida, se elevaba a cinco millones de dólares en efectivo.

Era por demás natural que Mr. Abner no hubiera hablado al señor Frigillo con demasiada amplitud de sus propósitos, en espera de que fuera él quien mencionara el asunto de Rosa Blanca, como ocurrió. Frigillo le hizo una relación completa

y detallada de la forma en que habían marchado las negocia-
ciones entre don Jacinto y las compañías.

—Ese don Jacinto no está muy cuerdo que digamos. Le
aseguro, amigo, que está chiflado —dijo Frigillo—. Algo raro
debe ocurrirle a ese tipo. ¡Imagínese la vida que podría
darse! ¡Dios mío, con cinco millones de dólares en efectivo,
ni cheques, ni bonos ni papeles de ninguna especie, dinero,
dinero contante y sonante! La sola idea me marea, Mr. Abner,
me marea, siento que me tambaleo sólo de pensar en la montaña de dinero desdeñada y abandonada en algún banco.

—Yo opino exactamente lo mismo, señor Frigillo —dijo
Abner distraídamente, y como si el caso no le interesara.

Conversaban en aquella forma mientras jugaban a las carambolas en un salón de billar.

—Ahora le toca tirar, señor Frigillo; haga una buena tirada para convencerme de su habilidad.

—Y lo peor de todo —dijo Frigillo—; sí, lo peor de todo
es que cientos y cientos de honestos trabajadores nativos se
ven obligados a dejar su tierra natal y dirigirse a los Estados
Unidos para buscar allá trabajo, cuando bien podrían quedarse en el país y ganar buen dinero en los nuevos campos
petroleros que podrían explotarse si ese indio testarudo quisiera vender la tierra. ¿Qué espera ese tipo? ¿Obtener seis
millones, ocho o diez? No creo que haya empresa norteamericana, inglesa u holandesa que los pague. Pienso que esa fué
la oferta máxima. Tal vez ahora se lamente y ruegue porque
vuelvan una vez más a hacerle el mismo ofrecimiento... Bueno, señor ¿qué le parece mi última tirada?

Terminaron el juego. Frigillo ganó una vez más, según la
costumbre, pues ganaba nueve de las diez partidas que jugaban desde que se conocieran algunos días atrás.

Mr. Abner hacía todo lo posible para dejar a Frigillo ganar una buena cantidad de dinero, tanto que éste vivía a cuerpo
de rey a expensas de Mr. Abner.

Abner nunca permitía que Frigillo pagara ninguna cuenta, ni por comida ni por bebida.

—Esta vez me toca pagar —decía cuando Frigillo hacía un ligero ademán fingiendo intenciones de pagar.

Frigillo jamás perdía oportunidad alguna de hacer gestos semejantes, y de vez en cuando discutía acaloradamente reclamando el derecho de pagar la cuenta. Pero así como Mr. Abner ponía cuanto estaba de su parte porque Frigillo ganara en las carambolas, Frigillo hacía cuanto podía porque Mr. Abner saliera vencedor pagando la cuenta.

De aquellas discusiones salieron tan amigos que decidieron habitar en el mismo cuarto del principal hotel, cuyas ventanas daban al río.

Cuando terminó el último juego de aquel día y, contra su costumbre, Frigillo se abstuvo de hacer cualquier sugestión para seguir jugando, Mr. Abner dijo sorprendido:

—¿Qué prisa tiene, Frigillo. ¿Se trata de faldas? Si es así nada digo, me privaré esta noche de su compañía. Yo me dirigiré a cierta casa de la que un mozo me habló; dice que hay cuerpos bien formados y que son finas, además. Agregó que aun pertenecen a la buena sociedad pero que sus padres ignoran sus actividades, pues de otro modo las matarían como a perros sarnosos, sin temer que se les condenara por haber matado a esas hijas capaces de deshonrar a la familia.

—Ese mozo le dijo la verdad; los padres pueden obrar así en la República y quedar libres en menos de veinticuatro horas, alegando haber obrado en defensa de su honor, lo que equivale a obrar en defensa propia en los Estados Unidos.

—Bien... bien..., diría yo que... —dijo Abner arrastrando las palabras, porque sus pensamientos volaban directamente hacia don Jacinto, imaginando cierto plan en el que figuraba la defensa del honor familiar y que podría resultar utilísimo cuando tratara de convencer a don Jacinto de que no desperdiciara la gran oportunidad de su vida—. Me parece, Frigillo, que en este país pueden hacerse muchas cosas de las que es posible salir ileso cuando se tienen los bolsillos bien llenos. ¿No le parece?

Frigillo lanzó una rápida mirada a Abner, tratando de comprender el verdadero sentido de lo expresado por el norteamericano, pero instantáneamente volvió la vista a la mesa de billar sobre la que Abner acomodaba las bolas, como indicando su deseo de seguir jugando.

Mirando inexpresivamente las bolas, Frigillo contestó:

—Eso depende, amigo mío; eso depende únicamente del asunto que se pretenda. Claro que podrá usted evadir hasta las consecuencias de un asesinato, y me refiero a un asesinato real, a darle muerte a un hombre o a una mujer. Ello depende, naturalmente, del dinero que entre en juego. Debo agregar, además, que ello depende también del valor que se considere a sí mismo el tipo elegido para hacer el viaje y de la mente directriz que se encuentre entre bastidores... Vaya, vaya, ¿podré hacer un buen tiro?

—Yo tiraría desde la orilla inferior izquierda, aplicando un tiro rápido contra la banda del lado derecho.

Frigillo dijo sonriendo:

—Es por eso por lo que siempre pierde usted, Mr. Abner. Por la forma en que ha explicado usted la tirada, veo que no sabe usted mucho acerca de la técnica del billar. No, señor; esa bola puede ser tirada únicamente en esta forma. Ahora, vea, como lo hago... ¡Allá va! Esta es la forma, esta es la única forma en que una bola que se encuentra en esa posición puede ser tirada, y es la verdadera técnica seguida por los grandes maestros.

—Hay algo que me intriga —dijo Abner después de perder una bola más—. Es algo que se refiere al sitio del que tanto me ha hablado y que si mal no recuerdo se llama algo así como *Rotcha Blinca,* ¿no es así?

El señor Frigillo rió a carcajadas y se volvió para ver si alguien más había escuchado aquella forma de pronunciar un nombre castellano y participaba de su regocijo. Nadie prestaba atención a los dos jugadores.

—Se dice Rosa Blanca, Mr. Abner. Fíjese bien en mi boca para que aprenda a pronunciar. Mire, así, —casi se le desprendieron los labios de sus ángulos cuando trató de mostrar a Abner la forma de pronunciar aquel nombre—. ¿Entiende usted, señor?

Abner intentó decirlo varias veces, haciendo reír a Frigillo todas ellas. Este se daba cuenta de que el burlado era él, porque Abner había sabido pronunciar el nombre correctamente desde hacía mucho tiempo, desde antes que se hallara ligado a una sociedad cazadora de ambulancias en New York. Hasta en sueños sabía como pronunciar y escribir el nombre ya mucho antes de que emprendiera su viaje al sur para restablecer su salud por recomendación de ciertas gentes.

—No importa la pronunciación, Frigillo. Lo que quería decir era... Bien, Frigillo, he de confesar que es usted un buen jugador. Creo que podría llegar a campeón si se tomara el trabajo de entrenar. Yo le llamo tirar a la forma en que usted lo ha hecho... No, lo que pensaba decirle era que los campesinos que trabajan en aquel rancho debían aprovechar la oportunidad de su vida. ¿Cuánto ganan ahora? Tal vez cincuenta centavos.

—No tanto. Los peones rara vez ven un centavo. Cuanto ganan va a parar a la tienda de sus amos, en donde compran todo lo que necesitan, porque es la única tienda en el mundo que les vende a crédito; consecuentemente siempre están en deuda con el patrón.

—Bien, bien, no quiero detalles ni conferencias sobre su economía nacional. ¿Qué me importa que ganen veinte o cincuenta centavos? Lo único que quiero decir es que bien podrían ganar cuatro o cinco pesos diarios en los campos petroleros en lugar de los cuantos centavos que ganan en el rancho. Si ellos insistieran en que su patrón vendiera la tierra, podrían mejorar sus condiciones de vida más allá de lo que pueden imaginar. ¿No le parece, Frigillo?

—Pérdoneme que le haga esta pregunta, ¿ha estado usted dormido todos estos días? Eso es exactamente lo que no he cesado de decirle desde que nos conocimos. Esto es, que todas esas gentes de Rosa Blanca podrían conseguir excelentes trabajos bien remunerados, si tuvieran la inteligencia necesaria para saber lo que les conviene. Me parece que son tan idiotas como su patrón. Bien, ¿qué otra cosa puede esperarse de indios como ellos? Todos debieran ser ahogados, eso opino yo y eso opinan todos los que tienen sentido común. Yo le aseguro, amigo, que estaríamos mejor si los yanquis vinieran y tomaran a su cargo todos nuestros revueltos asuntos para sacar de ellos algo realmente bueno. Porque nosotros nunca sabremos aprovechar lo que tenemos, somos demasiado tontos para hacer algo bueno de nuestro país. Por eso dejamos todo en manos de extranjeros: comercio, industria, en fin, todo.

—No, Frigillo; perdóneme pero ahora me toca a mí. Usted perdió y perdió bien. ¿Qué tomamos ahora? ¿Corona, Bohemia o un tequila? Bien. Tráeme lo mismo, muchacho. Gracias.

Abner untó cuidadosamente con tiza la punta de su taco. Luego dijo:

—¿Sabe, Frigillo, lo que pienso? Que todos esos abogados y agentes que trabajan aquí para las empresas norteamericanas nada saben de la forma en que hay que tratar a la gente cuando se desea inducirla a que venda o compre algo. Nunca han hecho estudios científicos acerca de las reacciones mentales de los clientes, como los han hecho nuestros agentes vendedores. Para nosotros éste es un asunto verdaderamente científico, es más, consideramos que es la única ciencia que rinde utilidades. Me parece que los agentes de aquí no se interesan ni tantito por averiguar si ese don Jacinto quiere vender su rancho o conservarlo eternamente. Ello obedece a que esos agentes ganan un sueldo fijo y gastos pagados, sean cuales fueren los resultados de sus gestiones.

—¿Qué me dice usted? Son la gente más perezosa que existe. ¿Pero qué se puede hacer? Es esa la forma en que nuestras gentes trabajan: "Mañana será otro día, ¿para qué trabajar ahora tanto?" Tal vez ello se deba al clima o a la raza. Yo creo ser diferente. Cuando necesito cien hombres los consigo y no descanso hasta completar el número.

Abner hizo un signo de asentimiento.

—Sé que es usted diferente, Frigillo. Por eso nos entendemos tan bien. ¿Sabe lo que me gustaría hacer?

—¿Cómo puedo saberlo, Mr. Abner? No tengo la facultad de leer el pensamiento... Creo que haré un tiro alto por la izquierda hacia el rincón derecho. ¿Se fijó? Ese sí que fué un buen tiro.

—Magnífico. Quisiera saber en dónde ha adquirido tanta destreza... No, lo que quiero decir es que me gustaría visitar ese lugar y probar qué puedo hacer para convencer a aquel tipo de que venda. No es que me interese sobremanera obtener la tierra. No, es, sencillamente, curiosidad por saber si yo tengo éxito en donde otros más eficientes y mejor preparados que yo han fracasado. Lo considero como una especie de juego, ¿sabe?

—Bueno, Mr. Abner, entonces ¿qué espera usted? Ya que tiene la idea, ¿por qué no la pone en práctica? Yo lo haría. No hay ningún peligro en intentarlo. Si fracasa, ello no será prueba de que es usted inepto. Ahora que si gana usted una partida perdida por tantos listos, podrá reírse de ellos a todo su sabor. Me gustaría verlo trabajar en ese asunto para ver como maneja usted las cosas. Ahora, le propongo que vayamos a aquel lugar, que veamos a don Jacinto y que lo engolosinemos un poco. Creo que en esa forma lograremos que haga por usted lo que nadie podría esperar de él. Nadie puede saber de lo que un indio engolosinado es capaz. Resultaría el episodio cómico del siglo si usted y yo, sin la menor intención de comprar la tierra, regresáramos a casa con la escritura en la bolsa.

—Me gustaría probar, Frigillo; honradamente, me gustaría intentarlo. El juego puede resultar divertidísimo si se maneja con inteligencia.

—¿Quiere usted que lo acompañe a la hacienda? —preguntó Frigillo, aunque sabía de antemano cuál sería la respuesta.

Abner le lanzó una intensa mirada.

—Creí habérselo dicho. Por supuesto que irá usted conmigo. Todos los gastos serán por mi cuenta. ¿En quién podría yo tener confianza para que me acompañara si no en usted?

—Gracias por su confianza, Mr. Abner.

—No hay por qué darlas. Usted sabe perfectamente que yo no podría hacer el viaje solo, con lo poco que sé acerca de las costumbres de las gentes de aquí.

—Haré todo lo posible porque el éxito del viaje sea completo.

—Eso es lo que quería oírle decir. Iremos los dos a ver el rancho y a hablar con ese don Jacinto, o no irá ninguno de los dos.

—Desde luego, sólo que... —el señor Frigillo vaciló un instante—. Sólo que hay un detalle que deseo poner en claro antes de iniciar nuestro viaje.

—Diga, ¿cuál es? —Abner esperaba que Frigillo le exigiera algo especial a cambio de su compañía, y estaba dispuesto a pagarle espléndidamente, sobre todo si tenían éxito. Pensaba en que le pediría tres mil pesos y estaba dispuesto a darle hasta seis mil.

—Quiero su promesa de encargarme de la contratación de todos los trabajadores nativos que la empresa necesite una vez que Rosa Blanca esté lista para su explotación.

Abner miró a Frigillo como si no comprendiera. Pero de pronto se percató de haber penetrado el sentido de la aparente modestia de Frigillo. Este era más listo de lo que él había creído. Con el contrato que pedía, especialmente manejado en la forma que emplearía Frigillo, obtendría una cantidad considerablemente mayor de lo que podía esperar que Abner le pagara en efectivo. "Tal vez tenga además otras razones para no citar una cantidad fija", dijo Abner para sí. "No comprendo como hacen sus cálculos estas gentes. Tal vez quiera asegurar primero el contrato y pedir después dinero. Bien, ya arreglaré las cosas a su debido tiempo."

—A nadie ha prometido usted todavía ese contrato, ¿o es que ya lo hizo usted? —preguntó Frigillo con voz insegura al ver vacilar a Abner antes de contestarle.

—Perfectamente —dijo Abner asintiendo—, concedido; el contrato será suyo, se lo prometo.

—¿No podríamos legalizar su promesa, Mr. Abner?

¿Se refiere usted a hacerla pos escrito?

Frigillo escrutó el semblante de Abner durante algunos instantes, al cabo de los cuales dijo:

—Tal vez tenga usted razón, Mr. Abner. Un papel escrito con tinta y guardado en el bolsillo puede resultar inconveniente para alguno de los dos. Así, pues, olvidemos este detalle. Confío en su palabra y al hacerlo confío también en la de las personas que lo respaldan. Bien sabe usted lo que quiero decir y no dudo comprenderá que no sería una prueba de gran habilidad que usted o la empresa que representa trataran de eludir esta promesa. Como usted verá yo me encuentro en mi propio país y me es fácil manejar las cosas en la forma que más me convenga, y ninguno de ustedes podría hacer absolutamente nada para contrarrestar los resultados. Le ruego que explique claramente esta idea a quienes pueda interesarles, a fin de que cada quien sepa el lugar que le corresponde.

—Comprendo perfectamente lo que quiere decir, Frigillo. Pero le aseguro que no habrá razón para que lo hagamos a un lado. Necesitaremos varios cientos de brazos, y poco nos importa quién los contrate siempre que se nos ofrezca lo que necesitamos. Además, la empresa a la que sirvo jamás ha sido ingrata con aquellos que han colaborado con ella eficientemente. Nuestra empresa siempre paga bien, no se preocupe.

Allá en mi tierra hemos aprendido una cosa, ella es que no conviene en ningún caso aceptar servicios gratuitos.

LIX

Frigillo no tenía prisa alguna por dejar el pueblo. Dijo a Abner que necesitaba hacer muchos preparativos para el viaje, así como elaborar algún plan para explicar su visita a Rosa Blanca sin despertar sospechas en don Jacinto, quien quizá hasta los echaría si trataran de permanecer en su rancho por más tiempo del que lógicamente puede permanecer un visitante ocasional.

Esa fué siempre la excusa dada por Frigillo cuando Abner sugería la conveniencia de partir. El caso era que Frigillo no hallaba buenas razones para partir tan pronto. Sabía que en cuanto Abner hiciera el viaje, dejaría de interesarle su amistad, dejaría la República y regresaría a su patria. En tanto que aquél lo necesitara podría exprimirlo ilimitadamente. Abner le dejaba ganar diariamente de diez a veinte pesos en efectivo, pagaba todas sus cuentas de hotel y restaurante y le obsequiaba con bebidas y diversiones, entre las que se contaba la compañía de algunas mujeres. Frigillo se habría considerado un asno si no hubiera sacado a aquel gringo idiota todo cuanto pudiera.

Así pues, en una semana no se movieron. Un día Frigillo dijo que su plan estaba maduro para ser ejecutado y que todo, incluídos los caballos y el guía, estaba listo para el viaje. Sugirió que se compraran regalos para don Jacinto, su mujer y otros miembros de su familia, así como obsequios de menor importancia para el mayordomo de la hacienda, cuya ayuda sería muy conveniente. Frigillo no habría hecho aquellos preparativos de no haberse percatado de que Abner había descubierto las razones que los retenían. Abner empezó a jugar al billar en la forma en que lo había jugado toda su vida. Explicó su repentina habilidad, diciendo que Frigillo le había enseñado los trucos que ponía en práctica y que estaba agradecidísimo por aquellas maravillosas lecciones. Frigillo no sólo había dejado de ganar veinte pesos diarios, sino que ahora se veía obligado a pagar. Al cabo de algunos días sospechó que Abner había sido siempre un gran jugador y que lo había dejado ganar intencionalmente. Obedeciendo a estas circunstancias, resultó más conveniente para Frigillo apresurar el viaje y sacar de él cuanto provecho le fuera posible.

Frigillo y don Jacinto se conocían de vista y se habían oído nombrar mutuamente, pero nunca habían trabado conocimiento ni tenido relación alguna. Frigillo había encontrado a don Jacinto dos o tres veces en el mercado de Tuxpan en donde se habían cruzado algunas palabras respecto a los precios y al estado de los caminos. Fuera de ello, Frigillo había estado dos o tres veces en la región para contratar trabajadores y hasta había contratado a algunos hombres de Rosa Blanca que encontrara en Tuxpan, y había declarado a sus amigos que el sitio más difícil para enganchar trabajadores era el rancho de don Jacinto.

Llegados a Rosa Blanca, se apresuró a presentar Abner a don Jacinto como su más querido amigo norteamericano, venido de San Francisco, California, y quien por haber oído hablar de la hermosa raza de caballos que se criaba en Rosa Blanca, venía con el propósito de comprar algunos de los mejores para aprovecharlos en viajes de inspección a los campos petroleros y en algunas exploraciones, y que podía estar seguro de que los animales recibirían excelente trato, porque bien sabido es que los norteamericanos tratan a sus animales como a seres humanos.

Don Jacinto miró directamente a los ojos de Abner. Abner contestó con una mirada franca y una amplia sonrisa. Don Jacinto pensó que aquel hombre le sería simpático. Su inocencia y la honestidad de su corazón y de su alma no le permitían comprender que aquella sonrisa y aquella abierta mirada con que había sido saludado habían sido cuidadosamente estudiadas durante largos años, y constituían la más valiosa herramienta de los presidentes de banco, vendedores, dependientes de casas de modas, agentes vendedores de carros nuevos y usados, dependientes de expendios de gasolina, políticos, truhanes, jugadores profesionales, policías en ayuda de ancianas para cruzar bocacalles de mucho tránsito, mujeres a caza de un nuevo marido, tinterillos, lecheros, estrellas de la radio y el cine en los momentos de posar para la prensa, Sinclair Lewis en los momentos de posar para ser presentado como el primer novelista norteamericano, Mr. F. D. R. prometiendo al pueblo norteamericano pollo asado todos los días y el retorno a los tiempos del licor abundante.

Don Jacinto volvió a mirar largo rato a Abner tratando de descubrir el significado de su amplia sonrisa y, al parecer satisfecho, le estrechó la mano. Luego dijo lentamente:

—Tengo buenos caballos, fuertes y saludables, nacidos y criados aquí, de raza india, ni altos ni pesados, pero fuertes, resistentes, tenaces y acostumbrados a recorrer grandes distancias a través de las cálidas planicies y de la fría sierra. Saben caminar igual por camino pantanoso que por lugares pedregosos, alimentándose casi sólo de verde, bebiendo apenas agua y resistiendo los más bruscos cambios de temperatura. Y a menos que se les dé demasiado maíz o que lo coman fuera de tiempo, jamás les dan cólicos. Cualquier otra raza de caballos no serviría para el trabajo de aquí, moriría en la estación seca y cálida y no podría recorrer ni media legua a través de la maleza durante el tiempo de lluvias. Ahora que no tienen una hermosa estampa, como la que buscaría un general para desfilar por las calles de la ciudad. No, bonita estampa no tienen. Son peludos y siempre parece que van despeinados, especialmente si se les mira desde el punto de vista de la generalidad de la gente. Pero son caballitos muy buenos y muy finos. Haré que Margarito vaya a la pradera y lace media docena para que usted los vea y pueda juzgar por sí mismo, señor.

Mr. Abner, apoyándose en uno de los pilares del pórtico, pensó que aquel indio no parecía tan estúpido como Mr. Collins lo había pintado y que, por el contrario, sabía bien cómo conducir una plática de negocios, tan hábilmente como podría hacerlo cualquier comisionista de los Estados Unidos. Y empezó a creer que no le sería tan fácil como en un principio creyera convencer a aquel hombre, pues no respondía precisamente al tipo que Frigillo le había pintado.

No obstante sus impresiones, Mr. Abner tenía que jugar sus cartas del principio hasta el fin. Vió a don Jacinto con mirar cansado y le dijo:

—Se ha hecho tarde, don Jacinto. El día está para terminar. A decir verdad hemos tenido un viaje muy pesado y yo no estoy acostumbrado a viajar de esta manera, especialmente en los trópicos. Reconozco que mi energía está completamente agotada por ahora. Si usted fuera tan amable, quiero decir, si no es abusar de su hospitalidad, le rogaría nos permitiera pasar aquí uno o dos días, a fin de examinar los caballos detenidamente y probarlos a mi gusto.

Abner sabía poco, sino es que nada, de caballos. Nunca había probado y comprado uno en su vida. Había llegado a la hacienda en un viejo caballo alquilado y no había tenido más trabajo que sentarse sobre una silla tan segura que no habría caído de ella aun cuando lo hubiera intentado. Además de ello, sólo era necesario que se dejara conducir por donde el animal quería o por donde el muchacho que los guiaba obligaba a ir.

Don Jacinto repuso sencillamente:

—Está usted en su casa, señor. La presencia de ustedes me honran y les doy la bienvenida. Estoy a sus órdenes.

Después se inclinó levemente y gritó hacia el patio:

—Miguelito, lleva las bestias de estos caballeros al río para que beban. No dejes que se metan en el agua hasta que se hayan enfríado. Más vale que hasta mañana no los lleves a bañar al río. Dales de beber hoy y después dales pastura y pon cuidado para que el garañón no los muerda o los patee. Antes de llevarlos a pastar mira si no tienen mataduras en el lomo, y examínales las pezuñas y las piernas. Al negro necesitas ponerle creolina en la matadura del cuello, pues me parece que ya tiene hasta gusanos. Anda, a trabajar.

—Voy volando, padrino.

—Ojalá.

Mientras don Jacinto daba aquellas órdenes a Miguelito, examinaba los caballos, les daba palmaditas en el lomo, los tomaba por la nariz e inspeccionaba sus dientes.

LX

Los dos visitantes penetraron en una amplia pieza que hacía las veces de sala de la casa.

Un indio trajo una jícara llena de agua fresca y clara y la ofreció a los visitantes junto con una toalla que llevaba sobre el brazo izquierdo y un trozo de jabón hecho en casa, para que se lavaran las manos. No les recomendaba que se lavaran en seguida la cara, porque aun la traían ardiendo por los rayos del sol y la humedad les ocasionaría lesiones en la piel y en los músculos.

Otro muchacho trajo sobre una charola dos vasos de agua para que los caballeros se enjuagaran la boca y la desembarazaran del polvo del camino.

El guía de los visitantes se había ido con Miguelito conduciendo los caballos al río.

Don Jacinto trajo una botella de mezcal y llenó tres vasos hasta dos dedos de altura. Cuando los caballeros terminaron su aseo, les ofreció un trago, brindando a su salud.

—Muy buen mezcal, don Jacinto —dijo Frigillo lamiéndose los labios y mirando con tristeza su copa vacía.

—Tiene que ser bueno —dijo don Jacinto con orgullo—. Sí, tiene que ser bueno, porque ha sido hecho en la hacienda para exclusivo consumo de la casa. Tomen otra, caballeros.

Frigillo sonrió y tendió la copa. Abner sonrió con lágrimas en los ojos y tendió también su copa diciendo:

—Tomo una más sólo para acostumbrarme, pero ¡por el diablo que es fuerte esta bebida!

—A la nochecita probarán el habanero que hacemos aquí, verán como es el mejor que han bebido. Los conocedores dicen que es mejor que el mejor y más viejo de los cubanos.

Los dos visitantes y don Jacinto se hallaban sentados en sendas mecedoras en el pórtico, esperando que la cena estuviera lista. Don Jacinto, para agradar a su huésped norteamericano, habló de lo que sabía acerca de los Estados Unidos.

—Tengo entendido, señor, que las gentes de su país son muy ricas y que todas ellas viven en casas tan altas que no es posible distinguir a un hombre cuando se asoma uno a la calle desde el último piso. Y dígame, ¿es verdad que los ferrocarriles y los automóviles atraviesan por debajo de los ríos y pueden cruzar por las azoteas de las casas? Yo creo que eso es una leyenda, ¿verdad?

—No es leyenda, don Jacinto, es la verdad —confirmó Abner, en tanto que Frigillo hacía un signo de asentimiento y agregó:

—Pero eso es poco, muy poco, don Jacinto. En San Francisco, donde Mr. Abner vive, usted podría ver cosas mejores, más grandes, más maravillosas.

Don Jacinto lanzó a ambos una mirada dubitativa.

—Como decía yo, don Jacinto, hay allá cosas maravillosas que ver. ¿Qué diría usted si le contara que en los hospitales americanos los doctores sacan fotografías del estómago de sus pacientes y de todo lo que tienen dentro, y si encuentran lo que buscaban abren al paciente de punta a punta, le hacen la operación necesaria, lo cosen como si nada le hubiera ocurrido y cuatro meses después esas gentes pueden volver a su trabajo en mejores condiciones que antes?

—Pues deben ser buenos médicos aquéllos si les es posible hacer semejante cosa —dijo don Jacinto—. Eso es, si pueden, sólo que no pueden y además no creo que puedan hacerlo nunca.

—¿Así es que no nos cree, don Jacinto? ¿Y qué me dice de esas cajitas de música que nos permiten escuchar la voz de gentes que hablan y cantan al otro extremo del océano, gentes que cantan en alguna catedral de España e Inglaterra y a quienes es posible escuchar desde la silla si usted lo desea?

—¡Vaya, vaya, señor Frigillo! —dijo don Jacinto riendo de buena gana—, eso que dice usted está muy bien para entretenernos mientras está lista la cena, pero no me crea usted tan inculto para no saber que esas cosas no son ciertas porque... bien, porque no pueden ser ciertas.

—Así es que no me cree... Bien, Mr. Abner... —dijo volviéndose a su amigo—. Bien, dígale a don Jacinto si miento o digo la verdad.

—Exacto, don Jacinto; mi amigo, el señor Frigillo, tiene razón. Realmente tenemos unas cajitas por medio de las cuales podemos escuchar música y voces originadas en cualquier parte del mundo. Esto en mi país no nos llama la atención, porque ya en cada casa hay una o dos de esas cajitas. Desde luego, comprendo perfectamente, don Jacinto, que usted no dé crédito a estas cosas. Si usted no ha llegado a ver ni un teléfono, es imposible que crea en la existencia de cosas como la radio, la televisión, las películas parlantes, los ferrocarriles subterráneos y los grandes aviones. Lo mismo ocurriría si a alguna persona que jamás ha visto el sol se le hablara de él pretendiendo que creyera en su existencia.

—Eso es enteramente diferente, señor; perdóneme, pero todos saben que el sol existe, pues de no ser así no habría vida en la tierra, —don Jacinto se detuvo como si una idea repentina interrumpiera el hilo de sus pensamientos y agregó—:

Bien, muy bien, admito que debe haber muchas cosas en el mundo que me son desconocidas y que existen no obstante mi ignorancia de ellas. Nunca he visto a nuestro gran Dios en persona y, sin embargo, sé que existe para vigilarnos y guiarnos... Bueno, creo que la cena debe estar ya lista, caballeros.

Cenaron pollo en mole poblano, y frijoles fritos con chile verde y tortillas. Abner lloraba con la cara enrojecida, como si hubiera perdido un mes de salario jugando al poker.

—Ya se acostumbrará usted a los platillos indígenas —dijo don Jacinto tratando de consolarlo y riendo a carcajadas—. Le bastará vivir por algún tiempo en ranchos y haciendas de nuestro país, en donde no podrá comer más que de ellos y llegarán a gustarle más que los de su país. He oído decir que todo lo sacan de latas preparadas en fábricas. ¿Es verdad?

—Hasta cierto punto, sí. Miles de familias hay que raras veces comen algo guisado en casa —explicó Abner.

—Eso me gustaría, estoy seguro —dijo don Jacinto mojando un extremo de su taco en la espesa salsa de mole.

Abner miró a don Jacinto y a Frigillo, que gozaban profundamente de sus platillos sin dar ni la más leve muestra de que el chile afectara su lengua o su garganta.

—¡Maldita sea! —dijo riendo—. La forma en que ustedes saborean su comida me hace pensar que he olvidado lo que es un buen plato. Esto que ustedes tragan como si fuera azúcar quema de una manera espantosa, pero el pollo está muy bueno, don Jacinto, y la salsa debe estarlo también, sólo que yo no puedo con ella.

Como al parecer ya no había ningún tema de importancia que discutir, volvieron a hablar de las maravillas de los Estados Unidos. Mr. Abner recordó que en su maleta tenía algunas revistas ilustradas de importancia. La pidió, la abrió allí sobre la mesa, sacó las revistas y las mostró a don Jacinto.

Viendo las ilustraciones, pensó que sus huéspedes tal vez habían dicho la verdad. Vió fotografías de edificios altísimos en las calles de las grandes ciudades norteamericanas. Vió aeroplanos gigantescos en el momento de ser tomados por sus pasajeros, y ya eñ pleno vuelo por el espacio. También vió una ilustración en que aparecía toda una familia sentada alrededor de una caja de música, notándose, por la expresión de su semblante que gustaban enormemente de lo que escuchaban a través de la radio. La fotografía ilustraba el anuncio de una nueva marca de receptores. ¡Lástima que aquella fotografía no mostraba a algún oyente enloquecido por el barullo que brotaba de su aparato, en trance de hacer pedazos toda la costosa instalación!

Don Jacinto vió medio ciento más de ilustraciones que confirmaban el dicho de sus huéspedes acerca de las maravillas y grandezas de su país. Así, pues, lentamente fué creyendo en lo que el señor Frigillo le dijera antes de la cena, esto es, que los médicos americanos eran tan hábiles que podían abrir la cabeza de un enfermo, operar dentro de ella, lavarla, limpiarla y colocar dentro un nuevo cerebro arrancado en un hospital a un moribundo a causa de un accidente automovilístico; después volver a cerrar cosiendo la herida y dejar al hombre bien, capaz de hablar y de pensar mejor que cuando sufría de dolores de cabeza que le impedían trabajar eficientemente.

—Ahí tiene usted, don Jacinto, el aspecto que presenta exterior e interiormente un hospital americano. Aquí puede usted ver la sala de operaciones, y aquí los doctores operando, enmascarados para protegerse de la sangre que puede brotar de las heridas de sus pacientes cuando éstos son abiertos de punta a punta.

La ilustración mostrada a don Jacinto era reproducción de una conocida pintura considerada como barata por la gente culta.

—Ahora supongamos, y ojalá no ocurra —continuó diciendo Frigillo—, que usted o su señora o cualquiera de su familia enferman gravemente; entonces bastaría que fueran a los

Estados Unidos y consultaran a uno de aquellos grandes médicos, que los aliviaría en seguida.

—Yo y todos los qıe me rodean nos sentimos perfectamente. Mi mujer tiene algunos achaques, pero eso ocurre siempre con las señoras que tienen muchos hijos; pero ya se compondrá. Lo cierto es que cumple con sus deberes como siempre, ayudada por varias mujeres en la cocina. Así, pues, no veo razón para consultar a un doctor.

—No se limite a pensar en los doctores, don Jacinto —comenzó a decir lentamente Frigillo, preparando a su víctima para el golpe que iban a administrarle—. No son sólo los doctores, son los trenes y automóviles que corren por las azoteas de casas habitadas lo que debe usted ver, aun cuando sólo sea para cerciorarse de que no le he mentido acerca de las maravillas de mi país.

—Pero, señor, ¿para qué he de verlas y admirarlas? No hay razón para ello. Dice usted que esas cosas existen. Pues bien, que ellas sigan existiendo y haciendo feliz a la gente, si la gente no puede ser feliz de otro modo y se siente solitaria cuando no escucha la voz de los niños que cantan en alguna catedral al otro extremo del mundo. Por mí la cosa está bien. Yo soy feliz y no necesito de ninguna de esas maravillas, como usted las llama... Bueno, bebamos otra copa. ¡Salud, caballeros!

Aquella comida, que para don Jacinto era cena, había terminado, y los tres hombres volvieron a sentarse en el pórtico para fumar, conversar y beber de vez en cuando una copa ya de mezcal, ya de habanero.

En el centro del patio se encendió la hoguera que solía prenderse todas las noches y que iluminaba un gran espacio, dejando en una semioscuridad a los hombres que se hallaban en el pórtico. Cerca de la puerta que conducía del pórtico al interior de la casa, había colgada una lamparita de petróleo cuya luz destacaba el marco verde de la puerta en medio de la oscuridad del pórtico.

Media docena de hombres de la hacienda se encontraban sentados en el patio o apoyados en los pilares y hablaban entre sí en voz baja, mientras escuchaban la conversación de los huéspedes. De vez en cuando se alejaba alguno de los hombres, pero era reemplazado en seguida por otro que se aproximaba. Algunos se sentaban cerca de la hoguera.

El bosque y la pradera cantaban, crujían y silbaban. Un grito agudo o un sollozo lastimero en el bosque, recordaban de vez en cuando a los humanos que la vida y la muerte, se mantienen en constante oposición en el bosque como en todas partes.

Una vaca muge, un caballo relincha, algunos burros rebuznan y se escucha la triste respuesta de otros. En uno de los jacales, a través de cuyo techo se ve brillar un rayito de luz, ladra un perro y es apaciguado por un hombre que habla en voz baja. Otros perros contestan en la lejanía y pronto el espacio se llena de estrepitosos ladridos. Un gato maúlla lastimeramente, implorando una miguita de verdadero amor. Alrededor de las cercas primitivas de los jacales se agitan algunas sombras. Se escuchan risitas reprimidas de algunas muchachas y recias carcajadas de jóvenes que se encuentran en algún sitio entre la maleza. El parloteo de las mujeres en la cocina situada en el patio posterior, indica el incesante trabajo casero. De vez en cuando, la voz pausada y sonora de doña Conchita se eleva sobre la de las otras mujeres. Con frecuencia ella ríe de corazón. Se sienta en el centro de la inmensa cocina, fuma un cigarrillo negro, se balancea en su mecedora, dándose impulso con la punta de los pies y vigila a las muchachas. Después ríe y bromea. El niño de una de las cocineras rompe a llorar amargamente, y mientras todas callan para saber qué le ocurre, doña Conchita dice:

—Y tienen el valor de tener hijos. ¡Por Dios! Estás matando a esa criaturita. Dámela. Pobrecita, pobrecita cosita. ¡Qué Dios perdone mis pecados! Miren como está envuelto el inocente. Esta apretura te habría matado, chiquitito mío. Ya, ya, sólo un momentito y estarás bien. ¡Qué madre, que estrangula a su nenito! Así, ahora dormirás y soñarás con los angelitos—. El niño cesa de llorar en el momento mismo en que doña Conchita lo toma. Cuando termina de arreglarlo, le echa en la carita una bocanada de humo para ahuyentar a los moscos y a las moscas.

Los cerdos gruñen, chillan y pelean entre sí, al parecer por algo que uno de ellos ha encontrado y que pretenden arrebatarle.

LXI

A la mañana siguiente, después del desayuno, don Jacinto llevó a sus huéspedes a la pradera. Cualquiera de los caballos que Abner deseaba examinar de cerca era lazado por el vaquero, quien lo conducía hasta él.

Obedeciendo las indicaciones de Frigillo, Abner alababa a los animales como si se tratara de los mejores del mundo, aun cuando sólo fueran, como don Jacinto les había dicho, caballos corrientes, sólo que mejor tratados y alimentados que el resto de los que se crían en la República.

Al ver lo mucho que se estimaba a sus caballos, don Jacinto, muy orgulloso de cuanto se criaba en Rosa Blanca, se sentía complacido, naturalmente. Habría dejado de ser humano y amante verdadero de los caballos si no se hubiera mostrado encantado ante tanta estimación puesta de manifiesto por un extranjero que sin duda había visto muchos buenos caballos en su país. Aun cuando el extranjero no conociera mucho de caballos, según don Jacinto se había percatado la noche anterior, y más aún aquella mañana, no obstante, juzgaba y estimaba la belleza y fuerza particular, la gracia natural y la suavidad de paso de aquellos animales entendidos e inteligentes. Tanto complacieron a don Jacinto los elogios de Abner que le regaló los seis caballos que éste había elegido.

Explicó aquel gesto generoso diciendo:

—¿Cómo podría yo tomar dinero de usted a cambio de estos caballos, si usted los aprecia tanto y los considera acreedores a su admiración? Me dolería cambiar animales tan admirados por dinero. En tales circunstancias me es imposible venderlos, porque no podría fijar precio que justificara la gran estimación en que se les tiene.

Don Jacinto acarició a cada uno de los caballos que habrían de ser enviados aquella misma tarde a Tuxpan, donde serían puestos a disposición de Mr. Abner. Los acarició y les habló como si fueran humanos capaces de comprender sus palabras y sus sentimientos.

Frigillo picó a Abner en las costillas para recordarle su papel. Ambos, Abner y Frigillo, habían ensayado la comedia que en aquellos momentos representaban, y que planeaban la noche anterior al encontrarse solos en la habitación que les fué ofrecida en Rosa Blanca.

Abner recordó su época de cazador de ambulancias, cuando tenía que presentar casos falsos ante jurados escépticos poseedores de automóviles, ante jueces experimentados, y ante abogados de compañías de seguros que solían reír sardónicamente. También recordó los trucos que empleaban para lograr del jurado una decisión favorable para sus clientes.

Con voz temblorosa y lágrimas en los ojos dijo:

—Don Jacinto, mi querido don Jacinto, el honor que hace usted a mi humilde persona al hacerme tan inesperado y liberal obsequio, este honor, y que Dios sea mi testigo, me es imposible aceptarlo. —Su lloriqueo fué tal en aquel momento que tuvo que hacer un esfuerzo para tomar aliento. Fingiendo sobreponerse con visible dificultad, continuó—: No, mi querido don Jacinto, no puedo aceptar semejante regalo. Hasta el sultán de Marruecos, si quisiera hacer un obsequio al presidente de Francia, le daría solamente un caballo, en tanto que usted, mi querido don Jacinto, insiste en darme con un gran gesto de desprendimiento, seis caballos de los más finos y nobles que posee.

El indio, impresionado por el lloriqueo del norteamericano, estaba también a punto de llorar. Ignorante de toda farsa, repuso:

—Por favor, Mr. Abner, por favor, no me hiera rechazando el regalo no mío, sino de Rosa Blanca, que desea la aceptación de usted como recuerdo de la grata visita que nos ha hecho. Me sentiría profundamente humillado si no aceptara usted lo que se le ofrece con la misma cordialidad y amplio espíritu que nos ha animado a hacerle el obsequio. Por ningún motivo me quedaré ya con los caballos y en seguida enviaré los animales a Tuxpan. Usted y el señor Frigillo pueden, desde luego, permanecer entre nosotros tanto tiempo como quieran. Si mando los caballos por anticipado es con el objeto de que regresen ustedes tranquilamente. Una recua suele causar en ocasiones muchísimas molestias cuando se le lleva por camino desconocido y después de haber vagado durante meses por la libre pradera.

Don Jacinto había caído en la trampa. Ahora sólo era necesario que la puerta de la trampa se cerrara y no le dejara escapatoria. La trampa había sido concebida tan ingeniosamente que, a pesar del aparente hermetismo de Frigillo, había que admitir que sabía bien cómo enredar de la manera más diabólica a sus compatriotas. Sólo un nativo del país podía haber concebido una trampa como la que Frigillo había tendido para atrapar a un humano, especialmente a un precavido indígena.

En realidad, don Jacinto no había dado sus caballos sencillamente sin recibir en cambio pago alguno. La cosa no era así y cualquier latinoamericano o indio lo habría comprendido. Don Jacinto era hombre de negocios experimentado a su manera, aun cuando tal vez no muy listo. Hubiera sido contra todas las reglas del comercio, aun concebido éste por un ranchero indígena, el hecho de dar seis caballos sin esperar compensación alguna. Si la intención hubiera sido esa, su propia familia le habría considerado loco.

Seguía estrictamente la costumbre y tradición de su país y de su raza. La apreciación excesiva de sus caballos lo había imposibilitado para fijarles un valor justo. Habría podido fijar un precio demasiado bajo, es decir, más bajo de lo que Mr. Abner había esperado. En ese caso, su honorable huésped se habría considerado tonto al admirar caballos que era posible obtener a tan bajo precio. Por otro lado si don Jacinto hubiera dado un precio que justificara los exagerados elogios de Mr. Abner, éste podía haberse encontrado en el caso de no tener dinero suficiente para pagar los animales que tanto había admirado, y don Jacinto se habría sentido muy incómodo al colocar a su huésped en situación tan embarazosa. Desde luego quedaba una salida a don Jacinto y ésta era pedir a Abner que fijara el precio. Esto, sin embargo, no habría resuelto el problema, ya que Abner ignoraba el precio que se pagaba en la República por caballos como esos. Atendiendo a esas razones, don Jacinto optó por regalar los caballos, y regalarlos con la convicción de que en cambio recibiría un regalo del americano que equivaldría al valor de los caballos.

Abner habría dicho lo que iba a dar a cambio del regalo de haber olvidado que no era aquel el momento oportuno para mencionarlo, en cuyo caso Frigillo le habría recordado nuevamente su papel, picándole las costillas.

Frigillo tosió para dar tiempo a Abner de que recordara las primeras líneas de la parte del discurso preconcebido que le correspondía en aquellos momentos.

—Mi querido don Jacinto, me honra usted tanto que mi humilde persona, no habituada a que se le brinde una hospitalidad tan amplia y cordial, sólo puede inclinarse con admiración ante esta generosidad increíble bajo el cielo. En estas circunstancias lo único que puedo hacer es aceptar y agradecer su liberalidad. Sí, don Jacinto, tomaré los caballos, pero no para venderlos como era mi intención. Los tomaré para guardarlos conmigo para siempre, ellos contarán entre las cosas que más estimo. Adornarán mi rancho en California, en donde serán tratados como ni usted mismo podría hacerlo. Mil, mil gracias don Jacinto, querido amigo.

Se aproximó a don Jacinto y lo abrazó dos veces, a la manera latinoamericana, y de acuerdo con lo ensayado con Frigillo la noche anterior.

Por parte del indio se sellaba un pacto de amistad que duraría no sólo toda la vida de Abner, sino que alcanzaría hasta sus descendientes.

Mientras Abner abrazaba a don Jacinto, primero apoyándose en el hombo izquierdo y luego en el derecho, su único pensamiento fué si tendría que besarle sólo una mejilla, las dos o ninguna. Recordaba haber visto hacerlo en las películas a algunos hombres a quienes se suponía franceses. Lanzó una mirada a Frigillo pidiéndole consejo a señas. Frigillo, con expresión de horror movió la cabeza negativamente.

Esta ceremonia, tomada seriamente por don Jacinto y representada por Abner, preparó el terreno para la escena siguiente, la que, aunque ensayada de antemano, debía parecer espontánea.

Abner, después de pasear de un lado para otro, en apariencia sumido en profundas reflexiones, se detuvo repentinamente ante Jacinto.

—No me es posible explicarle lo difícil que me resulta acertar con el regalo adecuado para demostrarle mi estimación y lo que su amistad y hospitalidad significan para mí. Cuando abandone su casa me iré con el corazón rebosante de gratitud hacia usted y hacia Rosa Blanca, hacia este sitio que he llegado a querer como a ningún otro en la tierra. Registrando en mi mente para encontrar algo digno de corresponder su hospitalidad y su generosidad, he llegado a la conclusión de que mi satisfacción no tendría límites si usted aceptara ser durante una o dos semanas huésped de mi país y mío, en mi hermoso y romántico rancho de California. Deme, querido don Jacinto, la ambicionada oportunidad de tenerlo como huésped y de permitirme mostrarle todas las maravillas, todas las grandezas de mi país de que hablábamos la otra noche y sobre la existencia de las cuales dudó usted. Dos semanas solamente. Bien, si no pueden ser dos, que sea una. Si es menos de una semana, siento mucho decirle que me llevaré solamente un caballo en lugar de los seis que con su ilimitada bondad y amabilidad me ha ofrecido.

En ese punto Abner se detuvo, como solía hacerlo cuando pronunciaba un largo discurso ante los jueces a fin de que éstos tuvieran tiempo de asimilarlo.

Don Jacinto escrutó el semblante de Abner como tratando de encontrar el significado oculto de aquel discurso que le pareció demasiado largo para ser honesto, y por la fracción de un segundo estuvo a punto de vislumbrar la celada que se le preparaba. No obstante, la trampa estaba tan bien preparada que le era imposible descubrirla a él, hombre honesto y primitivo, en el instante que dedicó a tratar de descubrirla. En seguida se sintió avergonzado de haber tenido aquel pensamiento malicioso. Abner continuó diciendo:

—Lo mejor, lo más grande y de lo que no he hablado aún es algo que por ningún motivo debe usted dejar de ver si nuestra amistad significa algo para usted. Me refiero a mi ocupación, al trabajo a que dedico mi vida, esto es, a la cría de mulas. Yo no crío de la raza pequeña que ustedes tienen por acá y a las que tal vez usted aprecie mucho, ya que no conoce otras. Yo crío de la raza gigante, de la que usa nuestro ejército para transportar cañones ligeros por las regiones montañosas. Era raza de mulas es más alta que la generalidad de los caballos y tres veces más fuerte y resistente.

"Allí se dará usted cuenta de cómo se lleva a cabo la cría científica en gran escala. Yo creo que ésta sola será razón suficiente, si es que otras maravillas no le atraen, para que acepte mi invitación con la misma rapidez con la que yo acepté su generoso obsequio.

—He visto fotografías de esas grandes mulas —admitió don Jacinto—, pero nunca creía en la autenticidad de ellas, de las fotografías, quiero decir, hasta que vi algunas iguales de nuestra artillería ligera en la que se emplea la misma clase de animales, aun cuando ligeramente más pequeñas. Recorté las fotografías de algunos periódicos y las tengo colgadas en las paredes del comedor. La verdad es, señor Abner, que nada me gustaría tanto como criar mulas de esa raza. Sería una gran alegría ver nacer animales semejantes en Rosa Blanca.

—Eso es lo que yo pensé, don Jacinto, y es más o menos mi propósito principal al invitarlo para que visite mi rancho. Hubiera querido sorprenderlo pero no pude resistir al deseo de hablarle de mis mulas colosales. Y eso no es todo, don Jacinto, para corresponder al obsequio que me ha hecho de sus finos caballos, le daré tres garañones y un burro especialmente seleccionados para la cría. Yo le procuraré todas las facilidades para que pase la frontera con los animales. ¿Sabe? Podrá viajar, si así lo desea en el mismo carro de carga, para que pueda vigilarlos personalmente. Bien ¿qué le parece, don Jacinto?

Don Jacinto no podía saber y no hubiera sospechado jamás que Abner y Frigillo habían concebido la forma de llevarlo a California justamente al ver la cantidad de footgrafías de mulas que había en el comedor y de las que don Jacinto acababa de hablar. Como las fotografías estaban colgadas en forma tal que don Jacinto pudiera verlas desde su asiento cada vez que se sentaba a comer, Abner comprendió inmediatamente cuál de todas las cosas en el mundo era la que más le gustaba a don Jacinto.

Atado por los lazos de su pacto de amistad, de sus constumbres, de las tradiciones de su pueblo y de su país, no atendiendo a razonamientos, sino exclusivamente a los dictados de su corazón, que no le permitía herir los sentimientos de su amigo, don Jacinto hizo a un lado todas las sospechas que pudiera haber abrigado sobre la invitación de Abner. El nunca se había encontrado con un tinterillo nato, abogado defensor de truhanes y de bandidos. Como él era honesto, decente y franco con todo el mundo, nunca creyó posible maldad semejante a la que se empleaba con él. Sabía que algunos traficantes de ganado y otros solían engañar de vez en cuando. Pero sus engaños eran patentes y se habían sumado a su negocio en tal forma, que él a menudo extrañaba algo en los tratos que hacía cuando algún traficante decía la verdad acerca de los precios.

Tres días más tarde, don Jacinto se hallaba en camino, acompañado de Abner y de Frigillo.

Después de cruzar la laguna y de viajar en un camión destartalado, llegaron a la estación del ferrocarril para enterarse sólo de que no habría tren hasta la mañana siguiente.

Se alojaron en un hotelito y después salieron de compras. Abner pidió a don Jacinto que aceptara su primer regalo consistente en algunas ropas. Dijo que esas ropas le servirían mejor para viajar y especialmente para cruzar la frontera, porque sus trajes típicos llamarían poderosamente la atención sobre él, lo que lo llevaría a sentirse muy incómodo. Don Jacinto al no ver a ningún nativo transitar las calles vestido como él y al percatarse de que las gentes lo miraban extrañadas y algunos sonreían, atendió la sugestión de Abner y se vistió como la generalidad. Al aceptar aquellas ropas había cerrado un trato al que en adelante tendría que respetar. Y aquel trato era parte de la entrega total que hacía a Abner de su persona y significaba también que se encontraba prácticamente bajo la orden incontrarrestable de visitar el rancho, de seleccionar los garañones y el burro que le habían ofrecido, y de regresar con ellos a su hacienda. Ahora tenía que partir con Abner como obligado por la firma de un contrato. Por el concepto que tenía de la vida, estaba atado a las costumbres que obedecía. Era esclavo de las tradiciones a las que no podía escapar.

A la mañana siguiente los tres hombres se hallaban en la estación, donde Abner había comprado dos boletos de primera clase y una sección del carro dormitorio. Abner condujo a don Jacinto a su asiento, y después de acomodarlo lo dejó, con el pretexto de haber olvidado enviar un mensaje urgente y le rogó que permaneciera en su asiento hasta que él regresara. Faltaban veinte minutos aun para que el tren saliera.

Abner podía ya despedir tranquilamente a Frigillo. El trabajo del mestizo había terminado en Tuxpan; sin embargo, Abner había considerado prudente llevarlo consigo hasta que ambos, Abner y don Jacinto, abordaran el tren que había de llevarlos a San Antonio, en donde transbordarían.

Abner estaba listo para despedir a Frigillo que esperaba la partida del tren parado en la plataforma.

Saliendo del tren, Abner se aproximó a Frigillo y le dijo:

—Bueno, Frigillo, me voy. Le prometí a usted cien dólares si lográbamos que el hombre partiera conmigo.

—Sí, Mr. Abner, eso es lo que usted dijo —contestó Frigillo secamente.

—Le daré doscientos por haber venido hasta aquí, cosa que no estaba en el programa; usted tendrá que hacer algunos gastos extra para regresar a Tuxpan.

Abner sacó cuatro billetes de cincuenta dólares y se los tendió a Frigillo, quien se percató de que tenía dos más en la otra mano e hizo movimiento de quitárselos sin tirar de ellos en realidad.

Sonriendo dijo:

—Oiga amigo, ¿no podrían ser trescientos? Suena mejor ¿sabe? y los tomaré con la certeza de que a usted le producirán diez o quizás más veces.

Abner sonrió forzadamente cuando contestó:

—Bien, Frigillo, viejo amigo, pensé que estaría satisfecho con lo que ha logrado desde el día que nos conocimos. Con estos dos me quedo para los gastos de viaje, porque ahora somos dos y necesitamos comer durante los cinco días de camino. Pero no quiero que me tome por tacaño; así, pues, tómelos y cómprese un aeroplano.

—Tal vez me convenga comprar uno de los burdeles en donde hemos estado gozando tanto en Tuxpan. Con tantos petroleros norteamericanos como hay por allá, ese es el mejor negocio. Un burdel o un hotel, en final de cuentas la cosa es igual.

—¿Propietario de un burdel? Creo que nadie mejor que usted para negocio semejante— dijo Abner sonriendo maliciosamente.

—Con todo, es cien veces más honorable y decente que el negocio a que usted se dedica, amigo.

—Dejemos el asunto, Frigillo; me fastidia y usted sabe, además, que no trabajo por cuenta propia. Cuanto hago es obedecer órdenes.

—Usted puede mirar las cosas en forma distinta, pero los resultados son los mismos. Bien, Mr. Abner, en cualquier forma, muchas gracias. Siento que se vaya tan pronto.

Abner sonrió.

—No lo dudo, Frigillo. Estoy convencido de que le asisten las mejores razones para sentirlo, porque no encontrará en el resto de su vida otro tonto como yo.

—¿Tonto usted, Mr. Abner? —dijo Frigillo sonriendo a su vez—. ¿Tonto usted? Quisiera saber quien de los dos es el tonto. Si me lo pregunta le diré que he sido yo el verdadero tonto. Bien, olvídelo, Mr. Abner. Un trato es un trato y yo sé cumplir tan honestamente o más que usted, ¿sabe? Mi madre no era gringa, por esa razón hay en mí una buena dosis de honradez. Ahora que si mis padres hubieran sido gringos los dos, la cosa sería diferente. Adiós, feliz y fructuoso viaje.

Se volvió y partió antes de que el tren recibiera la última señal de marchar.

Abner subió al tren y encontró a don Jacinto en el sitio en que lo había dejado. Lo llevó al fumador e hizo que se familiarizara con él y con los pequeños departamentos adjuntos. Después le explicó cierto mecanismo por medio del cual era posible convertir los asientos en una especie de alcoba. A don Jacinto le sorprendían especialmente las comodidades del dormitorio. Su sorpresa aumentó cuando desayunaron en el carro comedor. Abner había tomado una sección del dormitorio no sólo para comodidad suya y de su invitado, sino para impresionar a don Jacinto con las primeras manifestaciones de las maravillas que veía en los Estados Unidos. Como don Jacinto jamás había visto un tren en su vida, lo admiraba, naturalmente, por su velocidad, la suavidad con que se deslizaba, las comodidades que ofrecían su carro comedor y su carro dormitorio, como la cosa más notable que podían haber hecho los norteamericanos. Como entre las maravillas de que le habían hablado el norteamericano y el mestizo, no habían mencionado el ferrocarril con sus carros dormitorios y sus carros comedores, por haber considerado que no valía la pena hablar de ellos, lentamente empezó a creer que, después de todo, cuanto aquéllos le habían dicho sobre las maravillas de los Estados Unidos podían ser hechos positivos y no historias encaminadas a entretenerlo y a sacarlo de su casa.

En la noche, cuando se encontró en la cama baja de la sección, que le había sido cedida por Abner para que le fuera más fácil acostumbrarse a dormir abordo de un tren, don Jacinto había olvidado todas las dudas y sospechas que le acecharan en los últimos días. Si aquel tren, aquel dormitorio y aquel comedor existían. Todo lo demás, incluyendo el rancho de Mr. Abner y su raza de mulas gigantes, debían existir sin duda alguna. Antes de ser adormecido por el ritmo de las ruedas, que le parecía semejante al ritmo del cantar de la selva, se sintió no sólo absolutamente seguro, sino agradecido a Mr. Abner por haberle dado la gran oportunidad de ver y experimentar todas esas cosas extrañas que jamás había creído posibles en la tierra, y las que nunca habría visto con sus propios ojos de no haberlo invitado aquel hombre.

No sabía como comunicarse con Abner a aquellas horas, pero si hubiera podido hacerlo le habría pedido perdón por haber sospechado de las intenciones que abrigaba al invitarlo.

Mientras más se alejaba de Rosa Blanca y de su patria, más se alejaban de su mente las imágenes de ambas. De vez en cuando cruzaba por su cerebro la idea de que tal vez no sería tan malo vivir en los Estados Unidos y gozar de aquellas cosas maravillosas y de todas aquellas increíbles comodidades. Se percató de que había sido necesario que llegara a viejo para verlas por primera vez y se repitió varias veces al día: "Si hubiera muerto antes de conocer todo esto, habría perdido la ocasión de saber cómo es la civilización.

LXII

Llegados a San Francisco, Abner alquiló toda una casa amueblada. Su apariencia y su situación le parecieron inmejorables para la consecución efectiva de sus planes. Cuando instaló en ella a don Jacinto, le hizo creer que la casa era de su propiedad.

Al día siguiente se presentó en las oficinas de la Condor y fué recibido inmediatamente por Mr. Collins.

En sus informes regulares no decía mucho acerca del desarrollo de sus gestiones. De vez en cuando enviaba un telegrama en el que decía que tropezaba con dificultades increíbles. En su último cable hablaba, por fin, de haber encontrado la forma de lograr su propósito, pero sin mencionar, sin embargo, el momento en que don Jacinto había caído en la trampa, ni el momento en que se ponía en camino de San Francisco llevando consigo a su presa.

Cuando se enteró de que don Jacinto estaba en San Francisco habitando una casa particular, Mr. Collins sintió deseos de saltar, de abrazar a Abner, de llamarlo gran hombre y de ofrecerle el puesto de décimo vicepresidente. Pero se contuvo oportunamente y después se felicitó de haberse mostrado sorprendido solamente, diciendo en voz baja y en un tono como si siempre hubiera estado seguro de que las cosas resultarían en aquella forma:

—Buen trabajo, Abner, buen trabajo. Tal vez podamos aumentar su comisión si contamos con usted hasta la total consecución de nuestros planes. Si logra usted convencer a ese hombre de que lo que hacemos es en beneficio suyo, aumentaríamos su comisión hasta setenta y cinco mil dólares en lugar de cincuenta mil. Desde luego, queda entendido de que nadie le pedirá cuentas detalladas de los gastos que haya hecho. Consideraremos los veinte mil dólares que le entregamos como totalmente comprobados.

—Gracias, Mr. Collins.

—Eso es todo por el momento, Abner. Ahora tengo qué concentrarme y ver qué es lo que hay que hacer después. Cualquier consejo suyo será estimado. Buenas tardes.

Abner llevó a don Jacinto a que conociera la ciudad. Atravesaron la bahía en pesadas barcazas para dirigirse a todos los pueblos que se hallan frente a San Francisco; tomaron un bote especial que los condujo al Golden Gate; fueron al parque, al cine, a las comedias musicales, a los espectáculos cómicos. Visitaron China Town y don Jacinto experimentó un placer casi infantil mirando cómo los tranvías subían y bajaban por las colinas con tanta facilidad y suavidad como si algún gigante los condujera. Escuchó la radio con la boca abierta, y se asustó tanto que habría corrido si Abner no le hubiera explicado con la mayor sencillez posible su funcionamiento.

Durante toda una semana se dedicaron a recorrer la ciudad. Abner mostraba a su huésped la más amable atención y cuidaba de que nada faltara a su comodidad y regocijo. Estas atenciones, los paseos y la inagotable paciencia de Abner para contestar inmediatamente a todas las preguntas de su visitante, sin importar lo simples que ellas pudieran ser, estrechaban más y más los lazos de unión entre Abner y don Jacinto, quien creía ya seriamente en una verdadera y desinteresada amistad de parte del primero. Como Abner no mencionó jamás a Rosa Blanca, don Jacinto llegó a confiar en él infinitamente y quedó plenamente convencido de que lo había llevado allí con el único objeto de corresponder al regalo de los seis caballos; pero ocurrió que un día, paseando perezosamente por las calles, llegaron al edificio en el que tenía sus oficinas la Condor.

Mr. Abner invitó a su huésped a ver, como parte del programa de aquel día, una gran oficina americana y a examinarla en su funcionamiento interno para que pudiera percatarse de la eficiencia con que se trabajaba, y admirar los cerebros humanos escondidos en máquinas contadoras y calculadoras, en dictáfonos y en toda esa serie de aparatos y mecanismos de los que ninguna oficina moderna puede prescindir sin exponerse a ser considerada mezquina y anticuada, aun cuando la mayor parte de los aparatos resulten útiles solamente para las gentes que los inventaron y construyeron.

Don Jacinto no comprendía ni mucho ni poco de las muchas cosas que veía allí y que sólo lograban confundir su mente, ya que no alcanzaba ni su significado ni su efectividad para ahorrar trabajo, tiempo y dinero.

Ya no se encontraba en las oficinas generales cuando fué puesto en contacto con el caballero elegido por Mr. Collins para hacer entrar en razón al indio.

Hasta aquel día, hasta aquel preciso momento, don Jacinto había vivido en San Francisco como en un sueño. Tantas maravillas había visto, tantas habían sido las impresiones recibidas, impresiones causadas por cosas extrañas, por el medio desconocido, que estaba como intoxicado por alguna droga. A menudo y durante muchas horas perdía la claridad de pensamiento, y a veces le era difícil ajustar su mente a actos sencillos tales como entrar en un restaurante y pedir una comida y una taza de café.

Sólo en compañía de Mr. Abner se sentía a salvo, dependía tanto de él como un niñito perdido en una feria de la persona que lo encuentra. Rara vez se alejaba Abner de él. Sin embargo, había veces que aquél tenía que atender algún negocio en la oficina o sus asuntos particulares, y era entonces cuando don Jacinto quedaba solo.

Ahora, por primera vez desde su llegada a los Estados Unidos, despertaba. Cuando esos caballeros trataban de convencerlo de que vendiera Rosa Blanca un relámpago iluminó su cerebro y se percató con absoluta claridad de toda aquella trama en la que él era el personaje central, por ser propietario de Rosa Blanca, tan codiciada por las compañías petroleras norteamericanas. En aquel instante, cuando se le forzaba empleándose métodos semejantes a los empleados en tercer grado por algunos detectives, despertó de sus sueños y demostró no haber olvidado las respuestas que debía dar al respecto, con o sin maravillas de los Estados Unidos. Se trataba de un negocio que le era familiar y sabía lo que le convenía y lo que no le convenía en el asunto.

Debido a todas las novedades que habían penetrado su mente, no acostumbrada a acumular y asimilar tantas cosas diferentes y nuevas para él en un tiempo demasiado corto para su capacidad, ni aun para comprenderlas parcialmente, había casi olvidado a Rosa Blanca y a su familia. Pero tan pronto como escuchó su nombre y la conversación tuvo por objeto persuadirlo de que vendiera su tierra, ésta se presentó ante él con caracteres de belleza tal que ahuyentó de su mente toda idea acerca de las maravillas que había visto últimamente. Mientras más le hablaban, mayores proporciones tomaba a sus ojos la hermosura de Rosa Blanca y más insignificantes se tornaban las maravillas que había visto en los últimos días comparadas con las que Dios había hecho en la tierra que conocía y que, por voluntad de Dios, le pertenecía.

Finalmente le ofrecieron medio millón de dólares. Todos los trucos, medios, y promesas conocidos bajo el cielo norteamericano se pusieron en juego para inducirlo a vender. El permaneció imperturbable, como si fuera mudo. Se concretó a mover la cabeza de vez en cuando y a repetir siempre:

—No, caballeros, no puedo vender Rosa Blanca, no puedo.

Cada vez más incómodo ante aquel terrible e ininterrumpido acoso llevado a cabo por tantos hombres, miró en rededor como tratando de pedir auxilio o de encontrar alguna excusa para dejar aquella acalorada discusión sin aparecer descortés. Su corazón de indio le impedía ser descortés, aun con aquellos hombres que no lo comprendían y que lo trataban como a su peor enemigo.

Y así, en busca de ayuda, su vista tropezó con la cara de su querido amigo Mr. Abner. Pensó que aquel amigo suyo, que había sido huésped de Rosa Blanca, sería capaz de comprender por qué aquel lugar no podía ni venderse ni cambiarse por dinero, por ninguna cantidad de dinero y menos aún permitir que se convirtiera en un mal oliente campo petrolero. Sin embargo, aquel amigo en quien había confiado, aquel honorable huésped de Rosa Blanca, lo presionaba con mayor dureza que cualquiera de los hombres presentes en la oficina. Fué aquella actitud del hombre a quien había aceptado como amigo y a quien había abrazado como hermano la que, no sólo hizo sangrar su corazón y perder toda esperanza, sino que lo llevó a desear la muerte en ese mismo instante. Aquel sentimiento desesperado, sin embargo, no duró mucho tiempo. Se percató de que tenía que seguir luchando por Rosa Blanca, y que no podía permitir que sus sentimientos le restaran energías.

Los caballeros, que habían tratado durante horas de convencer a don Jacinto, se negaron a continuar, en parte por cansancio y en parte porque a pesar de lo endurecidos que pretendían aparecer, sentían verdadera piedad por el sencillo indio que se negaba a vender su tierra porque ella significaba para él más de lo que la patria podrá significar nunca para un comerciante norteamericano. Este, en realidad, no desea un hogar sino un lugar en el que le sea posible estirar cómodamente las piernas, elegir su programa favorito de radio, leer placenteramente la página cómica de los diarios, ir al sitio en que se encuentra el refrigerador y sacar de él lo que más le guste y a la hora que quiera, siempre que la señora no le haya prohibido tomar aquel pedacito de algo por lo que sería capaz de dar las diez últimas horas de su vida. Pero la razón más importante, sin embargo, para tener un hogar, es lograr tanto como un norteamericano habitante de una sección residencial o de un suburbio puede conseguir.

En aquel caso particular los promotores admitieron que don Jacinto tenía una opinión realmente diferente de lo que un hogar debe representar para un ser humano.

Algunos de aquellos caballeros sostenían comprender a don Jacinto perfectamente, y lo admiraban por rechazar con tanta entereza medio millón de dólares por el rancho que no valía ni la veinteava parte de esa suma. Fueron esos caballeros quienes comprendieron que él no podía vender Rosa Blanca como ellos no podrían vender su necesidad de comer, de beber, su necesidad de dormir y de experimentar placeres sensuales. Uno de ellos era abogado, los otros dos eran conocidos como los promotores más duros de la ciudad. Los tres, antes de partir, estrecharon la mano de don Jacinto y uno de ellos le dijo en español:

—Lo comprendo, señor Yáñez, y a pesar de que me hace usted perder una buena comisión, lo admiro por su firmeza. Siento mucho haber sido duro de vez en cuando, pero ello forma parte de mi trabajo. Y respecto a los cinco mil que pierdo, le diré que los pierdo con un placer con el que nunca he perdido un dólar, y esto obedece a que he aprendido de usted que aun hay cosas en el mundo que no pueden comprarse a ningún precio. ¡Lástima que el amor no se encuentre entre las cosas que no se pueden comprar! Considero un gran privilegio, Mr. Yáñez, haber tenido el placer de conocer a un hombre tan noble como usted. Adiós y feliz viaje.

Don Jacinto regresó a la casa de Abner, recogió los pocos objetos de su propiedad, los empacó en una maleta comprada en el camino y dijo a la filipina que los atendía que había tomado habitaciones en el hotel de un nicaragüense situado al otro extremo de la ciudad, en donde vivían gentes de habla española pertenecientes a la más humilde clase media.

—Por favor, doña Clara —agregó—, dígale a Mr. Abner, que no puedo seguir aceptando su hospitalidad, porque ya estoy demasiado obligado hacia él y no encuentro por el momento la forma de corresponderle. Que en tal virtud, dejo su casa para vivir como me sea posible.

Abner, al informar a Mr. Collins de lo ocurrido, le manifestó su temor de que el indio quedara fuera de su control marchando a su país o bien cayendo en manos de agentes de migración que lo pondrían inmediatamente en la frontera, conduciéndolo a San Diego a bordo de un camión de la policía.

Mr. Collins reflexionó por un instante. Jugó con su lápiz y tamborileó con él sobre el escritorio. Ida, que por experiencia sabía que aquello era una señal para que saliera y lo dejara concentrarse, salió de la oficina tan suavemente como un suspiro.

Abner, menos enterado de las costumbres de Collins, permaneció sentado y silencioso durante largos minutos. Cuando pensó que tal vez su jefe esperaba que le hiciera alguna sugestión, tosió y miró a Mr. Collins cara a cara.

—Bien, Abner. ¿Tiene usted alguna solución?

—Creo que la tengo, Mr. Collins. Pero le costará a usted cien mil dólares redondos.

Mr. Collins frunció el entrecejo.

—Desde luego —se apresuró a decir Abner al notar que pedía demasiado—, desde luego que en ello se considerará la comisión que se me prometió con anterioridad.

—Eso ya es diferente, sí, diferente. ¿Sabe usted, Abner?...

—Mr. Collins interrumpióse para continuar diciendo—: Lo que quiero expresar es esto, Abner. Recordará usted que con anterioridad le dije que no respaldaría ningún acto condenable y que dejaría recaer sobre usted toda la responsabilidad en el caso de que hiciera algo fuera de la ley. Mi advertencia sigue en pie. ¿Soy bastante claro, Abner?

—Lo es usted, Mr. Collins. Pero el caso es que nunca he pensado en hacer semejante cosa.

—Sí es así, puede poner en práctica sus propios planes, con la seguridad de que los cien mil que pide le serán concedidos. Veré que la cantidad le sea acreditada debidamente a fin de que no tenga que preocuparse por ella. De paso, creo que no habrá olvidado lo que le dije hace algunas semanas respecto al pasaporte que está a su disposición con visas válidas y de la oportunidad de tomar cualquier barco.

—Lo sé, Mr. Collins.

—Muy bien, eso es todo, Mr. Abner.

Abner se disponía a decir algunas palabras sobre su plan, pero no bien se hubo Collins percatado de ello, se apresuró a impedirlo diciendo:

—Por favor, Abner, no tengo tiempo de escucharlo. Hemos llegado a un acuerdo en la comisión y creo que es todo cuanto concierne a la compañía en el trabajo que va usted a realizar. Buenas tardes, Mr. Abner.

LXII

En el suburbio en el que don Jacinto se había alojado en un modesto hotel, encontró por casualidad en un café a un compatriota suyo a quien conocía por ser vecino de Tuxpan, en donde se había casado, y poco tiempo después había emigrado a los Estados Unidos. Finalmente se había establecido en San Francisco, abriendo una tiendecita de curiosidades, en la que vendía pequeños objetos exóticos de Cuba, Perú, México y Bolivia. El hombre se apellidaba Espinosa.

Don Jacinto había dejado dicho en casa de Mr. Abner en dónde se hospedaba y, por supuesto, iba a verlo casi todos los días, y juntos salían a comer y frecuentaban teatros y cinematógrafos.

En forma alguna había Mr. Abner reprochado a don Jacinto el hecho de haber abandonado su casa sin previo aviso. Es más, admitía que don Jacinto tenía derecho de hacer lo que mejor le conviniera y a no considerarse como prisionero o como un niñito temeroso de caminar solo sin su nana. Debido a aquella hábil diplomacia, don Jacinto llegó a creerse obligado a disculparse con Abner por haber dejado su casa y por haber sospechado que era más bien su enemigo que su amigo. Y a fin de borrar la mala impresión que creía haber causado, aceptó todas las invitaciones de Mr. Abner y lo hizo dejando de estar en guardia contra cualquier juego sucio que pretendiera hacérsele.

Había llevado consigo doscientos cincuenta pesos para gastos personales que le permitirían permanecer allí por algún tiempo y de los que Abner nada sabía.

El hecho de que decidiera permanecer en la ciudad por una o dos semanas más, después de abandonar la casa de aquél, obedecía a la necesidad de arreglar el negocio que tenía pendiente, esto es, de lograr el pago de los seis caballos que había dado a Abner y que consistía en el garañón y el burro para cría. Desde la ventanilla del tren había visto en campo abierto muchas de aquellas mulas gigantes de las que el norteamericano aseguraba había en el rancho de su propiedad. Y mientras más mulas de aquellas veía, mayor era su interés por criarlas en Rosa Blanca.

Fué nuevamente su cortesía lo que le impidió presionar a Abner para que lo llevara a su rancho y recibir allí los animales que se le habían prometido a cambio de los caballos. Solamente tocó el punto diciéndole en cierta ocasión después de una función de teatro, que tenía que partir, porque no podía permanecer por más tiempo ausente de su hogar.

A la noche siguiente, cuando regresaban a su hotel, hizo por primera vez alusión a su deseo de volver a su tierra e iniciar en seguida la cría de mulas que había visto en aquel país. Ninguna sugestión habría resultado mejor para Abner, quien desde hacía tres días, percatándose de la inquietud de don Jacinto, había estado exprimiendo su cerebro en busca de alguna buena idea para terminar con aquel asunto, cobrar sus cien mil dólares y entregarse a la buena vida o emprender algún negocio lucrativo. Hacía mucho tiempo que había olvidado su promesa de llevar a don Jacinto a su rancho y de entregarle los animales que le había prometido en Rosa Blanca. "Ahora o nunca", se dijo cuando don Jacinto exteriorizó su deseo de ver los animales y de enterarse de los métodos seguidos para su cría en el rancho de Abner. Don Jacinto, ansioso de abandonar aquel país cuanto antes, deseó saber si Mr. Abner tenía intención aun de darle los animales para que los llevara consigo.

—Eso era lo que deseaba decir a usted esta noche, don Jacinto —repuso Abner rápidamente, como aliviado.

De haber estado don Jacinto aun en guardia, habría deducido que tras de aquella prisa y de la voz casi triunfal de Abner se escondía algo muy claro. Le entusiasmó tanto la certeza de que Abner estaba dispuesto a cumplir con su promesa, que captó solamente las palabras, sin percatarse de la entonación, que en aquel caso era mucho más elocuente que las palabras.

—Sí, don Jacinto, de eso quería hablarle esta noche. Verá usted, no me fué posible ausentarme antes, porque tengo negocios con una empresa a los que necesitaba atender, pero a partir de mañana a medio día tomaré seis días de vacaciones y mañana por la noche estaremos en camino. No está lejos. Desde luego que si hablo de los seis días de descanso que tomaré, eso no quiere decir que usted tenga que permanecer en el rancho todos ellos. Yo sé que usted tiene que regresar a su tierra uno de estos días. Una vez en mi rancho podrá marcharse cuando quiera. Hay un autobús que sale para San Francisco cuatro veces al día. Usted puede tomarlo e ir a donde le plazca. Contrataré un carro de carga completo en la estación más cercana y allí embarcaremos a los animales. Usted podrá viajar en el mismo tren si lo desea.

El hecho de que Abner le hiciera notar que podía partir en autobús en el momento en que lo deseara dió seguridades a don Jacinto, quien creyó no tener razón alguna para sospechar o concebir siquiera la más ligera duda de que en alguna parte trataban de tenderle un lazo y de obligarlo a vender Rosa Blanca. Además, la actitud amistosa y honesta de aquellos tres caballeros que le hablaran en las oficinas de la Condor al estrecharle la mano, le había llevado a creer con firmeza que la compañía renunciaba finalmente a la idea de comprar la tierra, pues de no ser así habrían intentado, de acuerdo con la empresa, emplear otros medios para convencerlo.

Partieron en el auto de Abner. Saliendo a las nueve, debían llegar al rancho entre las once y las doce, de acuerdo con el dicho de Abner.

Se hallaban a setenta millas de la ciudad cuando el norteamericano tomó un camino lateral. Habían recorrido a lo sumo dos millas cuando dos hombres, escopeta en mano, los detuvieron.

Don Jacinto recibió un buen número de fuertes golpes en el cráneo. En medio de su turbación recordó a Rosa Blanca, a la vieja rueda de carreta que se hallaba en el patio y que daría órdenes de que retiraran el próximo sábado. Pensó en mulas gigantes, en pobres caballitos indios apreciados en forma increíble. Pensó en Margarito, su mayordomo y compadre, que cantaba el corrido de la doncella india que tuvo un niño y a la que habían devorado las hormigas en la selva. Pensó en el perico que dejaba caer pedacitos de tortilla en la boca abierta de un puerquito feo. Pensó en Domingo, su hijo mayor y en la forma en que habría administrado Rosa Blanca durante la ausencia de su padre. Creyó escuchar a Conchita, su esposa, riendo en la inmensa cocina, conversando con las criadas, y arrullando a un niño que no era suyo. Tal vez don Jacinto no pensó en ninguna de esas cosas. Tal vez no escuchó la voz melancólica de doña Conchita. Nadie sabe. Sin embargo, podría suponerse que fueron esas cosas las que acudieron a su cerebro antes de que la vida lo abandonara.

El carro dió una vuelta en redondo, y regresó por camino pavimentado hasta el sitio en que éste se cruzaba con la carretera. Otro carro había seguido al de Abner fuera del mal camino. Los dos hombres que lo habían detenido saltaron de él. Sacaron el cuerpo de don Jacinto del auto del norteamericano y apenas acabaron de hacerlo, cuando Abner puso en marcha el motor y corrió como poseído por el demonio.

Los dos hombres que quedaron atrás junto a su carro, desfiguraron el cuerpo del indio y lo metieron en harapos confeccionados con distintos materiales. Dejáronlo boca abajo, colocado sobre el duro pavimento y en mitad de la carretera. Hecho eso tomaron su carro y se alejaron milla y media. Allí dieron la vuelta y corrieron a una velocidad de noventa millas, teniendo buen cuidado de pasar sobre el cuerpo. Después de repetir esto varias veces, detuvieron el carro cerca de él. Uno de los hombres bajó y con una linterna lo examinó cuidadosamente. Satisfecho del examen dijo al otro:

—Está peor que un costal de papas machacadas. Ahora, vamos a emborracharnos. Sería capaz de beber todo un barril; creo que necesitamos refrescarnos y que lo merecemos.

—Hecho, hermano; vamos.

Abner regresó a San Francisco por un camino totalmente distinto y corriendo a la mayor velocidad que le era posible. Fué directamente a su café preferido, habló con el propietario y con distintos mozos, preguntó dos o tres veces la hora exacta, explicando que no sabía lo que ocurría a su reloj que se había descompuesto de pronto, no obstante haberle costado setenta y cinco dólares y estar seguro de que ni el piloto de un avión trasatlántico podría comprar otro mejor.

Fué antes del amanecer cuando el cuerpo fué descubierto por una patrulla de caminos, que esperaron hasta que una ambulancia recogiera aquellos despojos horrorizando a las damas y caballeros que cruzaban por allí de regreso de cabarets y posadas de la carretera.

El dictamen del forense hablaba de accidente de tránsito en una carretera nacional; la víctima era un pobre hombre al parecer mexicano y a quien no se había identificado. A juzgar por las manos, debía ser trabajador del campo y sin duda había entrado en el país subrepticiamente y, no acostumbrado a vagar por carreteras transitadas por automóviles que desarrollan altas velocidades, había sido atropellado y muerto, después de lo cual medio centenar de carros habían pasado sobre él sin que los automovilistas se hubieran percatado de ello, o más bien, sin que les hubiera parecido lo bastante importante para detenerse. Para una posible identificación posterior, se midió el cuerpo, se registró el probable peso, el color de la piel, cabellos, ojos y señas particulares. Se tomaron huellas digitales y fotografías de lo que quedaba de la cara y especialmente de las orejas, que estaban aún en su sitio y completas. Fué sepultado el cadáver como perteneciente a un indígena.

El dictamen del forense, los informes detallados de la policía y las fotografías, fueron archivadas en el departamento de Personas Perdidas de la Jefatura de Policía de los Angeles, en donde aquel expediente descansaría en paz hasta que un terremoto viniera a destruir la ciudad y todos los documentos allí archivados. Porque nadie en los Angeles o en cualquier parte de la tierra, se interesaría lo más mínimo por un peón mexicano que había entrado en los Estados Unidos en forma subrepticia y fué encontrado despedazado y convertido en una masa informe sobre la carretera de San Francisco a los Angeles. Las gentes tenían que interesarse en otros asuntos que no eran los referentes a extranjeros atropellados por autos poderosos en las carreteras norteamericanas. Y después de todo, ¿por qué habría alguien de preocuparse?

LXIII

Dos semanas después, los contratos de venta de Rosa Blanca fueron registrados en Jalapa para su autorización, como requisito final exigido por la ley de propiedad de la tierra en la República. Las escrituras y títulos fueron debidamente registrados en nombre del nuevo propietario, la Condor Oil Inc. Ltd., S. A.; se pagaron las contribuciones, se compraron los timbres y se colocaron, cancelados, en los contratos. Las actas hablaban del pago de cuatrocientos mil dólares hecho al anterior propietario don Jacinto Yáñez. Las escrituras habían sido firmadas por el propietario anterior y por el primer abogado de la compañía. Las firmas de ambos contratantes, así como las de los diferentes testigos, que constaban en los documentos, fueron autenticados por dos notarios públicos, de acuerdo con la ley. Los contratos originales y sus duplicados se acompañaron de un certificado del cónsul general de la República residente en San Francisco, California. El documento certificaba la legalidad de la venta; otro certificado extendido por un notario norteamericano garantizaba la autenticidad de las firmas en todos los documentos. La traducción al castellano que se acompañaba había sido autorizada por el cónsul general de la República como exacta y verdadera en todas sus palabras y significado.

De acuerdo con ciertas reglas, toda la operación debía haber sido realizada en las oficinas del cónsul general de la República. Sin embargo, como el notario público cuya firma autorizaba los documentos, el vicepresidente y el abogado de la empresa, así como los testigos, eran caballeros respetabilísimos conocidos personalmente por el cónsul, éste no veía razón alguna para insistir en el cumplimiento de la formalidad de firmar los documentos en su oficina. No era de su incumbencia investigar si aquéllos se basaban en hechos legales o constituían un fraude. En sí todos ellos eran legales, de ahí que ni siquiera se parara a pensar que podía haber algo torcido en los procedimiento.

Pasó un mes.

Un lunes, tres semanas después de que los documentos fueron registrados en Jalapa, llegaron a Rosa Blanca los ingenieros de la Condor para hacer la medición de la hacienda.

Apenas habían sacado sus instrumentos y levantado su tienda cuando surgieron las dificultades. Domingo, el hijo mayor de don Jacinto, su madre y una veintena de hombres se reunieron en rededor de los ingenieros y de sus trabajadores, y si los primeros no hubieran suspendido sus trabajos oportunamente, algo grave habría ocurrido.

Los ingenieros explicaron a Domingo y a doña Conchita que la Condor había comprado la hacienda y que por lo tanto, tenía derecho absoluto para que los hombres trabajaran donde lo ordenara el nuevo propietario.

El hijo y la esposa de don Jacinto alegaron que semejante venta no podía haberse realizado, porque éste nunca había pensado en venderla a precio alguno, y que si hubiera cambiado de idea y la hubiera vendido, sin duda habría avisado a su esposa inmediatamente. Además, él estaba en los Estados Unidos aun, y habría tenido buen cuidado de estar presente en el momento de la transferencia, ya que era asunto delicado que no habría encomendado a nadie.

Los ingenieros se intrigaron y, finalmente, admitieron que el hijo y la esposa tenían buenas razones para dudar de la venta, y como ellos, los ingenieros, no llevaban constancia alguna de la compra y seguían únicamente órdenes verbales recibidas en la sucursal más próxima, estaban incapacitados, al menos por el momento, para probar que tenían derecho a estar allí y a trabajar de acuerdo con las órdenes recibidas.

Al cabo de dos horas de discusión inútil, los ingenieros se excusaron cortésmente, empacaron sus cosas y se marcharon.

La compañía cablegrafió al gobernador del estado pidiendo garantías y, en caso necesario, la protección de las fuerzas a fin de que los ingenieros agrónomos y los constructores pudieran trabajar tranquilamente en las tierras de Rosa Blanca, recientemente adquiridas.

Fué la primera vez que el gobernador se enteró de la venta de Rosa Blanca, porque los empleados del registro de la propiedad no vieron razón alguna para informar del caso al gobernador; habían considerado el registro un asunto sin importancia, porque frecuentemente se realizaban ventas de ranchos y haciendas, y en su opinión informar al gobernador de cada una de ellas habría sido distraer inútilmente su atención.

—Hay algo curioso en esto —dijo el gobernador a su secretario privado después de leer el cable, en el que se le pedía que enviara soldados a Rosa Blanca para cuidar el pellejo de unos ingenieros norteamericanos.

Pidió el expediente de Rosa Blanca y lo examinó cuidadosamente.

—Los documentos están en orden —dijo—. Están perfectamente legalizados, firmados y sellados por nuestro cónsul general. Bien, Rodríguez, viéndolos de cerca diría que son demasiado perfectos para estar fuera de sospecha. Traen un exceso de firmas y certificados. Muchos notarios públicos intervinieron. Claro que ellos tenían derecho a que intervinieran todas las personas autorizadas que quisieran, pero es curioso. No comprendo a ese hombre, a don Jacinto. El no pensaba ni por un instante, ni en sueños, vender Rosa Blanca. Desde luego que el precio pagado fué en dólares. Y hay una gran diferencia entre éste y la última oferta que recibiera. Tal vez fué esa diferencia la que lo convenció. Sólo Dios sabe lo que esos gringos le hayan ofrecido, prometido o dado además de ese dinero, para convencerle. Tal vez vió algún buen rancho por allá dotado con el mejor ganado mular y caballar posible de obtener a cambio de dinero. Recuerdo que estaba loco con la idea de crear mulas gigantes. Bien, la cosa es así. El es lo suficientemente viejo para saber lo que hace.

El gobernador devolvió el expediente. Tenía otros asuntos que atender.

De regreso a su oficina después del almuerzo, encendió un cigarro y paseó por la estancia durante algunos minutos. De pronto se detuvo ante el escritorio de su secretario y dijo:

—Sin embargo, quisiera que el cielo me ayudara a comprender...

El secretario no podía adivinar que el gobernador no había cesado de pensar en Rosa Blanca y su destino.

—¿Sí, señor gobernador?

—No puedo comprender por qué la compañía quiere soldados para proteger a los hombres que envía a trabajar en el lugar. Si ha sido vendido y vendido a tan elevado precio, ¿por qué, en nombre de Cristo y de la Santísima Virgen, no han de manejar la tierra como les plazca, ya que la venta ha sido realizada legalmente y don Jacinto ha recibido el precio estipulado de acuerdo con el recibo adjunto a los documentos? Nada puede cambiarse. ¿Qué don Jacinto no está aquí? ¿Que se encuentra aún en California? Raro. Muy raro. Extrañísimo.

Se estremeció como sacudido por una descarga eléctrica. Un pensamiento horrible había cruzado su mente.

Temblando, excitadísimo, gritó a su secretario:

—Inmediatamente, envíe un telegrama a Rosa Blanca o al sitio más cercano con el encargo de entregarlo. Diga en él que deseo ver inmediatamente a doña Conchita y a su hijo mayor y que traigan todas las cartas, o cables que hayan recibido de él desde que se ausentó. Si don Jacinto llegó ya cuando el telegrama sea entregado, que acompañe a su esposa y a su hijo, que vengan los tres. Envíelo inmediatamente, por favor.

Se detuvo y mirando vagamente a su secretario, que transmitía el telegrama por teléfono, y en cuya mirada interrogante veía el deseo de que se le explicara algo de todo aquello, dijo:

—Si don Jacinto no está en la hacienda, ¿dónde, en nombre de Dios, puede estar?

—Tal vez se esté divirtiendo por allá, gastando parte de los millones —dijo el secretario riendo con ironía.

—Posible, muy posible, ¿por qué no? Se ha ganado la diversión después de mucho trabajar y de no disfrutar jamás de un verdadero descanso en los días de su vida. De cualquier forma tengo la convicción de que no es hombre capaz de semejante cosa. Desde luego que nadie puede decir lo que una persona es capaz de hacer cuando se ve en posesión de tantísimo dinero... No, pensándolo bien no creo en ello. Tal vez por algunos días sí, algunos días puede haberse paseado, como sin duda debió hacerlo después de realizar una venta de ganado o de maíz en Tuxpan. Pero hace mucho que debía haber regresado. Eso es lo que me intriga.

—Tal vez vió algún buen rancho por allá, como dice usted, señor gobernador. Y se halle ahora haciendo arreglos para llevarse a su familia y a un buen número de sus peones.

—Sí, eso es posible. Sin embargo, tengo la impresión de que sus familiares no han recibido noticias suyas, porque parecen no estar enterados de la venta. Y la venta de su tierra es algo tan importante que debía haber sido la primera cosa que él les habría comunicado. Hay algo que no está muy claro en el asunto. Y, como dije antes, hay muchos certificados y demasiadas firmas en los documentos.

—A mí me parecen esenciales —dijo el secretario—, ya que no fueron firmados en las oficinas del consulado como debían haberlo sido y en lugar de ese requisito, no precisamente esencial, se anexa el certificado notarial a manera de substituto legal. Tal vez nuestro cónsul no estaba en la oficina cuando se extendieron las escrituras.

—En tal caso otro funcionario puede representarlo.

—Sí, es verdad, pero tal vez ningún otro funcionario estuviera debidamente autorizado para testificar transacción tan importante y legalizarla.

—Pudiera ser. Además, las gentes de la Condor no dejarían de encontrar una buena excusa para no hacer el contrato en la oficina de nuestro cónsul. Podrían asegurar que don Jacinto tenía prisa por volver y que no había tiempo que perder esperando a que el cónsul estuviera de regreso en la ciudad. —Después de decir eso, el gobernador se detuvo y se dió una palmada en la frente—. Pero eso no es todo, algo vital debió haber estado en juego. La empresa debe haber tenido buenas razones para cargar los documentos de firmas y certificados. Necesitaba ponerse a salvo, resguardarse más que lo usual, porque alguien sabe que hay algo torcido en el asunto. Lo mejor que la compañía podía hacer era ver a nuestro cónsul general. Sin embargo, rehuyeron ese requisito.

—Permítame recordarle, señor gobernador, que nuestro cónsul general autorizó todos los documentos y sus traducciones.

—Pero veamos, Rodríguez, ¿qué es lo que el cónsul ha autorizado?, ¿qué? Por favor, dígame. Ha identificado y autorizado las firmas de los caballeros a quienes al parecer conoce personalmente y de cuya posición social no tiene duda. Presume, además, que una empresa de la importancia de la Condor, nunca se atrevería a intentar siquiera presentar documentos que no estuvieran absolutamente de acuerdo con la ley. El reconocerá y autorizará cualquier documento procedente de tan importante compañía, por que rehusar hacerlo sería tanto como inferir una ofensa. También ha identificado la personalidad de los notarios públicos autorizados por la ley para certificar los documentos, y su derecho legal para hacerlo es indiscutible. En cualquier forma, no me es posible encontrar en los documentos algún error que me permitiera solicitar a nombre de doña Conchita y del hijo mayor, herederos de don Jacinto. un plazo, mientras él viene, antes de que la compañía emprenda sus trabajos. Por el momento lo único que puedo hacer es cumplir con las demandas de la Condor... Envíe este telegrama a la sucursal de la compañía en Tuxpan: "Si se considera necesario, a mediados de la semana próxima se enviará ayuda militar."

El secretario escribió el mensaje.

—Ya ve, Rodríguez; aparentemente la compañía tiene a la ley de su parte. El único recurso que puedo poner en juego es no enviar soldados inmediatamente y hacer que la empresa espere diez días más. Eso significa diez días de gracia para Rosa Blanca. Mientra tanto, doña Conchita vendrá y tal vez don Jacinto llegue o envíe algún recado. Diez días para ti, querida Rosa Blanca —murmuró con los ojos casi cerrados.

LXIV

Cuatro días después, doña Conchita y su hijo mayor, Domingo, llegaron a Jalapa y fueron recibidos por el gobernador tan pronto como éste se enteró de que se hallaban en la capital.

Recordaba perfectamente a ambos desde su visita a Rosa Blanca.

Doña Conchita así como Domingo estaban estragados. En su semblante podía leerse lo que habían sufrido últimamente y cómo se habían apoderado de su mente ideas penosas desde que don Jacinto se fuera sin haber vuelto a dar señales de vida a partir del momento en que saltara en Tuxpan al bote de vapor, en donde algunos conocidos le vieran por última vez.

El gobernador, mostrándose en extremo cordial con ellos, les inspiró confianza ilimitada en su amistad. Obsequió al hijo con cigarros, y a doña Conchita con una caja de dulces que sacó de un cajón de su escritorio. Al ofrecerle la caja hizo un ligero ademán de contrariedad y dijo:

—Perdóneme, doña Conchita, pero ahora recuerdo que usted habría preferido un cigarro fuerte en lugar de dulces, ¿verdad?

Ella sonrió y tomó un cigarro de la caja reservada a los nativos, que gustan tabaco puro y no mezclado con hierbas persas o egipcias que encierran en media cajetilla de cigarros mil toses.

—Y bien, ¿dónde creen ustedes que esté don Jacinto? —preguntó entrando de lleno en la materia.

Inmediatamente a los ojos de la mujer acudieron pesadas lágrimas que la obligaron a buscar su pañuelo.

Domingo contestó por ella:

—Eso lo ignoramos, señor gobernador; es más, ni siquiera tenemos la menor idea.

La mujer dijo:

—Nunca en nuestra vida habíamos penado tanto como ahora. No acertamos a imaginar lo que puede haberle ocurrido desde el día en que partió con el norteamericano, pues desde entonces no hemos tenido ninguna noticia suya.

—Don Jacinto ha vendido Rosa Blanca.

—¡Esa es una mentira infame! —exclamaron ambos, madre e hijo, al unísono, saltando de sus asientos.

La mujer, de pie, gritó:

—Es un puerco embuste. Jacinto no ha hecho ni hará jamás semejante venta. Antes moriría que vender un metro cuadrado de Rosa Blanca.

En cuanto terminó de hablar se dejó caer en el asiento y lloró lastimeramente, dejando correr las lágrimas por sus mejillas.

Domingo, todo amor y ternura, le habló dulcemente tratando de calmarla.

—No sea tonta, mamacita. Por favor deje usted de llorar. Estoy seguro que a mi papá nada le ha pasado y que muy pronto estará de regreso; a lo mejor ya está en casa afligiéndose por nuestra ausencia.

Sollozando, la madre movió negativamente la cabeza y dijo:

—No, hijo; él no ha llegado aún. Mi corazón y mi alma lo sabrían. No está en casa ni viene en camino, porque yo lo habría sentido.

Levantando la vista y encontrándose con los ojos oscuros y profundos del gobernador, ensayó una sonrisa y dijo:

—Perdone, señor gobernador no quisimos ofenderlo al decir que es una mentira. La mentira no es de usted, es una mentira inventada por esa compañía. Jacinto nada ha vendido. No habría vendido aunque le ofrecieran cien mil millones de dólares o más. No hay dinero suficiente para convencerlo de hacer algo que en su concepto no está bien. Y la venta de Rosa Blanca, para él sería la acción más vergonzosa que un Yáñez podía cometer.

El gobernador tomó de su escritorio los documentos que un empleado le había traído momentos antes y se los tendió a la mujer.

—Aquí están las copias certificadas de las escrituras de venta, doña Conchita. Don Jacinto ha vendido Rosa Blanca por la suma de cuatrocientos mil dólares, no pesos.

Tomando los papeles y enjugándose los ojos mecánicamente, recorrió las hojas sin leer mucho en realidad, parecía buscar algo especial, determinada cláusula, o párrafo referente a un asunto en particular. El hecho es que ella ignoraba en realidad lo que quería encontrar.

Después de recorrer las diferentes páginas, tropezó con las firmas. Se inclinó para ver mejor y gritó indignada:

—Esto es un fraude, es una cochina jugada de esos canallas. Ya sabía yo que se trataba de una porquería. Jacinto no ha escrito esto, no fué él quien escribió aquí ese nombre.

—¿Qué dice usted, doña Conchita? —preguntó el gobernador sorprendidísimo—. ¿Cómo sabe usted que don Jacinto no escribió ese nombre?

—Por la sencilla razón de que —la mujer hablaba con ansiedad creciente—, por la sencilla razón de que no sabe ni leer ni escribir. Ni siquiera sabe escribir su nombre. Siempre que tiene que firmar algo hace una especie de garabato que piensa se asemeja a una "j".

Por más de un minuto nadie habló. Todos estaban bajo la impresión de un pensamiento común. El gobernador miró a la mujer con ojos como vacíos, ausentes.

La mujer fué la primera en romper el silencio.

—Como decía yo, señor, Jacinto no sabe escribir ni una palabra. Nunca aprendió a leer y a escribir. Todo lo que era necesario leer o escribir en Rosa Blanca, lo hacía yo. Yo hice la primaria en Tuxpan, allí recibí mi educación. Por supuesto como mi vista no es tan buena como antes, mi hijo Domingo o alguno de los mayores, escriben lo necesario. Domingo cuida de las cuentas, de los libros y de las manifestaciones que tenemos que hacer para el pago de contribuciones y para los inspectores de alcoholes. Domingo estudió en una escuela comercial, pero Jacinto no escribe ni una palabra.

—Así es que no puede escribir ni una palabra. Eso es sumamente interesante.

El gobernador, que había saltado de su asiento al oír aquella noticia, se hallaba nuevamente sentado y miraba a la mujer en espera de que agregara algo más de vital importancia.

Doña Conchita, reteniendo los papeles aun en sus manos, volvió a hojearlos y fijó la vista en las firmas de los documentos que confirmaban que don Jacinto había recibido el pago estipulado y comparó la firma de los recibos con las diferentes firmas de los papeles.

—Extraña, muy extraña es la forma en que escriben nuestro nombre. Nosotros escribimos nuestro nombre con "ñ" en medio, esto es, Yáñez, no Yanyes como aquí se escribe.

El gobernador tomó los papeles que la mujer le tendía y examinó la firma.

—Tiene usted razón, doña Conchita; reconozco que yo no había notado la falta. Los americanos no tienen ñ en su alfabeto y por eso la sustituyen con la y, pero un mexicano nunca lo haría. No comprendo como nuestro cónsul no se percató del error. Esto lo habría hecho sospechar.

—Eso no me parece raro, señor gobernador —intervino el secretario—. Cualquier persona puede escribir su nombre como más le guste siempre que no cambie tanto que no pueda ser identificado como suyo. Los latinoamericanos que viven en un país de habla inglesa pueden escribir su nombre como más les convenga o como más convenga a los que los rodean. Hasta donde yo sé, los norteamericanos suelen escribir, digamos Jones, como Jons, Johnes o Hons y hasta Johnce y, sin embargo, siempre es el mismo nombre. Nosotros podemos escribir papaya y papalla, vaya y valla sin cambiar su significado aún cuando ortográficamente no sea muy aceptado por los académicos. Pero tratándose de un nombre propio, cualquier ortografía es buena mientras el significado sea el mismo. Por lo tanto, yo creo que nuestro cónsul allá ha visto el nombre Yáñez tan frecuentemente escrito con dos íes, que no encontró razón alguna para extrañarse de ello, menos aún si se tiene en consideración que los documentos estaban redactados en inglés y escritos en una máquina americana carente de la letra castellana ñ.

El gobernador asintió diciendo:

—Mucho de verdad hay en lo que dice usted, Rodríguez. Gracias por la lección, que resulta realmente aclaratoria.

Se volvió hacia la señora Yáñez y le habló en forma amistosa casi con ternura, diciéndole:

—Veamos, doña Conchita; necesitamos examinar el asunto con toda calma. No debemos precipitarnos para evitar errores. Ni siquiera puedo recomendar una suspensión de actos, porque no tenemos argumento para solicitarla con esperanzas de éxito, ya que no tengo pruebas de que los documentos falsean los hechos o de que en ellas existen errores fundamentales que deben aclararse antes de que la compañía tome posesión. Tenemos que aceptar los documentos por su apariencia. Desde luego que emprenderemos una minuciosa investigación del asunto. Oficialmente no me es posible decir a usted lo que pienso sobre todo esto. De acuerdo con la ley, los papeles son perfectamente válidos. Por eso tengo que aceptarlos como legales y me veo obligado a ayudar al nuevo propietario de Rosa Blanca a tomar posesión de la tierra, doña Conchita.

—¿Quiere eso decir, que ya Rosa Blanca no es nuestra? ¿Que nosotros y todas las familias que habitan la hacienda, tenemos que dejarla? —preguntó la señora Yáñez con desesperación.

—Eso es, precisamente, doña Conchita. Siento mucho, muchísimo tener que admitir que la compañía, al menos por el momento, tiene perfecto derecho de tomar posesión de Rosa Blanca en el instante en que lo desee. Nada podemos hacer contra eso. La empresa pediría al gobierno norteamericano que presionara al nuestro por la vía diplomática si tratáramos de impedir que la compañía hiciera uso de los derechos que la asisten, de acuerdo con estos documentos. Nuestro gobierno, y yo precisamente, tendría que hacer uso de la fuerza militar en contra de ustedes si se opusieran a que los hombres de la empresa realizaran sus trabajos e hicieran lo que les conviene. Si usted tuviera documentos tan legales como estos y que la acreditaran como propietaria de un rancho en los Estados Unidos y el antiguo propietario se resistiera a permitir a usted la entrada en el rancho y a hacer de él lo que quisiera, nuestro gobierno la ayudaría a tomar posesión del lugar, como el gobierno norteamericano ayudará a la compañía si ustedes se niegan a abandonar la hacienda. En casos como estos tiene uno que acogerse a las leyes internacionales. Y mientras no podamos probar que se ha cometido un fraude en la confección de estos documentos o antes de ella, la ley tiene que seguir su curso.

—¿Entonces nada es posible hacer para conservar nuestra tierra?

—Sí, existe el recurso que ya he mencionado, de probar que los documentos son falsos. En ese caso, podríamos intervenir y obtendría para ustedes un amparo que los dejaría en plena posesión de Rosa Blanca, hasta que el caso quedara aclarado para satisfacción de todos, incluyéndome yo, y hasta que no quedara duda de quién es el propietario legal del lugar. Pero de momento, no podemos hacer nada, absolutamente nada. Los documentos como estos tienen carácter legal. Podemos dudar de la autenticidad de la firma de don Jacinto, pero debemos probar que es falsa.

—Pero Jacinto no sabe escribir, señor gobernador —insistió la mujer—. Yo lo sé, toda la gente de Rosa Blanca, todos sus amigos y todos los comerciantes de Tuxpan lo saben.

—Sí, doña Conchita, todos ellos lo saben como lo sé yo también. Pero necesitamos probar que en esa ocasión no escribió su nombre.

—¿Probar que él no es capaz de escribir su nombre, que yo tenía que escribirlo todo por él porque solamente es capaz de hacer un garabato que se parece a una *J*, pero que es generalmente aceptado por todos como firma?

—Bien, doña Conchita, supongamos que alguien le llevó la mano cuando firmó los documentos. Bajo ciertas condiciones ello es aceptable por la ley. Por el momento no podemos saber si lo hicieron o no. Tal vez aprendió a escribir su nombre durante los días que transcurrieron entre su viaje y la firma de los documentos. Estas firmas parecen haber sido escritas por una persona con muy poca práctica.

La señora Yáñez, que fundaba todas sus esperanzas de salvar a Rosa Blanca en poder probar la incultura de don Jacinto, nunca había pensado en semejante probabilidad.

Se dió cuenta de que estaba vencida.

—Sobre todo, doña Conchita, no debe usted olvidar que las firmas han sido certificadas y autorizadas como auténticas por un notario público. Todos los otros contratantes ocupan una posición social que los pone fuera de toda sospecha.

—Todos esos son unos pícaros, unos estafadores —gritó la mujer.

—Usted puede decirlo, doña Conchita, pero si yo, o el cónsul general en San Francisco hiciéramos tal, nos meteríamos en un lío y empeoraríamos todas las cosas, porque dejarían de tomarnos en serio aun cuando conserváramos nuestros puestos. Repito que solamente en el caso de que pudiéramos bar el fraude, los documentos serían anulados y Rosa Blanca volvería a pertenecer a ustedes en el mismo estado en que fuera tomada por ellos, a quienes se obligaría a pagar cualquier daño que hicieran. Por supuesto que para las angustias, las penas, las tristezas que ustedes han sufrido, para eso no hay compensación posible, por lo menos en dinero.

—Así, pues, ¿deberá transcurrir mucho tiempo antes de que tengamos derecho?

—Puede ser mucho. Tal vez años porque si la venta que hacen constar fué posible por medio de trampas y malas jugadas, puede usted estar segura, doña Conchita, de que éstas fueron hecha con habilidad tal, con tanta inteligencia que será casi imposible probarlo. No olvide usted ni por un momento quién es el nuevo propietario. Contra él la única cosa efectiva sería una guerra contra los Estados Unidos en la que nosotros saliéramos victoriosos. Y aun en ese caso, tendríamos que probar que los documentos son fraudulentos.

"Así, pues, doña Conchita, estoy obligado a advertirle que no ponga más dificultades a los ingenieros que envió la compañía y que no obstaculice la toma de posesión de la tierra y de los edificios. Induciré a la compañía a que permita que ustedes y todas las otras familias permanezcan allí hasta que se realice la cosecha o por lo menos hasta que la empresa no comience realmente a perforar en los sitios en que tienen ustedes sus hogares, y les dé tiempo suficiente para que encuentren acomodo conveniente. Los ingenieros y los trabajadores que van a la hacienda son inocentes de cuanto haya ocurrido, son empleados solamente, que tienen que obedecer órdenes para conservar su empleo. ¿Me promete, doña Conchita, aceptar al menos por el momento, el hecho de que Rosa Blanca ha cambiado de propietario?

—¡No, no; eso nunca! —gritó la mujer—. Nunca aceptaremos ni yo ni los míos esa venta. Sólo en el caso de que Jacinto personalmente me diga que ha vendido, jugado, o cambiado por una mula vieja nuestra Rosa Blanca, sólo entonces, aceptaré el hecho como correcto y legal. Pero mientras Jacinto en persona no me explique lo que ha ocurrido, gritaré a los cuatro vientos que este es el crimen más odioso, más espantoso que esos malditos, que esos herejes gringos desgraciados han cometido en nuestra tierra.

Se detuvo bruscamente, porque se sintió de pronto avergonzada de haber proferido aquellas palabras en presencia del señor gobernador.

El funcionario la miró sin mostrar disgusto por su violencia. Durante largo rato permaneció en silencio, mirándola con sus ojos oscuros y suaves.

Y ante la calma de aquel hombre que le había hablado en forma tan comprensiva y amistosa, que había sido el huésped más honorable que había tenido Rosa Blanca desde hacía mucho tiempo, que se había mostrado tan alegre, tan contento, tan libre de las preocupaciones de su elevado puesto, la mujer volvió en sí. Tuvo la impresión de estar sentada ante su propio padre vuelto a la vida después de muchos años de ausencia, y que venía en su ayuda en el día más penoso de su vida para consolarla y hacerle bien.

Con un nudo en la garganta hizo esfuerzos para retener las lágrimas que acudían nuevamente a sus ojos y las palabras que su mente y su alma le dictaban y que prefería no pronunciar.

Aun bajo la influencia de la mirada suave y calmante del hombre que se hallaba frente a ella y de la que intentaba escapar, dijo en voz bajísima, casi murmurando:

—Bueno, señor gobernador, conforme. Diré a todos nuestros hombres que dejen en paz a los ingenieros y a los trabajadores y que les permitan hacer su trabajo como quieran. ¿Está bien, señor gobernador?

El gobernador se levantó de su asiento tras del escritorio, se aproximó a la mujer, sentada con aire resuelto, tomó lenta y tiernamente primero una de sus manos y luego la otra. Acarició la piel áspera y nudosa por el duro trabajo doméstico, acarició aquellas manos como si fueran las de un niño. Luego se las llevó a los labios y las besó con profundo respeto. En seguida habló en el mismo tono en que ella le hablara antes:

—Gracias, doña Conchita. Le agradezco que facilite la tarea que tan dura me parecía esta mañana. No olvide nunca; ocurra lo que ocurra a cualquiera de los dos ahora o más tarde, que soy su amigo sincero, devoto y desinteresado. Ya no le hablo como gobernador, le hablo como el mejor amigo de usted y de don Jacinto. Y como amigo de ambos, prometo no descansar hasta obtener la verdad. Y una vez que haya encontrado la verdad, cuidaré de que Rosa Blanca no sea destruída en vano. Aun cuando tal vez para entonces ya no florezca en toda su belleza inmaculada, no se marchitará, nunca morirá. Algún día sus frutos serán maduros y será entonces cuando se inicie la independencia, la libertad real de nuestra patria, entonces viviremos en el país que nos ha dado el Todopoderoso y en el que todos los rosales blancos o rojos, grandes o pequeños, florecerán con irrestringible libertad, tan hermosos y por tan largo tiempo como Dios quiera.

La mujer no comprendió sus palabras pero sintió en el alma su significado, y se lo llevó en el corazón con la eterna fe del hombre en el advenimiento de la redención.

LXV

El gobernador, en la primera oportunidad que tuvo de ir a la capital, visitó al licenciado Pérez.

—Don Jacinto ha vendido Rosa Blanca —dijo a Pérez, asaltándolo con la información antes de saludarlo siquiera.

—Sí, señor gobernador, ya lo sabía. Yo mismo envié los papeles a las oficinas del Catastro en Jalapa, para que fueran registrados y autorizados.

—Desde luego que lo hizo usted, esa es una de sus obligaciones. Pero dígame, ¿notó usted algo raro en los documentos?

El licenciado miró directamente a los ojos del gobernador, como tratando de saber el verdadero significado de sus palabras.

—¿Por qué me hace esa pregunta, señor gobernador? Sí, me percaté de que las actas no habían sido firmadas en presencia del cónsul, pero para ello pudo haber muchas razones. Todas las firmas y traducción fueron debidamente certificadas por él, quien, según entiendo, conoce personalmente a todos los firmantes.

—¿Conocía nuestro cónsul a don Jacinto personalmente cuando certificó la firma de éste?

—Eso lo ignoro. Pero supongo que sí. Creo que lo conocía, pues de otro modo no habría autorizado los documentos.

—Supongamos por un momento que le conociera y que no le cupiera duda de que el hombre que le presentaban como a Jacinto Yáñez era realmente nuestro don Jacinto, el propietario de Rosa Blanca.

—Señor gobernador, diría yo que esa es una insinuación muy aguda de su parte.

—¿No le parece raro, licenciado, que don Jacinto haya vendido tan rápida e inesperadamente Rosa Blanca en cuanto se halló en San Francisco, en tanto que mientras estuvo aquí nunca pensara en hacerlo?

—No es de extrañar si se mira el precio que le pagaron por ella. Yo le ofrecí en pesos lo que ellos le pagaron en en dólares. Tal vez no pudo resistir a semejante cantidad, menos aún si tuvo oportunidad de admirar alguno de los maravillosos ranchos de allá y pensó en comprar alguno, ya que contaba con el dinero necesario. ¿Quién podía rehusar semejante cantidad de dinero a cambio de algo que difícilmente cuesta cincuenta mil pesos?

—¿Don Jacinto firmó las escrituras originales, los recibos, en fin, todos los documentos que debía firmar? —dijo el gobernador.

—Sí, así lo hizo.

El funcionario agregó con lentitud:

—¿Sabía usted, Pérez que don Jacinto no sabía escribir?

—¿Cómo? —gritó Pérez—. Repítalo, señor gobernador. ¿Quiere usted decir?...

—Sí, eso es exactamente lo que quiero decir. Ni media letra, ni siquiera puede escribir su nombre, lo único que puede hacer es un garabato que él considera como j, es decir, como la inicial de su nombre y que todas sus relaciones comerciales en Tuxpan, reconocen como firma auténtica.

Después de reflexionar unos instantes, Pérez dijo:

—Alguien puede haberle guiado la mano para que escribiera.

—Tal vez tenga usted razón. Nada más que en tal caso, el hecho constaría en las actas y habría sido certificado por el notario público, como debe hacerse cuando el signante es analfabeto y se concreta a poner una cruz o cualquier otro signo sobre el papel.

—Algunas veces ello no se hace y, sin embargo, los documentos son considerados como legales. Pero usted tiene razón, en este caso debía haberse hecho como usted dice.

—Ahora dígame, licenciado, ¿cree usted que el primer vicepresidente de la empresa, los testigos, el notario público y todos esos destacados personajes cuyas firmas aparecen en los documentos, sean unos canallas?

El licenciado rió de buena gana.

—¿Cómo podría yo saber si todos esos señores, o algunos, uno solo de ellos son ladrones? Todos parecen ciudadanos respetables con una elevada reputación en el mundo de las finanzas y una magnífica posición social. A dos de ellos he tenido oportunidad de conocerlos personalmente durante algunas de mis visitas a la matriz de la empresa. Ahora que lo que en realidad sean, las características de su segunda personalidad, eso, no puedo saberlo y es difícil que alguien lo sepa. Lo que la ley y el público no aceptan o no conocen deja de existir en casos legales, y no puede considerarse como arma acusatoria y lo que nosotros pensemos de uno u otro de estos individuos, así como los rumores que corran acerca de ellos, nada tiene que ver en el caso.

—Mi pregunta fué al parecer absurda, pero quiero aclarar esto. Suponga usted que se ha cometido un crimen, o una felonía, o para no extremar, un hecho fuera de la ley en algún punto crucial del negocio. ¿Cree usted que todas esas respetables personas se convertirían en cómplices?

—No, señor gobernador, no lo creo. Cada uno de ellos es capaz, por supuesto, de cometer de vez en cuando alguna falta de importancia contra la ley. ¿Por qué no? Se han presentado cientos de casos de crímenes horrendos en los que se han visto envueltos ciudadanos altamente estimados en sociedad. Pero, por lo que respecta a los señores de quienes hablamos ninguno es capaz de cometer, asociado con otros, algo en contra de la ley. Ello les resultaría muy peligroso, porque quedarían para siempre a merced de sus cómplices. Estos señores son lo bastante cautos para complicarse en algún caso tan serio como el que usted imagina.

—No sé si estaré en la pista correcta, licenciado, pero tengo la firme convicción de que en este caso se ha cometido un crimen muy serio. No podría precisar cuál es él, pero espero saberlo, y esto me lleva a hacerle una pregunta más.

—Díga usted, señor gobernador.

—¿Está usted seguro, licenciado, de que todos los firmantes y los testigos se encontraban reunidos cuando los documentos fueron firmados?

—Esa es otra cosa que no puedo saber.

—Desde luego, que, no, señor Pérez. No puede usted saberlo porque no estaba usted presente, y, sin embargo, aceptó los
documentos como perfectamente correctos y los autorizó con
su firma como representante legal de la empresa en la República.

—No tenía por qué negarme a hacerlo. Los papeles llenan
todos los requisitos que marca la ley y ninguna corte ni local,
ni alta, ni suprema podría imputarles ilegalidad.

—Como documentos, son legales. Pero hay algunos puntos
dudosos, quiero decir que no todas las bases en que se funda
la legalidad de los documentos, parecen apoyadas en hechos
verdaderos. Por ejemplo, ¿cuál es el procedimiento que debe
seguirse en ventas semejantes?

—Bueno, señor gobernador, hay docenas de formas diferentes para legalizar una venta. En algunos casos basta una
palabra y un apretón de manos para que el traspaso de propiedad de objetos, con valor de medio millón de dólares, se considere legal mientras no surja alguna dificultad que haga necesaria una constancia mejor que la palabra de las partes. El
contrato de que hablamos puede firmarse únicamente cuando
todos los signantes se hallan reunidos. Esto, hablando teóricamente. En la vida práctica, sin embargo, ello raras veces se
hace y si la ley insistiera en la presencia de todos los interesados en el momento de legalizar un documento, pocos contratos
se firmarían.

"Es difícil reunir a todas las partes, porque puede ocurrir
que una esté en el hospital, otra en Chicago, alguien en Pittsburg, la compañía en San Francisco, su abogado principal en
Wáshington, el presidente en la boda de una de sus hijas.
Estoy seguro, señor gobernador, que usted mismo ha firmado
muchos documentos sin conocer personalmente a los demás
signatarios porque algo impidió que se reunieran. Para firmarlos debe usted confiar en la buena fe de los otros. Y por
necesidad, el noventa por ciento de los negocios y contratos se
fundan más en la buena fe y en la buena voluntad de las partes

que en el texto de los documentos. En tanto exista la materia del contrato éste prevalece y cualquiera de sus cláusulas puede ser interpretada en forma distinta a la que inicialmente se le dió. Nunca las cláusulas de un contrato tienen un significado invariable.

"La firma de documentos y contratos, ocurre más o menos así: El hombre responsable de una empresa, en este caso el vicepresidente, firma todos los documentos. Los firma junto con alrededor de otros cien más, entre cartas, cheques, órdenes, etc., y todo en un lapso de veinte minutos. Rara vez se entera totalmente del texto de los documentos y para firmarlos confía enteramente en su secretario o en su abogado. De su oficina los papeles son llevados o enviados a don Jacinto, quien puede estar en el mismo edificio o sentado en un café o en la cama de un hotelucho. Después de ello la escritura con todos los documentos anexos, son enviados a un testigo que puede estar en Blue Hill, por ejemplo, después a otro que se encuentra de pesca en la costa occidental o tal vez más lejos aún, en Hawai. Cuando las partes y los testigos exigidos por la ley han firmado, todos los documentos se envían al notario público para su final autorización y después, como en nuestro caso, se mandan al cónsul general para que los certifique. No está dentro de la obligación de éste, enterarse si todas las firmas asentadas en los documentos son genuinas. El confía en la reputación de la empresa y en los testimonios del notario público. Prácticamente lo único que puede hacer es aceptar como perfectamente legales los documentos que se presentan a su autorización, y con mayor razón si conoce personalmente a la mayoría de los firmantes.

—Tal vez la forma de hacer el contrato fué más o menos correcta. Pero ahora se me ocurre otra cosa. Si los documentos no fueron extendidos en la forma descrita por usted, es posible entonces que no don Jacinto sino otro individuo haya firmado por él.

—Puede ser, aunque no es probable. Siendo posible puede haberse hecho como usted supone y si fué hecho así sobran razones para presumir que hay un solo responsable y que todos los demás son inocentes y firmaron de buena fe. Es más, posiblemente la única persona conocedora de los hechos es alguien cuyo nombre no aparece en los documentos. Si es así, el caso se complica aún más, ya que los documentos serán enteramente legales, incluyendo además entre los firmantes al criminal. El criminal puede ser condenado a prisión perpetua, en tanto que la venta de Rosa Blanca es perfectamente legal.

—Vayamos más lejos, licenciado, supongamos que uno de los contratantes, digamos don Jacinto, ha desaparecido para siempre, en tal caso no podría probarse jamás que no fué él quien firmó la escritura.

—Oh, sí; eso puede probarse. Se compararía la firma del documento con otras de cuya autenticidad no cupiera duda.

—Si no existen firmas anteriores, semejante evidencia es imposible.

—Tal vez.

—Pero podríamos probar que él no sabía escribir ni su nombre.

—Eso no prosperaría, señor gobernador, porque bien pudo haber aprendido a escribir durante el tiempo que estuvo en compañía del hombre que lo llevó a los Estados Unidos.

—Así, pues, estamos atados de manos ante un crimen perfecto.

—Así parece, aún cuando dicen que no hay crimen perfecto.

—He pensado que tal vez algún pobre diablo de las Filipinas, México, Cuba o Puerto Rico, fué llamado a firmar en lugar de don Jacinto. Puede haberse elegido a alguien cuyo nombre realmente fuera Jacinto Yanyez, ese nombre, aun cuando no muy común, es lo bastante para ser encontrado en donde quiera que haya gentes de habla española. Y es fácil que ese hombre haya probado ante un notario público llamarse en realidad Jacinto Yanyez, escribiendo su nombre en la forma que

podría esperarse que don Jacinto lo hiciera después de estudiar
dos semanas. Al hombre poco le importaba lo que firmaba
mientras estuviera seguro de ganar veinte dólares por hacerlo.
Y no me sorprendería enterarme de que había sido asesinado
poco después de ganar sus veinte dólares.

El licenciado Pérez exclamó:

—Ha elegido usted mal su profesión señor gobernador, debiera usted ser policía.

—Trataré de hacerlo algún día; gracias por el buen consejo. Pero hay aún un punto muy importante que usted ignora.
—El gobernador se detuvo para dar mayor efecto a sus palabras—. ¿Sabe usted, Pérez, que don Jacinto no ha regresado
aún de los Estados Unidos?

Pérez saltó.

—¿Qué?, ¿cómo dice usted? ¿Qué don Jacinto no ha regresado?

—Exactamente. Todavía no regresó y nadie tiene noticias
suyas. Nadie sabe en dónde está. Nadie sabe en dónde están
los cuatrocientos mil dólares que recibió.

—Eso no puede ser verdad, señor gobernador. Eso es sencillamente imposible. No se habrían atrevido a hacer semejante
cosa.

—¿Que no se atreverían? El diablo sabe de lo que son capaces para conseguir lo que quieren. En cualquier forma, como
decía a usted, don Jacinto no ha regresado y es más, tengo la
absoluta seguridad de que él no ha vendido Rosa Blanca. Mi
opinión descansa en dos hechos. En primer lugar, nunca deseó
venderla y tenía la mejor de las razones para no hacerlo. En
segundo lugar, no podía haber firmado los documentos, porque
no sabía escribir su nombre y un hombre de su edad no habría
aprendido ni en tres meses. Así, pues, tengo la convicción de
que lo han asesinado.

—¡Asesinado! Señor gobernador, ¿cómo puede usted decir
semejante cosa? —exclamó el licenciado.

—Digo que ha sido asesinado, y eso es lo que creo. Fué asesinado cuando se negó firmemente a vender, y cuando aquellas gentes agotaron todos los medios legales, decidieron sacrificarlo en el campo de batalla del petróleo. Ayer aun abrigaba dudas. Ahora, después de las explicaciones que me ha dado usted respecto a la forma en que han sido manejados los documentos, estoy plenamente convencido de que él no existe y de que esas gentes obtuvieron Rosa Blanca en forma fraudulenta. Como usted afirma, los documentos son legales. Así, pues, nada podemos hacer respecto a la venta. Al menos por el momento. Es, además, mi creencia que don Jacinto nunca recibió dinero alguno, y si lo recibió le fué robado en el momento de asesinarlo. Pero estoy convencido de que nada recibió, así como de que nunca accedió a vender Rosa Blanca. Si su cadáver fuera encontrado, se descubriría parte de la historia. Lo que no se sabrá, sin importar que el cuerpo sea encontrado o no, será la forma en que los documentos fueron legalizados. En cualquier forma, aun cuando el cuerpo fuera encontrado, ello no cambiaría la situación de Rosa Blanca, pues bien pueden decir que fué asesinado para robarle el dinero que recibió en pago de la hacienda. Pero le permitiré me llame el mayor asno de la República si algún día sabe usted que el cuerpo fué encontrado. Será encontrado, pero no antes del día del Juicio, y aun entonces dudaré de que sea realmente el suyo.

—Todavía me es imposible creer en que se haya cometido crimen tan espantoso con el único fin de obtener una vieja hacienda para una empresa capitalista. —El señor Pérez movió la cabeza y continuó—: No, me resulta difícil creer semejante cosa. Conozco muy bien al presidente de la Condor y a todos sus vicepresidentes y directores. El nombre del presidente es Collins. Es verdad que es un tipo sumamente hábil, muy listo y, como dicen allá, muy dinámico. Sin embargo, no le creo capaz de un crimen, por lo menos de un crimen de esta especie.

—Usted, abogado de experiencia, no debía juzgar a la gente por la impresión que le causa a primera vista. En este

caso no se trata de criminales comunes, éstos son de la especie
de los políticos. Ese asesinato no fué cometido por razones
personales, se hizo en nombre del engrandecimiento de la empresa. Esa empresa significa para sus dirigentes lo que nuestra
República para nosotros. Y cuando se comete un asesinato en
nombre de la patria, se llama heroísmo, no asesinato. Si se
asesina en nombre de la Condor, ese asesinato es tan esencial
para el engrandecimiento de la compañía como otro cualquiera
ordenado por los gobernantes de un país para beneficio y seguridad del mismo. Y usted sabe muy bien que el asesinato
político no es juzgado ni por el asesino, ni por la ley, ni por
el público en la misma forma en que se juzga el crimen común.

"Hasta la iglesia juzga con suavidad al asesino que mata
de buena fe creyendo salvaguardar con ello la religión. Apos-
taría mi honor a que un hombre como su Mr. Collins no come-
metería jamás, bajo ninguna circunstancia, un crimen común.
No sería capaz siquiera de matar a un hombre si lo encontrara
en el lecho de su esposa. Retrocedería ante acto semejante y
temería al escándalo. Pero como soldado enviado a pelear contra esclavos alemanes, mataría cien, uno por uno, sentándose
después a cenar placenteramente. Con respecto a la empresa,
que hombres como él consideran igual que su patria si no es
que más, él se siente un soldado, un oficial si le parece mejor, que pelea por el engrandecimiento y la seguridad de la
empresa. Si no encuentra la forma de llevar a cabo algo vital
y si el único medio factible es el crimen, lo cometerá en nombre
de los intereses de la empresa y dormirá más tranquilamente
que antes de cometerlo. Sea como sea, hasta donde concierne
al destino de Rosa Blanca, creo que la única forma en que tal
vez podríamos remediar el actual estado de las cosas será probando que Jacinto se encuentra realmente muerto, probando
además el día exacto en que dejó de existir. Una vez que esto
quede probado. Una vez que se obtenga la evidencia habrá que
saber en qué fecha murió y cuándo firmó las escrituras. Si se

encuentra que los documentos fueron firmados después de su muerte, éstos serán anulados. ¿Qué le parece, Pérez?

—Perfectamente pensado. Creo que es la única forma en que podremos salvar a Rosa Blanca. Pero créame, no será tan fácil probar los tres puntos a que se refiere, esto es: la muerte de Jacinto, la fecha en que ocurrió y la fecha en que firmó los contratos después de morir. Cualquiera que haya tenido el asunto en sus manos debe haber arreglado esos detalles muy inteligentemente. Le aseguro que probar que los documentos fueron firmados después de la muerte será algo casi imposible, pues aun cuando se cite una fecha en ellos, eso no quiere decir que don Jacinto haya firmado exactamente ese día. Pueden alegar que firmó una semana antes, y que se concluyeron después por razones que a la empresa no le será difícil explicar.

—De lo que quiero pedirle, lo más urgente es que escriba a la compañía diciendo que se ha llenado el requisito de registro en el Catastro, pero que nuestro gobierno quiere que don Jacinto ratifique la venta personalmente antes de aceptarla como un hecho. Así ganaremos algún tiempo y quizá ocurra algo que cambie la situación.

—Perdóneme, señor gobernador, pero no me es posible hacer tal cosa. Quiero decir que no escribiré a la compañía diciendo que don Jacinto debe presentarse personalmente para que el gobierno acepte como legal el contrato. Porque supongamos que don Jacinto vive aún y lo tienen solamente secuestrado en espera de que acceda, en ese caso lo asesinarían inmediatamente y sin piedad. En mi opinión, lo mejor que podemos hacer es permitir a la empresa que prosiga haciendo aparecer que la venta es un hecho aceptado. Así daremos a don Jacinto la última oportunidad para que regrese sano y salvo.

—Si puede —agregó el gobernador.

—Cierto. Si puede venir. Pero ahora me hace usted dudar de la posibilidad de ello. Las razones que usted da para creer que ha sido asesinado, me parecen perfectamente fundadas. Tal vez usted tenga mayores detalles que no me ha revelado.

—Tal vez, licenciado, tal vez sepa más del caso de lo que usted pueda imaginarse.

LXVI

Ingenieros, mecánicos, constructores, perforadores y una multitud de peones nativos trabajaban a toda capacidad en Rosa Blanca, como si temieran que la tierra desapareciera del mundo en seis meses.

Obedeciendo órdenes superiores se arrasaba metódicamente cortando maíz, frijol, cañas, naranjos, limoneros, papayos, árboles de mango viejos de doscientos años. A todos los habitantes del lugar les dieron seis días para que desalojaran, con sus niños, su perro, cabra, burro y gallo.

A cada una de las familias desalojadas se le entregaron doscientos cincuenta pesos en vía de compensación por la pérdida de sus cosechas y de ciertos animales y con el objeto de que se apresuraran. La cantidad les fué pagada en moneda nueva para que los despojados consideraran aquello una fortuna. Y para todas las familias representaba realmente una forfortuna, porque ninguna había visto jamás tanto dinero junto. Y era aquella cantidad de dinero la que en opinión de las gentes de la Condor curaría el dolor de los indios a quienes se privaba de su hogar. Los nuevos propietarios sabían o pretendían saber, que el dinero es la medicina que cura todos los dolores del hombre. ¿Qué es, después de todo, la añoranza del hogar? Es una enfermedad imaginaria, un sentimiento infundado, ya que tierra hay en todo el mundo. El amor no tiene otro objeto que evitar la desaparición de la raza humana y el dinero puede evitarla también, ya que un salario mayor representa más dinero y con más dinero las mujeres proletarias pueden tener más hijos.

No pasó mucho tiempo sin que la familia de don Jacinto tuviera también que abandonar el lugar, ya que el casco de la hacienda debía usarse como oficinas provisionales y alojamiento para los administradores y empleados de la Condor. Tan pronto como se construyeran locales apropiados, la Casa Grande habitada por las generaciones de los Yáñez desde que fuera construída a principios del siglo XVII, debía ser demolida para explorar cuidadosamente el suelo sobre el que se levantaba. Sin duda justamente bajo la casa principal o en alguno de los amplios patios o bajo la iglesia construída en el siglo XVI, y que ya había sido demolida para colocar sobre sus cimientos la maquinaria pesada, debía haber petróleo.

"No podemos perder tiempo contando siglos. En seis semanas, ¡por todos los infiernos!, tenemos que encontrar petróleo, con iglesia o sin iglesia, porque si no, el maldito gobierno anarquista que aquí tienen nos confiscará todo el negocio en la República sin importarle siquiera que ello sea causa de una guerra. Carecen de sentido, eso es lo que ocurre. Abajo con todos esos edificios en ruinas. ¡En nombre del diablo! ¿Cómo puede vivir gente que se considera civilizada en pocilgas de ratas y pulgas? ¿Cómo es posible que se dediquen a la oración en cajas de piedra que tienen el descaro de llamar catedrales? ¡Catedrales! Cualquier capillita nuestra resulta más imponente y grande que sus catedrales. Estas gentes no son civilizadas, son salvajes a quienes no se debía permitir que entraran a los Estados Unidos, ni siquiera para ayudar a los japoneses que cultivan naranjas y limones a cosechar el fruto por treinta y cinco centavos diarios de sol a sol, sin exceptuar los domingos. Más vale matarlos, ahogarlos, ¿para qué sirven?"

Todos los días llegaban por el camino, rápidamente construído, enormes camiones cargados de madera, de alambre de púas, de cables de acero de todos calibres y longitudes, tiendas, máquinas de vapor, calderas, bombas, útiles de cocina, muebles, herramientas. Los conductores de los camiones invitaron a los habitantes para que empacaran sus pertenencias, cogieran a sus animales y a sus hijos y subieran a los camiones descargados que los conducirían al sitio elegido para radicarse. Muchas familias, sin embargo, decidieron permanecer lo más próximas que fuera posible a su antiguo hogar, porque todos los hombres que deseaban trabajar eran admitidos en los campos, y para ello lo único que necesitaban hacer era solicitarlo al jefe del campamento diciendo que eran de la hacienda. Cada uno recibió un salario de cuatro pesos cincuenta centavos por ocho horas justas de trabajo, y tiempo extra doble.

El mestizo señor Frigillo, llegó con los primeros camiones para recibir el pago de su comisión por el enganche de trabajadores aun cuando para nada había intervenido en él. Nunca antes ganó tan fácilmente su dinero enganchando peones para una empresa. No hizo gastos de transporte ni trabajo alguno, pues se había concretado a rondar por los alrededores diciendo a los antiguos habitantes de Rosa Blanca a quien debían hablar y cómo para conseguir trabajo, aconsejándoles la forma de portarse mientras se hallaban en fila esperando su turno para ser contratados y para que se les asignara el trabajo que debían desempeñar.

La familia de don Jacinto se instaló en Tuxpan, cerca del río. Doña Conchita había sido compensada por abandonar su casa y su cosecha con cuatro mil pesos oro. Al principio había rehusado aceptar el dinero, porque decía que hacerlo a cambio de abandonar Rosa Blanca era tanto como aceptar dinero por dejar al más querido de sus hijos en manos extrañas. Además, había dicho que nunca tocaría dinero alguno salido de las manos que habían robado Rosa Blanca dañando infinitamente a don Jacinto, porque sentiría como si lo aceptara de manos asesinas.

Domingo, joven y menos sentimental, comprendiendo mejor la época que su madre y percatándose de que debería vivir en un mundo nuevo que ella estaba próxima a abandonar para siempre, pensó de otra manera y dijo:

—Madre, lo que piensas acerca de ellos y de su dinero es verdad, pero debes comprender que, aceptes o no, el destino de Rosa Blanca no cambiará ni un ápice. Estos hombres que han robado nuestra hacienda y que temo hayan matado a mi padre...

—Por favor, hijo, no me tortures...

—Muy bien, madre; lo que quería decir es que a ellos les importa muy poco lo que tú pienses de ellos, de su dinero o de sus actitudes. Debes comprender, madre, que ya no eres joven y que tu salud no es buena. Tal vez hasta sea necesaria una operación para conservarle con nosotros por tanto tiempo como la Virgen Santísima quiera. Así, pues, por esta razón y por cien más, debes aceptar el dinero y dar las gracias como si pagaras por él. Porque has de saber madre, que las palabras de agradecimiento en tus labios, para las gentes que te conocen, tienen más valor que un millón de pesos de esos gringos bárbaros.

Ella siguió el consejo de su hijo mayor y aceptó el dinero dando las debidas gracias. Guardó una parte de él y la otra la empleó en comprarse una miscelánea en Tuxpan que le proporcionaría una entrada regular y la tendría lo suficientemente ocupada para impedirle cavilar demasiado, proporcionándole al mismo tiempo muchas nuevas relaciones. Sobre todo, se sentiría independiente como antes y no tendría que depender de la ayuda de sus hijos, que ya iban estando en edad de formar sus propios hogares.

Domingo permaneció en Rosa Blanca, donde el gerente de campo le dió un trabajo de responsabilidad y de confianza. Se le enseñó a guiar camiones, para que transportara en ellos artículos ligeros, pero de valor, desde la lejana estación del ferrocarril hasta el campo. Le pagaron diez pesos diarios desde que empezó a entrenarse y quince cuando pudo guiar. Pronto los jefes se dieron cuenta de que tenía muy buena educación y de que poseía, además, aptitudes para la mecánica y para el manejo de hombres. Primero lo ascendieron a montador y después a perforador. Después de un año y medio, desempeñaba dos trabajos al mismo tiempo, el de jefe de perforadores y el de subgerente de campo. Los sueldos que le pagaban más las bonificaciones que alcanzaba cuando las perforaciones tenían resultado positivo, aumentaron sus ingresos a ochocientos dólares mensuales, con posibilidades de alcanzar aún más. Y a pesar del triste destino de Rosa Blanca, la madre del hijo mayor de don Jacinto podía sentirse feliz porque en cierto modo él era una vez más amo en su propia tierra.

Los hombres que en otro tiempo fueran parte de Rosa Blanca, como los árboles arraigados a su suelo, se hallaban en la situación predicha por don Jacinto, aun cuando había alguna diferencia entre lo que él y el gobernador habían supuesto en el caso de que Rosa Blanca fuera sacrificada al petróleo.

El inolvidable día en que los compadres y las comadres tuvieron qué abandonar sus hogares, creyeron que no podrían sobrevivir a la enorme pena que les causaba aquella pérdida. Pensaron que el sol no volvería a brillar en el cielo para ellos como había brillado en el cielo de Rosa Blanca. Sin embargo, (el hombre es así) al cabo de algunas semanas ya se habían acostumbrado al nuevo ambiente, a los nuevos jefes y capataces, al trabajo nuevo y en particular a las nuevas condiciones de su vida y al nuevo cauce que tomaban sus ideas. Tanto llegaron a gustar de esta vida, que muchos de ellos, la mayor parte, sino todos, si se les hubiera dado la oportunidad no habrían deseado volver a su antigua forma de vida y de trabajo.

Todos, con poquísimas excepciones, iban mejor vestidos. Calzaban zapatos o huaraches bien hechos. Sus mujeres, que jamás habían usado zapatos, ahora los calzaban y vestían trajes finos. Usaban jabón en abundancia y trataban de parecer mejor y más bonitas gastando en cosméticos que nunca habían usado.

Todos los niños iban a la escuela y aprendían lo que sus padres nunca habían tenido oportunidad de aprender. Los adultos concurrían a la escuela nocturna tan pronto como se daban cuenta de que los peones que sabían leer y escribir disfrutaban a menudo de mejores puestos. Todos, especialmente los niños, vivían con mucha mayor higiene de la que sus padres hubieran podido suponer siquiera que existía.

En el terreno material todo estaba ahora mejor preparado para la vida. Antes temían abandonar el sitio seguro donde habían nacido para salir a un mundo en el que todos parecían desear convertirse en sus peores enemigos. Ahora podían ir sin temor a cualquier parte, siempre que allí hubiera posibilidad de obtener trabajo. Ya no eran los compadres y las comadres ciudadanos de un país pequeñito en el que no sabían del mundo y de los hombres más allá de lo que en él veían, porque para ellos el mundo terminaba en la línea del horizonte y Tuxpan, el pueblo que se halla a orillas del río, el mayor de la tierra y muchas veces se sentían cohibidos al atravesar la calle principal.

Ahora cada día se aproximaban más al tipo del verdadero ciudadano de un país mucho más grande que Rosa Blanca. Ahora eran en realidad ciudadanos de la República, algo que antes sólo habían sido en los registros del departamento de estadística. Empezaban a sentir la grandeza del mundo y a comprender que todos los hombres en él trabajan codo con codo por el logro de cosas como la cultura, la civilización, y el progreso, cuyo proceso no se detiene jamás y sobrevive a las guerras, a las catástrofes, a los brotes de barbarie y a la esclavitud forzada de ciertas naciones.

Antes sus enemigos eran los habitantes de las haciendas y de los poblados próximos. Cuando concurrían a una fiesta que tenía lugar en alguno de esos sitios, solían armar terribles camorras y se entablaban verdaderos combates entre los hombres de Rosa Blanca y los de uno o dos poblados, por el simple hecho de que alguno de los del pueblo solicitaba el honor de bailar con alguna de las muchachas de Rosa Blanca.

Ahora que vivían en condiciones enteramente diferentes, todo lo concerniente a los pequeños clanes y feudos, a las pequeñas enemistades de aquel mundo estrecho había perdido importancia en cuanto estuvieron en contacto con un mundo que parecía no tener límites ni fronteras.

Así llegaron, paso a paso, a entender la verdadera naturaleza de la raza humana y la verdad fundamental de la vida y el progreso. Concibieron el más sagrado y profundo de todos los credos, esto es, que todos los hombres de la tierra forman una gran hermandad ligada por las inquebrantables leyes de la naturaleza.

En las carpas llevadas a los campos por empresarios hábiles, vieron por primera vez en su vida películas y por ellas se enteraron de cómo trabajan, viven, veneran a sus diosos, construyen casas, piensan y se conducen las gentes de lejanas tierras. Así fué como se percataron de que esas gentes no diferían mucho de ellos en lo que a asuntos vitales se refiere. Que la cultura estrecha los lazos entre los hombres, aun cuando éstos jamás se hayan visto entre sí. A través de la radio escuchaban conciertos, canciones, discursos y conferencias sobre educación, higiene y todos los medios de que se vale el hombre para lograr su bienestar.

Además se relacionaron con trabajadores de otros campos, de otras industrias, quienes les dieron una idea del ambiente en que viven los trabajadores del mundo. Ambiente bien distinto de aquél en que vivían en su hacienda.

Asombrados contemplaban los muchos mundos que en tan poco tiempo se habían abierto a sus ojos y en los que ahora vivían conscientemente, pues una vez despierto su interés, tenían que esforzarse por entender esos mundos cada día mejor. Se percataban de que pertenecían a aquél en el que no eran solamente súbditos tolerados, sino en el que tenían perfecto derecho a estar, debido a su deseo y a la ayuda que prestaban en la tarea común de hacer del mundo un sitio mejor para vivir. Una vez que hubieron tomado su sitio en uno de esos nuevos mundos, al que habían sido lanzados por circunstancias sobre las que no habían influído, llegaron a adquirir el convencimiento de que eran necesarios y deseados allí, aun cuando sólo fuera para cargar tubos sobre sus hombros, porque esos tubos tenían que ser transportados adonde eran necesarios, pues de no hacerse así el resto del mundo habría padecido la falta de gasolina para hacer marchar sus automóviles. Y en muy poco tiempo y casi instintivamente se dieron cuenta de que eran tan esenciales al progreso del nuevo mundo como lo eran los patrones, los ingenieros, los perforadores, y aquellos caballeros elegantemente vestidos que venían de la casa matriz a visitar el campo.

Cierto que habían perdido un hogar maravilloso, un paraíso, pero en cambio de su casita tenían una casa más grande y hermosa. Su viejo hogar nunca variaba. En cambio el nuevo se transformaba cada día y no estaba limitado por el horizonte como el anterior. Su nuevo hogar crecía y crecía cada día más, abrazando a todos los hombres, los pensamientos y los acontecimientos del futuro.

Esos hombres y mujeres habían perdido mucho, pero habían ganado en la misma medida. Llegó un día en que registraron en su mente buscando la expresión de los cambios que habían ocurrido en su interior y en su exterior y se dijeron: "Hemos enriquecido, nuestra grandeza es mayor de la que jamás imaginamos, porque ahora somos ciudadanos de este gran mundo y tenemos perfecta conciencia de nuestro derecho a pertenecer a él porque lo comprendemos y tratamos de entender a los hombres que en él viven y porque trabajamos y producimos para sostenerlo. Y toda vez que entendemos al mundo y a los hombres mejor que antes, nuestro amor por ellos ha aumentado. ¿Qué mayor utilidad puede obtener un hombre en la tierra que el fortalecimiento creciente de su amor hacia los hombres?"

LXVII

El licenciado Pérez envió a Mr. Collins una carta certificada para la que pedía una atención estrictamente personal. Deseaba que nadie más que Mr. Collins se enterara del contenido de ella, y debido a eso se abstuvo de telegrafiar.

Mr. Collins palideció al leer esa carta. Inmediatamente hizo venir a Abner a su despacho, del que Ida salió como un suspiro.

—¿No se lo advertí, Abner? —dijo con voz atronadora, dirigiéndose al hombre, que tembló de miedo—. ¿No le advertí, grandísimo jumento, que no hiciera nada indebido? ¿No le dije que no deseaba ninguna responsabilidad, ningún manejo desautorizado por la ley? Nosotros no tenemos piedad para los imbéciles, lo único que merecen es la cámara letal por no hacer un trabajo perfecto.

La cara de Mr. Abner aparecía intensamente pálida.

—¿Qué ocurriría si las cosas se ponen en claro? —preguntó con voz aterrorizada.

—¿Algo? No somos tan afortunados. Si sólo ocurriera algo ya podría usted dar gracias a Dios y al diablo. —El tono de la voz de Mr. Collins era helado e impío.

—Entonces lo único que me queda es comprar una pistola y usarla contra mí mismo. —Abner se dejó caer en una silla consciente de su desamparo, con el aspecto de un trapo viejo.

—Debe comprarla si aun le queda tiempo para hacerlo. De acuerdo con mis cálculos cuenta usted apenas con veinticuatro horas y dentro de ese tiempo debe hacer lo que se haya propuesto o será demasiado tarde hasta para usar la pistola. Y le aconsejo que compre una buena, una que no falle en el momento preciso. Ese cónsul general, que abrigó sospechas desde el principio, sin saberlo nosotros ha descubierto todo el asunto.

Collins trabajaba rápida y duramente cuando había urgencia de ello. Sus policías habían andado sobre la pista desde que don Jacinto llegara a San Francisco, porque no confiaba en Abner ni un ápice y lo sabía capaz de apropiarse del filón o de venderlo a otra empresa que le pagara mejor. Había prevenido a su policía particular para que no dejara suelto ningún cabo.

El cónsul general no había sido menos hábil ni había estado menos alerta que Mr. Collins. También él, desde el momento en que los documentos fueron presentados en su oficina, había destacado a sus policías para que ataran cabos. En un principio había creído que tal vez algunos ciudadanos expatriados de la República habían tenido que ver en aquel trato de la Condor y que tal vez don Jacinto o bien necesitaba el dinero para financiar algún complot o sería robado por aquellos·compatriotas suyos que lo necesitaba. El hecho de que el trato no era honesto y de que algo anormal había en él, lo había deducido por muchas circunstancias, sólo que le faltaban la evidencia para poder actuar.

Lo primero que hizo fué evitar cuidadosamente que cualquier persona relacionada con la Condor, se diera cuenta de sus sospechas. Devolvió los papeles debidamente firmados y sellados sin hacer comentario alguno, sin referirse a ninguno de los detalles. Pero había examinado los documentos con un cuidado que raras veces había dedicado a otros y, además, los había mandado fotografiar.

Cierto día llegó al consulado un nativo pidiendo autorización para ciertos documentos relacionados con la exportación de algunas mercancías de la república a los Estados Unidos.

Por casualidad el cónsul entró en la oficina principal en el momento en que el visitante daba los datos concernientes a su lugar de nacimiento, diciendo: "Tuxpan, señor".

El cónsul tenía intenciones de pasar de largo entrando a su oficina, pero al escuchar la palabra "Tuxpan" se detuvo ante el visitante.

—¿Es usted de Tuxpan, amiguito?

—Sí, señor; de allí mismo.

—¿Conoce usted por casualidad la vieja hacienda llamada Rosa Blanca?

—Bastante, señor. He estado allí varias veces para comprar ganado, maíz, puercos y panocha.

—Entonces conocerá usted a don Jacinto Yáñez, el propietario.

—¿Qué si lo conozco? Somos los mejores amigos, ahora se encuentra aquí, en Frisco, o por lo menos se encontraba, pues a decir verdad hace algún tiempo que no lo veo. Me prometió avisarme cuando se iba para que antes de partir nos viéramos. Hemos comido juntos varias veces en el restaurante mexicano del señor Pulido.

—¿Le habló don Jacinto de su propósito de vender Rosa Blanca a una empresa petrolera?

—No señor, todo lo contrario. Me dijo que había venido con un norteamericano, un tal Mr. Abner, propietario de un rancho aquí en California, en el que tiene excelentes mulas. Don Jacinto me dijo haber dado a Abner seis de sus mejores caballos cuando el norteamericano estuvo en Rosa Blanca.

—¿Es decir que el norteamericano visitó Rosa Blanca? Esto resulta interesante, una verdadera novedad para mí. Venga a mi oficina, señor Espinosa, por favor.

Una vez que ambos se sentaron después de que el cónsul cerró la puerta, Espinosa continuó informando.

—Don Jacinto dijo más aun, señor cónsul. Dijo que Mr. Abner insistía en darle en recompensa por aquellos caballos algunos machos y un burro para que los llevara a casa y criara la misma raza de mulas que él tenía en su rancho. Por ello el norteamericano lo invitó para que lo visitara, y le ofreció pagar todos los gastos del viaje y los de la estancia de don Jacinto.

Muchos de aquellos detalles eran conocidos del cónsul, por los informes que había recibido del gobernador del estado.

—Ahora dígame, señor Espinosa, ¿mencionó don Jacinto alguna vez, siquiera con una palabra, el hecho de haber vendido Rosa Blanca, o su deseo de hacerlo, o le dijo algo respecto a alguna proposición que se le hubiera hecho para hacer algún trato aquí, en San Francisco?

—Sí, don Jacinto me habló de eso también, diciendo que le había sorprendido grandemente el hecho de haber sido llevado un día a un gran edificio, en uno de cuyos cuartos había encontrado reunido a un gran número de hombres que lo habían atemorizado, pero que al cabo de un rato había perdido su temor, pues sólo querían ofrecerle cuatrocientos mil dólares en oro, o pesos, no recuerdo exactamente, por su hacienda, y agregó que él no vendería jamás, por ningún motivo, ni aun cuando le ofrecieran dos millones de dólares. Y sé que hablaba en serio porque yo lo conozco bien.

—¿Dijo que se había atemorizado al mirar a todos aquellos caballeros reunidos en la oficina?

—Exactamente, señor cónsul, eso es lo que dijo; pero agregó que más tarde había perdido el temor.

—¿Y por qué?

—Porque, dijo, eran hombres muy finos y educados, y le hablaron en forma muy amistosa, pero tratando de convencerlo de que debía vender Rosa Blanca a buen precio, pues de lo contrario harían que nuestro gobierno se la quitara declarándola propiedad de la nación y que entonces nada obtendría y, si acaso, lograría mil pesos al cabo de cinco años o más. Entonces yo le dije: "Mire, don Jacinto, si yo fuera usted, aceptaría los cuatrocientos mil dólares a cambio de la hacienda, me daría buena vida por algún tiempo y después compraría un magnífico rancho aquí, en California, con casas bonitas rodeadas de jardines." Pero él no quiso escucharme y replicó que no vendería y que no creía capaz a nuestro gobierno de arrebatar de sus manos la tierra que su familia había poseído desde que Dios creó el mundo y que, sobre todo, él no quería privar de sus hogares a las familias

que vivían en la hacienda. Que no podía hacerse a la idea
de que sobre las tumbas en que descansaban sus antepasados,
cruzaran camiones cargados. E insistió una y otra vez en
que no vendería ni por un millón de dólares, pues tenía cien
buenas razones para no hacerlo.

—Lo ha visto usted borracho alguna vez durante su estancia aquí?

—Ligeramente, diría yo. Y eso me hizo abrigar sospechar, porque yo sé que él bebe moderadamente y en nuestra
tierra nunca le ví borracho ni oí decir que alguien le viera.
De vez en cuando bebe mezcal como remedio para algún mal,
ya que en la región que habita se hace indispensable un buen
trago de vez en cuando. Pero aquí es diferente. Cuando le
pregunté por qué había bebido tanto, me dijo que el tal
Mr. Abner no cesaba de ofrecerle toda clase de bebidas y
que si rehusaba aceptarlas, Mr. Abner le llamaba mal amigo y por ello se veía obligado a beber para no aparecer in-
correcto, pero que procuraba tomar lo menos posible y cuando Mr. Abner no lo veía tiraba el contenido de las copas.

—¿Le dijo haber estado en el rancho de Mr. Abner para
ver las mulas y seleccionar los animales que le daría a cambio de sus caballos?

—Me dijo que Mr. Abner nunca tenía tiempo de ir a
su rancho, pero que le había prometido procurarse una semana libre para llevarlo, tan pronto como su trabajo para
una empresa petrolera se lo permitiera. Y agregó don Jacinto que había llegado a pensar que Mr. Abner no tenía
rancho alguno e ignoraba todo lo referente a mulas, pues
no sabía ni siquiera detalles comúnmente conocidos sobre
la cría de mulas, cosas que cualquier niño de rancho sabe.

—¿En dónde se hospedó don Jacinto cuando llegó a ésta?

—En la casa de Mr. Abner, que se encuentra situada en
un rumbo absolutamente opuesto al que yo habito. Pero me
dijo que pronto se cambiaría para evitar que aquél lo hiciera
beber tanto.

—¿Le habló don Jacinto de haber recibido alguna suma considerable de dinero?

—No, ni una palabra.

—¿En qué condiciones financieras se encontraba aquí?

—¿Cuando lo vi por última vez...?

—Sí y ¿cuándo lo vió por última vez?

—Déjeme pensar señor, eso fué... debe haber sido... Sí, ya recuerdo. Fué el miércoles.

—¿El miércoles de la semana pasada o cuál miércoles?

—El miércoles... el miércoles... cuatro... cinco... siete... ocho semanas atrás. Sí, así es, fué el miércoles de hace ocho semanas.

—¿Cómo sabe usted con tanta exactitud el día?

—Fué exactamente el día en que tuve que comprar un cheque para mandarlo a México para que me enviaran huaraches, sarapes y algunas cosas de petate. Recuerdo exactamente el día, que en otra forma se habría borrado de mi mente. Pero cuando me encaminaba al banco encontré a don Jacinto y me acompañó, porque quería saber cómo se hacían la compra de un cheque y otras operaciones semejantes. Entonces me dijo que tenía muy poco dinero y que tal vez tendría que pedirme prestado para regresar, a lo que yo contesté que le prestaría todo el dinero que necesitara y que se lo prestaría con todo gusto porque bien sabía que su palabra respaldaba cualquier cantidad. Dijo que se marcharía pronto, ya que Mr. Abner nada decía de ir al rancho ni de darle el dinero que como parte de su trato le había prometido para que regresara a su tierra.

—Y después de ese día, ¿no ha vuelto usted a ver a don Jacinto?

—No, nunca más. Y me parece extraño que se haya ido sin despedirse de mí, pues me lo había prometido, y él no es de las gentes que acostumbran hacer eso, mucho menos a mí, su amigo y vecino. No hallo razón alguna tampoco para que no viniera por el dinero para su viaje de regreso, pues

sé muy bien que carecía de él. Y he de decir a usted que
me ha preocupado seriamente no haber vuelto a verlo ni a
saber nada de él. Los hombres como don Jacinto no suelen
romper sus promesas, aun cuando se trate de sencilleces como
una despedida.

—¿Es eso todo lo que usted sabe de su estancia aquí, en
San Francisco?

—Sí, señor cónsul; eso es todo lo que sé.

—Bien, gracias por sus informes. Le ruego que deje su
dirección actual al empleado, porque tal vez lo vuelva a ne-
cesitar, señor Espinosa.

—Estoy a sus órdenes, señor cónsul.

—Muchas gracias. Bien... ahora debo decirle, señor Espinosa, que don Jacinto no ha regresado a su casa, ni ha cruzado ningún puerto o frontera. El vino, de eso nos informó
la oficina de Inmigración. Pero no se ha marchado. Ahora,
dice usted que lo encontró el miércoles de hace ocho semanas.

—Sí, señor; ciertamente.

—En ese caso, ¿no le parece extraño que haya vendido
Rosa Blanca solamente cinco días después de que lo viera
por última vez?

—No lo creo, señor cónsul; me habría dicho algo sobre
el particular, porque una operación tan importante no se decide en cinco días, creo yo.

—Perfectamente. Pero de acuerdo con los documentos,
realizó la venta solamente cinco días después de que usted lo
viera en el banco.

—No lo creo, señor cónsul; perdóneme, pero no puedo
creerlo. El nunca tuvo intención de vender, eso en primer lugar y después que no es de los hombres capaces de cambiar
de opinión en cinco días. Necesitaría no días, sino meses para
tomar una decisión en asunto tan importante. Aun para decidirse a comprar un arado nuevo, habría consultado a todos
los que encontrara, discutido la cuestión con su mayordomo

durante seis meses sin decidirse aún, y terminado por quedarse con su viejo arado.

—A pesar de lo que usted piensa, señor Espinosa, él firmó los contratos de venta de Rosa Blanca.

—¿Cómo pudo haber firmado los papeles, señor cónsul,
si no sabe ni leer ni escribir, si ni siquiera puede escribir
su propio nombre?

—Ahora lo sé, pero antes lo ignoraba. ¿No le dijo si
aprendió a escribir su nombre mientras estuvo con Mr. Abner? Tal vez él le enseñó en su casa mientras era su huésped y disponían de tiempo suficiente en las noches para ello.

—No lo creo, porque el hecho de aprender a escribir su
nombre a su edad hubiera sido algo tan importante que no
habría podido reservárselo ni un minuto. Y me lo habría
dicho inmediatamente que nos hubiéramos encontrado. Además, sé positivamente que no sabía escribir ni su nombre,
pues con frecuencia, cuando cenábamos o comíamos en algún
restaurante, era yo quien leía las noticias que traían los periódicos de nuestra tierra, en ocasiones semejantes se le habría
ocurrido darme en seguida la noticia de que había aprendido
a escribir su nombre. ¿No cree usted, señor cónsul?

—Tiene usted razón, soy de la misma opinión.

—Además, señor cónsul, don Jacinto no es hombre capaz
de aprender en unas cuantas semanas a escribir su nombre
siquiera. Para la fecha en que los papeles fueron firmados,
habría llegado cuando mucho a escribir una o dos letras con
gran dificultad, pero las diez o doce letras necesarias para
escribir su nombre completo, eso, ni en ocho meses lo habría
aprendido. Lo conozco bastante para saberlo, señor cónsul.
Me parece menos difícil que en dos o tres semanas un buey
aprendiera a bailar sobre una cuerda que don Jacinto llegara
a escribir diez letras en tan poco tiempo. Eso es imposible.

—Esa es la conclusión a que he llegado después de escuchar la descripción que ha hecho usted del verdadero don
Jacinto... Bien, señor Espinosa, ya le mandaré llamar si lo

necesitamos nuevamente. ¿Obtuvo los documentos que venía buscando?

—No, señor cónsul; los estaban haciendo cuando usted entró.

El cónsul tomó el teléfono y dijo:

—Veré que se los den en seguida. Pase a la oficina central y pídalos.

—Gracias, señor cónsul. Adiós.

—Adiós, señor Espinosa, y gracias otra vez.

Aquella misma tarde el cónsul dictaba el último informe sobre el caso para enviarlo al gobernador del estado.

LXVIII

Con placer sardónico, casi perverso, Mr. Collins se percató de que Abner no podía sobreponerse al terror que le había infundido momentos antes. Sus ojos brillaban como los de un gato que contempla la agonía de un pájaro atrapado por sus garras y le gritó:

—¿Sabía usted, desgraciado imbécil, perro cobarde, que su don Jacinto nunca supo escribir, que nunca pudo escribir su nombre, que ni siquiera fué capaz de trazar un rasgo legible?

Abner trató de levantarse rápidamente del asiento, pero estaba demasiado débil para hacerlo y se dejó caer sobre el respaldo, con la flojedad de un saco de patatas. Movió la cabeza con desesperación y dijo, balbuciendo más bien que hablando:

—En eso nunca pensé, ¿quién iba a creer que un señor hacendado no supiera escribir ni su propio nombre?

—Sí, ¿quién podría pensar en insignificancia semejante? Hasta un burro lo habría considerado. Pero no el asno que yo supuse tendría un ápice de inteligencia. Y yo que le creí un buen marrullero, un tinterillo hábil, un cazador de ambulancias. Cazador. Cazador de ambulancias. Ahora, ¡por un diablo!, dígame usted, tinterillo asqueroso, ¿quién le dió autorización para falsificar la firma de ese hombre? ¿Quién? ¡Dígalo, si no quiere que le apriete el pescuezo hasta sacarle los ojos de las órbitas!

—Nadie —balbuceó Abner—. Yo pensé...

—Usted pensó, ¿con qué pensó usted, con las patas o con qué?

Abner pareció recordar haber sido un cazador de ambulancias y ladrón de anfiteatros de primera clase y su cara recobró algo del color perdido cuando dijo:

—¿Cómo es posible que no supiera firmar si yo le enseñé a escribir su nombre durante el viaje y durante su estancia en mi casa?

—Vaya a contarle ese cuento chino a otro. No hay escape para usted, Abner. Descuidó un sin fin de huellas digitales sobre la carpeta, mientras se cuidaba de la caja fuerte empotrada en el muro. El hombre encontró a un compatriota suyo, le habló de todos los detalles importantes, incluso que no sabía escribir ni una sola letra y eso solamente cinco días antes de firmar los contratos. Tráguese eso a ver si puede. Su excusa es sólo un veneno más, y no me importa que sea veneno para ratas o ratas envenenadas lo que se trague, pues no merece usted el honesto golpe de la honesta bala de una honorable pistola, porque usted es una rata, solamente una rata apestosa de alcantarilla.

—Cállese, Mr. Collins, porque no seré responsable de mis actos si continúa hablándome de ese modo.

Collins sonrió diabólicamente.

—¿Responsable de qué, de qué actos? Ahora el perro roñoso quiere dárselas de valiente, cuando lo único que merece es la cámara de gas. ¿Qué puede hacerme? ¿Acaso fuí yo quien falsificó la firma? ¿Ordené a usted o alguien en el mundo que falsificara las firmas para que usted pudiera quedar bien con nosotros? Dígalo, hombre.

Mientras más se prolongaba la horrible conferencia, más complacido parecía Collins. Mientras más torturaba a su víctima, más fresco y lleno de energías se sentía. Experimentaba un inmenso placer sensual al contemplar la agonía física y mental de Abner. Todavía no terminaba con su víctima, no; eso de ninguna manera. El tenía que sacar mucho más de aquella conferencia.

—De hecho, la falsificación de la firma parece no tener importancia real. Ya encontraremos la forma de cubrir el error con algunos *affidavits*, no faltará manera de hacerlo.

—Yo firmaré cualquier *affidavit* que usted quiera, Mr. Collins.

—¿Lo hará usted? Tiene usted que hacerlo, hombre. La cosa se compone. Como dije, el asunto puede arreglarse. Lo peor es que la esposa del portero de la casa que usted alquiló y con quien al parecer usted se olvidó de hacer ciertos arreglos, ha hablado. Y vaya que ha hablado con todos aquellos que le han proporcionado el gran placer de escuchar lo que ella tenía que decir. Ella lo vió a usted llevarse al hombre en su carro, y después de eso, dice, nunca más volvió a verlo porque usted regresó solo por la noche y bastante nervioso, tanto que tuvo el motor de su carro en marcha hasta que consumió toda la gasolina.

—¿Y por qué no había de llevar a un amigo mío a donde quisiera ir? No es asunto mío preguntarle qué va a hacer al sitio en el que me pide que lo deje.

—No diga simplezas. Claro está que en caso semejante tiene ustéd que saberlo, tiene usted que interesarse en ello, porque de otro modo no tiene usted otra coartada. —Collins conservaba una sonrisa aviesa—. Y si no puede interesarse en eso, interésese en explicar a los agentes especiales que trabajan para el cónsul general, así como para una compañía de seguros, quienes registraron hasta el último rincón de su casa, después de alejar a la mujer del portero con una llamada telefónica. Abrieron todos los roperos, todos los cajones. Examinaron hasta las hendiduras de su carro a la manera antigua, con lentes, y a la manera moderna con toda clase de recursos químicos.

—¿Por qué no habían de examinar cuánto poseo? Pueden hacerlo que ya les crecerán las barbas antes de encontrar algo sospechoso.

—Se equivoca usted, señor, y por esto le he llamado para advertirlo, pues lo malo está en que han encontrado huellas de sangre humana en su carro.

—¿Es posible? Pero ¿cómo? ¿Es eso verdad? Bueno, en tal caso me herí una mano con un tornillo flojo.

—¿Otra vez a caza de ambulancias, Abner? En esta ocasión no es tan fácil. Encontraron unos cuantos cabellos gruesos y negros de los que solamente los indios tienen. Y entre los cabellos negros había uno que otro blanco por los que les fué posible deducir la edad aproximada del hombre. Pero lo peor de todo ello es que los cabellos estaban pegados a algunas partículas de cuero cabelludo tumefacto. Basándose en estas insignificantes pruebas, concluyeron que cierta noche, en el carro de usted se había machacado el cráneo a un indio de determinada edad. ¿Qué me dice de esto, señor?

Mientras más hablaba Mr. Collins sobre las evidencias del caso, como ni el mejor de todos los agentes policíacos lo hubiera hecho, más se hundía Abner en su sillón hasta aparecer casi perdido entre los cojines.

Collins, altamente satisfecho de poder seguir actuando por más tiempo, continuó haciendo vibrar su voz de acero.

—Hay otro pequeño incidente, que es también conocido por el cónsul. Hay además de la mujer del portero otros testigos más de que la última vez que vieron a Jacinto fué en compañía de usted. Usted guiaba y él iba sentado a su lado. El se hospedó en su casa, no envió dinero a los suyos ni hizo depósito en banco alguno. Como vivió en la casa de usted, como fué visto en su compañía por última vez, y es usted, evidentemente, la única persona en el mundo que lo sabía en posesión de una gran cantidad de dinero, todo ello junto hace lo que se llama una evidencia circunstancial capaz de normar el criterio de cualquier jurado. Pero hay todavía algunas cosas más que pueden quebrarlo así.

Mr. Collins rompió un lápiz produciendo tanto ruido como fué posible.

—No olvide que fué un indio latinoamericano el que fué visto en compañía de usted, no un blanco, un norteamericano. Este detalle se grabó en la mente de muchos testigos incidentales que en el caso de que el hombre que iba sentado a su lado, y más tarde perdió partículas del cuero cabelludo, hubiera sido otro norteamericano. Pocos habrían recordado a otro blanco sentado junto a usted. Pero en cada parada indicada por un semáforo, podría decir que prácticamente todos los hombres y mujeres que transitaban la calle o cuyos coches quedaban próximos al de usted se percataron de su presencia. Los policías del consulado han localizado ya seis agentes de tránsito que lo vieron con ese indio la última noche en que positivamente estaba vivo. ¿Qué le parece eso, señor? Y lo peor de todo es que nunca antes de aquella noche, lo invitó usted a pasear en su propio carro. Siempre que salían, detalle también conocido, prefería usted tomar un carro de alquiler.

Abner continuó en su silla inmóvil y hecho un garabato.

—Levántese, Abner —ordenó Collins—. Tenemos que hacer algo inmediatamente, antes de que sea demasiado tarde para todo.

Abner se enderezó tratando de sentarse bien.

La puerta se abrió silenciosamente y por ella entraron un notario público, el primer vicepresidente, el abogado principal de la empresa e Ida.

El notario público, siguiendo las indicaciones de Abner, dictó a Ida un documento en el que el segundo hacía constar que había enseñado a don Jacinto Yanyez a escribir su nombre durante su viaje, a fin de que Yanyez tuviera menos dificultades al cruzar la frontera internacional.

Todos los presentes firmaron el documento como testigos.

Cuando salieron, dejando a Abner detrás, Mr. Collins volvió para continuar con su agradable empresa, torturando a lo que quedaba aún de aquel Mr. Abner de tantos vuelos.

—Teníamos que hacer ese *affidavit* mientras se encuentre usted todavía dependiendo de la compañía —dijo Collins dando a su voz un tono indiferente—. Eso hará legal para nosotros, por lo menos durante unos meses, la firma del indio, mientras trabajaremos duro. El cónsul general solamente puede aducir evidencias negativas acerca de la habilidad de don Jacinto para escribir su nombre, ya que sus testigos pueden hacer constar solamente que don Jacinto nada les dijo acerca de haber aprendido a escribir su nombre, a lo que podríamos contestar diciendo que nada más natural, ya que a don Jacinto no le habría gustado admitir que a su edad apenas había aprendido a escribir su nombre.

—Bien, Mr. Collins, entonces todo está en perfecto orden —dijo Abner con un suspiro de alivio.

—Supongo que para nosotros así es. Ahora que para usted, lo dudo mucho. Porque todavía queda por aclarar qué ocurrió con don Jacinto y su dinero. Eso, desde luego, a nosotros no nos interesa un ápice. Nosotros pagamos a don Jacinto. Averiguar su paradero y el de su dinero lo dejamos en manos de la policía y de los comisionados por el cónsul del país del hombre a quien se supone poseedor de cuatrocientos mil dólares en efectivo.

—¿Qué voy a hacer, Mr. Collins?

—¡Yo qué sé! Hace un instante firmó usted el documento y todavía se le consideraba tinterillo, o si suena mejor a sus oídos, consejero legal de la Condor. Ahora nada tenemos que ver con usted, Mr. Abner. Se ha convertido usted en una carga demasiado pesada para los hombres de la compañía.

Mr. Collins sacó de su escritorio un sobre que había sido rasgado y se lo tendió a Abner con extraña delicadeza, como si se tratara de evitar tocarle los dedos.

—En esta carta se hace constar que ha trabajado usted para nosotros por determinado tiempo, que se separa por su voluntad para establecer su oficina y que nosotros aceptamos con pena su renuncia. —Una vez dicho esto, Mr. Collins son-rió desagradablemente—. No fuí yo quien dictó eso de que aceptamos con pena. Mis labios no habrían podido pronunciar esas palabras. Respecto a su comisión de cien mil dólares la recibió usted el día en que se firmaron los documentos, ¿cierto?

—Cierto, Mr. Collins, y gracias por todo.

—Oh, no hay por qué. ¿Desea algo más?

—¿Qué opina usted de otros veinticinco mil, Mr. Collins? Creo que haré un viaje más largo que el que había planeado esta mañana antes de venir aquí. Y veinticinco mil más pueden venirme muy bien en un país lejano.

Tan pronto como se habló de dinero, Abner se recuperó totalmente y volvió a ser tinterillo mentecato de los que mere-cen ser escupidos por los abogados decentes.

Collins lo miró con asombro.

—¿Todavía le parece insuficiente lo que ha ganado con el caso? No hemos querido hacer investigaciones respecto a la persona que ha hecho efectivos dos cheques de don Jacinto por veinticinco mil dólares. Afortunadamente hemos echado mano de lo que quedaba antes de que usted se adelantara.

—Ajá... —En esta ocasión fué Abner quien sonrió tan desagradablemente como pudo—. Sí, Mr. Collins, usted o la empresa echaron mano de lo que aun quedaba, y me he entera-do de que ya lo cobraron.

—¿Cobrar dice usted? O simplemente volver al sitio de su procedencia, al lugar a que legalmente corresponde. Hemos pagado elevadas sumas a las setenta u ochenta familias que están abandonando la tierra y no esperará usted que esas com-pensaciones salgan del bolsillo de nuestros accionistas. Una gran parte del dinero que la empresa pagó a don Jacinto debe destinarse a ayudar a aquellas gentes que se encuentran en mala situación. ¿No le parece, Abner?

—Tal vez, Mr. Collins. Yo fuí aquí sólo tinterillo, no director, así, pues, ¿qué puedo saber del destino que se dió a la suma restante? La verdad es que no me importa. Y ahora, ¿qué hay acerca de los cincuenta mil que me tomé la libertad de pedirle hace un rato?

—Así es que ahora son cincuenta mil. Pensé que había usted dicho veinticinco mil, señor.

—Así fué, señor presidente. Eso dije antes de enterarme de lo ocurrido a los fondos restantes. Yo, inocente y honesto como soy, pensé que había usted enviado esos cheques a la mujer y a los hijos de ese hombre, quienes no sólo han perdido a su padre, sino todo cuanto poseían. Cincuenta mil dije. Y si me veo obligado a esperar unos minutos más no estoy muy seguro de llegar a cien mil en números redondos. ¿Comprende, Mr. Collins?

—Muy bien, que sean cincuenta mil —Collins firmó el cheque.

—Al portador, si me hace el favor.

—Hecho —dijo tendiendo el cheque a Abner.

Abner lo tomó, lo dobló con cuidado después de examinarlo y dijo lacónicamente.

—Gracias, señor presidente.

—¿Está usted satisfecho, Abner?

—Bien, digamos que sí aun ahora.

—¿Sabe usted lo que pienso de usted, aparte de otras cosas?... Creo que es usted codicioso... codicioso como un... Dios sabe qué, no puedo hallar punto de comparación. Ya, aquí lo tengo, es usted codicioso como...

—...como el presidente de una compañía petrolera norteamericana, Mr. Collins. ¿No es eso lo que pensaba usted decir? —interrumpió Abner.

Collins sonrió maliciosamente.

—Esa ocurrencia debía haberla guardado para mejor oca·
sión, porque no fué la más apropiada, ciertamente que no lo
fué. Fué una broma barata que no hace sino probar una vez
más que carece usted de inteligencia. Porque si hubiera tenido
alguna, no habría cometido ni la mitad de los errores que
cometió. Cualquiera podía haber cometido una falta o dos,
hasta tres y cuatro, pero por veintenas sólo un idiota, un asno
sería capaz de hacerlo. En cualquier forma, no es asunto mío
educar a usted. Sin embargo, una vez más le daré un buen
consejo, Abner. No sé lo que tenga pensado hacer en cuanto
salga de la oficina. Pero no olvide esto: ya sea que use una
pistola, o que salte desde una azotea, cualquiera que sea el
medio de partida que use, no deje pasar más de veinticuatro
horas. Porque si la rebelión que se prepara en la República
no hace explosión rápidamente, no tendrá usted tiempo ni de
cargar la pistola. Su cónsul tiene todo listo para la demanda.
Y ahora debe agradecerme el aviso.

—Gracias, señor. Adiós. Ojalá que Rosa Blanca le compen-
se bien por todos los gastos que le ha ocasionado.

LXIX

Sin lugar a duda, Rosa Blanca supo compensar. Sobrepasó
a todos los sueños de Mr. Collins. Pagó con toda la sangre de
su corazón y con todos los suspiros de su alma destruída.

Rosa Blanca se había convertido en el lote número 194.
Y se explotaba a toda capacidad. Millones de dólares se sacaron de Rosa Blanca. En tanto los nativos capaces de vivir sin
trabajo y sin pan, pero no sin un rifle, se atacaban mutuamente;
mientras los diputados se exhibían en los cabarets unas veces
como payasos y otras como gangsters; mientras los jueces
sentenciaban de acuerdo con determinados precios; mientras
ni un presidente municipal era elegido sin que por lo menos

veinte hombres del pueblo murieran en las calles antes de que aquél tomara posesión de su cargo; mientras los dirigentes erigían monumento tras monumento a la memoria de generales mucho tiempo atrás olvidados, sin destinar un centavo siquiera para la organización de un cuerpo de bomberos.

Sólo han pasado unos cuantos meses y nadie en la tierra recuerda que alguna vez en un rincón de la República existió una Rosa Blanca. La mayoría de las comadres al preguntárseles por el sitio que habitan dirán: "Vivimos en los Pozos Gigantescos en donde nuestros hombres hacen mucho dinero."

Pozos Gigantescos era el nombre que la Condor había dado a Rosa Blanca. Cualquier nacido y criado en Rosa Blanca, pero que la hubiera abandonado antes de ser vendida, si hubiera regresado no habría encontrado ni una sola persona que lo llevara a Rosa Blanca. Ese nombre se había olvidado, había sido borrado de la mente de todos, porque Pozos Gigantescos pagaba salarios que se consideraban como millones. En Rosa Blanca un centavito era algo que hombres, mujeres y niños eran capaces de buscar durante largas horas si llegaba a perderse, lamentándose profundamente si no les era posible encontrarlo. Ahora los compadres y las comadres podían tirar hasta pesos de plata, es más, hasta piezas de oro sobre una mesa de juego y, en caso de perderlas, tal vez ni una última mirada les habrían dedicado.

Si alguien buscara a Rosa Blanca no le habría sido posible encontrarla, ni siquiera don Jacinto si hubiera podido volver a este mundo. Se había hecho todo lo posible y con gran velocidad, a fin de que la tierra no volviera a convertirse en un rancho aun cuando alguien se lo propusiera.

Rosa Blanca estaba ahora mal oliente, sucia, grasienta y cubierta por espesas nubes de humo y vapores fétidos, que hacían a los humanos y a los animales experimentar dolores en los pulmones, semejantes a los que causarían millares de agujas al clavarse en ellos. Y una vez aparecidas nunca más desaparecerían aquellas nubes que caían sobre los campos como una amenaza del cielo. Igual de día que de noche, el mundo entero parecía aplastado por un ruido que despedazaba los nervios y en el que se mezclaban chirridos, truenos, martillazos, choque de metales pesados, rugir de máquinas y roce de cables que se enredaban en tambores y carretes a espantosa velocidad; silbatos, sirenas, ruedas de tractores corriendo por caminos pedregosos; todo esto incesantemente.

El cuerpo torturado de Rosa Blanca, era perforado sin piedad, sin descanso. Allí la noche no existía. En cuanto el día se ocultaba en un breve crepúsculo, todo el campo era inundado por la luz de las lámparas, porque se trabajaba de día y de noche, sin exceptuar domingos y días festivos.

Morían perforadores aplastados por tambores y carretes que caían sobre sus cabezas, porque la extracción se había precipitado sin que se hubiera dispuesto del tiempo suficiente para asegurar andamios y plataformas. Los equipadores eran aplastados por martillos de vapor que caían inesperadamente de andamios descuidadamente fijados sobre soportes en los que no podían atornillarse convenientemente. Los peones sucumbían bajo el peso de montañas de tubos que se colocaban para tenerlos a mano rápidamente y que, al derrumbarse, alcanzaban a todos los que tenían el infortunio de encontrarse cerca, matándolos o invalidándolos para el resto de sus días.

Aquellos que salían con vida, aunque inválidos o heridos eran llevados rápidamente al hospital del poblado más cercano. La empresa pagaba por todos los accidentes ocurridos en el campo. Así las viudas y los huérfanos recibían una mediana compensación por las pérdidas sufridas, y prácticamente en todos los casos aquellos que cobraban la indemnización consideraban que ellas bien valían su pérdida y cesaban de llorar. Las viudas pronto conseguían otros hombres y olvidaban hasta el nombre del perdido. Cualquier hombre con un trabajo arriesgado constituía una mina para la mujer. Había cientos de hombres que esperaban formando línea su oportunidad de ser tragados por el monstruo humeante, hórrido, fétido.

El perforador bajaba y subía, bajaba y subía, bajaba y subía; tronaba y bombeaba, bajaba y subía, tronaba y bombeaba y chi-rrr-i-a-ba. Y... ¡maldito cable, hijo de una...!, ¡otra vez se ha enredado y el diablo sabe cómo lo desenredaremos! Diez minutos más perdidos en enderezarlo. ¿Quién diablos volvió a dejar que se enredara?

El constante perforar de la broca era interrumpido solamente cuando se sacaba la tierra para dar lugar a perforaciones más profundas en el esqueleto de Rosa Blanca.

Los compadres cargaban pesados tubos de acero sobre los hombros y así marchaban en fila, como esclavos con cadenas alrededor del cuello arrastrados hacia el trabajo o hacia el mercado. En el cuadro no faltaban ni los cuidadores, ni esos tipos bien llamados capataces. Allí iban vigilando la larga fila de esclavos que transportaban los tubos sobre sus hombros y a quienes gritaban para que se dieran prisa. Llevaban pistolas y pequeños látigos en los cinturones. La circunstancia que ponía de manifiesto que los hechos tenían lugar en la primera mitad del siglo xx, era que los capataces no hacían uso de sus látigos, por lo menos en contra de los trabajadores que llevaban tubos sobre los hombros. Sin embargo, el hecho de que se les permitiera llevar pistolas cargadas y látigos, ponía de manifiesto la condición social en que vivían los peones en la primera mitad del siglo xx y después de que la República había sufrido una revolución ganada bajo la divisa de: "¡Abajo los amos y los capataces!" Cualquiera que fuera el aspecto del cuadro, era exactamente el previsto por don Jacinto durante sus reflexiones, cuando se hallaba sentado en el pórtico de su casa escuchando cantar a Margarito mientras éste curaba a las mulas y después de haberse parado ante una mesa sobre la que había cuatrocientas columnas de monedas de oro, ordenadas como soldados en desfile.

Por fin brotó el primer pozo. Era un manantial, un manantial maravilloso que producía treinta mil barriles diarios. Inmediatamente después brotó otro más rico aún. Sesenta y seis mil barriles diarios. La noticia se hizo llegar a todos los rincones del mundo. Pozos Gigantescos adquirieron fama mundial en treinta y seis horas. De Rosa Blanca nadie hablaba, ni en los periódicos ni en parte alguna. Pozos Gigantescos pagaban contribuciones fabulosas, y el gobierno se sentía enormemente orgulloso de que se hubiera descubierto en la República un campo tan rico en un apartado rincón en el que se hallaba un rancho semi-arruinado del que casi no se obtenían ingresos.

Y así fué brotando petróleo de los pozos. Cada semana brotaban dos o tres o cinco que parecían competir entre sí para producir.

Los bonos pagados a los perforadores adquirían grandes proporciones. Agujeros, agujeros y más agujeros, y todavía más agujeros productores resultando muy pocos secos o muertos, como suele llamárseles.

LXX

Mr. Collins se hallaba sentado en su oficina privada leyendo los cables recibidos de Pozos Gigantescos.

—¿Ofrecerme el *King George's* como barco particular de Basileen? —gritó—. No, claro que no. Comparado con el barco que ella tendrá el *King George's* parecerá un carbonero del Hudson.

Tomó el audífono y habló con Basileen, llamándola "mi emperatriz". Primero había sido "mi duquesa", después "mi princesa" y, después de ser "mi reina" durante algún tiempo, la había ascendido finalmente al rango de emperatriz. Tenía pensado construir una catedral para coronarla con todas las ceremonias del caso. En aquel momento recordó que había prometido a una congregación de metodistas regalarles la iglesia que les faltaba y cuyo ministro le había escrito una carta maravillosa, diciéndole que lo consideraba el mayor benefactor del cristianismo y que él, esto es, Mr. Collins, sería incluído en los rezos oficiales si era tan generoso de proveer a la congregación con la iglesia que tanto necesitaba. Inmediatamente hizo algunas anotaciones en el block que tenía ante sí en su escritorio, en tanto enviaba una docena de besos a través del teléfono a su emperatriz.

Colgó el audífono en el momento en que Ida entró precipitadamente, esta vez no como un suspiro sino en forma casi tempestuosa, lo que significaba que tenía algo extraordinariamente grande que comunicar a Mr. Collins y que no podía esperar ni un segundo.

Se detuvo para tomar aliento, y Mr. Collins preguntó:

—¿Qué le ocurre, Ida, nunca la había visto así. Cualquiera diría que va usted a casarse dentro de media hora.

—¿Casarme yo, Mr. Collins? No, nunca; estoy segura.

Tenía necesidad de dar rienda suelta a lo que traía en la mente, pero Mr. Collins no le dió tiempo.

—Bien, entonces si no es que va usted a casarse, ¿qué diablos es? Parece usted haberse enterado de la más sensacional de las noticias. ¿Más telegramas de P. G.?

Ida, todavía tratando de tomar aliento, agitó un periódico que traía escondido entre sus manos, a su espalda.

—¡Noticias, Mr. Collins, las más sensacionales que hemos tenido hasta la fecha! ¡Vea, nada más!

Se había aproximado y extendido el periódico sobre el escritorio de Mr. Collins y su excitación era creciente, porque deseaba saber cómo tomaba aquél la noticia.

Collins tomó el periódico y leyó el gran encabezado de la primera plana que decía:

—Hombre de San Francisco asesinado en una casa de juego de Singapore al ser descubierto haciendo trampas.

Mr. Collins miró a Ida y movió la cabeza como si desconfiara de que la muchacha estuviera en sus cabales. ¿Qué le importaba a él la muerte de un norteamericano sorprendido con seis ases por no haberse deshecho a tiempo de los dos sobrantes? Eso ocurría también en Frisco, en los Angeles,

Kansas City, Chicago, San Antonio, Tex., Boston y el diablo sabe dónde más. Si él comenzara a preocuparse de semejantes simplezas necesitaba dedicar todo el día a leer los periódicos. Sencillamente, no comprendía a Ida. Tal vez se ha vuelto loca, pensó.

—¿Desde cuando, Ida, tiene usted la idea de que yo puedo interesarme en el asesinato de un hombre de Frisco? Eso no es nuevo, eso ocurre todos los días —agregó con aburrimiento.

—Lea usted, Mr. Collins y quedará sorprendido.

Tomó el periódico y empezó a leer.

—¡Ah, ah! Humm... con que esas tenemos... bueno la cosa es diferente. Vaya, vaya. Esto tiene mal cariz. De acuerdo con un talón encontrado en el bolsillo del inmaculado traje del hombre, cuya edad aproximada era de 35 años, respondía al nombre de Abner y era abogado, originario de San Francisco, California. Aun no se conoce el domicilio en los Estados Unidos.

—Siento lo ocurrido a este hombre, Ida, ciertamente que lo siento. Si su muerte hubiera ocurrido aquí le habría mandado flores, una gran cantidad de flores. Sin duda que lo habría hecho. Es una lástima, pobre Mr. Abner. En asuntos de petróleo era absolutamente inepto. Sus conexiones con el petróleo habían terminado. Había cometido muchas estupideces. Era un idiota en cualquier forma y eso lo arruinó. ¿No cree usted, Ida?

—Eso creo yo también, Mr. Collins. Era elegante, siempre andaba bien vestido, pero, como usted dice, algo irregular había en su persona.

—Tiene usted razón, Ida. Habría hecho un buen presidente de una empresa explotadora de hierro o de una compañía ferrocarrilera. Tenía los nervios necesarios para esa clase de puestos. Sólo que faltaba cierta fuerza a su personalidad. No tenía la suficiente paciencia para ver desarrollarse normalmente los acontecimientos. Una prueba de ello es el hecho de haber hecho trampas en el poker y sobre todo en un sitio lleno de matones que viven de la recompensa que les dan los propietarios por matar a los tramposos.

Collins sonrió como si acabara de oír un chiste y murmuró para sí. "Las armas de largo alcance de la Condor están en perfecto orden. Funcionamiento irreprochable. Blanco de primera clase."

Después sonrió a Ida mientras arrugaba el papel y lo lanzaba al rincón más lejano de la oficina.

Tosiendo para limpiar su garganta y poder hacer uso de su voz resonante preguntó:

—¿No han llegado nuevas cables de P. G., Ida?

El nombre de Pozos Gigantes había llegado a ser de tanto uso en las oficinas de la empresa, que a fin de ahorrar tiempo, se había ordenado que todos, al referirse a ellos, usaran solamente las iniciales.

—Ocho —dijo Ida abreviando su respuesta, y tendiendo a Mr. Collins los mensajes.

—¿Cuántos muertos?

—Ninguno, Mr. Collins.

Con esa hábil y breve respuesta, Ida, la mejor secretaria particular que Mr. Collins había conocido y que le era tan adicta que hasta se dejaba dar algunas nalgadas cuando cometía alguna falta, cosa que raras veces ocurría, tan raras, que ambos se sorprendían de ello en aquella ocasión, Ida con su breve respuesta, puso de manifiesto que ya no era sólo la secretaria particular del presidente de una compañía petrolera. Había ascendido enormemente y había llegado a ser más que una empleada. De hecho había alcanzado la cumbre en los negocios de petróleo, porque había llegado a ser el petróleo mismo. Ida ya no trabajaba para una empresa petrolera. Ya no se concretaba sóla a tomar dictados referentes al petróleo. Ya no pensaba sólo en el petróleo y vivía para él, no, ella había llegado a ser petróleo, tanto que comprendía el lenguaje del petróleo hasta en sus más delicados matices.

En Pozos Gigantes se trabajaba más allá de todo límite concebible. La Condor temía perder la propiedad en un futuro no lejano, por razones conocidas exclusivamente de Mr. Collins. Por lo tanto, ¡a sacar petróleo mientras fuera posible! Ni una gota debía dejarse previendo el caso de que ciertos documentos fueran privados de su validez.

Así, pues, para extraer del cadáver de Rosa Blanca la mayor cantidad de petróleo en el menor tiempo imaginable, las comisiones habían sido elevadas a cantidades prohibitivas. Esas comisiones, despertando la ambición de los hombres, los llevaba a trabajar con intensidad febril, salvajemente. En realidad, nadie descansaba. La mayor parte de cada veinticuatro horas de un día se consideraba como tiempo extra, y ese tiempo extra era espléndidamente pagado.

Cada jefe de perforadores cedía liberalmente buena parte de sus comisiones a los hombres que le ayudaban a lograr rápidos progresos en su trabajo. Así permitía a sus ayudantes vivir nadando en dinero, pero solamente a aquellos a quienes concedía el derecho a ello por responder incondicionalmente a la terrífica velocidad con que desarrollaba su trabajo. Conocía a sus hombres porque él mismo era un proletario y sólo hay que dejar que un proletario vea un billete de cincuenta dólares para lograr que olvide el comunismo, los frentes de trabajadores, la solidaridad y se constituya inmediatamente en capitalista preocupado por encontrar la forma de convertir aquellos cincuenta en cien. Por supuesto que ustedes, los que tienen una fe inquebrantable en los ideales no lo creerán. No importa. Es absolutamente cierto. Intente el truco, y los verá oprimir el acelerador con mayor empeño del que usted mismo pondría en llegar. Las comisiones pagadas ahora son mucho más efectivas de lo que los látigos fueran en otro tiempo.

Si tres, cuatro, cinco, siete pozos, se comenzaban a perforar al mismo tiempo, el jefe perforador del que brotara primero recibía una comisión extraordinaria de cinco mil dólares. La empresa también dejaba que las gentes vivieran. Vivir y dejar vivir es la ley suprema y ella debía ser la primera en todos los códigos.

Pero como resultado de semejante carrera, no pasaba un solo día en el que una, dos y hasta tres docenas de obreros, entre los que algunas veces se contaban perforadores y equipadores, perdiera su vida en la batalla del petróleo. Nunca se mencionaba a los heridos o a los inválidos. La ambulancia se los llevaba, la basura no servía al petróleo. Se los encerraba en un hospital y desaparecían del panorama. Se los llevaban con rapidez tal que no se daba tiempo a que otros trabajadores pensaran en que lo mismo podía haberles ocurrido a ellos, en aquel mismo instante. Los cargamentos de humanos no cesaban de llegar durante el día y la noche, solicitando la plaza que dejara vacante algún infortunado.

Por su perfecto conocimiento de estos hechos, debía medirse la grandeza de Ida, capaz de comprenderlos e interpretarlos. Porque cuando Mr. Collins preguntó: "¿Cuántos muertos?" Ida ni por la fracción de un segundo pensó que Collins se refería al número de trabajadores muertos por los pozos. Ella comprendió inmediatamente que Mr. Collins deseaba saber únicamente el número de "agujeros muertos" que se hallaban entre los ocho pozos cuya perforación se había terminado el día anterior. Ida conocía y comprendía el lenguaje del petróleo.

Los muertos jamás se mencionaban en los telegramas recibidos de Pozos Gigantes. Cada palabra costaba setenta y cinco centavos. La Condor economizaba palabras. Los muertos, los inválidos y los perdidos se incluían en el informe mensual. Esos informes podían meterse en sobres junto con otros muchos papeles y su porte costaba diez centavos. Había que considerar, además, que esos burros debían cuidar mejor de sí mismos. Dios misericordioso sabe bien que un campo petrolero no es un jardín de niños. En este mundo no hay sitio para los que no saben cuidar de sí mismos sin pedir ayuda a los demás.

Nosotros somos duros, estamos bien curtidos. Y además, ¿qué nos importan los hombres? Lo único que cuenta es el petróleo. Sí, el petróleo. ¡Gracias, Señor, por tu infinita bondad! Amén.